Der Tag, an dem der 12-jährige Zeno den größten Wolfsbarsch seines Lebens fängt, verändert alles. Denn an diesem Tag wird bei seinem Vater eine lebensbedrohliche Krankheit diagnostiziert. Zeno muss den Sommer in Norditalien beim Großvater verbringen, den er gar nicht kennt. In dessen Geschichte spiegeln sich die Tragödien des zu Ende gehenden Jahrhunderts. Ein berührender Roman über das starke Band zwischen den Generationen und die heilende Kraft der Erinnerung.

Fabio Geda, 1972 in Turin geboren, arbeitete viele Jahre mit Jugendlichen und schrieb für Zeitungen. Bereits sein erster Roman »Emils wundersame Reise« war in Italien ein Überraschungserfolg; das Buch »Im Meer schwimmen Krokodile« brachte ihm auch international den Durchbruch.

Fabio Geda bei btb
Im Meer schwimmen Krokodile. Eine wahre Geschichte (74958)
Emils wundersame Reise. Roman (74677)

Fabio Geda

Der Sommer am Ende des Jahrhunderts

Roman

*Aus dem Italienischen
von Christiane Burkhardt*

btb

Die italienische Originalausgabe erschien 2011 unter dem Titel
»L'estate alla fine del secolo« bei Dalai Editore, Mailand.

*Für Franco Debenedetti Teglio
Partisan der Erinnerung*

Verlagsgruppe Random House FSC® N001967
Das für dieses Buch verwendete FSC®-zertifizierte
Papier *Lux Cream* liefert Stora Enso, Finnland.

1. Auflage
Genehmigte Taschenbuchausgabe Juli 2015,
btb Verlag in der Verlagsgruppe Random House GmbH, München
Copyright © der Originalausgabe 2011
by Baldini Castoldi Dalai Editore S.p.A., Milano
Copyright © der deutschsprachigen Ausgabe 2013
by Albrecht Knaus Verlag in der Verlagsgruppe Random
House GmbH, München
Umschlaggestaltung: semper smile, München
Umschlagmotive: © Shutterstock / jorgen mcleman; Shutterstock/
Liusa; Shutterstock/Le Panda
Druck und Einband: CPI books GmH, Leck
SL · Herstellung: sc
Printed in Germany
ISBN 978-3-442- 74935-5

www.btb-verlag.de
www.facebook.com/btbverlag
Besuchen Sie auch unseren LiteraturBlog www.transatlantik.de

Beam mich hoch, Scotty.

(Käpt'n James Tiberius Kirk zu seinem Zweiten Offizier
Montgomery Scott, damit der ihn wieder
auf das Raumschiff Enterprise teleportiert.)

*Wenn wir uns nicht erinnern,
können wir nicht verstehen.*

(E. M. Forster)

1. KAPITEL

Als ich in Jogginghose und K-Way das Haus verließ, mit zwei Dosen Würmern, von denen eine für mich und eine für meinen Vater bestimmt war, in der einen Hand den Kescher und in der anderen die neue Angel – und zwar auf Zehenspitzen, um meine Mutter nicht zu wecken –, sagte ich: »Okay, okay, von mir aus hast du recht.« Mein Vater reagierte nicht darauf, da ich in solchen Momenten angeblich nicht vernünftig mit mir reden lasse: Das sei in etwa so, als wollte man eine Winterbrasse fangen, und dafür braucht man Geduld und eine Langleine – das Schleppnetz kann man vergessen.

Bis wir das Boot zu Wasser gelassen hatten, wechselten wir kein einziges Wort. Während mein Vater im Bug saß und ruderte, wobei er die Ruderblätter höchst elegant eintauchte, ohne zu spritzen, so als hätte er noch eine alte Rechnung mit dem Meer zu begleichen, bedeutete er mir stumm, mich umzuschauen. Unser Dorf Capo Galilea war nur noch eine Erhebung hinter der Küste: sandfarbene Häuser und in den Gassen Lichter wie Fackeln. Der Mond stand hoch am Himmel, über dem Hafenbecken und dem Hügel, der tatsächlich jeden Sommer in Brand gesteckt wurde wie eine Fackel. Vor zwei Jahren war der Vater eines Freundes ums Leben gekommen, als er die Laube und die Weinterrassen seines Schwagers retten wollte. Denn es stimmt einfach nicht, dass Feuer ein reinigendes Element ist, wie Pfarrer Don Luciano immer so schön sagt; Feuer ist unberechenbar, es holt sich auch Unschuldige. Der Himmel war indigoblau, nur im Osten waren ein paar Wolken zu sehen. Ich hockte im Bootsrumpf und ließ meinen Vater rudern, egal, wohin. Mit ihm hätte ich das Meer überquert und wäre bis nach Afrika, ja überallhin gefahren.

Deshalb verletzte es mich auch so, dass er mir nicht glaubte. Als der Pfarrer und die Carabinieri kurz vor dem Abendessen an unsere Tür geklopft und mich beschuldigt hatten, am Nachmittag mit Michele und Salvo eine der Milchglasscheiben der Sakristei eingeworfen zu haben – »Es hat nicht viel gefehlt, und sie hätten Signora Puglisi, die dort gerade geputzt hat, am Kopf getroffen« –, hatte mein Vater sich nicht mal nach mir umgedreht, um zu erfahren, ob diese Anschuldigung überhaupt stimmte. Dabei war ich doch dabei, saß nur eine Handbreit von ihm entfernt im Sessel! Stattdessen hatte er nur gesagt: »Das tut mir leid.«

Ich war aufgesprungen. »Was tut dir leid, Papà? Ich habe überhaupt nichts gemacht. Ich habe nichts damit zu tun. Ich habe Michele und Salvo heute noch gar nicht gesehen. Ich war mit dem Rad am Caddusu.« Um die Carabinieri und Don Luciano dann erschrocken über meine eigene Unverfrorenheit mit knallrotem Kopf anzuschreien: »Woher wollt ihr das überhaupt wissen? Habt ihr sie dabei fotografiert?«

»Der Laufbursche vom Celima hat sie erkannt.«

»Der Laufbursche vom Metzger? Der Blinde?«

»Er ist nicht blind.«

»Na, habt ihr seine Brille gesehen? Kennt ihr den überhaupt? Ich schon.«

»Eben drum!«, hatte sich der Carabiniere eingemischt. Er war groß und schnauzbärtig, seine Tochter ging auf dieselbe Schule wie ich und war hässlich. »Er kennt dich nämlich auch.«

»Er lügt.«

Der Carabiniere hatte nur gegrinst. »Warum sollte er?«

Ich zuckte die Achseln. »Woher soll ich das wissen? Das müsst ihr ihn schon selber fragen.«

Mein Vater war aus dem Zimmer gegangen, um ein Taschentuch zu holen. Als er zurückkam, wischte er sich Blut von der Nase; er hatte häufig Nasenbluten. »Und was sagen die anderen beiden?«

»Michele und Salvo? Auch sie streiten alles ab. Und wissen Sie, wo sie gewesen sein wollen?«

»Am Caddusu?«

Der Carabiniere hatte erneut gegrinst, so als wollte er andeuten, dass eine gewisse Intelligenz dazu gehört, sich gegenseitig zu decken, wir aber nicht so intelligent wären.

»Nein. Der eine war zu Hause und hat gelernt, und zwar *allein*. Der andere war zu Hause und hat etwas im Fernsehen gesehen, ebenfalls *allein*. Der Laufbursche vom Celima hat zwei der drei Burschen erkannt, die den Stein geworfen haben.« Daraufhin fügte er an mich gewandt hinzu: »Außerdem weiß doch jeder, dass man Michele, Salvo und dich stets im Dreierpack antrifft. Ihr haltet zusammen wie ein Schwarm Sardinen.«

Meine Mutter hatte Kaffee aufgesetzt, doch sie hatten abgelehnt: »Danke, Signora, aber das ist eine ernste Angelegenheit.« Die kaputte Scheibe müsse ersetzt werden. Außerdem müssten wir zur Wiedergutmachung arbeiten, so Don Luciano: »Damit euch die ganze Gemeinde verzeiht.« Bei diesen Worten beschrieb er mit beiden Zeigefingern einen riesigen Kreis. »Und bei Signora Puglisi werdet ihr euch auch entschuldigen.«

Nachdem sie weg waren, blieb ich fassungslos sitzen. Ich war zu Unrecht beschuldigt worden, doch mir fehlte die Kraft, mich zu wehren: An diesem Tag war niemand außer mir am Caddusu gewesen – weder Michele noch Salvo. Weder Alfio, der Adoptivsohn des Apothekers, noch Marinella. Ich war dort mindestens zwei Stunden lang die Dünen runtergebrettert. Ich war sogar gestürzt. Der Beweis dafür war eine gezackte Schürfwunde an der Wade. Aber Blut ist stumm: Es konnte schlecht auf den Stein zeigen, der mir die Schramme beigebracht hatte – ein aus der Einfriedungsmauer ragender Tuffsplitter.

Mein Vater hatte die Carabinieri und den Pfarrer barfuß, in kurzen Hosen und Gummihandschuhen hinausbegleitet (er nahm nämlich gerade Fisch aus). Worte wie *Kummer, Strafe, Schuld* standen im Raum und überdeckten den Makrelengeruch. Kaum war mein Vater zurück, hatte sich meine Mutter auf die Sofalehne sinken lassen, und beide hatten im Chor gesagt: »Und?«

Ich hatte geschwiegen.

»Was hast du dazu zu sagen?«

Ich blieb stumm.

»Na ganz toll! Aber vielleicht ist es in deinem Fall tatsächlich besser, du schweigst.«

Sie hatten mir befohlen, auf mein Zimmer zu gehen. Radio, Fernsehen und *X-Men* waren tabu. Ich dagegen war sprachlos über so viel Ungerechtigkeit und fühlte mich zutiefst in meinem Stolz verletzt: Ich war unschuldig und wollte das nicht erst beweisen müssen, weil es so offensichtlich war. Wenigstens meine Eltern hätten das merken müssen, schließlich stand es mir förmlich ins Gesicht geschrieben. Der Tank der Airbrushpistole war voll. Von der Schule, den Hausaufgaben und den unvermeidlichen Mahlzeiten einmal abgesehen – denn wer über dem eigenen Lokal wohnt, hat keine Chance, in Hungerstreik zu treten –, hatte ich drei Tage hintereinander am Schreibtisch gesessen und die erste Comicfigur meiner fantastischen Laufbahn als Comiczeichner gezeichnet. Hätte ich damals schon gewusst, dass ich damit Erfolg haben würde, wäre ich ehrlich gesagt gleich dabeigeblieben, statt mich noch jahrelang auf dem Gymnasium herumzuquälen. Drei Tage hintereinander zeichnete ich den *Unschuldigen*, eine Erfindung von mir höchstpersönlich, von Zeno Montelusa, zwölf Jahre, Capo Galilea, Sizilien.

Dreihundert Meter von der Küste entfernt stellte mein Vater das Rudern hinter einer Landzunge ein: angeblich der beste Angelplatz der gesamten Provinz, wenn nicht sogar der gesamten Region, um mit der Langleine Fische zu fangen. Wir waren nicht etwa dorthin gerudert, weil wir keinen Motor gehabt hätten, sondern weil mein Vater den Lärm nicht mochte. »Ich will hören, wie das Wasser ans Boot schlägt«, sagte er immer. Schon seit Tagen wehte der Schirokko. Er hatte das Boot so glitschig gemacht, dass man drohte ins Wasser zu fallen, ohne noch mal Luft holen zu können. Deshalb blieb ich im Rumpf hocken und präparierte die Langleine, während mein Vater im Boot stand, aufs Meer hinausschaute und darauf wartete, dass der Schirokko mir die richtigen Worte zuwehte und nicht nur Wüstensand.

Der Vorschlag war von meiner Mutter gekommen: »Fahrt doch am Sonntagmorgen mit dem Boot hinaus, nur ihr beide. Und wer weiß? Vielleicht habt ihr auch ein bisschen Wahrheit im Gepäck, wenn ihr zurückkommt?«

Aber von welcher Wahrheit spricht sie eigentlich?, dachte ich. Die Wahrheit erfährt, wer danach sucht. Will man dagegen bloß bestätigt bekommen, was man ohnehin zu wissen glaubt, ist das einfach scheiße. Denn dann muss ich mich entschuldigen, sagen, dass der andere recht hat. Meine Mutter glaubte mir nach wie vor nicht wirklich, das war ihr deutlich anzuhören. Aber damals konnte ich ihr nicht mal Kleinigkeiten begreiflich machen, zum Beispiel dass ich kein Pausenbrot mehr mitnehmen, sondern wie alle anderen auch in die Bar gehen wollte. Es war ja gut und schön, dass wir ein Restaurant hatten, in dem man gesund aß. Aber das war noch lange kein Grund, mir Panini mit Resten vom Vortag mitzugeben. Ich schaffte es einfach nicht, ihr das zu sagen, geschweige denn etwas zu meiner Verteidigung vorzubringen: Allein beim Gedanken daran kamen mir Wuttränen.

Ich nahm einen der dicken braunen Würmer aus der Dose. Salvo und ich hatten sie am Tag vor der Sache mit dem Sakristeifenster am Strand von Mazara del Vallo gesammelt, der voller Neptungräser und Miesmuscheln ist. Der erste Angelauswurf misslang, also holte ich die Leine wieder ein und warf sie energischer aus. Nach nicht einmal zehn Minuten hatte ich die ersten beiden kleinen Meerbrassen im Eimer. Mein Vater, der die Würmer sorgfältig am Haken befestigte, angelte vom anderen Ende des Bootes aus, damit wir uns nicht in die Quere kamen. Er ließ die Schnur nervös zucken, eine in unserer Familie weit verbreitete Technik, die er mir irgendwann beibringen würde. Er zog aber nur einen kleinen gefleckten Wolfsbarsch heraus und die eine oder andere Meerbrasse. Nach einer Stunde, in der ein Fisch nach dem anderen anbiss, tat sich nichts mehr. Auch der Schirokko hörte auf zu wehen. Bei Tagesanbruch wurden die Fische, die anbissen, immer weniger und kleiner. In diese Stille fragte mein Vater: »Warum habt ihr das getan?«

»Was?«

»Du weißt genau, was ich meine.«

»Diese Frage ist vollkommen absurd!«, erwiderte ich.

»Was ist absurd?« Er hatte die Stimme erhoben, was das Schwanken des Bootes verstärkte. »Dass ich verstehen will, warum drei Jungs, die wirklich alles haben – Freiraum, um sich auszutoben, das Vertrauen ihrer Eltern, ja vor allem das Vertrauen ihrer Eltern –, warum diese drei Jungs also beschließen, ein Kirchenfenster einzuwerfen? Ausgerechnet ein Kirchenfenster! Wozu das Ganze, Zeno? Aus Langeweile, aus Wut? Gibt es bei uns zu Hause vielleicht Probleme? Musst du etwa mit ansehen, wie deine Eltern sich prügeln, sich Gegenstände an den Kopf werfen oder beschimpfen? Denn so heißt es doch immer, wenn etwas schiefläuft: ›Da wird es zu Hause Probleme geben.‹ Aber bei uns gibt es, Scheiße noch mal, keine Probleme!«

Es war das erste Mal, dass er mich so anschrie, ja das erste Mal, dass ich hörte, wie er das Wort *Scheiße* in den Mund nahm. Auf Sizilianisch tat er das öfter, aber nicht auf Italienisch. Das Boot schaukelte, ein Schaukeln, das sich auf meinen ganzen Körper übertrug. Ich schwankte zwischen Angst und Stolz, weil ich nicht wusste, wozu mein Vater noch fähig war, und weil wir eigentlich ein ganz anderes Verhältnis hatten. Wir hatten beide einen Punkt überschritten, eine Boje hinter uns gelassen und erkundeten unbekannte Gewässer.

In diesem Moment fing ich den größten Wolfsbarsch meines Lebens.

Während ich nicht richtig aufpasste und einer Stimme lauschte, die ich besser kannte als meine eigene, die sich aber noch nie so fremd angehört hatte, während ich über den unerwarteten Übergang in einen neuen Lebensabschnitt staunte – über die Worttaufe, die den veränderten Umgangston zwischen Vater und Sohn markierte –, während ich also Rute und Schnur hielt, spürte ich ein Ziehen. Ein heftiges Ziehen. Einen plötzlichen Ruck. Einen Moment lang hatte ich Angst, die Angel könnte ins Meer fallen. Ich umklammerte Griff und Kurbel und schrie. Keine Ahnung, was ich da schrie, ich weiß nur noch, dass er sofort neben mir stand, zog, Spiel gab, die Schnur straffte und wieder lockerließ, bis ein Wolfsbarsch, der für Weihnachten und Silvester zusammen gereicht hätte, wie ein Geschoss aus dem Meer kam, schließlich nach einem Gleitflug besiegt in unserem Boot liegen blieb und zappelte, als wollte er das Boot versenken und uns mit in die Tiefe ziehen.

Sekundenlang stützten wir uns erschöpft vor Anstrengung

und Aufregung auf den Oberschenkeln ab. Als ich mich gerade aufrichten und ihm freudig erklären wollte, dass seine Frage schon allein deshalb absurd sei, weil er in der Mehrzahl gesprochen habe – eine Mehrzahl, die suggerierte, ich hätte gemeinsame Sache mit Michele und Salvo gemacht, nur weil wir miteinander befreundet waren, womit er meine moralische Urteilsfähigkeit infrage stellte –, ja, als ich mich also gerade aufrichten und ihn umarmen wollte, sah ich, wie er in Ohnmacht fiel.

Ich hatte noch nie zuvor gesehen, wie jemand in Ohnmacht fällt, aber es war genauso, wie man sich das vorstellt: Er verdrehte die Augen, kippte zur Seite, knallte mit der Schläfe gegen die Bordkante und blieb liegen.

Mein Sommer – der Sommer des Jahres 1999 – hatte in jenem März begonnen, nur dass ich das damals noch nicht wusste, weil ich keinen Blick dafür hatte.

Aber hätte ich es überhaupt wissen können? Mein Vater klagte über Blut, das die Borsten seiner Zahnbürste und die weiße Sanitärkeramik befleckte, wenn er abends ins Bad ging, um sich vom Küchengestank nach Frittüre und Fisch zu befreien. Oder gleich nach dem Frühstück, bevor er in seine bequeme Hose mit den Seitentaschen schlüpfte, das Haus verließ und einen Espresso auf der Piazza trank, um anschließend auf den Markt zu gehen.

Hätte ich im Zahnfleischbluten meines Vaters ein Alarmsignal erkennen können? Nachts schwitzte er so stark, dass meine Mutter das Bettzeug wechseln musste – genau wie damals, als ich noch klein war und ins Bett machte. Wenn sie keine Lust hatte, es zu waschen, hängte sie es einfach auf die Leine, damit es von Sonne und Wind getrocknet wurde. »Heute Abend wirst du das Gefühl haben, im Freien zu schlafen«, sagte sie dann, um sich zu rechtfertigen. Schließlich war der ganze Innenhof schon ein einziges Flattern von Tischdecken und Servietten. Nun auch noch Bettzeug.

Barg dieses Fahnenschwenken ein an mich gerichtetes verschlüsseltes Signal?

Englisch- und Matheprüfungen bestehen. Das Vorne-an-der-Tafel-ausgefragt-Werden überleben. Es bis an die Spitze des Capo Galilea Football Club schaffen, selbst wenn man in eine höhere Altersklasse wechselt, plötzlich wieder der Kleinste ist, und es Vierzehnjährige gibt, deren behaarte Beine deine Hand streifen. Mit dem Rad den Caddusu – das karge, buckelige Gelände am nördlichen Ende des Dorfes – rauf und runter brettern, und zwar in weniger als vierzehn Minuten. Comics tuschen und mit der Airbrushpistole kolorieren, und dann natürlich noch Michele und Salvo und der Strand (Sex war damals noch kein Thema für mich): Das war meine Welt, von dort kamen die Signale, die ich entziffern konnte, als mir das Leben im Frühling 1999 plötzlich um die Ohren flog.

Meine Eltern, Vittorio Montelusa, siebenunddreißig, geboren in Capo Galilea – und zwar zu Hause, weil es bei uns kein Krankenhaus gibt, das nächstgelegene ist siebenundzwanzig Kilometer entfernt –, und Agata Coifmann, dreiunddreißig, geboren in Turin, führten das Familienlokal Mare Montelusa, das mein Großvater 1954 eröffnet hatte und das für seine traditionelle sizilianische Küche berühmt war. In vielen Reiseführern wurde das Mare Montelusa für die *sarde a beccafico* meiner Großmutter Giovanna, für das gute Preis-Leistungs-Verhältnis und für die familiäre Atmosphäre gelobt. Bevor meine Großeltern das Lokal ihrem einzigen Sohn und dessen Frau übergaben, war die Arbeit wie in einer von Henry Fords Fabriken organisiert gewesen. Weniger im Sinne von Fließbandarbeit, sondern im Hinblick auf die Bevormundung der Mitarbeiter, bestehend aus Hilfsköchen, Kellnern, Tellerwäschern und Lieferanten, sodass mein Vater mit zwanzig nach Turin floh, um fernab der übermächtigen Vaterfigur seine eigenen Erfahrungen zu machen.

Mein Vater hatte noch einen zehn Jahre älteren Bruder, Onkel Bruno, der sich jedoch nie fürs Kochen, geschweige denn fürs Montelusa interessiert hatte. Nach seinem Ingenieurstudium war er für ein Praktikum nach Australien gegangen und nie mehr zurückgekehrt. Er hatte geheiratet, zwei Töchter bekommen und lebte in der Nähe von Melbourne. In meinen ersten zwölf Lebensjahren habe ich ihn bloß dreimal gesehen, und beim ersten Mal war ich noch so klein, dass ich mich nicht mehr daran erinnern kann.

In Turin arbeitete mein Vater in einer in den Hügeln gelegenen Trattoria, die sich auf *fritto misto alla piemontese* und *bagna cauda* spezialisiert hatte. Von dort aus hatte er einen fantastischen Blick auf den Po, auf die Dächer der Stadt und die Alpen. Als er eines Morgens über den Markt an der Porta Palazzo schlenderte, traf er eine junge Frau, die gerade nach den *richtigen* Aprikosen für die *richtige* Konfitüre für das Sachertortenrezept ihrer Mutter, meiner Großmutter Elena, suchte (die ich leider nie kennengelernt habe). Wie er später erzählte, war er, fasziniert von ihren roten Haaren, stehen geblieben – und das, obwohl sie gar nicht rot sind (meine Mutter hat kastanienbraune Haare). Doch wegen des orangefarbenen Sonnensegels, das der Gemüsestandbesitzer an jenem heißen Herbsttag aufgespannt hatte, müssen sie tatsächlich so ausgesehen haben. Haare, die meinen Vater in Kombination mit den grünen Augen meiner Mutter – und die sind tatsächlich grün – dermaßen hypnotisiert haben, dass alles andere aus seinem Blickfeld verschwand.

Sie waren jahrelang ein Paar, ohne groß darüber zu reden oder ihre Beziehung zu legalisieren – ganz einfach aus dem Bedürfnis heraus, in einer unbeschwerten Zeitblase zu leben. Erst als sie sich offiziell verlobten und mein Vater fremden Küchen nicht mehr viele Geheimnisse abschauen konnte, fragte er sie, ob sie nicht mit ihm nach Sizilien gehen wolle, um dort das Restaurant zu führen, das mein Großvater ihm irgendwann übergeben werde. Nicht weil der keine Lust mehr gehabt hätte, Gott bewahre, sondern aus Altersgründen.

Sie willigte ein, und neun Monate später kam ich zur Welt.
Ich.

Tja, und heute bin ich Zeichner. Ich zeichne und schreibe, aber in erster Linie zeichne ich. Es gibt Autoren, die sich nur von ihrer Fantasie leiten lassen, aber ich gehöre nicht dazu. Ich liebe die Synergie, die entsteht, wenn aus den Worten des einen die Bilder des anderen werden. Diesem alchimistischen Verwandlungsprozess gilt meine ganze Leidenschaft. Ich lerne jemanden kennen, und wir fantasieren gemeinsam drauflos: Der andere hat Welten im Kopf und ich in den Händen, am Ende befruchten sich unsere unterschiedlichen Welten, und es entsteht eine dritte, noch bessere Welt.

Der erste italienische Comic aus meiner Feder war Teil eines Sonderhefts von *Nathan Never* mit dreizehn Geschichten von dreizehn verschiedenen ausländischen Autoren. Ein befreundeter Franzose empfahl mich weiter, ich schickte dem Verlag ein paar Arbeitsproben, fuhr nach Mailand, um mich vorzustellen, und wurde genommen.

Vor einem Jahr bekam ich eines Morgens eine Mail, und zwar an einem dieser Tage, an denen man sich fragt, ob das wirklich alles einen Sinn hat, sosehr man seine Arbeit auch liebt und sich dafür begeistert – schließlich hätte man sich als Junge fast in die Hosen gemacht vor Aufregung, eines Tages sagen zu können, *Ich bin Comiczeichner*. Nun, an einem dieser Tage bekam ich eine Mail mit folgendem Inhalt:

Ciao Zeno,
im Anhang findest du einen ersten Entwurf zu *Shukran* sowie ein Exposé für die ersten drei Bände. Noch bin ich nicht hundertprozentig überzeugt, aber bald hab ich's.
Ich brauche eine Figurenskizze. Wenn du die fertig hast, schicken wir alles an Jean-Louis.

Die Mail kam von Roberto Crocci, einem der besten Comicautoren überhaupt. *Shukran* ist eine Comicreihe über einen Typen, den wir uns gemeinsam ausgedacht haben: Er ist eine Art Superheld, der zwar keine übernatürlichen Kräfte besitzt, aber dafür stark und intelligent ist und darüber hinaus über die notwendige Ausrüstung verfügt, Flüchtlingen beim Überwinden von Grenzen zu helfen und sie vor Menschenhändlern sowie der Abschiebung in die Heimat zu bewahren. Er rettet sie aus Seenot, führt sie aus der Wüste oder aus unwirtlichen Gebirgsregionen und hilft ihnen, nicht in Flüchtlingslagern zu landen. Was *Captain America* mit Nazis und KZs gemacht hat, macht *Shukran* in einem zukünftigen Europa mit Frontex und Flüchtlingslagern (wir schreiben das Jahr 2050); in einem Europa, das seinen Schutz an die Europäische Agentur für die operative Zusammenarbeit an den Außengrenzen delegiert hat.

Diese Mail kam im Februar, das weiß ich noch wie heute – wie sollte ich das auch jemals vergessen? Ich machte mich also an die Arbeit und schickte ihm meine Entwürfe sowie ein Storyboard der ersten Folge. Jean-Louis Icardi, der Verleger des französischen Verlags Dargaud, war hellauf begeistert. Der Comic erschien noch im November desselben Jahres, schon Ende des Monats musste nachgedruckt werden. Kurz vor Weihnachten standen die Leute Schlange, um sich die letzten Exemplare zu sichern. Im April erschien *Shukran* »nach dem Riesenerfolg zweier italienischer Autoren in Frankreich« (*Corriere della Sera* vom 17. März) auch in Italien und überall auf der Welt.

Ich kann es immer noch kaum fassen.

Nachts wache ich auf und mache Licht im Atelier. Der Schreibtisch liegt unter den vielen Zeichnungen von *Shukran* begraben, die gelb gestrichenen Wände sind von Hunderten von Fotos bedeckt. Dazu zwei an mich und Roberto gerichtete Drohbriefe. Darin steht, dass wir das noch bitter bereuen werden blablabla – Hakenkreuze, das volle Programm. Ich habe sie ans Fenster gehängt. Wenn ich müde bin oder keine Lust mehr habe, schaue ich sie an: Ein kurzer Blick genügt, und ich mache mich wieder an die Arbeit.

Das bin ich heute.

Im Frühling 1999 aber, als der seltsamste Sommer meines Lebens seinen Lauf nahm, zeichnete ich noch keinen *Shukran*, obwohl ich schon damals gern zeichnete. Damals bekam ich noch keine Drohbriefe von Rechtsextremen und reiste auch nicht um die Welt, um das größte Comicphänomen seit *Captain America* zu bewerben. Damals war ich zwölf Jahre alt, und während die Sonne in ihrer ganzen Pracht über dem Mittelmeer aufging, versuchte ich, den Bootsmotor anzuwerfen, um meinen Vater an Land zu bringen. Einen Vater, der aus meiner Sicht genauso gut tot hätte sein können.

Das erste Handy, das 1998 in die Familie Montelusa-Coifmann Einzug hielt, war ein Motorola StarTAC. Mein Vater und ich hatten es wegen unserer gemeinsamen *Star Trek*-Leidenschaft ausgesucht. (Das StarTac war vom Kommunikator inspiriert, den Käpt'n Kirk und andere Besatzungsmitglieder der Enterprise benutzten.) Angeregt hatte den Kauf allerdings meine Mutter, denn wenn mein Vater in Herbstnächten bei starkem Nordostwind mit dem Boot draußen war, musste sie aufstehen und die

Wohnzimmermöbel polieren oder Konserven beschriften, um ihre Angst zu betäuben. Sowohl zu Hause als auch im Restaurant gab es ein Festnetztelefon. Aber wenn wir verreisten oder über Nacht wegblieben, nahmen wir immer das Handy mit – mehr zur Beruhigung als aus einer echten Notwendigkeit heraus.

An diesem Morgen hatten wir es zu Hause gelassen. Der Akku war leer, und mein Vatter hatte vergessen, ihn wieder aufzuladen.

Ebenso angsterfüllt wie ahnungslos stürzte ich mich auf den Außenbordmotor. Ich zog an der Anlasserleine, aber der Vergaser wurde von meiner Angst verstopft. Ich entlüftete den Tank, wie ich das bei meinem Vater schon oft gesehen hatte. Daraufhin änderte der Motor sein Geräusch, vielleicht lag es am Zündfunken. Anschließend sprang er an. Ich atmete durch Nase, Mund und Ohren. Ich hatte das Boot bereits gesteuert, aber stets unter Aufsicht meines Vaters, der kontrollierte, wie fest ich die Ruderpinne hielt und in welche Richtung der Bug zeigte. Ich brauchte eine Viertelstunde bis zum Landungssteg – fünfzehn Minuten, in denen sich die Erdzeitalter hintereinander auftürmten, Gletscher und brüllende Lavahitze mit sich brachten. Es fielen auch Worte; Worte, die ich nicht aussprach, die mir aber trotzdem über die Lippen kamen: Wach auf, Papà, wach auf! In dieser Viertelstunde verschwendete ich keinen Gedanken daran, was ich tun würde, wenn ich das Boot vertäut hätte. Bestimmt würde aus dem Nichts ein Krankenwagen auftauchen. Doch dem war nicht so, keine Menschenseele war zu sehen. Ich sprang auf die Hafenmole, packte meinen Vater unter den Achseln und versuchte, ihn aus dem Boot zu hieven, aber er war zu schwer. Bis nach Hause waren es acht Minuten zu Fuß – zwei, wenn man rannte. Anderthalb Minuten später sackte ich auf dem Wohnzimmerboden zusammen. Meine Mutter hatte mich vom Fenster aus gesehen und kam leichenblass die Treppe herunter, einen ganzen Katalog stummer Fragen auf den Lippen.

»Ohnmächtig. Lauf. Hafenmole. Boot«, sagte ich.

Sie verließ barfuß das Haus, in dem Wolverine-T-Shirt, das ihr eine Freundin aus Los Angeles mitgebracht hatte und das ihr vier Nummern zu groß war. Sie benutzte es als Nachthemd. Sie rannte unter einem dermaßen bunt schillernden Himmel davon, dass man meinen konnte, sämtliche Engel des Paradieses hätten ihn grün und blau geschlagen.

Wie wir später erfuhren, wurde sie dabei von Don Luciano gesehen, der Bibelverse zitierend durch die Gassen von Capo Galilea lief; von Lorenzo, dem Sohn des Gemüsehändlers, der gerade von einer Party zurückkam und stehen geblieben war, um an die Leitplanke zu pinkeln, sowie von Signora Puglisi, die an Schlaflosigkeit litt, ihren Mann nicht wecken wollte und deshalb auf ihrer Terrasse saß und Kreuzworträtsel löste. Sie alle sahen uns rennen und beugten sich neugierig vor, weil sie wissen wollten, was das wohl für ein Notfall sei. Aber der Notfall hatte sich bereits erledigt: An der Hafenmole saß mein Vater auf dem Boot und hatte den Kopf in die Hände gestützt. Er blutete stark aus seiner Schläfenwunde. Wir halfen ihm auf den Landungssteg.

Nachdem wir die Wunde zu Hause desinfiziert und mit Gaze verbunden hatten, sagte meine Mutter, sie gingen jetzt in die Notaufnahme. Nicht die Wunde mache ihr Sorgen – mein Vater hatte sich in der Küche oder als Kind beim Fischen an den Felsen schon ganz andere Wunden zugezogen, von denen er eine lange Narbe an der linken Wade zurückbehalten hatte –, sondern der Ohnmachtsanfall. Mein Vater war noch nie in seinem Leben in Ohnmacht gefallen.

»Ich komme mit.«

Meine Mutter saß auf dem Bett und zog sich einen Rock an.

Neben ihr auf der Kommode stapelten sich Romane von Stephen King, John Grisham und Georges Simenon. Die Mütter meiner Freunde lagen im Liegestuhl und lasen Romane über Hunde oder japanische Liebespaare, doch meine Mutter entspannte sich abends mit Stephen King.

»Nein, du bleibst zu Hause!«, sagte sie.

»Warum?«

»Weil wir nicht wissen, wie lange es dauert. Weil die Notaufnahme kein Ort für Kinder ist. Weil du in einer Stunde zu den Großeltern gehen und ihnen Bescheid geben wirst.« Sie schloss die Augen. »Aber jag ihnen keinen Schrecken ein, verstanden? Und anschließend machst du Mathe.«

»Wieso denn Mathe?« Ich zuckte zusammen. »Wir haben keine Hausaufgaben auf.«

Sie drohte mir mit dem Mascarabürstchen. »Du musst Mathe lernen.«

»Du hast doch nicht etwa Simona angerufen?«

»Wieso, hätte ich das deiner Meinung nach lieber lassen sollen?«

»Ausgerechnet heute?«

»Warum nicht heute, Zeno?« Meine Mutter hob beide Hände, als wollte sie einen Pass annehmen, aber es gab keinen Ball aufzufangen. Vielleicht wollte sie auch Gedanken auffangen oder eine Kopfnuss andeuten. »Schreibst du am Dienstag eine Prüfung oder nicht?«

»Ja, aber...«

»Hast du morgen Fußballtraining?«

»Ja.«

»Welchen Tag haben wir heute?«

»Sonntag.«

Sie zählte an den Fingern ab: »Sonntag, Montag, Dienstag. Wann hattest du vor, mit Simona zu lernen?«

Ich unterdrückte ein genervtes Stöhnen und wollte in mein Zimmer verschwinden, hatte mich aber noch nicht von meinem Vater verabschiedet. Ich ging nach unten, wo er in der Küche saß und sich einen Eisbeutel an die Schläfe hielt. Ich umarmte ihn von hinten. Er drehte das Lederarmband, das er mir geschenkt hatte und auf dem »Zeno« in chinesischen Schriftzeichen stand.

»Es tut mir leid«, sagte er. Ich presste mein Ohr an seinen Rücken, denn von dort kam seine Stimme.

»Was?«

»Dass ich dir so einen Schrecken eingejagt habe.«

»Du hast mir keinen Schrecken eingejagt«, log ich.

»Wirklich nicht?«

»Wirklich nicht.« Er nahm meine Hand, und ich drückte ihn. »Ich wollte dir noch sagen, dass ...«

»Darüber reden wir, wenn ich wieder da bin.«

»Ich ...«

»Zeno, ich sagte, darüber reden wir, wenn ich wieder da bin.«

»Ich bin so weit, wir können los«, sagte meine Mutter.

Ich half ihm beim Aufstehen. »Wartet.« Ich rannte in die Küche, um Handy und Aufladegerät zu holen. »Hier!«

»Der Akku ist leer.«

»Dann ladet ihr ihn eben im Krankenhaus auf.« Ich steckte beides in ihre Tasche.

Ich sah ihnen nach. Es war sieben Uhr morgens, und ich war müde, denn ich war früh aufgestanden. In diesem Moment fiel mir der Wolfsbarsch wieder ein. Er war im Boot geblieben, und ich beschloss, ihn zu holen. Unterwegs traf ich meinen Großvater Melo, der eigentlich Carmelo heißt. Aber mit drei hatte ich ihn Melo getauft – ein Name, der ihm geblieben war. Er kaufte gerade die Zeitung. Ich brachte ihm vorsichtig bei, was passiert war, und sagte Sachen wie *alles nicht so schlimm, harmlos, nur eine kleine Platzwunde, einfach sehr müde*. Daraufhin bat er mich, ihm die Handynummer auf einen Kassenzettel, den er aus seiner Hosentasche kramte, zu schreiben, auch wenn wir sie ihm schon zigmal gegeben hatten.

Außer meinem Großvater war so gut wie niemand unterwegs. Es war noch früh und ein wunderschöner Tag. Zwischen den Häusern hing ein leises Summen, so als schnurrte der ganze Ort wohlig wie eine Katze.

Die Fische waren alle noch im Eimer. Der größte Wolfsbarsch meines Lebens! Ich trug ihn nach Hause, legte ihn in den Kühlschrank, ging auf mein Zimmer und zog die Vorhänge zu. Ich schlüpfte unter die Decke und schlief ein. Zwei Stunden später weckte mich ein Klingeln. Ich machte auf. Es war meine Großmutter.

»Zeno, isst du mit uns zu Mittag?«

»Ja.«

»Wir haben auf dem Handy angerufen, aber da geht bloß eine Frau mit einer merkwürdig metallischen Stimme dran. Meinst du, ich habe mich verwählt?«

»Nein, Oma, du hast dich nicht verwählt, das Handy ist ausgeschaltet. Und wenn es ausgeschaltet ist, sagt eine Stimme, dass der Anschluss vorübergehend nicht erreichbar ist. Was hat die Stimme denn gesagt?«

»Was weiß ich! Als ich sie gehört habe, habe ich sofort aufgelegt. Ich will nicht mit dieser Frau reden. Ich will deinen Vater oder deine Mutter sprechen.«

Hinter ihr konnte ich zwischen dem Basilikum und der Rathausmauer Simona auf ihrem Fahrrad entdecken. Simona ging in die zehnte Klasse und sollte aus meiner ignoranten Zahlenaversion eine intelligente Zahlenaversion machen. Ihr Plan sah vor, dass ich meine Matheaversion behalten durfte, aber nicht ohne zu wissen, wogegen sie sich genau richtete. Noch war ihr Plan nicht aufgegangen, aber allein Simonas Anwesenheit führte zu einer regelrechten Zukunftseuphorie in meiner Familie, so als hätte ich das Schlimmste bereits hinter mir. Und das genügte, dass ich die Nachhilfestunden über mich ergehen ließ: ein Minus an negativen Schulaussichten auf der einen und ein Plus an Wohlwollen in Bezug auf meine Wünsche auf der anderen Seite. So was nennt man Algebra, oder etwa nicht?

Der Tag wollte einfach kein Ende nehmen. Gegen eins hatte meine Mutter angerufen: Es würden mehrere Untersuchungen vorgenommen, sie sei kurz rausgegangen, um sich die Beine zu vertreten und ein Eis zu essen. Als ich abends um acht den Wagen hinter der Hofmauer hörte, fiel mir wieder ein, dass ich den Tisch noch nicht gedeckt hatte. Sonntag war Ruhetag, und da musste ich im Haushalt schuften. Ich rannte die Treppe hinunter und passte meine Mutter an der Haustür ab.

Doch die Frau, die mir entgegenkam, war kaum wiederzuerkennen: Das übliche Strahlen, das kindliche Staunen und Urvertrauen waren verschwunden. An ihre Stelle war etwas anderes getreten. Schon wie sie die Türklinke umklammerte und die Handtasche an sich presste, ließ ungeahnte Abgründe voller Eisstalaktiten und Fledermäuse erkennen.

Ich rang verzweifelt nach Worten, vergeblich. Sie biss sich heftig auf die Unterlippe, aber weinte nicht, wahrscheinlich aus Rücksicht auf mich. Stumm nahm sie meine Hand und zog mich aufs Sofa. Dort blieben wir stocksteif sitzen, die Knie zusammengepresst. Das Zimmer weitete sich, die Wände wichen zurück: Und im Zentrum dieser Explosion befand sich meine Mutter.

»Hör zu …«
»Wo ist Papà?«
»Im Krankenhaus.«
»Geht es ihm schlecht?«

»Ja.«

»Wegen der Wunde?«

»Nein, nicht wegen der Wunde.«

»Warum dann?«

»Es wurden einige Untersuchungen gemacht …«

»Was denn für Untersuchungen?«

»Papà hat Leukämie«, sagte sie, so als könnte nur dieses Wort bis zu mir vordringen, um sich dann mit anderen Informationen zu verknüpfen, damit sie dem nichts mehr hinzufügen musste. Aber ich hatte nicht die leiseste Idee, was das ist, Leukämie. Sie suchte in ihrer Handtasche erst nach Zigaretten, dann nach dem Feuerzeug und zündete sich eine an. Meine Mutter rauchte fast nie, und schon gar nicht im Haus. »Leukämie: Das ist eine ziemlich dicke Kröte, die wir da schlucken müssen. Das ist echt heftig.«

»Wie heftig?«

Sie stieß eine Rauchwolke zur Decke. »Er muss im Krankenhaus bleiben.«

»Für wie lange?«

»Wenn ich das wüsste!«

»Warum weißt du das nicht?«

»Weil ich es nun mal nicht weiß.«

»Aber die Ärzte müssen das doch wissen.«

»Nein.«

»Wieso denn nicht?«

»Sie wissen es nicht, Zeno.«

»Aber es sind doch Ärzte.«

»Weißt du noch, Zeno, als wir dieses Samentütchen auf dem Dachboden gefunden haben und nicht wussten, welche Samen es enthält?« Bei diesen Worten strich sie mir übers Haar, das länger war als sonst. Sie teilte meinen Pony über der Stirn. »Wir haben sie eingepflanzt, und es waren Ringelblumen. Wir haben die Pflanzen großgezogen, indem wir sie gegossen und vor zu viel Sonne geschützt haben. Wir wussten nicht, was am Ende dabei herauskommt.« Sie nahm einen Zug von ihrer Zigarette. Sie suchte nach den richtigen Worten, denn wenn man ein Kind großzieht, gehört das auch dazu: nicht zu lügen, aber ihm nicht die Hoffnung zu nehmen, auch wenn man sie selbst längst aufgegeben hat. »Die äußeren Umstände haben dafür gesorgt, dass die Pflanzen wachsen durften«, sagte sie. »Manchmal muss man einfach Geduld haben.«

Und so kam es, dass die *dicke Kröte*, wie meine Mutter und ich Vaters Krankheit nannten, die zwar über Nacht ausgebrochen, aber nicht über Nacht entstanden war, weil mein Vater laut den Ärzten schon länger an der Blutkrankheit litt, nur dass man die Symptome anfangs gar nicht bemerkt, sondern erst, wenn man ins Krankenhaus muss, und dann ist es schon sehr spät, nicht *zu spät*, aber eben spät – so kam es also, dass die dicke Kröte wie eine Stichflamme einen Monat nach dem anderen verschlang und März, April, Mai, mein Schuljahr (ich wurde bloß aus Mitleid versetzt) sowie das Restaurant in Schutt und Asche legte. Meine Großeltern waren gezwungen, wieder zu arbeiten, weil mein Vater im Krankenhaus bleiben musste, wo er eine Bluttransfusion und eine Chemo nach der anderen bekam. Währenddessen wich meine Mutter ihm nicht von der Seite. Sie versuchte, mit den Ärzten zu reden, herauszufinden, was man tun, wo und wie man sich behandeln lassen kann. Ende Juni wurde ich dann mit höchst unangenehmen Zukunftsaussichten konfrontiert: Um unsere Schuld wiedergutzumachen, hatten Michele, Salvo und ich uns vom ersten Tag der Sommerferien an *pünktlich* um neun bei Don Luciano in der Pfarrei zu melden. Anschließend mussten wir für ihn und Signora Puglisi alle möglichen Handlangerdienste verrichten wie putzen, den Gemeindebrief austragen oder schwere Kisten schleppen. Wann diese Bestrafung ein Ende haben würde, stand noch nicht fest, aber wir hatten den bösen Verdacht, dass wir von nun an sämtliche Vormittage des Juni, Juli und – was der Himmel verhüten möge –, auch des August opfern müssten. In meinem Fall kam noch erschwerend hinzu, dass ich unschuldig war, was mich erst recht wütend machte. Als ich Michele und Salvo zum ersten Mal wiedersah und zum ersten Mal nicht an die *dicke Kröte* denken musste, hätte nicht viel gefehlt, und wir hätten uns geprügelt. Ich beschimpfte sie als Arschlöcher, schließlich ist man nicht so blöd und wirft das Sakristeifenster des *eigenen* Dorfs ein – erst recht nicht, wenn dieses Dorf nur zweitausend Einwohner hat, die sich alle untereinander kennen. Ich beschimpfte sie auch deshalb als Arschlöcher, weil sie mich nicht verteidigt, ja es nicht einmal versucht hatten. Ich war an besagtem Tag nicht dabei gewesen, und sie waren die Einzigen, die das bezeugen konnten.

Das Problem war nur, dass sie behaupteten, nichts von der Sache zu wissen; beide seien zum Zeitpunkt des Steinwurfs tatsächlich allein zu Hause gewesen: um die Photosynthese zu lernen (Michele) und um einen Dokumentarfilm über Maradona zu sehen (Salvo). Die Carabinieri und Don Luciano hätten sie dem Laufburschen vom Celima gegenübergestellt, und der habe bestätigt, sie und einen Dritten gesehen zu haben, der vielleicht ich gewesen sei oder auch nicht. Man habe ihm geglaubt, und so wie ich meine ehemals besten Freunde kannte, glaubte ich ihm auch, denn so ein Mist war wirklich typisch für sie.

»Aber wer war dann der Dritte im Bunde?«, fragte ich Salvo eines Tages, als wir in kurzen Hosen die Holzbänke der Kapelle des heiligen Hieronymus Savonarola mit einem in Leinöl getränkten Lappen auf Hochglanz brachten.

»Du willst mir also nicht glauben!«, erwiderte er und wischte sich den Schweiß mit einer öligen Hand von der Stirn.

»Ich wüsste wenigstens gern, für wen ich mir hier den Arsch aufreiße!«, sagte ich seufzend.

»Für das blinde Arschloch von einem Celima natürlich, hast du das immer noch nicht kapiert? Der hat sich das Ganze ausgedacht, wahrscheinlich hat er sogar den Stein geworfen. Um es uns heimzuzahlen und sich ins Fäustchen zu lachen. Und das nur, weil wir ihn wegen seiner Brille aufziehen!«

»Aber klar doch!«, sagte ich. »Wie soll der bitte schön das Sakristeifenster treffen? Der trifft noch nicht mal das Gebäude!«

»Soll das ein Witz sein?« Salvo warf den Lappen in den Eimer, stand auf und nahm etwas von der Fensterbank. Es war ein Etui mit einer Nickelbrille. Er reichte sie mir.

»Setz sie auf, dann beweis ich es dir!«, sagte er.

»Wem gehört die denn?«

»Don Luciano.«

»Du spinnst ja!«, sagte ich. »Leg sie sofort wieder zurück.«

»Setz sie auf! Ich habe sie gestern aufgesetzt. Und sogar mit dieser Brille, mit der man nichts sieht, hab ich das Jahrmarktsplakat da unten getroffen. Und das ist immerhin zehn Meter weit weg.«

»Leg die Brille wieder weg!«

In diesem Moment hallte die Stimme des Pfarrers durch den Raum. »Los, zurück in die Bankreihen, *ragazzi*!«, ermahnte er uns.

»Wir sind hier gleich fertig, Don Luciano«, rief ich.

»Sofort!«

Salvo legte kopfschüttelnd die Brille in das Etui zurück und dieses auf die Fensterbank zu den Geranien. »Depp!«, sagte er, als er zurückkehrte.

»Zeno.« Signora Puglisi erschien auf der Orgelempore. »Deine Mutter hat angerufen, du sollst sofort nach Hause kommen. Don Luciano hat es erlaubt.«

»Und mich lässt du im Stich?«, beschwerte sich Salvo.

»Halt dich an Michele!«, sagte ich und wischte mir die Hände an der Hose ab. »Oder an den Blinden.«

Dann schwang ich mich aufs Rad und nahm die Straße, die parallel zu den Bahngleisen verläuft. Ich fuhr am Bauholzdepot und an den zweistöckigen Neubauten vorbei, von denen einige ein gemauertes Portal hatten, aber alle einen Garten, der von vertrockneten Hecken begrenzt wurde: Seit einigen Wochen war die Hitze wirklich unerträglich, Rollläden und Markisen blieben den ganzen Tag unten. Der Himmel war klar und ohne eine einzige Wolke. Nichts ließ auf Krankheit, angegriffene Gesundheit oder Hinfälligkeit schließen. Die Hitze lud dazu ein, sich unter einer Zitronatzitrone in die Hängematte zu legen und auf einen Windhauch zu warten, der die Blätter rascheln lässt und einen an den Fußsohlen kitzelt.

Ich ließ das Rad vor unserem Tor fallen, ohne den Ständer auszuklappen, und betrat das Haus. Meine Mutter beugte sich gerade über eine Reisetasche, zwei waren bereits gepackt, und in einer davon erkannte ich meine Sachen. Mein Vater saß blass im Sessel, er hatte die Hände in den Schoß gelegt und sah ihr dabei zu.

»Wohin fahren wir?«

»Nach Genua, wegen Papà.« Meine Mutter versuchte, zwei Paar Sandalen in einer Plastiktüte zu verstauen. »Dort gibt es eine Spezialklinik. Heute Morgen kam der Anruf, und wir müssen sofort los.«

Ich hatte noch keinen Sommer *nicht* in Capo Galilea verbracht.

Capo Galilea war der *Inbegriff* von Sommer: Meer. Strand. Touristen, die außer Badesachen und Büchern auch Neuigkeiten und Offenbarungen mitbrachten. Lange Nächte. Freunde aus dem Norden, die hier ihre Ferien verbrachten, wodurch uns jedes Mal bewusst wurde, dass wir wieder ein Jahr älter geworden waren. Im Sommer öffneten in Capo Galilea drei Strandlokale, die ansonsten geschlossen waren. Der Ort machte eine Verwandlung durch, die tausendmal aufregender war als jede Reise.

Doch ich brauchte nur einen kurzen Blick auf meinen Vater zu werfen.

»Ich hole schnell ein paar Comics«, rief ich.

»Papier, Stifte und deine sonstigen Zeichensachen habe ich schon eingepackt«, sagte meine Mutter. »Außerdem Schulbücher, das Englischlexikon und dein Tagebuch.« Sie strich sich die Haare aus dem Gesicht und seufzte. »Hoffentlich habe ich nichts vergessen.« Zum ersten Mal fiel ihr Blick auf mich, und ihre grünen Augen verloren sich in den meinen, die dunkel sind wie die meines Vaters. »Schau dich gründlich um! Haben wir etwas Wichtiges vergessen?«

Ich wollte gerade die Treppe hochgehen.

»Zeno.«

Sie kam auf mich zu, stieg vorsichtig über die Taschen, als liefe sie über glühende Kohlen. Sie schloss mich in die Arme, und ich ließ mich an ihre Brust sinken mit dem Wunsch, diese Umarmung möge niemals enden.

Wie ich heute weiß, liegen 1492 Kilometer Schnellstraße zwischen Capo Galilea und Genua. Ich erwähne das nur, weil ich mich noch an jeden dieser 1492 Kilometer erinnern kann. Ich weiß noch genau, wie oft wir angehalten haben, weil mein Vater sich übergeben musste, nämlich dreizehnmal, einmal sogar auf der Notspur eines Autobahnkreuzes, auf der man eigentlich gar nicht halten darf. Ich weiß noch, welche Lieder wir gesungen haben, um uns die Zeit zu vertreiben: *La leva calcistica*, ein Lied aus dem Film *Marrakech Express*, dem Lieblingsfilm meiner Eltern. *L'anno che verrà*, aus demselben Grund. *Io no* und *Una canzone per te* von Vasco Rossi, weil Michele und Salvo mir die CD zum Geburtstag geschenkt hatten. Ich erwähne das auch, weil 1492 das Jahr ist, in dem Amerika entdeckt wurde, und Christoph Kolumbus stammt schließlich aus Genua. Und wie sich herausstellte, sollten auch wir angesichts des Gesundheitszustands meines Vaters, des Problems meiner Unterbringung und der unglaublichen Hitze in diesem Sommer so manche Entdeckung machen und so manchen Sieg erringen.

In der Klinik, in der mein Vater erwartet wurde, hatte man nämlich nicht mitbekommen, dass es mich auch noch gab.

»Soll das ein Witz sein? Ich habe mehrmals gesagt, dass mein Sohn auch mitkommt. Er ist zwölf Jahre alt!«, schrie meine Mutter, dass es durch den ganzen Flur hallte. »Und was soll ich jetzt Ihrer Meinung nach tun? Soll ich ihn in einem Hotel unterbringen, ihm ein Zelt kaufen, ihn allein nach Hause zurückschicken?«

»Es tut uns leid, Signora...«

»Das kann ich mir vorstellen!«

»Gibt es denn niemanden, der ihn aufnehmen kann?«

»*Sie* können ihn aufnehmen. Mich und ihn.«

»Signora, das geht nicht. Kinder sind hier nicht erlaubt.«

»Aber ich habe ausdrücklich gesagt, dass mein Sohn dabei ist. Von irgendwelchen Altersbeschränkungen war nie die Rede. Ich möchte mit Ihrem Vorgesetzten sprechen.«

»Ich bin der Vorgesetzte.«

»Dann will ich eben mit einem anderen Vorgesetzten sprechen. Mit einem, der Ihnen vorgesetzt ist.«

Es war aussichtslos, ich konnte dort einfach nicht bleiben. Es stand zwar ein Zimmer für eine Begleitperson zur Verfügung, aber Hunde, Pflanzen und Kinder waren verboten. Während man meinen Vater auszog, abtastete und an seinen ersten Tropf anschloss, zogen wir uns auf die Terrasse einer einladenden Pasticceria zurück, die vom schirmförmigen Baldachin zweier Kiefern überschattet wurde. Zwischen den Häusern blitzte das Meer hervor. Außerhalb des Schattens brachte die Sonne den Asphalt zum Schmelzen, der Bürgersteig flimmerte. Irgendwo tobten Kinder in einem Pool; wir hörten ihre Schreie und das Platschen, wenn sie ins Wasser sprangen. Meine Mutter bestellte mir eine *granita al limone*, sie selbst nahm einen *caffè freddo*.

Sie schäumte vor Wut.

»Unglaublich!«, sagte sie und zündete sich eine Zigarette an. Ihre Hand zitterte. Sie nahm einen tiefen Zug, behielt den Rauch lange im Mund und stieß ihn dann heftig aus. »Wenn ich das gewusst hätte!«

»Wieso?«

»Meine Oma hatte eine Wohnung in Genua.«

»Und jetzt hat sie sie nicht mehr?«

»Auch sie gibt es nicht mehr, Zeno.«

»Ich weiß. Ich meine die Wohnung, was ist damit passiert?«

»Mein Vater hat sie geerbt, anschließend ich.«

»Und dann?«

»Haben wir sie verkauft.«

Der Kellner brachte unsere Bestellung. Ich nahm einen zu großen Löffel *granita*, die Kälte durchzuckte meine Zähne wie ein elektrischer Schlag und drang bis in mein Gehirn vor. Ich verzog schmerzhaft das Gesicht. »Das wusste ich gar nicht«, sagte ich und massierte mir die Schläfen. »Wieso weiß ich das nicht?«

»Die Wohnung über dem Montelusa musste renoviert werden. Wir brauchten Geld. Du warst noch klein.«

»Lag die Wohnung hier in der Nähe?«

Sie zeigte vage nach Westen.

»War sie groß?«

»O ja. Sie lag in einem alten Palazzo mit riesigen Treppen. Ich kann mich noch an ein Zimmer mit Balkon erinnern. Dein Großvater nannte es Voliere, weil es so hell war und zwei hohe Fenster hatte. Als ich noch klein war, habe ich dort meine Oma besucht.« Sie winkte den Kellner herbei und bestellte noch einen *caffè*.

»Möchtest du noch etwas? Hast du Durst?«

»Nein. Wie war deine Oma denn so?«

»Eine liebenswerte, zerstreute Frau. Ich habe sie nur selten gesehen, hing aber sehr an ihr. Sie hat mich immer mit zum Möwenfüttern genommen.«

Meine Mutter hatte nie viel von ihrer Familie erzählt.

Ich hatte meine Großeltern nie kennengelernt, weil sie gestorben waren, zumindest dachte ich das damals. Wenn ein Elternteil nie über Vater und Mutter spricht, wenn man weder zum Geburtstag noch zu Weihnachten ein Geschenk bekommt, geht man automatisch davon aus, dass die betreffende Person, über die nie gesprochen wird, tot ist. Und da meine Mutter nur ungern von sich erzählte, hatte ich es stets vermieden, Fragen zu stellen. Als wir an jenem Nachmittag damit begannen, den Hang der Erinnerungen hinunterzupurzeln, beschlichen mich zwiespältige Gefühle: Angst und Aufregung. Was braute sich da zusammen? Unausgesprochenes, Verheimlichtes. Und ungeduldig, wie ich damals war, stürzte ich mich kopfüber hinein.

»Wo sind meine Großeltern begraben? *Meine* Großeltern.«

»Deine Oma ist in Turin begraben, in meiner Geburtsstadt.«

»Und mein Opa?«

»Warum willst du das wissen?«

»Ist er auch in Turin begraben oder hier in Genua bei seiner Mutter?«

Der Kellner brachte meiner Mutter den zweiten *caffè freddo*, die beige *crema* war so dick, dass eine Kaffeebohne darauf liegen blieb.

»War mein Opa aus Genua?«

»Ja.«

»Warum ist er nach Turin gezogen? Wegen der Oma? Du bist schließlich auch wegen Papà nach Capo Galilea gekommen.«

»Das auch, aber nicht nur. Er hat dort Arbeit gefunden«, sagte sie. »Dein Großvater hat in Ivrea studiert, das ist nicht weit von Turin.«

»Wieso nicht in Genua?«

»In Ivrea gab es ein berühmtes Ausbildungszentrum. Wer das Glück hatte, dort angenommen zu werden, bekam anschließend sofort einen Job. Meist in der Firma, die es finanziert hat.«

»Was war das für eine Schule?«

»Eine für Mechanik. Für Elektronik. So genau weiß ich das nicht.«

»Und welchen Beruf hatte er anschließend?«

»Er war Unternehmensberater.«

»Was macht ein Unternehmensberater?«

»Er geht in Firmen und hilft dort, Probleme zu lösen.«

»Ist das ein schöner Beruf?«

»Keine Ahnung.«

»Aber ihm hat er gefallen?«

Meine Mutter nahm ihre Ohrringe ab, weil sie ihr zu heiß wurden. Ihre Haut glänzte, und sie hatte tiefe Ringe unter den Augen. Sie war nicht braun wie sonst um diese Jahreszeit. Sie spielte ein bisschen mit dem Strohhalm, malte Spiralen in die *crema*.

»Ich habe das nie so genau verstanden«, sagte sie und sah mich an. »Ich habe nie verstanden, ob ihm das wirklich gefallen hat.« Von der Terrasse aus konnte man hinter den Baumkronen die letzten beiden Klinikstockwerke sehen sowie die riesige, von Efeu und Blauregen überwucherte Fassade über dem Laubengang. Irgendwo da drin kämpfte mein Vater gegen die Krankheit, die seine roten Blutkörperchen und Blutplättchen drastisch verringert hatte. Ich wusste, dass meine Mutter lieber bei ihm gewesen wäre, statt in einer Pasticceria zu sitzen und an einem *caffè freddo* zu nippen. Mir ging es genauso, aber ich durfte nicht.

»Wie wär's, wenn ich dich zu ihm bringe, Zeno?«, sagte meine Mutter plötzlich, so als hätte sich irgendein Pfropfen gelöst und die Gedanken könnten wieder frei fließen.

»Zu wem?«, fragte ich.

»Zu deinem Großvater«, sagte sie und ließ den Strohhalm auf den Tisch fallen.

Ich verstand nur Bahnhof. »Nach Capo Galilea?«

»Nein«, sagte sie und räusperte sich, als müsste sie jahrzehntealte rußige Ablagerungen aus ihrer Kehle entfernen. »Zu meinem Vater.«

Wenn man erfährt, dass der Großvater, von dem nie die Rede war, ja dessen Existenz einem verheimlicht wurde, dass dieser Großvater in einem Haus wohnt, isst, arbeitet, mit Leuten redet, Radio hört – nun, wenn man so etwas erfährt, kommt man sich vor, als wollte man auf den Balkon gehen, nur um festzustellen, dass er abgefallen ist und dass da unten nicht mehr der vertraute Innenhof mit den Magnolien, der Schaukel und dem Planschbecken liegt, sondern ein Abgrund. Das Vertraute wird fremd, das Alltägliche unverständlich. Ist das alles, oder ist da noch mehr? Was weiß ich noch alles nicht? Zweifel sind ein gefährliches Terrain, ein abschüssiges Gelände. Meine Eltern hatten meinen Unschuldsbeteuerungen wegen des Kirchenfensters nicht geglaubt, und jetzt musste ich feststellen, dass ich den Kindheitsschilderungen meiner Mutter keinen Glauben schenken durfte. Sie hatte mich zwar nicht direkt belogen; aber mir zu verheimlichen, dass ihr Vater noch lebte, war das nicht auch eine Art Lüge? Und was war mit der Krankheit meines Vaters? War sie vielleicht doch schlimmer, als ich dachte? Waren meine Eltern wirklich davon ausgegangen, dass ich bei ihnen in der Klinik bleiben konnte? Oder war das alles nur gespielt, und sie hatten von Anfang an gewusst, dass man mich nicht dabehalten würde, weshalb meine Mutter plötzlich mit der Geschichte von der Wohnung rausgerückt war, nur um mir einen Floh ins Ohr zu setzen und mich zum Nachhaken zu bewegen und anschließend so zu tun, als fiele ihr auf einmal ein, dass sie noch einen Vater hatte, der anderthalb Stunden von Genua entfernt wohnte. Einen Vater, den sie seit dreizehn Jahren nicht mehr gesehen hatte und bei dem sie mich unterbringen konnte?

Mir wurde schwindlig.

»Das glaub ich einfach nicht!«, sagte ich.

»Was?«

»Dass du ihn mir so lange verheimlicht hast.«

»Ich habe ihn dir nicht verheimlicht«, sagte meine Mutter vom Fahrersitz aus (wir hatten die *granita* und die beiden *caffè* rasch bezahlt und waren mit dem Auto nach Colle Ferro aufgebrochen, wo mein Großvater lebte.) »Und angelogen habe ich dich erst recht nicht.«

»Du hast mir nie gesagt, dass ich noch einen Opa habe.«

»Du hast mich nie danach gefragt.«

»Ich habe dich nie *danach gefragt*?«, schrie ich. »Hätte ich dich das denn fragen müssen? Gibt es vielleicht noch andere Dinge, die du vergessen hast, mir zu sagen? Dass ich adoptiert bin, zum Beispiel? Oder dass ich einen Bruder in Island, eine Schwester in Mexiko habe? Ach so, warte, ich habe dich auch noch nie gefragt, ob ich Vasco Rossis oder Eric Claptons Sohn bin. Bin ich vielleicht der Sohn von Vasco Rossi oder Eric Clapton? Stimmt mein Geburtsdatum? Ich habe dich nie danach gefragt, tue es aber jetzt, weil ich mich schon immer ziemlich reif für mein Alter gefühlt habe. Vielleicht bin ich ja dreizehn statt zwölf, was weiß denn ich...«

»Zeno, es reicht.«

Das Auto kletterte Serpentinen hinauf, und die Landschaft änderte sich. Die Häuser wurden weniger, die Blätter und Wiesen grüner, die Olivenbäume wichen Kastanien.

Meine Mutter setzte den Blinker, trat auf die Bremse und fuhr rechts ran. Jenseits der Leitplanke konnte ich in etwa hundert Metern Entfernung ein gelbes Haus mit einer großen Terrasse erkennen. Eine Frau hängte Wäsche auf und kämpfte mit dem Wind, der ihr das weiße Laken entreißen wollte. Unterhalb der Terrasse, neben zig Salbei- und Basilikumpflanzen, schlief reglos eine schwarze Katze. Im Auto lief die Klimaanlage, sodass wir die Hitze nicht spürten, dafür konnten wir sehen, wie sie die Luft über dem Asphalt und der Motorhaube zum Flimmern brachte. Ein Lastwagen kam uns entgegen, und der Luftzug ließ unseren Wagen erzittern. Nachdem der Motorlärm verstummt war, entstand eine bedrückende Stille. Meine Mutter ließ den Berg vor uns auf sich wirken, während ich mich mit dem befasste, der sich in mir auftürmte.

»Du musst dir das so vorstellen: Es ist, als wollte man sich vor etwas drücken. Man verschiebt es erst auf den nächsten und dann auf den übernächsten Tag. Nicht dass man es vergisst, es wird eher zu einer Art Hintergrundrauschen. Aber man gewöhnt sich daran und hofft, dass sich das Problem irgendwann von selbst löst, gewissermaßen wie durch ein Wunder. Man hofft, dass man eines Tages aufwacht und alles vorbei ist.«

»Aber wir reden hier nicht vom Geschirrspülen«, sagte ich.

Sie sah mich schräg von der Seite an. »Ich hasse dich, wenn du so bist!«

»Wenn ich wie bin?«

»Wenn du besonders schlau sein willst, so tust, als wärst *du* der Erwachsene.«

»Warum hast du mir nie von ihm erzählt?«

Sie öffnete das Fenster, und ein heißer Luftschwall strich über unsere Haut. Sie suchte in ihrer Handtasche nach Zigaretten und steckte sich eine an. »Das, was einem ganz besonders nahegeht, lässt sich nur schwer in Worte fassen. Das klingt paradox, ich weiß, aber noch komplizierter wird es, wenn es um Menschen geht, die einem nahestehen. Ganz einfach, weil das mit Worten nicht zu beschreiben ist. Worte lassen Dinge, die riesige Ausmaße für uns angenommen haben, unbedeutend erscheinen. Verstehst du, was ich meine, Zeno?«

»Nein.«

»Kennst du das nicht, dass es dir schwerfällt, etwas zuzugeben? Nur um dann festzustellen, dass niemand bemerkt hat, wie sehr du darunter gelitten hast? So sehr, dass dir zum Heulen zumute war, wenn du es dann endlich zugegeben hast? Kennst du das nicht?«

»Doch.«

»Woher denn?«

»Ich habe es vor zwei Jahren erlebt, mit Papà und dir.«

Sie rutschte näher zur Tür, um mich besser ansehen zu können.

»Erzähl!«

»Das ist nicht so wichtig.«

»Bitte!«

Es war ein schöner Sommerabend gewesen, und meine Mutter hatte nach dem Abendessen eine aufgeschnittene Ananas auf den Terrassentisch gestellt. Mein Vater und ich waren verrückt nach Ananas. An jenem Abend gab es aus irgendeinem Grund nur eine, was ich aber nicht wusste. Vielleicht hatte meine Mutter uns auch darauf aufmerksam gemacht, ohne dass ich das mitbekommen hatte. Dass es nur eine gab, betone ich deswegen, weil wir aufgrund unserer Ananasleidenschaft immer mehrere vorrätig hatten. Nachdem meine Mutter diese Ananas also auf einem Teller serviert hatte, hatte ich mich darauf gestürzt und alle Scheiben verschlungen, noch bevor mein Vater aus dem Keller kam. Er holte gerade einen Dessertwein, den er für solche Abende aufgehoben hatte. Als er auftauchte, erwartete ich, dass er mich neckte, mich einen schrecklichen Nimmersatt nannte oder so. Er war aber nur schrecklich enttäuscht. Das Ganze war natürlich nicht weiter tragisch, trotzdem war er enttäuscht. Und vor allem meine Mutter regte sich fürchterlich auf und nannte mich einen Egoisten. Ich weiß noch, wie das Wort zwischen den Blättern des Orangenbaums widerhallte: *Egoist*.

Ich hatte damals versucht, mich zu rechtfertigen, mich zu entschuldigen – vergeblich. Die Worte waren mir im Hals stecken geblieben. Ich war aufgestanden und auf mein Zimmer verschwunden. Tage später, als der Vorfall längst vergessen war, hatte meine Mutter eine Ananas auf den Tisch gestellt, bei deren Anblick ich in Tränen ausbrach.

»Damals habe ich euch erklärt, warum ich weine«, sagte ich nun zu meiner Mutter, die den Kopf an die Scheibe gelehnt hatte und mich verblüfft ansah.

»Aber ihr habt es nicht verstanden. Ihr konntet euch nicht mal mehr an den Vorfall erinnern.«

Die Frau aus dem gelben Haus hatte ihre Wäsche aufgehängt und sich die Schuhe ausgezogen. Jetzt saß sie in einem Korbschaukelstuhl und las Zeitung. Ich sah, wie die Katze aufwachte, sich reckte und von ihrem Platz neben den Blumentöpfen direkt auf den Stuhl und in die Arme ihrer Herrin sprang.

»Wie gesagt, es ist nicht so wichtig.«

»Aber für dich *war* es wichtig!«, beharrte sie.

»Ja.«

»Und ich kann mich nicht mal mehr daran erinnern.«

»So was kommt vor.«

»Aber das sollte es nicht«, sagte sie. »Wir sollten sorgsamer miteinander umgehen.«

»Muss ich wirklich zum Opa?«

»Was sollen wir denn sonst machen?«

»Was, wenn er mich nicht will?«

»Wir werden sehen«, meinte sie und ließ den Motor an.

Nach zehn Minuten hielten wir an einer Raststätte, um etwas zu essen und zu trinken. Wir bestellten Ravioli und aßen sie schweigend.

»Ich habe dir noch gar nicht erzählt, warum ich deinen Großvater nie mehr gesehen habe«, sagte meine Mutter schließlich.

»Das ist nicht so wichtig.«

»Möchtest du das denn nicht wissen?«

»Fällt es dir leicht, darüber zu reden?«

»Wie meinst du das?«

Ich dachte nach, konnte es ihr aber nicht richtig erklären. »Keine Ahnung«, sagte ich. »Tu, was du nicht lassen kannst.«

»Wieso bist du so?«

»Wie bin ich denn?«, fragte ich und wischte mir Raviolireste aus den Mundwinkeln.

»Du traust mir nicht mehr. Glaubst du, ich belüge dich?«

»Mama, ich versteh dich einfach nicht.«

»Manchmal fühle ich mich inadäquat.«

»War der Opa inadäquat?«

»Schon wieder!«

»Was denn?«

»Diese Bemerkung! Wieso sagst du *inadäquat*? Mit zwölf sagt man das nicht.«

»Na ja ... du hast es doch auch gesagt.«

»Ach, vergiss es!«

Achselzuckend fuhr ich mit der Hand über den Tisch und fegte die Brot- und Käsekrümel zu einer kleinen Pyramide zusammen. »Was passiert gerade mit Papà?«

»Er wird untersucht.«

»Tun die Untersuchungen weh?«

»Ich glaube nicht.«

Für mich waren Schmerzen das Schlimmste überhaupt. Das Wort *Tod* war bislang nie gefallen.

»Können wir nicht ins Hotel gehen?«

»Zwei Monate lang? Wovon soll ich das denn bezahlen?«

»Wir könnten uns eine Wohnung mieten.«

»Mal sehen.«

»Wenn mich der Opa dabehält, bleibe ich dann zwei Monate bei ihm?«

»Ich kann dich auch nach Capo Galilea zurückbringen, zu den anderen Großeltern. Wenn dir das lieber ist, mache ich das. Wir können sofort losfahren, ich brauche nur zu wenden. Aber dann sehen wir uns bis September nicht mehr.«

»Aber wenn mich der Opa behält, sehen wir uns dann?«

»Natürlich.«

»Und Papà kann ich auch sehen?«

»Das weiß ich noch nicht, das muss ich erst fragen.«

»Fragst du?«

»Ja, ich werde mich erkundigen«, versprach sie mir und sagte dann: »Also, was ist?«

»Gut, fahren wir weiter!«, erwiderte ich.

Colle Ferro besteht aus ein paar vereinzelten Häusern am Ende eines Tals, deren Einwohner eines Tages überrascht feststellten, dass sie durch zwei Straßen und eine Pfarrei miteinander verbunden waren. Nachdem die Bevölkerungszahl kurzfristig anstieg, weil ein Staudamm und ein künstlicher Stausee gebaut worden waren, fiel sie wieder, bis nur noch eine Handvoll alter Leute übrig blieb, die aus Bequemlichkeit oder aus Mangel an Alternativen nicht zu ihren Kindern in die Stadt, an die Küste oder in einen größeren Ort gezogen waren. Es gab eine Kirche, drei Geschäfte, eine Post, einen Markt – donnerstagmorgens, auf dem Parkplatz – und eine Bar-Trattoria, in der man die Wahl zwischen *pasta al ragù* und *trofie al pesto* hatte.

Mein Großvater war hierhergezogen, nachdem meine Mutter nach Sizilien gegangen war. Zwischen 1943 und 1945 hatte er schon einmal an diesem Ort gelebt.

Seine Familie und er hatten sich auf der Flucht vor den Nazis hier versteckt. Mein Großvater war nämlich Jude wie seine gesamte Familie, nicht aber meine Mutter: Mein Großvater hatte eine *Goi* geheiratet, wie die Juden sagen, eine Nichtjüdin, denn Jude ist nur, wer eine jüdische Mutter hat.

»Deine Urgroßmutter liegt hier begraben.«

»Echt?«

Wir kamen an einem kleinen Gemüsegarten vorbei, in dem es nicht nur Pflanzen, sondern auch eine Werbetafel gab. Genau unter dieser Tafel jäteten ein paar Frauen mit Strohhut Unkraut. Wir hielten, um zu tanken, und meine Mutter nutzte die Gelegenheit, sich beim Tankwart nach meinem Großvater zu erkundigen. Aber der kannte ihn nicht. Der Chef sei nicht da, vielleicht wisse der mehr. »Wenn Sie kurz warten wollen? Er müsste jeden Moment zurück sein.«

»Nein, danke. Wir fragen später noch mal.«

Wir kamen an zwei Grotten vorbei, die mir im grellen Tageslicht düster erschienen. Ich erkundigte mich bei meiner Mutter danach, aber die konnte mir auch nichts dazu sagen. Nachdem wir das weiße Ortsschild mit der Aufschrift »Colle Ferro« passiert hatten, hielten wir vor der Bar-Trattoria, wo uns vier Personen gleichzeitig erklärten, wie man zu meinem Großvater kommt.

Meine Mutter war zwar schon einmal hier gewesen, allerdings vor vielen, vielen Jahren, sodass sie sich nur noch vage erinnern konnte: an einen Wald, einen Felsen, den Blick auf den Stausee, den Geruch nach Pilzen und Brombeeren, nach Moos und Harz.

Wir nahmen die Straße, die man uns gezeigt hatte (nicht ohne uns vorher noch ein paar Informationen zu entlocken: Wer waren wir? Was wollten wir von dem Mann, den hier alle nur *den* Coifmann nannten?), und überholten einen Mann, der an den Straßenrand trat, um der Staubwolke auszuweichen, die uns folgte wie ein Kometenschweif. Fünf Minuten später hielten wir vor einem Haus, hinter dem ein Felsblock aufragte. Es war ein Natursteinhaus, eine jener Behausungen, die der Sonne, dem Wind und den Menschen, die darin leben, trotzen müssen. Ein Teil des Erdgeschosses folgte dem Felshang, während der zweite Stock, der offensichtlich erst kürzlich dazugekommen war, an drei Seiten einen Holzbalkon aufwies, und zwar auf derselben Höhe wie der Felsblock. Tür- und Fensterrahmen waren rot lackiert, die einen halben Meter dicken Außenmauern an Kanten und Fensteröffnungen von Blocksteinen eingefasst; im ersten Stock waren die übereinandergeschichteten, mit Mörtel verfugten Steine sichtbar, während sie im zweiten Stock von weißem Putz verdeckt wurden.

Meine Mutter machte den Motor aus.

»Ist es das?«

»Ja, das ist es.«

Wir stiegen aus und ließen die Autotüren auf. Resigniert griff ich nach meiner Reisetasche.

Meine Mutter klopfte mit zitternder Hand an die Tür und wartete dann auf ein Lebenszeichen, auf irgendein Geräusch, wobei sie die Luft anhielt. Doch nichts rührte sich.

Sie klopfte erneut, und diesmal sagte sie mit einer mir völlig fremden Stimme, die viel zerbrechlicher und schriller klang als sonst: »Papà.« Wieder kam keine Antwort, nicht einmal ein Quietschen oder Stuhlbeinschrammen. Ich ließ die Tasche auf die Wiese fallen und setzte mich auf die große Holzbank an der Hauswand. Meine Mutter trat mehrere Schritte zurück, um das ganze Haus zu betrachten. Dann versuchte sie, es einmal zu umrunden, aber nur drei Seiten waren zugänglich, die dritte bestand aus Erde und Fels.

Aus der Richtung, aus der wir gekommen waren, näherte sich ein Mann. Er sah aus wie der, der sich in die Büsche geschlagen hatte, um unserer Staubwolke zu entgehen. Sein Gang wirkte federnd. Ich sah ihn an, und er sah mich an. Er blieb nicht stehen, und ich stand nicht auf. Ich sagte nichts. Meine Mutter hatte ihm den Rücken zugewandt und versuchte, durch die Fensterscheiben, in denen sich der Himmel und die Bäume spiegelten, zu spähen.

Wenn mein Großvater, so dachte ich, wenn mein Großvater größer ist, als ich mir das vorgestellt habe – größer als meine Mutter, ja sogar größer als mein Vater –, wenn er kurze weiße Haare hat und einen weißen, vollen Bart, der voller ist als seine Haare, wenn mein Großvater die gleichen grünen Augen hat wie meine Mutter, aber höhere Wangenknochen und hellere Haut, wenn er eine braune, an den Knien ausgebeulte, von Hosenträgern gehaltene Cordhose trägt und dazu ein weißes, zerknittertes Hemd, wenn, wenn, wenn ... dann muss dieser Mann, der den Blick nicht von mir lassen kann, mein Großvater sein.

Nun schien auch meine Mutter das Knirschen der Kieselsteine unter seinen Sohlen wahrzunehmen. Wie in Zeitlupe drehte sie sich um, und die beiden sahen sich an.

Ich wusste nicht das Geringste über sie: Warum sie den Kontakt abgebrochen hatten, warum meine Mutter mir seine Existenz verheimlicht hatte, welche Verfehlungen, welcher Groll und welche Sätze unausgesprochen geblieben waren. Doch heute kann ich mir vorstellen, wie sie sich in diesem nicht enden wollenden Moment bemühten, mit ihren Schuldgefühlen fertigzuwerden.

Ich rührte mich nicht von der Stelle, ja ich hörte sogar auf zu atmen. Die beiden verharrten einen Moment regungslos – wie lange, kann ich nicht sagen –, bis sie sich synchron bewegten und die Tanzschritte vollführten, die sie dreizehn Jahre lang heimlich eingeübt hatten. Mein Großvater lief um unser Auto mit den offenen Türen herum und musterte es, als suchte er nach noch verwertbaren Teilen. Meine Mutter überquerte die Wiese voller Unkraut und gelber Blumen. Es roch nach Brot und Erika, und zwischen den Steineichen funkelte metallisch der sich in der leichten Brise kräuselnde Stausee. Auf halber Strecke trafen sich meine Mutter und mein Großvater, standen sich plötzlich mit schlaff herabhängenden Armen gegenüber. Sie taxierten einander kurz, um auszuloten, wer von ihnen den Anfang machen musste.

»Ciao«, sagte meine Mutter.

»Ciao, Agata.«

Ein Hupen hallte durch das Tal und verstummte abrupt. Zwei Vögel flatterten über das Haus und ließen sich auf einem Felssporn nieder.

»Das ist Zeno.«

Mein Großvater nickte.

*Ein kurzer Abriss meines Lebens,
insoweit man sich überhaupt erinnern, die Vergangenheit
rekonstruieren oder imaginieren kann:
was die Erinnerung erhellt
1938–1945*

Ich werde im November 1938 geboren, auch wenn mir das Recht darauf abgesprochen wird. Besser, ich würde im Bauch unserer Mutter bleiben, mich so lange wie möglich von Proteinen und Zucker ernähren, mich wieder von dem Körper aufnehmen lassen, der mich hervorgebracht hat. Aber das ist mir nicht möglich.

Unsere Mutter bringt mich unter einer tief stehenden Wintersonne zur Welt. Mit schmerzverzerrter Miene nennt sie den Namen, den sie mir geben will, den ich aber nicht bekommen werde: Yitzhak, der Lachende. Vielleicht klingt mein Lachen deshalb stets nach grünem Holz, rauchig und ohne echte Wärme: weil dieser Name an mir vorübergegangen ist.

Die Hebamme verlässt den Raum, der einst Onkel Elio gehört hat, zieht die Gummihandschuhe aus und betritt das Arbeitszimmer. Alle fahren herum und starren sie an. Großvater, der durch einen Vorhangspalt die Schiffsmanöver im Hafen beobachtet hat, tritt vom Fenster zurück. Großmutter, die in der wattierten Stille ihrer Taubheit eingenickt ist, umklammert ihr Hörrohr aus emailliertem Metallblech und hält es sich ans Ohr. Unser Vater, der sich auf den kleinsten der drei roten Samtsessel hat sinken lassen, schießt hoch wie eine Fontäne.

»Es ist ein Junge«, verkündet die Hebamme. »Sie will ihn Yitzhak nennen.«

»Yitzhak?«, sagt unser Vater.

»Yitzhak?«, wiederholt Großvater.

Großmutter schüttelt den Kopf. »Nein, nein«, sagt sie. »Wer nennt sein Kind heutzutage noch Yitzhak?«

Großvater klopft mit der Schuhspitze gegen die Fußleiste, verschränkt die Hände hinter dem Rücken und drückt das Kreuz durch. »Wir werden ihn Simone nennen.« Er wendet sich an Großmutter. Sie begreift, dass ihre Meinung gefragt ist, hält das Höhrrohr in Richtung Großvater und runzelt die Stirn. Großvater zeigt auf das Bücherregal, hinter dem sich eine Wand befindet, hinter der wiederum das Schlafzimmer liegt, in dem ihre einzige Tochter gerade ein Kind bekommen hat. »Dein Enkel. Was hältst du von Simone?«

Großmutter denkt nach, brummt etwas und nickt.

»Und du, Enrico?«, sagt Großvater zu unserem Vater.

Unser Vater hebt den Kopf, lässt sich den Namensvorschlag seines Schwiegervaters auf der Zunge zergehen. »Simone.« Er lächelt: »Ja, Simone passt gut.«

Als die Hebamme geht, betritt mein damals vierjähriger Bruder Gabriele mit einer Handpuppe das Zimmer. Unser Vater nimmt ihn auf den Arm, drückt ihn an sich. »Du hast einen Bruder. Er heißt Simone.«

Gabriele hebt die Handpuppe und sagt: »Können wir jetzt rausgehen?«

*

Vor Genua liegt das Meer, dahinter Hügel und Berge und dazwischen die engen Gassen, *carrugi* genannt. In der Oberstadt befindet sich die Wohnung unserer Großeltern, bestehend aus einer Küche, einem Wohn- und Arbeitsraum und mehreren Schlafzimmern. In einem davon, dem wärmsten, das nach Süden hinausgeht, steht eine Kommode, in deren Schublade ich noch ganz blau und verschmiert gelegt werde, bis wir eine Wiege haben.

Niemand hat an die Wiege gedacht.

Während Gabriele am darauffolgenden Tag meine Füße und Handgelenke beschnuppert, geht unser Vater Enrico Coifmann aufs Standesamt und wird dort bei Dottor Fabrizio Costantino vorstellig. Er muss meine Geburt anzeigen, die Nichtbewilligung meiner Existenz unterzeichnen. Die Geburtsurkunde ist ein gelbes, brüchiges Blatt Papier. Darauf steht: Simone Coifmann, Rasse: Jude. Unten rechts ist ein Fleck. Er sieht aus wie ein Kaffeefleck. Aber niemand auf diesem Amt trinkt Kaffee. Weder Dottor Fabrizio Costantino noch unser Vater noch die Sekretärin, die wild mit zwei Fingern und einem Daumen auf ihre Schreibmaschine einhackt. Nachdem er mein Todesurteil besiegelt hat, verlässt unser Vater das Standesamt und geht ins Büro, wo man ihn willkommen heißt und respektiert.

Unser Vater ist einer der bedeutendsten Chemiker der königlichen Marine. Er liebt seine Arbeit und sein Land. Die Fotos, die er stets bei sich trägt und an fremde Wände hängt, sobald er eine neue Wohnung bezogen hat, zeigen ihn auf einem Empfang oder beim Stapellauf eines Kreuzers oder U-Boots, zwischen Offizieren in Paradeuniform und eleganten Damen. Er ist häufig unterwegs, auch im Ausland. Man kennt ihn in Frankreich und in der Schweiz. Er spricht drei Sprachen: Italienisch, Englisch und Französisch. Als er noch viel gereist ist, hat ihn die Marine in staatlichen Gästehäusern oder Wohnungen untergebracht. Unsere Mutter und Gabriele sind immer mitgereist. Sie haben nie eine feste Bleibe gehabt, und unser Vater hat auch nie darum gebeten, in eine bestimmte Stadt versetzt zu werden. Er ging dorthin, wo er gebraucht wurde, tat, was man von ihm verlangte.

Erst als unsere Mutter merkte, dass sie mit mir schwanger

war, überredete sie ihn, um eine Versetzung nach Genua zu bitten, wo auch ihre Eltern lebten.

»Ich möchte mein Kind nicht in einem Gästehaus zur Welt bringen«, sagte sie.

*

Eines Abends kommt unser Vater später als sonst von der Arbeit. Die Großeltern haben bereits gegessen. Gabriele liegt im Bett neben der Wiege, in der ich im Halbschlaf die Finger bewege – einfach so, ohne nach etwas zu greifen. Unsere Mutter, die auf der Matratze neben der Tür sitzt, betrachtet den selig schlummernden Gabriele. Die Flurlampe wirft ein gelbes Rechteck auf den Fußboden. In einem Korb unter der Konsole liegen jede Menge Zeitungen, die sie lieber ignoriert.

Ein Schlüssel klappert im Schloss. Die Tür öffnet und schließt sich wieder. In dem Lichtrechteck auf dem Parkett erscheint der Schatten unseres Vaters mit Hut und Aktentasche. Er verharrt kurz darin, um anschließend zu verschwinden. Ein Stuhl wird verrückt, die Garderobenschranktür geht, im Arbeitszimmer des Großvaters klappern Gläser und Flaschen. Wieder sein Schatten. Er trägt keinen Hut mehr, hat die Aktentasche abgestellt. Er kommt nicht ins Zimmer, spürt die Gegenwart unserer Mutter auf der Matratze, riecht ihren Duft nach Zimt und Anis.

»Ich bin heute entlassen worden«, sagt er.

»Alle werden entlassen«, erwidert meine Mutter. »Es steht in der Zeitung.«

»Hast du Zeitung gelesen?«

»Das ist gar nicht nötig«, sagt unsere Mutter.

Minutenlanges Schweigen. Sie sehen sich nicht an, berühren sich nicht. Ich spreize die Finger vor dem Mund, so als wollte ich zählen, aber das kann ich noch nicht. Schließlich ergreift meine Mutter das Wort: »Was hast du jetzt vor?«

»Ich werde alles perfekt übergeben, damit mein Nachfolger problemlos weitermachen kann. Ich werde nicht von heute auf morgen damit aufhören, ins Büro zu gehen, falls du das meinst.«

Tag für Tag rasiert sich unser Vater, nimmt seine Aktentasche und geht zur Arbeit. Tag für Tag, bis auf Samstag und Sonntag, und das zwei Wochen lang. Er ist nicht mehr angestellt und bekommt auch kein Gehalt mehr, aber das ist ihm egal. Als es im Büro keinen einzigen Problemknoten mehr zu lösen gibt, als er die Akten durchkämmt und über das glatte Haar unserer Mutter zu streichen glaubt, klappt er seinen Kalender zu, erhebt sich von seinem Schreibtisch, schließt den Manschettenknopf, weil er den rechten Ärmel beim Schreiben bis über den Ellbogen hochzukrempeln pflegt, und gibt sämtlichen Kollegen die Hand. Dann geht er die Treppe hinunter, während die Angestellten Spalier stehen, darunter einige, die er noch nie gesehen hat und die neu eingestellt worden sind. Er durchquert zwei Stockwerke, gibt jedem von ihnen die Hand, dem Pförtner, dem Botenjungen, schlüpft dann aus dem Tor und läuft in den Sonnenuntergang hinein, so weit ihn seine Beine tragen.

Erst spätnachts kommt er nach Hause. Auf dem Küchentisch steht ein flacher Teller, der mit einem tiefen Teller abgedeckt ist. Darunter befindet sich kalt gewordenes Kalbfleisch mit Karottengemüse. Unsere Mutter ist in Gabrieles Bett eingeschlafen, der sich entspannt an sie schmiegt und eine Hand auf ihre Brust gelegt hat. Ich bin in eine bestickte Decke gewickelt und spreche mit den Schatten. Das entgeht unserem Vater nicht. Er kommt auf mich zu und streckt einen Finger in die Wiege, den ich fest umschließe.

*

Unser Vater bemüht sich, wieder Arbeit zu finden, möglichst in seiner Branche. Er versucht es bei Pharmaunternehmen. Die

Personalchefs sind begeistert von seinem Lebenslauf, aber als sie seinen Pass sehen, lässt ihr anfängliches Interesse nach, und der Blick hinter ihren Brillengläsern wird stumpf.

Ein alter Freund, ein bedeutender Zulieferer der Marine, verfasst ein Empfehlungsschreiben. Es besteht nur aus wenigen, zaghaften Sätzen, aber dank dieses Schreibens bekommt er ein Vorstellungsgespräch in einer Seifenfabrik. Er stellt sich vor und wird umgehend hinausbegleitet. Sechs Tage später teilt ihm eine Kakao verarbeitende Firma unweit von Alessandria mit, die Stelle, auf die er sich beworben hat, sei bereits vergeben.

»Die Stelle wurde doch erst vor drei Tagen frei!«, sagt mein Vater.

»Tut uns leid«, heißt es nur.

Großvater besitzt eine Fischverarbeitungsfirma. Er hat keine Angst, arbeitslos zu werden, weil ihn niemand entlassen kann. Er hat bereits einige Aufträge verloren, aber seit der Verabschiedung der Rassengesetze schickt er einen Angestellten zu Verhandlungen. Er könnte unseren Vater einstellen, aber beide wissen, dass es dort nichts für ihn zu tun gibt: nichts, bei dem seine Fähigkeiten gefragt wären. Eines Tages tippelt Großmutter hastig durch den Flur und betritt Großvaters Arbeitszimmer, wo sie über den Schirmständer stolpert. Sie ist nass geschwitzt und bringt kein Wort hervor.

»Beruhige dich!«, sagt Großvater. »Wo brennt's denn?«

Sie legt das Hörrohr an. »Wie bitte?«

»Was ist los?«, schreit Großvater.

»Sie verlassen das Land.«

»Wer?«, schreit Großvater.

Die Großmutter gestikuliert mit der freien Hand. »Alle.«

Zur Wohnung zählt ein Zimmer, das einst Elio gehört hat. In ihm wurde ich geboren, und in ihm schlafen wir gemeinsam, wenn wir bei den Großeltern zu Besuch sind. Elio ist der Bruder unserer Mutter, also unser Onkel. Er lebt mit seiner Familie in Parma. Sie haben auch eine Wohnung in Genua, nur zwei Querstraßen von unseren Großeltern entfernt, sind aber nur selten hier. Unsere Großmutter beschwert sich, dass sie sie so gut wie nie sieht. Es gibt noch einen weiteren Sohn, Marcello. Über ihn wird nicht gesprochen. Er soll ein wenig seltsam sein. Er ist ein leidenschaftlicher Pilot, hat sich aber geweigert, zur Luftwaffe zu gehen. Er kommt nur selten nach Hause, und wenn, streitet er mit unserem Großvater.

Großvater kommt aus dem Flur und öffnet die Tür. Unser Vater kniet auf dem Boden, beugt sich über einen Koffer, den er gerade zumachen will. Unsere Mutter legt sorgfältig eine Flanellhose zusammen, die sie auf dem Bett ausgebreitet hat. Gabriele spielt mit einer Porzellanglocke, die an einer Schnur befestigt ist. Er hält sie mir unter die Nase, und ich versuche, sie zu essen. Großvater runzelt die Stirn und sagt: »Wo wollt ihr hin?«

»Darf ich das Kissen mitnehmen, das Simone benutzt hat?«, fragt meine Mutter.

Der Großvater schweigt und versucht, aus der Situation schlau zu werden.

Unsere Mutter fragt Großmutter, die ihr Hörrohr nach wie vor ans Ohr hält. »Aber natürlich, Liebes! Nimm, was du brauchst.«

»Was soll das heißen, *aber natürlich*? Wo willst du hin mit diesem Kissen?«

Unser Vater steckt Ausweise in einen braunen Umschlag und legt ihn neben den Koffer. »Nach Frankreich.«

»Nach Frankreich? Wieso denn nach Frankreich?«, fragt Großvater.

»Ein befreundeter Ingenieur aus der Nähe von Bordeaux hat mir geraten, zu ihm zu kommen. Angeblich gibt es dort Arbeit in Hülle und Fülle. Aber ich soll mich beeilen.«

»Und wo werdet ihr wohnen?«
»Christophe stellt uns ein Haus zur Verfügung.«
»Ein Haus?«
»Es gehört ihm. Ein Haus auf dem Land.«
»Und wer ist dieser Christophe?«
Unser Vater greift nach einem Filz- und einem Leinenhut.
»Mein Freund aus der Nähe von Bordeaux.«

*

Christophe ist ein Riese von einem Mann. Er liegt zwischen wildem Fenchel im Gras, die Arme ruhen neben dem Körper: Ich erklimme seinen Bauch. Dabei reiße ich den einen oder anderen Hemdenknopf ab. Unsere Mutter wird wütend, befiehlt mir, damit aufzuhören. Lachend sagt er: »Nein, lass ihn nur, die Welt ist voller Hemden. Und wenn nicht, dann mein Kleiderschrank.« Er lacht, und wenn er lacht, hat er Ähnlichkeit mit einem Flugzeug, er hebt mich hoch und lässt mich fliegen. Ich versuche, mich an seinen Wangen festzuhalten. Christophe und Audrine haben keine Kinder. Christophe ist ein reicher, mächtiger Mann.

Unser Vater bleibt lange auf. Er sitzt am Küchentisch und redet mit Christophe. Er vertraut sich ihm an, lässt Dampf ab. Sie trinken Kirschlikör. Von meinem Bett aus – ein Gitterbett, damit ich nicht herausfallen kann – höre ich sie lachen. Obwohl es spät geworden ist, verlässt er frühmorgens das Haus, um sich eine Arbeit zu suchen. Mit Christophes Hilfe bekommt er ein Vorstellungsgespräch. Man legt ihm nahe, in seinen alten Beruf zurückzukehren: sich bei der Marine um chemische Fragen zu kümmern. Das lehnt er ab. Er ist dem Land, das ihn vertrieben hat, nach wie vor treu ergeben und weigert sich, irgendeine militärische Aufgabe zu übernehmen. Deshalb bekommt er Streit mit unserer Mutter. Gabriele und ich hören, wie sie laut diskutieren, während sie die Bohnen umrührt.

»Ich hasse deine alberne Vaterlandstreue«, sagt sie. »Uns geht das Geld aus, und wir können nicht ständig meine Eltern anbetteln. Wir haben zwei Kinder, schon vergessen? An sie musst du denken und an mich, nicht an das Vaterland.«

»Ich habe immer für unser Land gearbeitet«, sagt er.

»Das Land, das dich jetzt nicht mehr arbeiten lässt, das unsere Kinder vom Unterricht ausschließt. Du bist ihm in keiner Weise verpflichtet.«

»Treue ist keine Verpflichtung«, erwidert er. »Sie ist ein Teil von mir, steht über mir, ja steckt in mir. Und darüber solltest du froh sein, weil das auch für dich gilt: Ich werde dir immer treu sein.«

Wir hören, wie ein Glas zu Bruch geht, wie unsere Mutter weint.

Inzwischen bin ich ein Jahr alt. Ich verstehe nicht, was die Leute sagen, nehme aber wahr, welche Gefühle in ihrer Stimme mitschwingen: Freude, Angst, Enttäuschung. Als ich eines Tages merke, wie gequält meine Eltern klingen, löse ich mich das erste Mal in Luft auf. Ich weiß nicht, was das zu bedeuten hat, aber es ist nicht weiter schlimm. Ich liege im Bett und fühle mich auf einmal ganz luftig und leicht. Ich halte die Hände vor die Augen und stelle fest, dass ich hindurchschauen kann: Die Haut ist durchsichtig. Ich rutsche durch das Laken, die Matratze, das Bett. Währenddessen sitzt Gabriele neben mir auf dem Boden und sagt Worte, deren Bedeutung er nicht kennt. Er ist fünf Jahre alt und lernt bereits lesen. Unsere Mutter bringt es ihm bei. Zum Geburtstag hat er ein Bilderbuch bekommen, es hat einen grünen Einband und enthält Märchen. Während unsere Eltern streiten, liest er laut daraus vor, buchstabiert im Dunkeln, und ich klammere mich an seine undeutlichen Worte, um mich nicht noch mehr aufzulösen. Gabrieles Stimme erweckt mich zum Leben. Ich fühle mich wieder stabiler, stofflicher. Und langsam wie ein Toter tauche ich wieder aus meiner Matratze auf.

*

Audrine, Christophes Frau, ist Rotkreuzschwester im Krankenhaus und immer in Grau und Weiß gekleidet. Wenn sie uns besucht, weisen Blusenmanschetten und Rock winzige Blutspritzer auf, die aussehen wie Rostflecken. Sie hat kalte Augen, wenn sie uns ansieht, und kalte Hände, wenn sie uns berührt. Andere Leute streichen Gabriele und mir übers Haar, wenn sie uns begegnen, kneifen uns in die Wangen oder kitzeln uns am Ohrläppchen. Audrine streichelt uns nie, sie spielt nie mit uns. Manchmal nimmt sie einen von uns an die Hand, wenn sie unsere Mutter zum Einkaufen oder zum Arzt begleitet und wir eine Straße überqueren müssen. An uns wendet sie sich nur selten, und wenn, kommen nur leere Sprechblasen aus ihrem Mund. Sie ist das genaue Gegenteil von ihrem Mann Christophe.

Zu unserer Mutter sagt sie: »Dein Mann muss aggressiver auftreten. Jetzt sind falsche Skrupel unangebracht. Außerdem ist er zu dünn. Er sollte mehr essen.«

»Danke für deinen Rat«, sagt unsere Mutter. »Aber ich lasse meinen Enrico nicht verleumden! Ich vertraue ihm voll und ganz.«

Audrine knöpft ihren Mantelkragen zu. »Das ist ein Fehler.«

»Du hast leicht reden!«, sagt meine Mutter. »Christophe und du, ihr lebt nicht in einem fremden Land, dessen Sprache ihr nicht versteht. Ihr seid nicht von der Gunst von Freunden abhängig, und das schon bei Kleinigkeiten wie Strümpfen oder Mehl.«

»Warum bittest du nicht deinen Vater um Hilfe?«

Unsere Mutter nimmt zwei Eier aus einem Korb. Sie schlägt sie an der Tischkante auf, lässt das Eiweiß in ein Glas gleiten und das Eigelb in eine Kuhle aus Mehl. »Genauso gut könnte ich Enrico betrügen«, sagt sie und fährt sich mit dem Handgelenk über die Stirn. »Das kann ich unmöglich machen.«

Auf Christophes Grundstück hat sie Paprika, Kartoffeln und Lauch geerntet. Letzteren gibt es dort im Überfluss. Tagsüber kümmert sie sich um den Gemüsegarten, auch wenn sie so gut wie keine Ahnung davon hat. Wenn man sie darauf anspricht, sagt sie, sie improvisiere, verlasse sich auf ihren Instinkt. Ein Nachbar gibt ihr Ratschläge, einmal im Monat kontrolliert er die Pflanzen auf Krankheiten oder Parasiten. Aber nicht aus reiner Nächstenliebe, obwohl er freundlich ist. Denn werden unsere Pflanzen befallen, könnten seine die nächsten sein, da die Gärten direkt nebeneinanderliegen. Gabriele hilft unserer Mutter beim Würfeln der Paprika, beim Zerstampfen der Kartoffeln. Im ganzen Haus riecht es nach Zwiebeln.

Unser Vater kehrt mit schmutziger Hose zurück, seine Schuhe sind schlammbespritzt, sein Hemd ist nass geschwitzt.

»Was ist passiert?«, erkundigt sich meine Mutter.

»Ich komme vom Weinberg.«

Unsere Mutter trocknet sich die Hände an einem Geschirrtuch ab. Sie merkt, dass ihr Finger blutet, steckt ihn in den Mund und saugt daran. »Und wir haben einen Gemüsegarten, falls dir das noch nicht aufgefallen ist. Wir haben unsere Heimat verlassen, damit du in deinem Beruf weiterarbeiten kannst. Wenn du Bauer werden willst, hilf bei uns mit! Du musst aggressiver auftreten. Jetzt sind falsche Skrupel unangebracht. Außerdem bist du zu dünn. Du solltest mehr essen.«

»Ich komme vom Weinberg«, wiederholt mein Vater. »Dort habe ich Arbeit gefunden.«

Unsere Mutter schaut nach dem Lauch im Topf und lacht. »Aber du verstehst doch überhaupt nichts von Wein! Er schmeckt dir nicht mal.«

Unser Vater setzt sich an den Tisch, schenkt sich Wasser aus dem Krug ein und bricht ein Stück Brot ab. Gabriele läuft auf ihn zu und legt ihm das Märchenbuch auf den Schoß. Er schlägt es auf, blättert darin. »Aus chemischer Sicht ist Wein ein Hydro-Alkohol-Gemisch, bestehend aus den in Weintrauben enthaltenen Substanzen Wasser, Fruktose und Tannin sowie aus weiteren aus der Fermentation von Most und Trester entstandenen Produkten.« Er packt Gabriele unter den Achseln und zieht ihn auf seinen Schoß. »Den Rest lerne ich«, sagt er.

*

Wir schreiben das Jahr 1940, und es ist Frühling. Euphorisch verlassen wir Christophes und Audrines Haus und ziehen nach Blanquefort. Wir nehmen uns ein Zimmer in einem einfachen Gasthaus. Das Gasthaus heißt *Auberge des deux noms*. Es liegt in der Nähe des Bahnhofs, der Weinberge und der Kellerei, deren Wein doch tatsächlich *Les deux noms* heißt. Natürlich sind wir dort nicht die einzigen Gäste, aber die einzigen Italiener und die einzigen Juden. Madame Fleur, die Besitzerin, ist nett, sie schenkt Gabriele und mir Bonbons. Aber die anderen Gäste sind gemein. Erst nennen sie uns *les salauds*, Arschlöcher, Mistkerle, Schweine. Im Gegensatz zu den Chrétiens, den Christen. Als unser Land Frankreich verrät und es besetzt, nennen sie uns *les traîtres*, Verräter.

Zu Madame Fleur sagen sie: Wenn *les traîtres* nicht verschwinden, sehen wir uns gezwungen, das Hotel zu wechseln.«

»Dann gehen Sie doch!«, erwidert Madame Fleur. »Ich vertreibe niemanden.«

Die Gäste bleiben, weil die *Auberge des deux noms* das beste Gasthaus der ganzen Gegend ist. Aber wir verlassen das Zimmer immer seltener, essen sitzend auf dem Bett.

Madame Fleur hat blonde, zu einem Zopf geflochtene Haare,

rote Wangen und eine kräftige Stimme, die durch das ganze Haus schallt. Sie trägt stets ein blaues Kleid mit einer hellblauen Schürze: Sie besitzt mehrere davon. Wir dürfen ihre Küche jederzeit benutzen, und sie hilft uns, wo sie nur kann. Sie gibt unserem Vater etwas für die Mittagspause mit: hart gekochte Eier und Tomaten. Sie hat eine Enkelin in meinem Alter. Unsere Mutter sieht uns beim Spielen im Gastraum zu, während Gabriele liest oder zeichnet. Um Diskussionen oder Auseinandersetzungen zu vermeiden, nennt Madame Fleur mich Simon. Aber wenn sie mich Simon nennt, reagiere ich nicht.

Am Abend kommt unser Vater fröhlich und gut gelaunt zurück. An der Kellerei *Les deux noms* scheint der Krieg vorbeigegangen zu sein: Er hat sich mit dem Besitzer angefreundet, der uns sonntags oft zu sich nach Hause einlädt. Abends spielt er mit uns. Mein Lieblingsspiel heißt »Der Baum«: Unser Vater stellt sich starr mitten ins Zimmer und streckt die Arme auf Schulterhöhe seitlich aus. Seine Beine sind die Wurzeln. Ich klettere an ihm hoch, als wäre er eine Eiche. Ich verstecke mich in seinen Zweigen und tue so, als gäbe es mich gar nicht. Ich bin eine Mistel. Eine Orchidee. Eine Pflanze, die andere ausnutzt, ein Parasit.

*

Wir bleiben anderthalb Jahre in der *Auberge des deux noms*. In den Zeitungen stehen Schauergeschichten. In den Cafés machen Gerüchte die Runde, viele davon handeln von Juden. Bekannte raten uns zu gehen, unseren Namen zu ändern. Mithilfe von Christophe, Audrine und Madame Fleur ziehen wir in ein Haus, das zur Kellerei *Les deux noms* gehört. Bei der Arbeit stellt sich unser Vater nicht mehr mit dem Namen Coifmann, sondern als Monsieur Maillard vor. Der Besitzer macht mit ihm einen neuen Arbeitsvertrag. Unsere Mutter verbietet uns, allein draußen zu spielen, den Innenhof zu verlassen. Unser Horizont besteht aus einer niedrigen, von Sträuchern umgebenen grauen Steinmauer. Sind wir aus irgendeinem Grund gezwungen, das Haus zu verlassen, tun wir das ausschließlich in Begleitung von Audrine oder Madame Fleur.

Gabriele verbringt viel Zeit allein: Er liest, lernt rechnen. Ich übe mich darin zu verschwinden, weil ich begriffen habe, dass das das Wichtigste ist: nicht auffallen, unauffindbar bleiben, sich unsichtbar machen. So tun, als gäbe es mich gar nicht. Mit geschlossenen Beinen lehne ich mich so lange an die Wand, bis ich die Farbe der Tapete annehme. Unsere Mutter geht an mir vorbei, ohne mich zu sehen. Ich lege mich unters Bett, lasse meinen Körper auf die Fliesen sinken. Die Haut zerfällt zu Staub. Eine Katze kommt zum Fenster herein, kriecht unters Bett und rollt sich auf meinem Bauch zusammen, ohne mich zu bemerken.

In diesem Haus bleiben wir ein weiteres Jahr, vielleicht auch ein bisschen länger.

Eines Tages – ich habe gerade Geburtstag – dürfen Gabriele und ich eine Runde reiten. Auf dem Pferd eines Bauern, der bei uns in der Nähe wohnt, unweit der Schleuse. Er ist ein Freund. Anschließend schenkt er uns Ziegenkäse, Eier und ein Glas Pfirsichkompott.

Am darauffolgenden Nachmittag betritt unsere Mutter das Zimmer und sagt, Audrine habe ein Geschenk.

»Für wen?«, frage ich.

»Für dich«, sagt unsere Mutter.

»Für mich und Gabriele«, sage ich.

»Nein, nur für dich«, sagt sie

Erschrocken reiße ich die Augen auf. Noch nie habe ich ein Geschenk bekommen, das ausschließlich für mich bestimmt ist. Ich erbe die Geschenke meines Bruders, wenn er keine Verwendung mehr dafür hat: Spiele, Kleider, Bücher. Wenn wir etwas geschenkt bekommen, erfreuen wir uns beide daran, so wie beim Reiten. Dass ich ein Geschenk ganz für mich allein behalten darf, ist beängstigend – und gleichzeitig wunderbar. Ich bin ganz aus dem Häuschen vor Aufregung, nehme jede noch so kleine Veränderung an Licht und Schatten wahr. Ich bin eine Eule zwischen den Zweigen einer Eiche. Ich habe Angst. Ich bin nicht berechtigt, etwas zu besitzen. Wer besitzt, existiert. Wer mir etwas schenkt, verrät mich.

»Audrine ist da, wir müssen gehen«, sagt unsere Mutter.

Ich ziehe den Mantel an, mache meine Schnürsenkel zu. Gabriele kommt nicht mit, er bleibt bei Madame Fleur und ihrer Enkelin. Ich stelle mir vor, wie ich mit dem Geschenk zurückkomme, wie unsere Blicke sich treffen. Er wird wissen wollen, was in dem Paket ist. Ich werde sagen, dass er es auspacken kann, wenn er will. Wir laufen durch die Stadt in Richtung Zentrum. Ich sehe den Glockenturm der Kathedrale, der die Hausdächer überragt. Ich sehe den Rauch, der aus den Kaminen steigt. Es ist kalt, draußen riecht es gut. Wir betreten ein fünf- oder sechsstöckiges Gebäude. Ich habe noch nie ein so hohes Gebäude gesehen. Wir nehmen den Lift. Für mich ist es das erste Mal. Holz und Glas. Während wir nach oben fahren, sehe ich die Treppe. Es ist sehr laut. Wir betreten eine Wohnung im dritten Stock. Dort riecht es streng und stechend nach Medizin. Man befiehlt mir, auf einem Stuhl Platz zu nehmen, und ich setze mich. Eine Hand liegt in meinem Schoß, die andere umklammert die meiner Mutter. Meine Mutter hält meine Hand, als würden wir eine Straße überqueren oder an einem knurrenden Hund vorbeikommen, und das macht mich misstrauisch. Aber die Vorfreude auf das Geschenk lenkt mich ab, und so nehme ich den Mann kaum wahr, der im weißen Kittel das Zimmer betritt. Meine Mutter bittet mich mitzugehen. Als der Mann im weißen Kittel sagt, dass ich den Mund aufmachen soll, gehorche ich. Als er die

Zange nimmt und sie in meinen Rachen schiebt, wehre ich mich nicht. Zehn Minuten später hat man mir die Mandeln herausgenommen. Ich habe mich vorgebeugt und spucke in einen Napf.

Unsere Mutter liebkost meinen Nacken und sagt: »Tut mir leid, aber wir müssen jetzt gehen. Dein Vater kommt gleich nach Hause.«

*

Unser Vater kommt ins Haus gestürmt, rennt gegen die Tür, die Anrichte, den Tisch. »Wir müssen hier weg, sofort! Los, packen wir unsere Sachen. Nicht alles, nur das Nötigste.«

»Was habe ich denn sonst?«, sagt unsere Mutter. »Doch nur das Nötigste.«

Unser Vater hält Zeige- und Mittelfinger in die Höhe: »Zwei Koffer. Einen für uns und einen für die Kinder.«

Wir hasten zum Bahnhof. Am Bahnsteig stehen viele Leute, die Italienisch sprechen. Es ist schon lange her, dass ich gehört habe, wie jemand Italienisch spricht. Im Waggon werden wir eng zusammengepfercht. Ich sitze auf dem Schoß meiner Mutter, Gabriele auf dem meines Vaters.

Wir fahren den ganzen Tag. Erst in Richtung der aufgehenden Sonne und dann nach Süden. Als die Sonne untergeht, kehren wir ihr den Rücken zu. Aus dem Fenster sehe ich im Dämmerlicht das Meer. Es liegt neben uns, ich kann es beinahe berühren.

Der Zug bremst abrupt. Koffer fallen aus dem Gepäcknetz, Kinder von den Knien ihrer Eltern. Barsch befiehlt man uns auszusteigen, und zwar schnell! Zu rennen.

»Lasst die Koffer hier!«, heißt es.

Wir laufen zum Strand, gleiten im Sand aus, der in unsere Kleider, in unsere Schuhe eindringt, sich mit unserem Speichel vermischt. Möwen schrecken auf und fliegen kreischend davon. Wir verstecken uns hinter Felsen. Jemand wirft sich ins

Wasser. Wir hören ein immer lauter werdendes Dröhnen. Die Bomben fallen auf eine nahe gelegene Stadt, von der wir nur die ersten Häuser hinter dem Hügel erkennen können. Flammen lodern auf. Zwei Flugzeuge drehen ab, sehen den Zug, überfliegen und beschießen ihn. Fensterscheiben zerbersten, Polster platzen auf, Glassplitter zischen durch die Luft. So schnell, wie sie gekommen sind, verschwinden sie auch wieder. Im Davonfliegen erzeugen sie einen Luftwirbel. Die Fische hören auf zu schwimmen, die Vögel hören auf zu fliegen, der Wind verebbt. Nacheinander beginnen wir wieder zu atmen.

»Kommt!«, sagt unser Vater.

Die Sitze sind mit Scherben bedeckt. Wir säubern sie. Die Koffer sind unversehrt. Eine Stunde später setzt sich der Zug wieder in Bewegung. Im ersten Morgengrauen erreichen wir den Bahnhof von Genua. Wir laufen durch die Gassen nach Hause, unterwegs treffen wir die Großeltern, die Gott weiß woher kommen. Großmutter umarmt uns, streicht uns über die Wangen. Sie hat kein Höhrrohr, hört nichts mehr. Beide sind gerührt, haben nicht mehr damit gerechnet, dass wir zurückkommen. Im Haus gibt es keine nennenswerten Vorräte, aber wir feiern mit Früchtetee und Keksen.

»Wie ist die Lage in Frankreich?«, erkundigt sich Großvater.

»Entweder man flieht, oder man verschwindet«, erwidert unser Vater. »Vor zwei Tagen haben sie eine Frau erschossen, die Juden in ihrem Hotel versteckt hat. Sie haben sie auf den Marktplatz gezerrt und abgeknallt. Madame Fleur war eine gute Frau. Sie hat auch uns geholfen.

*

Wir bleiben fünf Wochen bei den Großeltern, hinter verschlossenen Türen. Wir verlassen das Haus nicht, sehen niemanden. Nur mein Großvater und mein Vater wagen sich hinaus, aber auch das nur, wenn es gar nicht anders geht. Die Lebensmittelreserven werden knapp, es gibt kein Fleisch, nur wenig Gemüse, unreifes Obst, und das Brot ist rationiert. Es gibt Mehl, das mit Wasser verknetet wird, Kartoffeln, etwas Hartkäse, Marmelade und den Dosenfisch Großvaters: Mehr haben wir nicht.

Als ich eines Nachts im Bett liege und mich darin übe, die Beschaffenheit von Schatten anzunehmen, höre ich, wie in der Küche geredet wird. Unter den vertrauten Stimmen ist auch eine heisere, freundliche, die ich nicht kenne. Ich schleiche mich aus dem Zimmer und sehe nach, spähe durch den Türspalt. Sie gehört einem Mann mit lockigem Haar und gebräuntem Teint. Sie reden davon wegzugehen, zu fliehen. Sie reden von einem abgelegenen unbewohnten Haus auf dem Land, am Ende eines Tals – genau das Richtige für unsere Bedürfnisse. Sie diskutieren darüber, die Fabrik des Großvaters den Angestellten zu übergeben. Großvater ist einverstanden: »Das sind alles vertrauenswürdige Leute.« Sie reden über Onkel Elio und irgendwelche Cousins, von denen niemand mehr gehört hat. Meine Mutter streckt den Arm über den Tisch, drückt die Hand des Unbekannten. »Ich freue mich so, dich zu sehen!«, sagt sie. »Ich hatte solche Angst.«

»Warum?«, fragt er.

»Weil du unvorsichtig, leichtsinnig bist.

»Von wegen: Vorsicht und Gewissenhaftigkeit sind für mich selbstverständlich. Manchmal bin ich vielleicht ein bisschen unbesonnen, aber das ist kein Widerspruch.« Er dreht sich um und entdeckt mich, bemerkt das Weiß in meinen Augen hinter der Tür. »Und wer ist das?«, fragt er.

»Wieso bist du noch wach?« Unsere Mutter nimmt mich auf den Arm und sagt: »Marcello, das ist Simone. Simone, das ist dein Onkel Marcello.«

Onkel Marcello geht auf mich zu und reicht mir einen Finger.

Ich umklammere ihn. »Ich freue mich riesig, dich kennenzulernen«, sagt er.

Ich verberge mein Gesicht am Hals meiner Mutter. »Morgen könnt ihr zusammen spielen, wenn ihr wollt«, sagt sie, und dann zu ihm: »Bleibst du? Dann lernst du auch Gabriele kennen.«

Onkel Marcello lächelt und schweigt. Ich werde ins Bett zurückgebracht. Beim Einschlafen verfange ich mich im Widerschein des Mondes auf der Bettdecke. Am nächsten Morgen stehe ich gut gelaunt auf. Ich habe Lust zu spielen, aber der Onkel ist schon weg. Nur die Großmutter ist zu Hause, sonst niemand. Alle kehren spät zurück.

In der darauffolgenden Nacht weckt uns unsere Mutter ungeduldig.

»Zieht euch an!«, sagt sie.

Wir gehen hinaus auf die Straße, mit noch ganz schlafverklebten Augen. Ein Wagen wartet vor der Haustür. Auf dem Kofferraum sitzt Onkel Marcello, eine Zigarette zwischen den Lippen. Gabriele und ich nehmen mit Großmutter auf dem Rücksitz Platz, während unsere Mutter vorne einsteigt. Unser Großvater und Vater kommen vorerst nicht mit.

Der Wagen verlässt die Stadt, quält sich in Richtung Hinterland und Berge. Von den Serpentinen wird mir übel, ich stehe kurz davor, mich zu übergeben, aber der Onkel meint, wir sollten lieber nicht anhalten. Unsere Mutter kurbelt das Fenster herunter und sagt: »Tief durch die Nase einatmen!«

*

Die Ortschaft heißt Colle Ferro. Das Haus liegt weitab der Hauptstraße am Rand eines Eichenwalds. Dahinter beginnt ein Pfad, der quer durchs Unterholz auf den höchsten Berg des ganzen Tals führt. Die Umgebung besteht aus Wäldern und Wiesen, aus durch schadhafte Straßen miteinander verbundenen Häuseransammlungen, aus Kiosken und aus von Farn, Ginster und Brombeersträuchern gesäumten Wegen. Ins Haus gelangt man über eine Holztreppe, die direkt in den ersten Stock führt. Es gibt zwei Zimmer: In einem schlafen wir alle gemeinsam, das andere dient zum Kochen und Essen. Es gibt auch einen Stall, aber ohne Tiere. Das Klo befindet sich zwischen den Bäumen.

Drei Tage bleiben wir mit Onkel Marcello allein. Von unserem Großvater und Vater hören wir nichts. Onkel Marcello spielt mit uns. Gabriele und ich nennen ihn heimlich »den verrückten Onkel«. Er denkt sich Witze aus, überfällt uns aus dem Hinterhalt. Er zieht uns die Schuhe aus und kitzelt unsere Fußsohlen. Er ahmt Geräusche nach: ein Pferd auf Kopfsteinpflaster, den Laut, den Fische unter Wasser machen, indem er Luftblasen zwischen den Lippen zerplatzen lässt. Er bringt uns die hohe Kunst des Gestikulierens bei. Für *Was willst du?* legt er die fünf Fingerspitzen zusammen, wobei die Hand nach oben zeigt und geschüttelt wird. *Hast du eine Zigarette für mich?* sagt man, indem man den gestreckten Zeige- und Mittelfinger geschlossen an die Lippen führt. Für *Ich habe Hunger* schlägt man sich mit der Handkante auf Magenhöhe gegen die Hüfte. Für *Komm her!* krümmt man den Zeigefinger, wobei die Hand zum Gerufenen zeigt. Händereiben steht für Zufriedenheit, Respekt drückt man aus, indem man sich mit dem Daumen über die Wange fährt, Wut, indem man sich auf die Fingerknöchel beißt, Müdigkeit, indem man das Gesicht in die geöffnete Hand legt, Gefängnis durch zwei sich berührende Handgelenke.

Der Onkel hat eine Pistole. Er erzählt Geschichten von Hinterhalten und Messerstechereien. Er spricht von Partisanen. Eines Abends verschwindet er mit dem Auto und kommt am nächsten Morgen mit unserem Großvater und Vater zurück. Er gibt uns falsche Papiere. Aus unserem Vater wird Enrico Carati, aus unserer Mutter Anna Caracciolo, aus unseren Großeltern

Caracciolo und Stoppani. Gabriele und ich heißen Carati, nach unserem Vater. Die Vornamen bleiben gleich, damit wir uns nicht versprechen und uns dadurch verraten.

»Gefällt dir Gabriele Carati?«, fragt unser Onkel Gabriele.

»Besser als *salaud* und *traître*«, erwidert mein Bruder. »Aber er ist eben nicht Coifmann.«

*

Ein Bach trennt unser Haus von vier weiteren Gebäuden. Drei davon sind unbewohnt, in einem lebt ein Hirte mit Frau und Töchtern. Die Töchter sind in unserem Alter, sie heißen Iole und Maria. Iole ist das schönste Mädchen, das ich je gesehen habe. Maria hat ein himbeerförmiges Muttermal am Auge. Wir freunden uns an. Mit ihnen weiden wir Schafe, sammeln Holz und verstecken uns zwischen den Farnwedeln. Wenn wir uns nützlich machen, bezahlt uns die Mutter mit Ziegenkäsetalern, mit einem Ei oder mit Wolle, aus der unsere Mutter Pullover strickt.

Unser Vater freundet sich mit Ioles und Marias Vater an. Er ist ein brummiger, wortkarger Mann. Er stellt ihn anderen Bauern und Viehzüchtern aus der Gegend vor, sagt, er sei ein zuverlässiger Arbeiter mit einer schnellen Auffassungsgabe. Was ja auch stimmt. Unser Vater lernt sämtliche Tätigkeiten. Je nach Saison schneidet er Pflanzen zurück, hebt Gräben und Bewässerungskanäle aus, klopft Steine, erntet Kirschen, Äpfel und Brennnesseln, konstruiert Kletterhilfen für Tomaten und Bohnen, sät Salat, Radicchio und Radieschen aus. Er lernt, den Dung mithilfe einer dreizinkigen Mistgabel auf dem Boden zu verteilen. Er lernt, das richtige Werkzeug fürs Umstechen auszuwählen: Der herzförmige Spaten eignet sich für harte Böden, der rechteckige für weiche.

Unser Vater ist schnell von Begriff, nur sein Körper ist die Arbeit nicht gewohnt. Wenn er am Abend nach Hause kommt, sind seine Hände voller Blasen und bluten. Während er sie zum Desinfizieren in Salzwasser badet, wendet unsere Mutter das Gesicht ab.

Sonntagmorgens gehen wir zur Messe. Wir sind die Letzten, die die Kirche betreten, sind anwesend, aber auch nicht mehr. Wir beten nicht laut mit, aber wenn sich jemand nach uns umdreht, bewegen wir stumm die Lippen oder täuschen einen Hustenanfall vor. Wir sitzen in der hintersten Reihe. Manchmal setzen wir uns gar nicht, sondern bleiben zwischen den Beichtstühlen und dem roten Samtvorhang stehen, der eine Privatkapelle verbirgt. Gabriele und ich spielen mit dem Vorhang, geben Iole und Maria Zeichen, die in der Mitte der vierten Reihe sitzen.

Ist die Messe vorbei, betreten wir geschlossen die Piazza, wobei wir von unseren Eltern eingerahmt werden, die Großeltern gehen voraus. Wir sind angehalten, so wenig wie möglich zu reden, uns Witze und Kommentare zu verkneifen. Gleichzeitig dürfen wir nicht unhöflich wirken. Die Bewohner der umliegenden Ortschaften kommen am Sonntagvormittag zur Messe zusammen. Mit einem Kopfnicken begrüßen sie unseren Vater. Er lüftet den Hut und macht eine angedeutete Verbeugung vor den Frauen. Er ist anders, feiner und vornehmer, einer, der mit Tinte und Papier umgeht. Er drückt Hände aus Stein und Hände aus Holz, seine eigenen sind trotz der Arbeit weiß wie Wachs. Die Leute lächeln ihm zu.

»Auf dem Heimweg sammelt ihr Brennnesseln!«, befiehlt uns die Großmutter. »Ich habe Eier gefunden.«

Über die Messe reden wir nie, kein Kommentar. So als würden wir gar nicht hingehen, sondern zu Hause bleiben, so als würden sich unsere Körper verselbständigen. Aber pünktlich am Sonntagabend streckt sich unser Vater zwischen Gabriele und mir aus und bittet uns flüsternd, die Augen zu schließen.

Wir gehorchen, auch wenn die Dunkelheit im Zimmer erdrückend ist: Wir haben die Fenster mit Stoff verhängt, und nicht einmal ein Fingerbreit Licht dringt unter der Küchentür herein.

Schma Jisrael adonai elohenu adonai echad, sagt unser Vater – ein geflüstertes Gebet, bei dem uns ganz warm ums Herz wird.

Wir wiederholen: *Schma Jisrael adonai elohenu adonai echad*.

Dann küsst er uns und kehrt ins andere Zimmer zurück. Als wir eines Sonntagmorgens zur Kirche gehen, hören wir einen Gewehrschuss aus dem Dorf. Wir erstarren, wagen kaum zu atmen. Neben der Straße breitet sich eine Wiese mit Margeriten aus, die zu den ersten Häusern hin abfällt. Einen Meter von der Böschung entfernt steht ein großer Nussbaum. Vom Nussbaum aus sieht man die Piazza. Gabriele ist bereits mehrmals hinaufgeklettert. Unser kleiner, gebeugter Vater geht auf den Nussbaum zu und klettert auf den ersten Ast. Weitere Gewehrschüsse, diesmal gefolgt von Gebrüll. Unser Vater schaut zwischen den Blättern hindurch, und wir blicken ihn an. Er springt mit einem Satz hinunter. »Lasst uns umkehren!

Wir verbarrikadieren uns im Haus, blockieren die Tür mit dem Tisch und den Stühlen.

»Und was, wenn sie das Haus in Brand stecken?«, sagt meine Mutter.

Wir rennen Hand in Hand hinaus in den Wald und halten uns lange dort auf, ohne den Pfad zu benutzen.

Während wir noch keuchend darin umherlaufen, frage ich unseren Vater: »Was hast du gesehen?«

»Wann?«

»Vom Nussbaum aus. Was hast du gesehen?«

»Männer.«

»Was haben die gemacht?«

»Keine Ahnung, das war ein Riesenchaos.«

»Aber wer hat geschossen?«

Unser Vater nimmt meine Hand. Leise sagt er an alle gewandt: »Wir gehen bis zum Berg«, und dann zu mir: »Los, schneller!«

*

Ich baue mir ein Versteck unter den Farnwedeln. Zwischen den Pflanzen zerfällt die Sonne zu tanzenden Lichtpunkten. Ich fange sie mit einem Taschenspiegel ein, beleuchte die Ameisen. Zwischen den Ruinen eines Hauses finde ich einen Holzbalken. Ich trage ihn in das Versteck und lege mich darauf, wenn es geregnet hat und die Erde nass ist. Oder wenn ich aus Blättern Figuren falte. Ich verwende ihn auch, um mir andere Welten auszudenken: Der Balken besitzt eine Maserung, die ihn in eine Landkarte verwandelt. Ich sehe Inseln, Kontinente, Weltmeere.

Eines Nachmittags lasse ich Steinchen wie Dampfer darüberfahren, als ein Unbekannter zwischen den Wedeln hindurchschlüpft und sich neben mir ausstreckt. Er hat ein Gewehr und ein rotes Halstuch. Seine Augen sind müde und geschwollen.

»Wie heißt du?«, will er wissen.

»Simone.«

»Simone und weiter?«

»Simone Carati.«

»Wo wohnst du?«

Ich zeige auf das Haus, das wir nicht sehen, von dem wir aber beide wissen, dass es existiert.

Er spricht sehr schnell, der Mann mit den geschwollenen Augen. »Das mit den beiden Alten, stimmt's?«, sagt er. »Wer sind die? Deine Großeltern? Deine Eltern leben auch dort, stimmt's? Besser gesagt, eure Eltern, denn du hast einen Bruder, hab ich recht? Sind die das?«

»Ja.«

Er sieht sich um. »Was machst du hier?«

Ich zeige auf meine Fantasiewelt auf dem Holzbalken. Er versteht nicht.

»Willst du etwas wirklich Seltsames sehen?«, fragt er.

Ich antworte nicht.

»Keine Angst, du kannst mir vertrauen. Es ist einfach unglaublich! Aber du musst mir versprechen, niemandem davon zu erzählen.«

Ich antworte nicht.

Der Mann mit den geschwollenen Augen dreht sich auf den Rücken und zieht das Gewehr an seine Brust. So bleibt er schweigend liegen. Dann dreht er sich auf den Bauch und sagt: »Dann eben nicht!« Er will das Versteck verlassen.

»Einverstanden«, sage ich. Er hält inne und lächelt mich zögernd an. »Kannst du überhaupt ein Geheimnis für dich behalten?«

»Mich gibt es gar nicht«, sage ich. »Also auch nicht das, was ich weiß.«

Der Mann mit den geschwollenen Augen hebt die Brauen: »Aber ich kann dich sehen.«

»Aber sobald Sie aufhören, mich anzusehen, gibt es mich nicht mehr.«

Wir folgen dem Pfad bergauf. Wir gehen eine halbe Stunde, bis wir ihn bei einem moosbewachsenen Felsen verlassen. Wir betreten den Wald. Wir reden nicht, machen keinerlei Geräusch. Auf einmal tut sich eine Lichtung vor uns auf. Irgendetwas ragt aus dem Boden, aber ich begreife nicht, was. Es erinnert an Holzpfähle von etwa einem Meter Länge. Sie sind bunt, stehen immer paarweise nebeneinander, manche sind leicht gespreizt. Auf Steinen oder an Bäume gelehnt sitzen Männer. Sie rauchen. Auch sie sind bewaffnet. Wir kommen näher.

»Wo hast du den denn aufgegabelt?«, fragen sie.

Der Mann mit den geschwollenen Augen lacht ordinär und

wischt sich mit dem Ärmel über den Mund: »Zwischen den Farnwedeln.«

Ich trete näher. Das sind keine Pfähle: Aus dem Boden ragen Beine. Irgendjemand hat Menschen mit dem Kopf nach unten vergraben. Man sieht nur Stiefel und Hosen bis zum Knie. Ich laufe allein durch diesen Wald aus toten Beinen, berühre Schuhsohlen, Oberleder. Nebelschwaden schieben sich zwischen die Bäume. Ich spüre, wie mich jemand packt, fortschleift.

»Bist du jetzt vollkommen verrückt geworden!«, sagt jemand. Es ist eine neue Bassstimme.

Der Mann mit den geschwollenen Augen sagt: »Das ist doch bloß ein kleiner Junge!«

»Bring ihn weg, verdammt noch mal! Bring ihn weg!«

Ich kann mich nicht von den toten Beinen losreißen, muss mich immer wieder umdrehen. Irgendwann verschwinden sie hinter den Bäumen. Ein Mann begleitet mich zurück nach Hause. Es ist nicht der mit den geschwollenen Augen, er ist sanft, besorgt. Er erzählt mir von seinem Sohn, der ungefähr in meinem Alter ist. Davon, wie er ihn vor dem Krieg mit zum Angeln nahm oder mit ins Dorf, ins Lichtspielhaus. Er schenkt mir eine Stange Zigaretten. Ich nehme sie, ohne mich zu bedanken. Nicht weit von unserem Haus entfernt renne ich ohne Vorwarnung los. Der nette Mann versucht, mich am Pullover und an den Haaren zu erwischen, er zerkratzt meinen Hals, läuft mir nach.

»Bleib stehen, verdammt noch mal!«, schreit er. »Mach langsam!«

Dann verliere ich ihn aus den Augen.

Die Stange Zigaretten verstecke ich im Stall, ich grabe ein Loch dafür. Was ich gesehen habe, erzähle ich niemandem. Ich gehe vor allen anderen ins Bett. »Vielleicht hat er Fieber«, sagt meine Mutter.

Im Bett murmle ich allein vor mich hin: *Schma Jisrael adonai elohenu adonai echad.*

*

Wenn es schneit, kehrt Stille zwischen den Bäumen ein. Dann hindert der sich auf den Zweigen ansammelnde Schnee den Wind daran, sie zu bewegen. Schnee fällt dumpf zu Boden, die Luft riecht klar, funkelnd atmet das Eis. Alles ist ruhig. Großvater, der zu wissen glaubt, wie der Krieg funktioniert, sagt: »Prima! Wenn es schneit, müssen wir nicht mit Repressalien rechnen. Die Straße ist blockiert, sodass niemand den Berg heraufkommt.«

Gabriele und ich bauen riesige Schneemänner, die größer und dicker sind als wir. Aus Zweigen werden Haare, aus Tannenzapfen und Steinchen Nasen und Ohren. Wir errichten Mauern, hinter denen wir uns verstecken. Wir bombardieren sie mit einem Schneeballhagel, dann zerstören wir sie heimtückisch. Unser Körper ist eine Waffe, eine Kanonenkugel, ein Geschoss. Mithilfe von verzogenen Holzbalken tun wir so, als würden wir Skifahren. Wir schnallen sie mit Eisendraht unter unsere Schuhe. Wir wagen es sogar, laut zu brüllen, uns hinfallen zu lassen, Purzelbäume zu schlagen.

In dieser Nacht hört es nicht auf zu schneien. Ich stehe als Erster auf. Ich möchte den unberührten Schnee genießen, bevor Gabriele ihn gelb färbt, ihn beschmutzt, indem er in hohem Bogen vom Balkon pinkelt. Ich will einen Schneemann für Iole bauen. Ich ziehe mich lautlos an, um niemanden zu wecken. Ich gehe hinaus. Schon auf der Treppe ist das erste Gewehr auf mich gerichtet, das zweite vom Dach und das dritte vom Hof aus. Der Soldat auf der Treppe bedeutet mir mit einer Geste zu schweigen: Er streckt den Zeigefinger gen Himmel und legt ihn dann an die Lippen. Er steht vier Stufen unter mir. Seine Augen werden vom Helm verborgen. Ich rühre mich nicht, mache keinen Mucks. Weitere fünf Deutsche gehen die Treppe hoch und treten blaffend die Tür ein.

Die Razzia wird den ganzen Vormittag fortgesetzt. Die Soldaten verschaffen sich Zutritt zu den Bauernhöfen. Sie töten Gänse und Schweine, füllen ihre Proviantbeutel mit Käse, Salami und Wein. Als sie wieder abziehen, haben sie etwa vierzig Männer im Schlepptau, darunter auch Ioles und Marias Vater sowie den unseren, weil er sich eingemischt hat, als ein Soldat Großmutter das Höhrrohr wegnahm. Die Gefangenen werden im Dorf vor der Kirche zusammengetrieben. Gemeinsam mit den anderen Verwandten sehen wir aus sicherer Entfernung zu. Irgendjemand betet. Andere bitten die Deutschen, ihren Angehörigen nichts zu tun. Unsere Mutter dreht sich im Kreis wie ein Hund, kaut an ihrer Nagelhaut und reißt sie sich ab.

Schweigend eile ich atemlos zum Stall. Ich grabe die Zigaretten aus und renne wieder bergab. Die Straße ist vereist, und ich falle zweimal hin. Ich schlage mir das Knie auf. Als ich die Piazza erreiche, bewegt sich die Kolonne bereits hustend und taumelnd in Richtung Tal. Ich reiche unserer Mutter die Stange Zigaretten. Sie starrt sie begriffsstutzig an und fragt mit weit aufgerissenen Augen: »Wo hast du die denn her?«

Ich bleibe stumm.

Sie dreht sie wie einen Goldbarren in ihren Händen, denkt nach und schaut sich vergeblich suchend um. Schließlich schleift sie mich an der Jacke mit. »Kommt!«, sagt sie. »Wir holen euren Vater zurück.«

Wir folgen der Kolonne querfeldein. Unsere Mutter stolpert und zerreißt ihren Rock. Sie rutscht auf dem Eis aus. Sie ruft, dass wir weitergehen, sie einholen sollen. Gabriele und ich stürmen die Hänge hinab, ohne auf Gräben, Steine oder schneebedeckte Wurzeln zu achten. Auch wir stürzen mehrmals, stehen aber sofort wieder auf. Endlich erreichen wir den Trupp Gefangener: Unser Vater ist der Letzte in der Reihe, er wird von zwei Soldaten flankiert. Wir gehen auf sie zu. Einer der beiden Soldaten schüttelt den Kopf, bedeutet uns zu gehen. Unser Vater starrt auf die Schuhe seines Vordermanns. Wir werden langsamer und folgen der Schar zehn Minuten lang in sicherer Entfernung. Als wir uns erneut nähern, kommt uns der Soldat von vorhin entgegen.

»Haut ab!«, sagt er.

Ich habe Angst, gebe Gabriele die Stange Zigaretten.

»Haut ab, schnell!«, wiederholt der Soldat und zeigt auf den Berg.

Auch Gabriele hat Angst. Wir weichen gemeinsam zurück, halten uns an der Hand. Der Soldat bleibt breitbeinig stehen und legt sein Gewehr an. Er zielt zuerst auf mich und ahmt das Geräusch eines Schusses nach. Dann zielt er auf Gabriele und tut dasselbe. Ich knicke mit einem Fuß um und stürze. Der Soldat bricht in lautes Gelächter aus und gesellt sich dann zu den anderen.

In diesem Moment befreit sich Gabriele aus meiner Umklammerung. »Bleib hier!«, sagt er.

»Nicht!«, rufe ich, aber Gabriele ist schon losgerannt. Er überholt die Soldaten, geht ihnen voraus. Unser Vater sieht ihn. »Was willst du hier? Geh!« Er reißt die Augen auf. »Um Himmels willen, geh!« Gabriele hört nicht auf ihn. Mit einer Hand zerrt er am Saum der Jacke meines Vaters, mit der anderen bietet er die Stange Zigaretten erst dem einen und dann dem anderen Soldaten an. Beide haben ihre Helme leicht nach hinten geschoben. Er sieht ihre Augen, die von der Kälte geröteten Wangen, die kurz rasierten Haare. Sie sind unglaublich jung und machen ihm keine Angst mehr. Einer der beiden hat eine aufgeplatzte Unterlippe, er wirkt müde, unendlich müde. Gabriele bietet ihm die Zigaretten an, als wären sie ein Geschenk und kein Tauschgeschäft. Der Soldat mit der geplatzten Unterlippe sieht sich erst verstohlen nach seinem Gefährten und dann nach den Befehlshabern der Truppe um. Schließlich reißt er ihm die Zigaretten aus der Hand, und kurz vor einer Wegbiegung stößt er unseren Vater in die Brombeerbüsche. Die Brombeerbüsche bedeckt eine Eisschicht, und wenn die Zeit reif ist, werden sie nur so strotzen vor Beeren. Unser Vater steht wieder auf. Wir helfen ihm, die Handfesseln zu lösen. Wortlos und ohne uns zu umarmen, nehmen wir die Dorfstraße.

*

Unser Vater geht einen Monat lang nicht mehr vor die Tür, nachts zittert er. Großmutter zieht sich ohne ihr Hörrohr immer mehr zurück. »Worte sind der Brennstoff des Lebens«, sagt sie. »Wenn sie fehlen, wissen wir nicht mehr, was wir verbrennen, woraus wir Energie gewinnen sollen.« Deshalb verlischt Großmutter immer mehr. Sie findet keine brennbaren Laute mehr, weder in sich selbst noch außerhalb. Um ihr zu helfen, versuche ich, Worte in Asche und Schnee zu zeichnen, schließlich bringen mir Gabriele und unsere Mutter gerade das Schreiben bei. Ich schreibe ihren und unsere Namen. Den Namen der Stadt, in der sie gelebt hat. Den Namen der Tiere und Pflanzen, die in der Savanne leben. Die habe ich aus einem Buch, das Iole mir geliehen hat. Den Namen sämtlicher Gegenstände im Haus. Aber das genügt nicht. Eines Nachts stirbt die Großmutter, während wir neben ihr schlafen. Wir begraben sie auf dem Dorffriedhof, auf dem christlichen über der Kirche. Einen Grabstein errichten wir nicht, weil wir ihren Namen nicht darin einmeißeln können.

Im Frühling hört unser Vater auf zu zittern. Wenn er nicht unterwegs ist, um Steine zu klopfen, Gräben auszuheben oder Ioles und Marias Mutter zu helfen, macht er sich an einem

Detektorradio zu schaffen. Er versucht, es auf die Frequenz von Radio Londra einzustellen. Als eine Stimme aus dem Radio dringt, nehmen Gabriele und ich neben ihm Platz.

Manchmal haben wir schlechten Empfang. Das liegt an den Stanniolpapierstreifen, die die Flugzeuge abwerfen, um das Radar zu stören, so unser Vater.

Wenn das Radio nur Rauschen und Explosionsgeräusche von sich gibt, rennen Iole und ich bis zum Monticello, von dem aus man die Ebene im Norden überblicken kann. Aber meist ist dort nichts zu sehen. Bis das Radio eines Tages das übliche Rauschen von sich gibt und ich hinauslaufe, um sie zu rufen. Ich werfe ein Steinchen an ihre Scheibe. Sie klettert aus dem Fenster. Wir steigen bergan, erreichen den Gipfel, und siehe da: Der Mond steht am Himmel, und der Himmel füllt sich mit Funken, die wie Feuerwerkskörper zur Erde hinabstürzen. Es sind Feuerquallen aus Licht. Sie fallen in die Macchia, auf die Felder und Höfe. Auf die Asche der Lagerfeuer und Flüsse, auf unser vorläufiges Dasein.

Iole und ich setzen uns ins Gras und bleiben lange stumm. Dann steht sie auf und sagt: »Ich muss jetzt gehen, wenn meine Mutter merkt, dass ich weg bin, bekomme ich Ärger.«

»Erzähl Maria nichts davon!«, bitte ich sie.

»Warum nicht?«

»Weil das unser Geheimnis ist.«

»Aber warum denn? Sogar dein Vater weiß, dass es Stanniol regnet.«

»Ja, aber sag ihr nicht, dass du es gesehen hast. Dass wir es gesehen haben. Ich erzähle Gabriele nichts davon, und du erzählst Maria nichts davon.«

Sie zuckt die Achseln. »Von mir aus.«

Ich reiche ihr den kleinen Finger zum heiligen Schwur und sage: »Schwör es mir!«

Wir haken unsere kleinen Finger ineinander und schwören.

Sie wendet sich zum Gehen, dreht sich aber noch einmal um: »Heiraten wir, wenn wir groß sind?«

»Keine Ahnung«, erwidere ich, und dann: »Wenn du das willst, ja.«

Sie kommt zurück und zeigt mir ihren kleinen Finger. »Schwör es mir!«, sagt sie.

2. KAPITEL

»Warum bist du gekommen?«

»Du musst Zeno den Sommer über bei dir beherbergen.«

»Ausgeschlossen.«

»Bis Anfang September, das sind zwei Monate. Ich werde ihn oft besuchen. Außerdem werde ich ihn hin und wieder für einen Tag nach Genua mitnehmen.«

»Kommt gar nicht infrage.«

»Vittorio hat Leukämie, Papà. Er stirbt.«

»Das tut mir leid.«

»Das tut dir leid?«

»Natürlich.«

»Natürlich?«, sagte meine Mutter, die sich beherrschen musste, um nicht laut zu schreien. »*Es tut mir leid* und *natürlich*, mehr hast du dazu nicht zu sagen? Merkst du überhaupt, was du da redest?«

Großvater ließ sich Zeit, bevor er antwortete: »Ich weiß nur, dass das der falsche Sommer dafür ist, Agata.«

»Es ist der falsche Sommer, logisch. Wie konnte ich das nur übersehen? Ich werde es Vittorio ausrichten. Weißt du was, Vittorio? Du hast dir den falschen Sommer ausgesucht, um an Leukämie zu erkranken. Können wir die Krankheit nicht um ein Jahr verschieben? Na, was meinst du?«

»Du verstehst das nicht.«

»Ach, ich soll das nicht verstehen?«

Ich war auf der Bank vor dem Haus sitzen geblieben. Die Fenster waren geschlossen. Die Stimmen von Mutter und Großvater durchdrangen das Holz und den Stein des Hauses, um zu mir zu gelangen. Sie sickerten durch die Risse im Putz und verloren sich in der Ferne. Für jedes Wort, das ich hörte, malte ich mir vier Worte aus. Ich strich über die Bank, um die Körnigkeit der Oberfläche zu spüren, die Astlöcher, die Maserung des Brettes. Darunter nahmen Ameisen eine unsichtbare Straße, auf der sie Grashalme, Brotkrümel – vermutlich die Reste von Großvaters Frühstück – und eine Oleanderblüte mit einem fleischig-rosa Kelch transportierten. Die Lastenträger bildeten das Ende der Prozession. Das Ganze sah aus wie eine Zeremonie. Auch das war Leben. Ich zog den Skizzenblock und einen 4B-Bleistift aus meiner Reisetasche. Ich war schon immer ein Fan von weichen Minen. Ich strich mit der flachen Hand über das Gras. Es war kein bisschen feucht, sondern einladend trocken.

Mein Vater würde sterben, hatte Mutter zu Großvater gesagt. Wenn wir über seine Krankheit gesprochen hatten, dann nie mit diesen Worten. *Heilung*, dieses Wort war schon gefallen, und wenn nicht Heilung, dann die Möglichkeit, mit der Krankheit zu leben. Vom Tod war jedoch nie die Rede gewesen. Ich legte mich rücklings ins Gras und begann ausgehend von der Brooklyn Bridge Gwen Staceys Tod zu zeichnen: Gwen Stacey war Peter Parkers große Liebe, was Goblin nicht verborgen geblieben war. Und so hatte er Gwen eines Tages tatsächlich entführt und gedroht, sie von einem der beiden riesigen Pylone zu werfen. Spiderman war natürlich blitzschnell herbeigeeilt, um Gwen zu retten, wobei er sich mit Goblin einen erbitterten Kampf lieferte. Aber Goblin hatte die Frau fallen lassen. Spiderman hatte sein Netz gesprüht und sie, eine Sekunde bevor sie auf dem eiskalten East River zerschellt wäre, aufgefangen. Doch nachdem er sie hochgezogen hatte und endlich in die Arme schließen konnte, merkte er, dass Gwen tot war: Nicht Goblin hatte sie getötet, sondern er selbst. Der heftige Ruck, der ihren Fall gestoppt hatte, hatte ihr das Genick gebrochen. Peter liebte sie und hatte alles getan, um sie zu retten, ja er hatte wirklich alles versucht. Und trotzdem war Gwen gestorben. Manchmal reicht es eben nicht, alles zu geben. Manchmal soll das, was wir uns wünschen, einfach nicht sein, Schluss, Ende, aus. Wir scheitern, weil es keine Möglichkeit gibt, nicht zu scheitern: Und dann ist es egal, welche Strategie wir anwenden, um uns dem Schicksal in den Weg zu stellen. Auf welche Kräfte wir zurückgreifen. Oder wie viel Liebe im Spiel ist.

Während ich zeichnete, wie das Netz nach unten schoss, hatte sich die Haustür geöffnet, und Mutter und Großvater waren wieder herausgekommen. In der wirklichen Welt betrug die Entfernung, die sie trennte, nur wenige Zentimeter, doch an ihren Gesten und Blicken konnte man erkennen, dass sie Lichtjahre, Galaxien voneinander entfernt waren. In einem Tonfall, als müsste sie ihm – und sich selbst – noch mal alles erklären, sagte meine Mutter: »Du kannst bleiben, Zeno. Vorausgesetzt, du möchtest nicht nach Capo Galilea zurück. Wenn du bleibst, sehen wir uns, sooft ich kann, also jede Woche. Und ich werde darauf drängen, dass du Papà besuchen kannst.«

»Können wir telefonieren?«

»Aber natürlich«, sagte sie und drehte sich zu Großvater um. »Wie lautet deine Telefonnummer?«

»Ich habe kein Telefon.«

»Du hast kein Telefon?«

»Nein.«

Mama ging mit großen Schritten zum Auto, beugte sich hinein, griff nach ihrer Handtasche und zog das StarTAC samt Aufladegerät heraus und gab sie mir.

Sie hängte sich ihre Tasche um und nahm meinen Kopf in beide Hände. Dann vergrub sie ihre Nase in meinen Haaren, um den Duft mitzunehmen. Ohne dem noch etwas hinzuzufügen, stieg sie in den Wagen und ließ den Motor an. Ich verfolgte, wie sie den Rückwärtsgang einlegte und hinter der Kurve verschwand, aus der noch wenige Stunden zuvor mein Großvater aufgetaucht war. Es war noch früh, die Sonne stand hoch am Westhimmel, aber die Gipfel der Berge, die das Tal umgaben, warfen immer längere Schatten auf Steine, Weiden, Häuser, Menschenwerk. Vor ihnen lagen Wälder, Felder und Hänge, die zum Meer, zur Küste, nach Genua hin abfielen. Und von Genua aus gelangte man über eine malerische Straße durch die Hügel zu den mit Blauregen bewachsenen Laubengängen einer Klinik, in der tapfere Ärzte versuchten, Leukämie zu heilen. Von den Laubengängen aus gelangte man über Treppen und Flure in ein nummeriertes, mir unbekanntes Zimmer, und hinter der Tür dieses Zimmers lag mein Vater in einem Bett, den Blick auf den Schatten gerichtet, den die Bäume auf die weißen Vorhänge warfen.

Hätte er ebenfalls ein Handy gehabt, hätten wir uns SMS-Botschaften schicken können – aber wer weiß, vielleicht hätte er das gar nicht benutzen dürfen.

Wie geht's dir, Papà?
Geht so. Und dir?
Geht so.
Erzähl mir einen Witz, Zeno.
Warnhinweis auf der Verpackung eines 500 g schweren Hamburgers: »Achtung, nach dem Erhitzen ist das Produkt heiß.«
Der war gut.
Und jetzt du!
Aufschrift auf der Verpackung eines Bügeleisens: Achtung, Kleidung nie während des Tragens bügeln.

Noch einer!

Aus Protest gegen das große Truthahnschlachten an Thanksgiving hat eine Gruppe Umweltschützer aus New Jersey lauter Truthähne fliegen lassen. Doch erst nachdem man sie aus dem Flugzeug geworfen hatte, stellte man fest, dass Truthähne nicht fliegen können.

Klasse!

Grausamer Umweltschutz.

Gute Nacht, Papà.

See you later, alligator.

After 'while, crocodile.

Das war eine feststehende Grußformel zwischen meinem Vater und mir, seit ich mich in der ersten Klasse bei einer Schulaufführung des *Dschungelbuchs* als Krokodil verkleidet hatte und im Rhythmus zu Bill Haleys *See you later alligator* auf der Bühne herumgehopst war.

Hätte er ein Handy besessen, hätte ich ihm eine SMS schicken können, sobald ich ihm etwas mitteilen wollte. Außerdem hätte ich ihn mithilfe von SMS-Botschaften überzeugen können, dass ich nichts mit Micheles und Salvos Streich zu tun hatte – was deutlich leichter ist, wenn man sich nicht direkt gegenübersteht, also niemandem in die Augen schauen muss und keinen Kloß im Hals bekommt. Jeden Abend vor dem Einschlafen hätte ich mir etwas Neues ausdenken können, um meine Unschuld zu beweisen: Zum Beispiel, dass man meine Reifenspuren am Caddusu gefunden hat, die eindeutig vom Zeitpunkt des Steinwurfs stammen. Dass ein Militärsatellit, der das Pfarrhaus von Capo Galilea observiert hat, alles aufgenommen hat. Dass Michele in einem späten Anfall von Reue alles gebeichtet hat.

Ich schaltete das StarTAC ein. Großvater stand hinter mir in der Haustür – ich spürte seinen Blick im Nacken. Er hatte meine

Tasche genommen und wartete darauf, dass ich ihm folgte und er mir zeigen konnte, wo ich schlafen würde. Das StarTAC suchte nach einem Netz, also wartete ich kurz. Ich wartete länger. Und noch länger. Aber es gab kein Netz. Ich schaltete es aus und dann wieder an. Es hatte keinerlei Empfang. Ich machte ein paar Schritte in Richtung Straße: nichts. Ich ging zu den Bäumen hinüber: nichts. Wie ein Wünschelrutengänger lief ich ums Haus: wieder nichts.

Fuchtelnd kam ich zurück und brachte nur röchelnd hervor: »Es gibt hier kein Netz.«

Zum ersten Mal richtete ich das Wort an meinen Großvater.

Und das waren die ersten Sätze in unserem Leben.

»Ich weiß«, erwiderte er. »Handys haben hier keinen Empfang.«

Im Haus roch es nach Moder, Harz und Suppe. Es war dunkel, dunkler als gedacht, weil die Mauern dick waren und das Licht, das schräg durch die Fenster einfiel, auf Staubflocken traf. Ein sperriger weißer Ofen nahm einen Winkel des größten und gleichzeitig gemütlichsten Zimmers ein. Darin standen ein Tisch, Stühle, ein Sofa und verschiedene Möbel, die nicht aus ästhetischen, sondern aus praktischen Gründen miteinander kombiniert worden waren. An der linken Wand entdeckte ich zwei Türen. Die erste führte ins Bad, die zweite in den Keller. In einem Holzregal zwischen den Türen standen etwa zwanzig Klassiker – *Anna Karenina, Madame Bovary, Moby Dick* –, Erzählbände von Tschechow, Hemingway und Calvino sowie Krimis und ein paar Science-Fiction-Romane. Einige Bücher wirkten ziemlich verstaubt. Auf einem kleinen Tisch lag ein Heft mit einem geblümten Einband und zwischen seinen Seiten ein angekauter Bleistift. Ich griff danach, wollte es gerade aufschlagen, als mich Großvaters heisere Stimme am Schlafittchen packte.

»Was tust du da?«

Ich ließ das Heft fallen. Der Bleistift rollte erst zwischen die auf dem Tisch ausgebreiteten Blätter, dann zwischen zwei Whiskeygläser und fiel schließlich auf den Boden. Ich bückte mich, um ihn aufzuheben und wieder zurückzulegen.

»Komm mit.«

Im ersten Stock befanden sich die Schlafzimmer. Es waren genau zwei, und beide gingen auf die Wiese vor dem Haus, sprich auf das Tal, den See und den Staudamm hinaus, den man von dort aus besser sehen konnte.

»Pack deine Sachen aus!«, sagte Großvater und stellte die Tasche aufs Bett. »Im Schrank findest du Bettlaken, Kopfkissenbezüge und Decken.« Mit diesen Worten verließ er den Raum.

Ich setzte mich aufs Bett, das unter meinem Gewicht ächzte, schaute mich um und erblickte die kahlsten, deprimierendsten Wände, die ich je gesehen hatte. Ich ließ mich rücklings aufs Bett fallen und breitete die Arme aus. Feuchte Flecken verunzierten die Decke. In einer Ecke neben dem Fenster versetzte der Luftzug ein Spinnennetz in Bewegung. Ich schloss die Augen und schlief ein. Als ich sie wieder aufschlug, war es bereits dunkel. Keine Ahnung, wie lange ich geschlafen hatte. Ich besaß keine Uhr, trug generell keine, weil mich das störte. Ich sah auf dem unbrauchbaren StarTAC nach, wie spät es war: Viertel nach sieben. Ich stand auf, öffnete die Tür und trat auf den Balkon hinaus. Das Wasser des Sees war matt, stählern. Am Badeplatz packten Erwachsene und Kinder ihre Sachen zusammen, vermutlich fuhren sie zurück an die Küste oder nach Hause. Unweit des großen Felsens konnte ich die Dächer des Ortes, einen Teil der Piazza, die Kirche, das Pfarrhaus und ein Stück Straße erkennen. Ich folgte ihr und entdeckte ein Mädchen. Es stand reglos am Feldrand, unweit einer Ansammlung von Heidekraut. Es trug ein blaues Kleid mit einem weißen Stoffgürtel, schien weder zu lächeln noch zu weinen, sondern blickte ungerührt in meine Richtung. Vielleicht schaute es den Berg an, das Haus meines Großvaters, die Wand unter dem Balkon, den Balkon. Doch warum sollte es den Balkon anschauen? Was, wenn es nicht den Balkon anschaute? Ich hob die Hand, bewegte sie langsam von links nach rechts. Das Mädchen sah zwar weiterhin in meine Richtung, reagierte jedoch nicht.

»Alles in Ordnung?«

Ich fuhr herum. Großvater stand in der Tür und spielte nervös mit einer Meerschaumpfeife.

»Ja, warum?«

»Weil du nicht runtergekommen bist.«

»Ich bin eingeschlafen.«

Großvater schnaubte laut durch die Nase, ließ sich aber ansonsten nichts anmerken. Er machte Anstalten, wieder nach unten zu gehen, drehte sich dann aber erneut zu mir um. »In einer Viertelstunde gibt es Abendessen.« Bei diesen Worten kaute er auf dem Mundstück seiner Pfeife herum und verließ anschließend den Raum.

Auf dem hastig gedeckten Tisch – Teller und Gläser standen direkt auf dem nackten Holz, daneben lagen zwei zerknitterte Papierservietten – entdeckte ich eine noch warme Pfanne mit Erbsen, Eiern und Tunfisch. Großvater nahm einen Schöpflöffel und gab mir eine Portion auf den Teller.

»Wenn du noch mehr willst, bedien dich!«

Er wollte gerade den ersten Bissen zum Mund führen – er aß mit dem Löffel, nicht mit der Gabel –, als er feststellte, dass Brot fehlte. Er schrammte mit dem Stuhl über den Boden, stand auf, holte Brot aus einem Korb und schnitt zwei große Scheiben davon ab: Eine legte er neben seinen Teller, die andere neben den meinen. Er nahm Wein und trug ihn zum Tisch. Er griff gerade wieder zum Löffel, als ihm dämmerte, dass ich wahrscheinlich keinen Wein trinke. Er stand noch einmal auf, füllte einen Krug mit Leitungswasser, setzte sich wieder und machte sich endlich ans Essen. Mit gesenktem Kopf nahm er gerade den dritten Bissen zu sich, als ihm auffiel, dass ich nichts aß.

»Was ist?«

»Ich mag keine Erbsen.«

»Warum?«

»Ich mag sie einfach nicht.«

»Es gibt aber nichts anderes.«

»Das macht nichts. Ich habe keinen Hunger.« Ich legte die Gabel weg und sah ihm beim Essen zu. Nachdem er aufgegessen, den Teller mit Brot blank geputzt und ein halbes Glas Wein getrunken hatte, wischte er sich Mund und Schnauzbart mit der Serviette ab und ging zum Kühlschrank. Doch dort fand er nicht, was er suchte. Er öffnete die Tür zum Keller. Ich hörte, wie er die Treppe hinunterging. Kurz darauf war er wieder da.

»Isst du Käse?«, fragte er und zeigte mir einen ganzen Laib, der von einer dunklen, runzeligen Rinde bedeckt war.

Ich nickte.

Auf einem Holzbrett schnitt er mir eine großzügig bemessene Scheibe ab und für sich ein Stück Rinde, das er vorsichtig mit dem Messer aufspießte.

»Darf ich dich mal was fragen?«, sagte ich und biss in den Käse, den ich zwischen zwei übrig gebliebene Brotscheiben gelegt hatte.

»›Darf ich dich mal was fragen‹ ist bereits eine Frage.«

»Was sind das für Grotten am Eingang zum Dorf?«

Er kratzte sich den Bart. »Das sind Grotten.«

»Was ist da drin?«

»Steine. Wasser.«

»Kann man hineingehen?«

»Ja«, sagte er. »Aber das ist gefährlich. Also nein.«

»Sind es Grotten oder Minen?«

»Grotten. Natürliche Grotten.«

»Sind sie tief?«

»Ja«, sagte er und stand auf, um eine Tüte von der Konsole zu nehmen. »Sehr tief. Sie sind bei den Staudammarbeiten entdeckt worden. Man hat auch versucht, sie zu nutzen, keine Ahnung, wofür. Aber dann hat man davon Abstand genommen. Bist du schon einmal in einer Grotte gewesen?«

»Ja, ein einziges Mal«, antwortete ich. »Mit der Schule. Warum hat man sie nicht genutzt?«

Er stopfte seine Pfeife. »Aus Angst vermutlich.«

»Aus Angst wovor?«

»Davor, dass sie einstürzen. Das haben mir die alten Leute erzählt, als ich hergezogen bin.«

»Seit wann lebst du hier?«

»Seit ein paar Jahren.«

Jemand klopfte. Großvater machte auf. Ein älterer Herr mit einem gelblichen Bart war gekommen. Geflüster. Großvater stieg in den Keller hinab und kam kurz darauf mit einem Jutesack zurück, den er dem Mann gab, der an der Tür gewartet hatte. Noch mehr Geflüster, dann wurde die Haustür geschlossen, und Großvater setzte sich wieder.

Ich strich über den Tisch, um die Krümel zusammenzufegen, und sagte: »Wusstest du über mich Bescheid?«

»Wie meinst du das?«

»Wusstest du, dass ich geboren bin?«

Großvater deutete mit dem Mundstück seiner Pfeife auf eine Wandnische links von mir. Halb versteckt zwischen Vorhang und Fenster hing eine Pinnwand aus Kork, an der mit Reißzwecken mehrere Fotos befestigt waren. Drei davon zeigten meine Mutter und elf mich: für jedes Lebensjahr ein Foto, mein Leben bis zu diesem Moment, Bilddokumente meiner Entwicklung.

Ich war verblüfft. »Warum hast du mir nie geschrieben?«

»Ich nehme an, deine Mutter hat dir meine Briefe nie gegeben.«

»Welche Briefe?«

»Die Briefe, die ich dir geschrieben habe. Viele sind es zugegebenermaßen nicht gewesen. Einer pro Jahr, würde ich sagen. Ich habe mich darin nach dir erkundigt, dich gebeten, mir ein Foto zu schicken. Und das hat sie immer getan, auch wenn der Briefumschlag nur Bilder enthielt und keine einzige Zeile von ihr ... Dachtest du, ich bin tot?«

»Ja.«

Er lachte, behielt den Rauch lange im Mund und blies dann einen großen Ring in die Luft. »Womit du gar nicht so unrecht hattest.« Er nahm den Pfeifenstopfer und drückte den Tabak in den Pfeifenkopf. »So war es nun mal«, sagte er. »Viel gibt es dem nicht hinzuzufügen.«

Wir schwiegen eine Weile.

»Das mit deinem Vater tut mir leid.«

»Er wird wieder gesund.«

»Bestimmt.«

»Er muss einfach!«

»Ist er ein guter Vater?«

»Wie bitte?«

»Verbringt ihr viel Zeit zusammen?«

»Ich denke schon.«

»Was macht ihr?«

»Wir gehen angeln.«

»Angeln?«

»Einmal habe ich einen Riesenseebarsch gefangen.«

»Ich war noch nie angeln.«

»Eines Tages nehme ich dich mit«, sagte ich.

Schweigen.

»Magst du das Meer nicht?«

Großvater neigte den Kopf, als wollte er Sand aus einem Ohr rieseln lassen. »Zeit zum Schlafengehen!«, sagte er.

Ich sah auf die Wanduhr über dem Bücherregal. »Es ist halb neun.«

»Dann lies, spiel, tu, was du willst«, sagte er barsch. »Hauptsache, du bleibst auf deinem Zimmer.«

»Aber ...«

»Jetzt, sofort!«

Seine Stimme war rau geworden, hatte alles Positive, alle Möglichkeiten, die in diesem Gespräch zwischen uns aufgekeimt waren, zerrieben. Auf einmal war es stockfinster, und ich hatte das Gefühl zu ersticken. Ich fühlte mich wie in einem Vakuum, wodurch mir die Trennung von meinen Eltern umso schmerzhafter bewusst wurde. Mich ergriff jene heimliche Furcht, die in Kindern aufsteigt, wenn sie merken, dass sie sich nicht selbst genügen. Ich war nicht autark und würde in den nächsten Monaten von diesem Mann abhängig sein.

Plötzlich wurde ich nervös wegen meiner schmutzigen Unterwäsche (Was tun? Wohin damit? Wer würde sie waschen?), wegen etwaiger Bauchschmerzen, die nur der Salbeitee mit Zitrone meiner Mutter lindern konnte. (Wen darum bitten, wenn ich wieder Bauchweh bekommen sollte?) Und was, wenn ich ernsthaft krank werden, ja Fieber kriegen sollte? Es war das erste Mal, dass ich so lange von meinen Eltern getrennt sein würde. Ihre Gesichter begannen zu verschwimmen, kamen mir verzerrt vor. Ich wusste gar nicht mehr genau, welchen Abstand die Augen meines Vaters zu seiner Nase hatten, wie sein Kinn aussah, wie lang seine Haare waren.

Großvater hatte mit dem Abwasch begonnen. Von ihm unbemerkt, nahm ich ein Foto von meiner Mutter von der Pinnwand, das allerneueste, und ging damit auf mein Zimmer. Ich schloss die Tür, warf mich aufs Bett und umklammerte zitternd das Kissen, verbarg mein Gesicht in dem rauen Stoff, bis ich blau anlief, um mich dann wieder zu beruhigen.

Ich holte die Zeichnung vom Tod Gwen Staceys aus meiner Tasche. Die nächste Stunde verbrachte ich damit, die Konturen ihres Körpers, die Krümmung ihres Rückens zu perfektionieren, um ihren Sturz so dramatisch wie möglich aussehen zu lassen. Ich überarbeitete den Winkel von Nacken zu Wirbelsäule, dort, wo sie sich das Genick gebrochen hatte; Peters sich zusammenziehende Muskeln, das Spinnennetz, das ihrem Fall abrupt Einhalt gebietet, und das Genick, das KRACK! macht. KRACK ist das Geräusch, das entsteht, wenn ein Leben ausgelöscht wird – kein Pizzaessen mit Freunden, keine Ferien mehr, die man verplanen kann, eine Fernsehserie, deren Ende man nicht mehr miterleben wird.

Ich hielt mir die Nase zu und pustete. Ich hatte das Bedürfnis, meine Ohren knacken zu lassen, aber sie waren nicht verstopft. Das Rauschen darin war der Widerhall der Stille. Im Haus war nicht das kleinste Geräusch zu vernehmen. Ich wusste nicht, ob Großvater ausgegangen war oder noch unten saß und rauchte. Gegen elf wurden mir die Lider schwer. Aus einer Tüte holte ich die kurze Hose und das Oberteil meines Sommerschlafanzugs. Die Zeichnung ließ ich zusammen mit dem Federmäppchen auf der Fensterbank liegen. Ich löschte das Licht. Das Mädchen fiel mir wieder ein, und ich spähte aus dem Fenster. Aber draußen waren nur Schatten und Wind zu sehen sowie blasses Mondlicht. Unter der Bettdecke versuchte ich, das StarTAC zu aktivieren. Vielleicht gab es Orte, an denen die Handysignale kurz durchkamen. Vielleicht musste man warten, bis ein Satellit genau an der Erdposition vorbeikam, an dem Breiten- und Längengrad. Vielleicht musste man eine bestimmte Uhrzeit abwarten, und nur dann erwachten die Handys wie Werwölfe.

Deshalb hielt ich es für eine gute Idee, mich mit dem eingeschalteten StarTAC schlafen zu legen. Vielleicht würde ich mitten in der Nacht von einer SMS meines Vaters geweckt, um dann einen Witz oder eine Bemerkung über das Fußballgeschehen vorzufinden. Palermo war in jenem Jahr auf dem zweiten Platz gelandet und hatte das Play-off gegen Savoia zwei zu null verloren, wodurch es knapp ausgeschieden war. Ich schlief also mit dem Handy ein, das ich in meinen wie zum Gebet gefalteten Händen hielt. Und als der Akku kurz vor Tagesanbruch leer war und das StarTAC ausging, merkte ich es nicht einmal.

Am nächsten Morgen kam ich um halb zehn zum Frühstück hinunter. Auf dem Tisch standen Milch, Brot und ein Glas Brombeermarmelade. Es gab auch ein Glas Honig, an dem ein Zettel klebte: Butter ist im Kühlschrank. Ich machte die Milch warm und strich Marmelade aufs Brot. Auch wenn die Stille nicht mehr dieses weiße elektromagnetische Rauschen war, das mich nachts eingehüllt hatte, sondern eine mit natürlicher Atmung und Sauerstoff gesättigte Stille, brauchte ich dringend ein bisschen Musik. Während ich an meiner Scheibe Brot kaute und mir die Marmelade von den Fingern leckte, sah ich mich nach einem Fernseher um, doch es gab keinen. Ich suchte nach einem Radio, aber auch das existierte nicht. Ein Tropfen Marmelade fiel auf meine Schuhe, ohne dass ich es überhaupt bemerkte, so baff war ich. In einer Ecke hinter dem Sofa entdeckte ich einen Plattenspieler und eine LP-Sammlung: überwiegend Jazz und klassische Musik. Ich ging die Plattencover durch, doch Fehlanzeige: Es war nicht eine einzige LP mit so etwas wie Rockmusik zu finden, nicht mal eine uralte von Bill Haley oder den Nomadi, die meine Mutter so gern hörte. Und auch keine mit Oldtimerhits. Ich gab mich geschlagen, drehte die Gasflamme unter der Milch ab, tunkte sämtliches Brot darin ein, das noch da war – ich hatte am Vorabend nur wenig gegessen und war mit einem Riesenhunger aufgewacht –, und brach gleich nach dem Frühstück ins Dorf auf, um es zu erkunden.

Obwohl die Sonne schien, war es frisch. Kurz vor der Piazza entdeckte ich im Innenhof eines zweistöckigen Hauses einen Jungen, der auf einen Basketballkorb zielte. Der hing an der Garagenwand und hatte kein Netz mehr. Der Junge war etwas älter als ich, vierzehn vielleicht. Er hörte laute Musik, die aus einem CD-Player auf der Fensterbank kam, von Rage Against the Machine oder so. Er spielte gegen sich selbst, stellte sich ganze Streetball-Mannschaften vor, die er angreifen konnte. Fluchend fuhr er die Ellbogen aus. Er täuschte nach rechts, täuschte nach links, Wurf, Korb. Er warf die Arme hoch und forderte Applaus von einem unsichtbaren Publikum, das sich hinter einem nicht vorhandenen Drahtkäfig befand. Ich beobachtete ihn heimlich mehrere Minuten lang hinter einem Schild mit der Aufschrift »Klettergarten« und ging dann weiter.

Auf den einzigen beiden Bänken der Piazza saßen im Schatten des Kirchturms drei alte Männer. Einer hatte einen Mischlingshund dabei, der zu seinen Füßen lag. Sie unterhielten sich, und als ich vorbeiging, verstummten sie. Ein Jeep lud einige Rollen Maschendraht ab. Ich sah ein Paar mit Hund, eine alte Frau mit einem Korb voller Blumen und einen Jungen auf einem grünen Dreirad; seine kleine Schwester hüpfte hinter ihm her, und die Großmutter rief: »Bremsen, bremsen, du tust dir noch weh!« Eine französische Touristengruppe mit Turnschuhen und Rucksäcken diskutierte über einer Landkarte und maß Höhenlinien. Mit den Spitzen ihrer Teleskopstöcke zeigten sie mal in die eine, mal in die andere Richtung. Ich entdeckte einen umzäunten Fußballplatz mit einem einzigen verrosteten Tor. Nach einer halben Stunde hatte ich jeden Winkel von Colle Ferro gesehen, in Innenhöfe gespäht und zwei Katzen aufgescheucht.

Was machten die Leute hier bloß im Sommer? Was konnte man hier als Junge nur tun, um nicht einzugehen vor Langeweile? Und was konnte ich tun, um nicht andauernd von Gedanken an meinen Vater in die Tiefe gezogen zu werden? Das StarTAC war geladen, am Nachmittag würde ich nach einem Ort im Dorf Ausschau halten, an dem man Empfang hatte, aber vorher wollte ich mir noch die Zeit damit vertreiben, nach dem Mädchen vom Vortag zu suchen, das ich gesehen hatte.

Ich ging zu den Alten auf der Bank, und der Mischlingshund wachte auf.

»*Buongiorno.*«

Einer klappte die Zeitung zu, die er gerade las, und sah mich an.

»Wohnen Sie hier?«, fragte ich.

»Ja«, antwortete der mit der Zeitung.

»Wir wurden hier geboren«, sagte der Zweite, auf dessen Schoß trotz der Sonne eine Wollweste lag.

»Und so wie es aussieht, werden wir hier auch sterben«, meinte der Dritte.

Alle drei lachten ausgiebig über diesen Witz.

»Kennen Sie ein Mädchen, ungefähr in meinem Alter? Gestern hat sie ein blaues Kleid mit einem weißen Stoffgürtel angehabt.« Ich zeigte auf meine Taille.

»Ein Mädchen? Mariellas Tochter vielleicht, aber die ist älter als du«, sagte der mit der Zeitung.

»Oder die Enkelin der Briefträgerin, aber die ist erst zwei«, sagte der mit der Wollweste auf dem Schoß.

»Und wer bist du?«, wollte der Dritte wissen.

»Ich heiße Zeno.«

»Wir haben dich noch nie hier gesehen.«

»Ich wohne bei meinem Großvater.«

»Bei deinem Großvater? Und der wäre?«

»Er heißt Coifmann.«

Die drei warfen sich einen verstohlenen Blick zu. Der mit der Weste musterte mich über seine Brillengläser hinweg. »Bist du tatsächlich sein Enkel? Ich wusste gar nicht, dass er einen hat.«

»Tja, aber er hat einen!«, sagte ich und breitete die Arme aus.

»Wir kennen das Mädchen nicht, das du suchst. Leider.«

Ich bedankte mich und betrat den Lebensmittelladen. Ein paar Plakate im Fenster neben der Tür und am Tresen bewarben ein Tortellino-Fest sowie Feste zu Ehren irgendwelcher Schutzheiliger. Im Laden roch es nach Mehl und Hefe. Außer mir waren noch Signora Rosa, die Besitzerin, und zwei weitere, nach mir hereingekommene Kunden zugegen. Alle schienen sehr freundlich zu sein, bis sie fragten, mit wem ich verwandt sei. Als ich sagte, ich sei Simone Coifmanns Enkel, verstummten sie verblüfft.

Ich sah, dass es auf dem Weg zum Klettergarten ein Bed & Breakfast gab. Dort schaute ich mich neugierig um, und auch in der Unterkunft des italienischen Alpenvereins – leider vergeblich. Als ich den Heimweg antrat, begegnete ich dem Jungen mit dem Basketball. Er ließ ihn auf einem Finger kreiseln. Wir gingen mit gespielter Gleichgültigkeit aneinander vorbei. Ich wusste nicht, wie spät es war, aber bestimmt blieb noch genügend Zeit, den Stausee einmal zu umrunden. Aber auch dort fehlte jede Spur von dem Mädchen. Ich blieb eine halbe Stunde und ließ Steine über das Wasser hüpfen. Ein Vogel flog mehrmals über meinen Kopf hinweg und stieß einen markerschütternden Schrei aus. Ich lief über den Staudamm und versuchte mir vorzustellen, was wohl passieren würde, wenn er plötzlich bräche: Schäumende Wassermassen würden Häuser und Bäume mit sich reißen, sich in Schlamm verwandeln, während ich zwischen den Stromschnellen hindurch zu meinem Vater ans Meer paddeln würde.

Es wurde Zeit fürs Mittagessen, und ich kehrte um.

Großvater kochte. Seine Begrüßung fiel so leise aus, dass sie sich im Zischen des Öls in der Pfanne verlor. Ich ging mir die Hände waschen. Als ich zurückkam, standen Würste und eine Schüssel mit Tomatensalat auf dem Tisch. Wir aßen in klösterlicher Stille. Das Essen wurde nicht gekaut, sondern eher eingesogen, von Gaumen und Zunge aufgenommen. Kauen bedeutet, die eigene Anwesenheit zu verraten. Als nichts mehr übrig war, was man sich einverleiben konnte, stand Großvater auf, um sich einen Kaffee zu machen. Er wartete, bis die Espressokanne ihren Dienst getan hatte, und fragte, wie ich den Vormittag verbracht habe. Ich erzählte es ihm, doch er schien sich nicht sonderlich dafür zu interessieren. Er gab keinerlei Kommentar dazu ab. Er habe einen Spaziergang gemacht, um auf andere Gedanken zu kommen, sagte er, so als rechnete er mit einer Bemerkung von mir, mit einem zustimmenden oder tröstenden Wort vielleicht.

Ich streckte die Hand nach einer Schachtel Spielkarten aus. Darin befanden sich zwei französische und zwei neapolitanische Kartenblätter. Mein Vater und ich spielten am liebsten Burraco. Beim Burraco war ich seiner Aussage nach zweifellos einer der zehn weltbesten Spieler unter dreizehn. Ich mischte die Karten und teilte schweigend aus. Ich starrte sie an, ohne auch nur eine einzige anzufassen. Dann sammelte ich sie wieder ein und legte sie an ihren Platz zurück. Ob Großvater wohl Burraco spielte oder Pinnacola? Ob er mir vielleicht Patiencen beibringen konnte? Alte Leute kennen immer irgendwelche Patiencen. Aber als ich ihn gerade danach fragen wollte, kam er mir zuvor.

»Ich will dir etwas zeigen.« Er schlürfte den letzten Rest Kaffee aus seiner Tasse, stellte sie in die Spüle und öffnete die Tür zum Keller. »Pass auf!«, sagte er und wies auf die Treppe. »Die Stufen sind glatt.«

Eine gelbe, durch einen Drahtkorb gesicherte Deckenleuchte erhellte die Stufen. Ein kalter Luftzug kam uns entgegen, der einen Geruch nach Schimmel und Dickmilch mit sich brachte. Am Ende der Stufen erwartete uns ein relativ großer Raum, in dem drei oder vier Tischtennisplatten Platz gehabt hätten. Er war bis oben hin mit Käse gefüllt.

»Das ist der Reiferaum«, erklärte er.

Eine Wand bestand aus nacktem Fels. Die Wand war der Berg. Der Stein schwitzte, Tropfen fielen auf den braunen Lehmboden. Das garantierte eine konstante Luftfeuchtigkeit, die für das Reifen der Käselaibe in den Regalen notwendig war. Der Geruch war überwältigend.

»Na, was sagst du?«

Ich hatte so etwas Ähnliches schon einmal in einem Dokumentarfilm gesehen, den uns die Biolehrerin vor dem Besuch einer Käsemesse gezeigt hatte. Mir fielen die Typen wieder ein, die einen hohlen Stab in den Käse bohren, um Proben zum Verkosten zutage zu fördern.

»Ist das dein Beruf? Machst du Käse?«

»Nein, ich bewache ihn nur. Es gibt nicht mehr viele von diesen Kellern.«

»Hast du auch so einen Dorn zum Hineinbohren?«

»Zum Hineinbohren?«

»Um den Käse zu verkosten. Das habe ich auf einer Käsemesse gesehen.«

»Du warst auf einer Käsemesse?«

»Mit der Klasse.«

Großvater holte einen Korkenzieher aus einer Schachtel, der gar kein Korkenzieher war. »Damit entnehmen wir kleine Proben.« Er drehte ihn zwischen den Fingern hin und her und hielt ihn mir unter die Nase. »Willst du mal probieren?«

»Ja.«

Er zeigte mir, wie man die Rinde durchbohrt, wie man Druck ausübt, ohne dass sie reißt. Er bot mir das herausgezogene Stück an, aber als ich es gerade probieren wollte, sagte er »Warte!« und eilte die Treppe hinauf. Im Reiferaum war es dunkel. Ein merkwürdiges Gurgeln drang aus Berg und Boden, und die Luft war feucht. Ich empfand den Ort als unangenehm, doch ich rührte mich nicht von der Stelle. Großvater kehrte mit einer Scheibe Brot zurück. Aus einer Butterdose kratzte er mit dem Messer ein Flöckchen. Er befahl mir, den Käse mit Brot und Butter zu essen. Ich kostete davon. Sofort füllte sich mein Mund mit fettem Schmelz.

»Schmeckt er dir?«
»Ja.«
»Was schmeckst du?«
»Wie, was schmecke ich?«
»Im Mund.«
»Keine Ahnung. Käse.«
»Du musst den Geschmack analysieren.«
»Milch?«
»Und was noch?«

Ich wusste nicht, was ich sagen sollte. Mir fiel der Besuch der Käsemesse wieder ein, und um ihm einen Gefallen zu tun – denn ich wusste, das ihm das gefallen würde –, sagte ich: »Stroh, Heu…« Ich versuchte ernst zu bleiben, befürchtete aber, laut loslachen zu müssen. Doch als ich mich Heu und Stroh sagen hörte, hatte ich auf einmal den unverwechselbaren Geschmack von Heu und Stroh auf der Zunge: wirklich erstaunlich, da ich noch nie einen Halm Heu oder Stroh in den Mund genommen hatte. Aber ich war mir sicher, dass er danach schmeckte.

»Die da heißen Stellagen.« Er zeigte auf die Regale. »Sie sind aus Tannen-, Ulmen- und Kirschholz.«

Das war kein Keller, sondern eine Zeitreise. Mir fielen Illustrationen aus dem Mittelalter ein, die ich in Geschichtsbüchern gesehen hatte.

»Wenn das nicht dein Käse ist, wem gehört er dann?«, fragte ich.

»Einem Hirten aus der Gegend«, antwortete er. »Cesco. Manchmal taucht er auf, um den Reifeprozess zu kontrollieren. Er hat einen Schlüssel und kommt und geht, wann er will. Deshalb habe ich dir den Keller gezeigt. Damit du Bescheid weißt.«

»Ist Cesco der, der gestern Abend da war? Der Typ mit dem gelblichen Bart?«

»Ja, genau der.«

»Verstehe.«

»Und jetzt hör mir gut zu ...«

»Ja.«

Großvater war auf mich zugegangen und genau unter der Deckenleuchte stehen geblieben. Das Licht warf furchterregende Schatten auf sein Gesicht. »Das ist das erste und letzte Mal, dass du hier runterkommst.«

»Warum?«, wollte ich wissen.

»Ich möchte, dass du den Keller nie mehr betrittst«, sagte er. »Habe ich mich klar genug ausgedrückt?«

»Ja.«

»Nie mehr.«

»Nie mehr«, wiederholte ich.

»Unter keinen Umständen«, sagte er und deutete auf mich. Sein Zeigefinger kam mir unheimlich lang vor. »Haben wir uns verstanden?«

Im Lauf des Vormittags hatte sich der Akku des Handys wieder aufgeladen. Ich steckte das StarTAC in meine hintere Hosentasche und nahm die Straße ins Dorf. Auf Höhe der Abzweigung zum Klettergarten hörte ich, wie jemand sagte: »He, du!« Ich drehte mich nicht um, fühlte mich gar nicht angesprochen.

Dann hörte ich wieder diese Stimme: »He, hör mal!«, und dieses »Hör mal« kam durch die Luft auf mich zu und klopfte mir auf die Schulter. Es war der Basketballspieler. Er hatte einen Kopfhörer um den Hals hängen, saß auf dem orangefarbenen Ball der Firma Spalding und trank Chinotto aus einer Dose.

»Redest du mit mir?«

»Wie heißt du?«

»Zeno.«

»Ich habe dich noch nie gesehen.«

»Ich dich auch nicht«, erwiderte ich. »Besser gesagt bis heute Morgen, denn da habe ich dich Basketball spielen sehen.«

»Du bist das erste Mal hier, stimmt's?«

»Ja.«

»Und?«

»Was, und?«

»Wie heißt du?«

In so kurzer Zeit war ich noch nie so oft nach meinem Namen gefragt worden.

Ich sagte, das dürfe ich leider nicht sagen, da ich in einem Zeugenschutzprogramm untergebracht sei. Ich hätte einen Mafiamord mit ansehen müssen und sei unter falschem Namen hier. Die Polizei habe mir einen Chip eingepflanzt – ich zeigte ihm mein Handgelenk –, um mich jederzeit orten zu können.

»Erzähl keinen Scheiß!«, sagte er.

»Coifmann, kennst du den?«

»Klar.«

»Das ist mein Großvater.«

»Der Schweiger?« Er riss die Augen auf. »Du bist der Enkel vom Schweiger?«

»Vom Schweiger?«

»Schweiger, von schweigsam. Der Schweiger, der mit niemandem redet und ganz allein in dem Haus am Wald wohnt. Ich wusste gar nicht, dass der Verwandte hat. Warum bist du nicht früher gekommen?«

Ich zuckte die Achseln.

»Ich dachte, der ist verrückt. Ist dein Großvater verrückt?«

Der Typ fing an, mir auf die Nerven zu gehen. »Nein.«

»Aber wer ist er? Ich meine, wer war er, bevor er herkam?«

»Ich glaube nicht, dass dich das was angeht.«

»Alles, was in Colle Ferro passiert, geht mich etwas an.«

»Wohnst du hier?«

»Ja.«

»Im Ernst?«

»Ja, im Ernst«, sagte er. »Warum?«

»Und wo gehst du zur Schule?«

»Was geht dich das an? Warum willst du das wissen?«

»Nur so.« Ich machte eine dramatische Pause. »Du gehst doch zur Schule, oder etwa nicht?«

»Klar gehe ich zur Schule! In Cortazola. Mein Großvater fährt mich hin.«

»Du wohnst also auch bei den Großeltern?«

»Ja.«

»Warum?«

»Weil meine Eltern tot sind.«

Tot? Als er das sagte, verschlug es mir die Sprache. Weniger wegen der Nachricht, die natürlich tragisch war, sondern wegen der Ungerührtheit, mit der er sie verkündete, ja wegen der Form seiner Lippen, als diese Worte seinen Mund verließen und Gestalt annahmen. Sie hatten sich nicht einmal gekräuselt, kein Zucken hatte sie durchlaufen.

Ich hasste ihn für die alles andere als selbstverständliche Selbstverständlichkeit, mit der er das gesagt hatte. Es gibt schließlich nichts Unnatürlicheres, als Vater oder Mutter zu verlieren, wenn man noch ein Kind ist. Ich hasste ihn für seinen angeberischen Tonfall, der weder Schmerz noch Bedauern erkennen ließ. War es möglich, über so etwas nicht wütend zu sein? Wie schaffte er es bloß, keine Zuckungen und keinen epileptischen Anfall zu bekommen? Am liebsten hätte ich ihm gesagt, dass er eines Tages verrückt werde, wenn er weiterhin mutterseelenallein Basketball spiele, und zwar deutlich verrückter als mein Großvater. Dass er völlig herzlos sein müsse, um mit einem Wildfremden in diesem Ton darüber zu reden, ja, dass er offensichtlich nicht mehr ganz dicht sei. Aber während ich das dachte, trank er seinen Chinotto aus. Nachdem er die Dose an seine Stirn geführt und gewartet hatte, bis ich zu ihm hinsah, zerquetschte er sie einhändig zu einer Metallscheibe. Ohne sie eines Blickes zu würdigen, warf er sie wie ein Frisbee über die Schulter, sodass sie punktgenau in einem Abfallkorb voller leerer Lackdosen landete. Dann stand er auf. Er trug ein schwarzes Unterhemd, das seine trainierten Arme zur Geltung brachte – darauf umklammerte ein Gitarrist in einer grau schillernden Schuluniform den glänzenden Hals einer schwarzen Gibson –, und dazu eine kurze Jeans. Er hatte sehnige, kräftige Hände. Hätten wir uns geprügelt, wäre das bestimmt nicht gut für mich ausgegangen.

»Spielst du Basketball?« Er warf den Ball und fing ihn wieder auf, manövrierte ihn um seine Beine herum.

»Nein, tut mir leid.«

»Das sollte dir wirklich leidtun! Basketball ist einfach göttlich. Was kannst du sonst?«

»Wie bitte?«

»Was du sonst kannst? Worin bist du gut?«

Ich zuckte die Achseln. »Ich kann einigermaßen Fußball spielen. Ich zeichne und spiele Burraco.«

Er fing den Ball auf, verzog angewidert das Gesicht, so als hätte er sich an einer Spinne verschluckt. »Du spielst Karten?«

»Du etwa nicht?«

»Doch, ja, das heißt... klar kann ich Karten spielen. Aber wen interessiert das schon? Ich spiele Karten – das ist doch nichts zum Angeben. Das sagt man doch nicht, wenn man sich irgendwo vorstellt und andere beeindrucken will! Ich kann supercool Skateboard fahren. Ich mache Motocross. Ich bin zum dritten Mal Meister in Taekwondo geworden. So was kann man sagen, aber doch nicht, dass man zeichnet. Dass man einigermaßen Fußball spielen kann. Und erst recht nicht, dass man Karten spielt! Musik? Nur, wenn man eines von drei unverzichtbaren Instrumenten spielt: Gitarre, Bass oder Schlagzeug, kapiert? Du hast dringend jemanden nötig.«

»Jemanden nötig?«

»Jemand, der dir sagt, wo's langgeht«, sagte er und drehte den orangefarbenen Ball auf dem Zeigefinger. »Und dir zeigt, wie man Basketball spielt.«

»Vielleicht leben wir auf verschiedenen Planeten«, sagte ich.

»Vielleicht solltest du dir lieber erklären lassen, wie man einen Rebound holt.«

»Danke, aber ich glaube, das lassen wir lieber bleiben.«

Ich spürte das StarTAC in meiner hinteren Hosentasche, zeigte ihm meine Handfläche, wobei ich Mittel- und Ringfinger zum typischen Vulkaniergruß abspreizte.

»Lebe lang und erfolgreich!«, sagte ich und ging.

Mit dem Handy in der Hand drehte ich eine Runde durchs Dorf. Ich versuchte es beim Parkplatz, hinter der Kirche, auf dem Fußballplatz (auf dem Fußballplatz kletterte ich auf das einzige Tor, um weiter oben zu sein), doch ohne Erfolg. Ich bekam nirgendwo Empfang. Auf der Piazza traf ich Rosa, die Ladenbesitzerin. Ich fragte, wie es sein könne, dass es hier keinen Fleck, kein Eck, keinen Balkon gebe, an dem man Empfang habe. Sie fragte mich nach meinem Provider. Ich nannte ihn ihr. Diesen Provider empfange man hier tatsächlich nicht, erwiderte sie. Im ganzen Tal nicht, aber irgendwann einmal habe ihr jemand gesagt, dass er auf dem Monticello Empfang gehabt hätte. Der Monticello war ein Hügel, von dem aus man die ganze Ebene überblicken konnte. Sie erklärte mir, wie man dorthin gelangte. Vom Haus meines Großvaters brauchte man etwa eine halbe Stunde, vielleicht auch etwas länger.

Als ich heimkam, war es fast schon Zeit fürs Abendessen, und ich hatte keine Lust mehr, den Monticello zu erklimmen und mich dabei vielleicht noch zu verlaufen. Ich legte mich aufs Bett und zeichnete. Ich musste daran denken, dass kein Superheld für immer tot bleibt – mit Ausnahme von Onkel Ben, Peter Parkers Onkel. Als Bucky, Captain Americas Juniorpartner, beim Versuch, eine Flugzeugbombe zu entschärfen, in die Luft flog, hielten ihn alle für tot. Doch sein Körper war mit Ausnahme eines Arms vom sowjetischen U-Boot-Kommandanten General Karpow geborgen worden, und obwohl er sich an nichts mehr erinnern konnte, war er immerhin noch am Leben. Sogar Robin II Jason Todd war gestorben – sein Tod durch die Hand Jokers war mittels einer Telefonabstimmung beschlossen worden – und anschließend wieder aufgetaucht. Dasselbe galt für Gwen Stacey. Bruce Waynes Butler, Alfred, war in Folge 328 von *Detective Comics* gestorben. Anschließend hatte ihn ein verrückter Wissenschaftler als blasenübersäten Zombie wieder zum Leben erweckt – doch schon wenige Seiten später war der Zombieeffekt rückgängig gemacht. Ganz zu schweigen von X-Woman Jean Grey, genannt Phoenix, die beim Steuern eines Shuttles gestorben war, auf dem Mond Selbstmord begangen hatte und von Wolverine, Magneto, den Sentinel-Robotern, Havok und Thanos ermordet worden war. Und genau so etwas brauchte ich jetzt auch, denn der Trick ist folgender: Der Tod ist unausweichlich, doch was wirklich zählt, ist die Wiederauferstehung. Ich fand, wir alle sollten sterben und anschließend wiederauferstehen.

Ich begann, eine Jean Grey, die den Shuttleabsturz überlebt hatte, in ihrem heilenden Kokon auf dem Grund der Jamaica Bay zu zeichnen. Ich zeichnete sie in ihrer ganzen Pracht und Herrlichkeit, strotzend vor wiedergewonnener Energie. Diese Zeichnung würde ich meinem Vater schenken, sobald ich ihn besuchen durfte.

Zum Monticello gelangte man, indem man dem Wegweiser zum Klettergarten folgte, einen langen Feldweg nahm, den man irgendwann verließ, um weitere zehn Minuten einen Trampelpfad entlangzulaufen, der nur von Ziegen und Wanderern benutzt wurde, also von Leuten, die an der schönen Aussicht interessiert waren. Wer wollte, konnte dann noch auf allen vieren einen Felsen erklimmen.

Das erklärte mir Großvater beim Frühstück, als ich mich danach erkundigte, allerdings ohne durchblicken zu lassen, dass ich den Monticello selbst besteigen wollte; denn das hätte er mir bestimmt verboten. Ich hatte inzwischen verstanden, dass er zwar nicht vorhatte, sich mit mir zu beschäftigen, aber doch verhindern wollte, dass ich mich verletzte: Sein vornehmstes, wenn auch nicht einziges Ziel bestand darin, mich meiner Mutter wieder heil zu übergeben. Ich behauptete, die Namen der Berggipfel auswendig lernen zu wollen und wissen zu müssen, welche Pässe das Tal umgaben. Das bräuchte ich für die Schule, für eine Hausarbeit. Er nannte mir weitere Namen, die ich sofort wieder vergaß.

Keine halbe Stunde später war ich schon unterwegs. Die sengende Sonne der letzten Tage war einem Dunstschleier gewichen, den ich in der Kehle spürte und der mir den Atem raubte. Hinter den Gebirgskämmen stiegen Wolken auf, die sich an den

Bergen auflösten. Andere wurden vom Wind höher getrieben. Damit der Akku nicht leer wurde, hatte ich das StarTAC ausgeschaltet. Es befand sich in meiner Hosentasche, und obwohl ich es am Oberschenkel spürte, tastete ich danach, ob es auch wirklich da war. Als ich den Trampelpfad erreichte, verlangsamte ich meine Schritte. Keine Steinmännchen wiesen mir den Weg, und auch keine Pfeile oder Schilder. Außerdem war der Pfad kaum zu erkennen, viele Leute kamen hier bestimmt nicht vorbei. Ich beschloss, mich auf mein Gefühl zu verlassen. Trotz anfänglicher Schwierigkeiten stellte ich bald fest, dass ich die richtige Entscheidung getroffen hatte, ganz so, als würde ich den Pfad schon ewig kennen.

Vierzig Minuten nach Verlassen von Großvaters Haus stand ich auf dem Monticello. Von dort aus sah man die Täler im Nordwesten, den Beginn der Ebene im Nordosten und konnte sich im Süden das Meer vorstellen: Man sah es zwar nicht, spürte es aber. Zwei dicke Wolken zogen in Richtung Genua. Ich stellte mir vor, dass unter ihnen die Klinik lag, in der mein Vater vor sich hindöste, während meine Mutter an seinem Bett saß und ihm vorlas. Zu Hause lasen sie sich abends im Bett manchmal laut etwas vor. Wenn ich das mitbekam, sauste ich los und legte mich in ihre Mitte. Zu dritt aneinandergekuschelt malten wir uns Welten aus. Wenn sie jetzt aus dem Fenster schauten, würden sie diese Wolken ebenfalls sehen, redete ich mir ein.

Ich zog das Handy aus der Hosentasche und schaltete es ein. Ich beobachtete, wie es anging und blinkend nach einem Netz suchte. Ich wartete und hatte plötzlich Empfang. Auf dem Display erschien erst ein Balken und dann noch einer. Zwei waren zwar nicht viel, aber ausreichend. Jetzt brauchte ich nur noch darauf zu warten, dass die Signale meiner Mutter von den höheren Sphären der Telekommunikation zu meinem StarTAC geleitet würden. Ich setzte mich auf einen Stein und wartete und wartete.

Nichts. Das Handy schaltete in den Stand-by-Modus. Ich hatte Angst, es könnte dann schlechter funktionieren, also klappte ich es wieder auf, damit es aufleuchtete: Dieses Leuchten stand für Verfügbarkeit, für Aktivität. Wieder nichts. Ich schaute am Felsen empor. Vielleicht hatte man dort oben einen besseren Empfang. Vielleicht reichten zwei Balken doch nicht aus, um SMS-Botschaften zu empfangen. Vielleicht brauchte man dafür ein stärkeres Netz. Ich steckte das StarTAC in die Hosentasche und kletterte auf allen vieren auf den Gipfel. Der Fels gab nicht nach, war aber an einigen Stellen rutschig. Ich zog mich daran hoch, vertraute meinen Fingerkuppen. Nach einer letzten Anstrengung war ich ganz oben. Dort gab es höchstens Platz für drei Personen, und auch das nur, wenn man eng zusammenrückte, und es wehte ein starker Wind. Ich zog das Handy aus der Hosentasche. Nach wie vor waren nur zwei Balken zu sehen, für einen kurzen Moment erschien ein dritter, der aber sofort wieder verschwand.

Der erste Tropfen traf meine Hand neben dem Daumen. Ein anderer das Armband, das ich von meinem Vater bekommen hatte. Und ein dritter die Handytastatur. Ich hatte die Wolken gar nicht bemerkt, die sich über mir zusammengebraut hatten, mich nicht von ihren Schatten und der sinkenden Temperatur beeindrucken lassen, so sehr war ich in Gedanken versunken gewesen. Plötzlich dämmerte mir, dass ich nur in T-Shirt und Turnschuhen auf einem Felsgipfel saß, während ein Gewitter aufzog. Ich musste schleunigst umkehren. Aber der Fels wurde schon nass, und ich hatte große Schwierigkeiten, mit Sohlen und Händen nicht den Halt zu verlieren. Ich lernte, dass der Abstieg deutlich schwieriger ist als der Aufstieg. Ich rutschte mehrmals aus und bekam Herzklopfen. Der Regen wurde heftiger, der Wind schlug ihn mir ins Gesicht, und obwohl ich versuchte, mich mit dem Arm davor zu schützen, stachen die Tropfen wie Nadeln in meine Haut. Keine Ahnung, wie lange ich brauchte. Der Himmel tobte wie ein tollwütiger Hund. Die Natur hatte sich innerhalb weniger Sekunden gegen mich verschworen. Auf dem Meer war mir das auch schon passiert, aber die Fischer können im Wind und im Himmel, der sich im Wasser spiegelt, lesen. Hier in den Bergen war ich ein Analphabet und außerdem klatschnass. Ich hatte Angst, vor allem vor den Blitzen, und wusste auch nicht, ob ich mit Erdrutschen oder Schlimmerem rechnen musste. Mit Schlimmerem? Worauf sollte ich achten? Worauf schauen? Nachdem ich den Trampelpfad erreicht hatte, der von Rinnsalen durchzogen war, rannte ich schnurstracks in Richtung Klettergarten. Ein Donner ließ mich zusammenzucken. Ich schluckte und rannte noch schneller.

Irgendwann war ich zu Hause und taumelte tropfnass zur Tür herein.

»Da bist du ja.«

Ich schaute auf, schirmte meine Augen gegen das Wasser ab, das mir aus den Haaren tropfte. Meine Mutter saß am Küchentisch, während Großvater Tee in zwei Keramiktassen goss.

»Wir haben uns schon gefragt, wo du bleibst«, sagte meine Mutter.

Ich ging steif vor Kälte auf sie zu, während sich meine Gedanken überschlugen und versuchten, sich einen Weg ins Freie zu bahnen: Papà, Handy, SMS, Netz, Nachricht, Berg, Regen, Klinik, Großvater und dann: warum, warum der Tod, warum der Regen, warum hier, ich hier. Am Ende dieses Wortschwalls, der versiegte, bevor er zu einem Schrei oder einem tierischen Laut anschwoll, bemerkte ich, dass sich vereinzelt Tränen in die Wassertropfen auf meinem Gesicht mischten.

Großvater hatte ein Handtuch geholt. Er gab es meiner Mutter, die es auseinanderfaltete und mich darin einhüllte.

»Du hast ja ganz rote Augen«, flüsterte sie. »Hoffentlich bekommst du kein Fieber.«

»Ich habe das Auto gar nicht gesehen. Vielleicht weil ich so gerannt bin.«

»Es steht hinter der Kurve, in sicherer Entfernung von den Bäumen«, erklärte sie und rubbelte mir die Haare trocken. »Der Wind könnte Äste abbrechen. Aber jetzt geh nach oben und zieh dich um! Wir setzen noch mal Wasser auf. Ich habe Kekse mitgebracht.«

Ich kehrte bekleidet mit einer langen Jeans, einem Sweatshirt und dicken Socken zurück, die ich in meiner Reisetasche gefunden hatte. Der heiße Tee hüllte mich ein wie eine Decke, und in dieser wohligen Wärme fiel es mir leichter, nach meinem Vater zu fragen; auch zu sagen, dass wir nicht kommunizieren könnten, wenn sie sich nicht ebenfalls ein Handy zulege, und dass ich einen Ort gefunden habe, an dem ich wenigstens SMS-Botschaften empfangen könne. Ich hütete mich davor, ihn zu verraten.

Sie berichtete, meinem Vater gehe es unverändert, also schlecht, aber auch nicht schlechter als vorher. Die Behandlung habe gerade erst begonnen, und man müsse abwarten. Diese Krankheit entwickle sich im Verborgenen, manchmal sogar über Jahre hinweg. Ein langer Kampf liege vor uns, aber mein Vater sei stark.

»Du weißt doch, wie stark dein Vater ist, oder? Wie dickköpfig er ist.«

»Klar weiß ich das.«

Großvater war nach oben gegangen, wahrscheinlich auf sein Zimmer. Meine Mutter schwieg. Sie spülte die Tassen ab, leerte das Teesieb und polierte alles mit einem Lappen.

»Bleibst du zum Abendessen?«

»Ja.«

»Bleibst du über Nacht?«

Sie sah unschlüssig aus dem Fenster.

»Bitte!«, sagte ich. »Du kannst bei mir schlafen.«

Sie lächelte. Es war schon eine Weile her, dass ich sie hatte lächeln sehen. »Bis es so weit ist, mache ich uns was zu essen, und dann sehen wir weiter.«

Während sie das Essen zubereitete, streckte ich mich auf dem Sofa aus und blätterte in *Gon*, einem Manga, das ich von zu Hause mitgenommen hatte. Eine Stunde später erfüllte der Duft nach geröstetem Brot, Eiern und Speck das Haus. Und so kam es, dass meine Mutter, mein Großvater – ich hatte an seine Tür geklopft, um ihm zu sagen, dass das Essen fertig sei – und ich kurz nach Sonnenuntergang zum ersten Mal in unserem Leben zu dritt um einen Tisch saßen.

Mich überkam so etwas wie Demut, wenn auch eine voller Widersprüche. Ich bin nicht wirklich religiös, aber an diesem Abend erschienen mir die Eier auf dem Teller, der Geschmack von Speck, Brot, Wein und Käse mit Kastanienhonig auf der Zunge sowie die Wärme aus dem Ofen wie ein stillschweigendes Gebet, wie ein stummes Loblied auf die unverhofften Freuden des Lebens, auf das, woran man früher oder später den Glauben verliert.

Meine Mutter blieb über Nacht. Am nächsten Morgen ging ich mit ihr ins Dorf. Dort fanden wir einen Signore, der uns mit dem Kanu auf den Stausee hinausruderte. Viele Bäume waren beim Fluten des Sees überschwemmt und gefällt worden, andere standen jetzt so nah am Ufer, dass sie direkt aus dem Wasser zu wachsen schienen. Es war seltsam, in einem Kanu zu sitzen, unter den verschlungenen Zweigen einer Pflanze hindurchzufahren, unweit von Baumstämmen zu rasten, ihre raue, durch

Unwetter zerfurchte Rinde zu berühren und sich unter dem dünnen Geflecht aus Blättern und Zweigen zu verstecken. »Damit wir den Berg sehen können, ohne von ihm gesehen zu werden«, wie unser Begleiter so schön sagte.

Wir sprachen über Genua.

»Wir könnten das Aquarium besichtigen«, schlug meine Mutter vor.

»Unbedingt!«, erwiderte ich.

Sie blieb eine weitere Nacht. In dieser Zeit bekam ich kein einziges Mal mit, wie Großvater und sie ein paar Worte wechselten oder sich unterhielten. Ich hörte sie reden, wenn ich mich in meinem Zimmer befand, aber sobald ich herunterkam, verstummten sie. Wenn sie sich im Innenhof aufhielten, fand ich beim Verlassen des Hauses nichts als das Rauschen der Bäume vor. Am Morgen des dritten Tages fuhr sie wieder. Sie versprach, sich ein Handy zu besorgen – sie hatte versucht, auf jede nur erdenkliche Art herauszufinden, von wo aus man hier Empfang hatte, aber ich war stur geblieben. Wenn ich heute darüber nachdenke, hätte sie aus Sorge um mich den Anbieter wechseln können, aber diese Lösung ist mir erst viel später eingefallen. Sie versprach mir also, sich ein Handy zu kaufen, damit ich hin und wieder jenen Ort, den wir nur den »Kontaktaufnahmeort« nannten, aufsuchen konnte.

So würden wir in Verbindung bleiben, und mein Vater könnte mir schreiben.

Am Nachmittag machte ich mich auf die Suche nach dem Jungen mit dem Basketball, den ich insgeheim »Basketballjunge« getauft hatte, da ich ihn bei unserer ersten Begegnung nicht mal nach seinem Namen gefragt hatte. Wenn er der einzig andere Jugendliche in Colle Ferro war und wir beide den ganzen Sommer über an diesem Ort festsitzen würden, sollten wir vielleicht doch lieber einen Waffenstillstand schließen und versuchen, auf eine vernünftigere, weniger aggressive Weise Zeit zusammen zu verbringen. Ich suchte nach ihm, konnte ihn aber nirgendwo entdecken. Bei ihm zu klingeln, um zu sehen, ob er zu Hause war, wollte ich nicht; dafür war es noch zu früh.

Ich kehrte nach Hause zurück. Die Zeichnung von Phoenix hatte ich meiner Mutter letztlich doch nicht geschenkt, weil ich sie nicht gut genug fand, also fing ich von vorne an. Großvater machte den Plattenspieler an und blieb sitzen, um Miles Davis und Gil Evans zu hören, bis es Zeit zum Abendessen war.

Keine Ahnung, was mich in dieser Nacht weckte. Eher nicht das Geräusch, sondern Durst. Nachts habe ich nämlich oft Durst, vor allem wenn es am Vorabend Fleisch gegeben hatte, und ich weiß noch, dass Großvater mit Schaschlikspießen nach Hause gekommen war, bei denen sich rotes und weißes Fleisch mit Paprika, Zwiebeln und Fontinawürfeln abwechselte. Ja, vielleicht war es der Durst gewesen, der mich geweckt hatte, auf jeden Fall wurde ich wach, und ein unablässiges, metallisches Tropfen auf Stein drang durch die Ritzen und Fugen des Hauses zu mir. Es stieg die Leitungen empor und tropfte mir ins Ohr wie ein Medikament. Es war ein klares, helles Vibrieren, das aus dem Erdinneren zu kommen schien.

Zunächst setzte ich mich im Bett auf, um herauszufinden, woher das Geräusch kam. Aber genauso gut hätte ich versuchen können, unter Wasser Glassplitter einzusammeln. Ich stand auf und ging zur Tür, die ich nachts angelehnt ließ. Im Luftzug aus dem Flur, der durch den Türspalt ins Zimmer drang und zum Fenster hinaus verschwand, nahm ich das Geräusch wahr. Es kam aus dem Haus. Ich öffnete möglichst geräuschlos die Tür, aber als ich sie etwa zu drei Viertel geöffnet hatte, quietschten die Scharniere, und ich wagte nicht zu atmen. Ein, zwei Sekunden lang glaubte ich, das Geräusch sei verstummt, aber das lag nur an meinen Ohren, die wegen meines niedrigen Blutdrucks verstopft waren. Das metallische Prasseln war nach wie vor zu hören, eintönig, klar und deutlich. Ich blinzelte in die Dunkelheit. Die Tür zu Großvaters Zimmer war geschlossen. Ich trat näher, lauschte und hielt die Luft an. Nichts. Ich überlegte zu klopfen, konnte mich aber nicht dazu durchringen. Was sollte ich auch sagen? Dass mir ein seltsam kaltes Geräusch Angst eingejagt hatte? Ich ließ es bleiben und wollte wieder ins Bett gehen. Aber das Geräusch veränderte sich; ein, zwei Takte lang war es dunkel, hölzern. Nach einer Pause begann es erneut. Nein, ich konnte unmöglich zurück ins Bett, sondern musste der Sache auf den Grund gehen.

Es waren genau zwölf Stufen. Ich nahm eine nach der anderen, ertastete sie mit den Zehen, so als könnten sie sich jederzeit in ein Spinnennest verwandeln. Mit jedem Schritt füllten sich meine Pupillen mehr mit dem Licht, das im Erdgeschoss durch die Fenster drang. Ein silbernes Schimmern umgab das Sofa, die Möbel, die beiden Gläser auf dem Couchtisch, den Schlüsselbund, die Laubsäge und den Engländer auf der Konsole sowie die Schachtel mit Reißzwecken zwischen den aufeinandergestapelten Unterlagen im Regal und brach sich bläulich im Chrom des Plattenspielers. Das Prasseln hielt an, und es war nicht schwer festzustellen, woher es kam. Einer Spur klanglicher Brotkrumen folgend, erreichte ich die Kellertür. Sie war verschlossen. Als ich die Klinke berührte, fiel ein Lichtstrahl in den Raum. Er erhellte die Vorratskammer, die Hälfte meines Gesichts und ein dreißig, vierzig Zentimeter langes Stück Boden vor meinen Füßen. Das Geräusch schwoll an. Jetzt ließen sich zwei voneinander getrennte Laute unterscheiden, die sich überlagerten, aber nicht gleichzeitig erklangen und verschiedenen Ursprungs waren: Ursache und Wirkung. Die Treppe zum Keller war eine Art Wendeltreppe, so eng, dass der Reiferaum erst sichtbar wurde, wenn man die letzte Stufe erreicht hatte.

Das ist Großvater!, dachte ich, wer sonst? Großvater, der arbeitet. Aber woran? Was hämmert er da? Er schlägt auf Metall, so viel war klar. Aber warum sorgte diese Erkenntnis dann nicht dafür, dass mein Herzklopfen nachließ? Warum rann mir der kalte Schweiß den Rücken hinunter, und warum dröhnte es unverändert in meinem Schädel?

Ich fuhr mit der Hand über die raue, gewölbte Wand, folgte dem Schatten, der gelbem Licht wich, so als würde sich in der rauen Wand eine Alarmleuchte verbergen, und stieg langsam hinab. Als ich den Kellerlehmboden erreichte, entdeckte ich als Erstes einen Tisch und einen Stuhl – beides hatte es vor drei Tagen noch nicht gegeben. Großvater kehrte mir den Rücken zu, er hatte die Beine übereinandergeschlagen und den Oberkörper vorgebeugt. Das Licht – nicht das Deckenlicht, sondern eine am Tisch montierte Schreibtischlampe mit beweglichem Arm, die er so eingestellt hatte, dass ihre Glühbirne etwa zwanzig Zentimeter von seinen Händen entfernt war – flackerte im Rhythmus der Hammerschläge, die Großvater einer Ahle oder so etwas versetzte. Von meiner Position aus konnte ich das schlecht erkennen. Das war auch der Grund, warum ich nicht gleich wieder verschwand: Neugier. Was tat er da? Was ritzte, formte oder machte mein Großvater hier mitten in der Nacht, in einem feuchten Keller, umgeben von penetrantem Käsegeruch? Genau das fragte ich mich, als er meine Anwesenheit bemerkte und abrupt herumfuhr.

»Was machst du hier?«

Sein Groll gerann zu einer Falte zwischen den Augen, die seine Stirn zerfurchte und keine andere Aufgabe zu haben schien, als Angst und ein schlechtes Gewissen heraufzubeschwören. Ich antwortete nicht. Ich mochte mich zwar am feuchtesten

Fleck im ganzen Haus befinden, hatte aber einen hoffnungslos trockenen Mund.

Er legte den Hammer weg und schob den Stuhl zurück, von dem er sich mühsam erhob. Er war erschöpft, wirkte deutlich älter als noch beim Abendessen: kraftloser, trauriger.

»Was habe ich dir gesagt?«

Er schrie jetzt, hatte aber nicht mehr die Kraft, richtig zu brüllen, weshalb er nur eine Art Röcheln von sich gab, das mir erst recht ein schlechtes Gewissen machte. Ich hatte das unangenehme Gefühl, ihn nackt zu sehen, und schämte mich.

»Was habe ich dir gesagt?«, wiederholte er.

Plötzlich hatte er sich in ein quengelndes Kleinkind verwandelt, das wütend und machtlos vor sich hinwimmert, weil seine Intimsphäre verletzt wurde. Ich musste an meine Mutter denken, daran, wie sie gesagt hatte, wie schwer es uns fällt, uns mitzuteilen in den Momenten, in denen wir beim Reden beinahe in Tränen ausbrechen, während uns die anderen ungläubig anstarren, ohne auch nur ansatzweise zu begreifen, was an dem, was wir sagen, so wichtig ist. Ich musste wieder an mich und die Ananas denken und begriff, dass in meinem Großvater ein ganzes Universum des Schweigens existierte, das ich entweiht hatte. Ich wusste nicht, wie, nur dass ich es getan hatte.

Ein kurzer Abriss meines Lebens,
insoweit man sich überhaupt erinnern, die Vergangenheit
rekonstruieren oder imaginieren kann:
was die Erinnerung erhellt
1945–1951

Der Krieg ist vorbei. Eines Tages kommt Onkel Marcello mit dem Auto ins Dorf und befiehlt uns, alles einzupacken, was wir mitnehmen wollen: Wir kehren nach Genua zurück. Wir packen unsere Kleider und einige Decken ein, wickeln Eier, Käse und Salat in Zeitungspapier – sämtliche Nahrungsmittel, die wir auftreiben können, denn wir wissen nicht, was uns in der Stadt erwartet. Laut Onkel Marcello ist Genua nicht mehr das, was es einmal war. Während wir so taten, als gäbe es uns nicht, und uns als Familie Carati ausgaben, sei Genua in Grund und Boden gebombt worden. Er erzählt von Schutt, Geröll und Rauchsäulen, von Stühlen, Spielzeug und Haushaltsgeräten zwischen den Rauchsäulen und dem Schutt. Die ganze Stadt sei von Asche bedeckt.

Ich gehe über die Wiese, die unser Haus von dem Marias und Ioles trennt. Ich rufe nach ihnen. Sie sind beide im Haus, helfen ihrer Mutter im Haushalt. Sie kommen mit nassen Händen heraus, wedeln damit, um sie zu trocknen. Wir umarmen uns schüchtern, suchen nicht Halt in unseren geröteten Augen, sondern in unseren Stimmen. Wir versprechen uns, uns wiederzusehen, uns nicht zu vergessen. Die Eltern rufen, dass wir uns beeilen sollen. »Eines Tages komme ich wieder«, flüstere ich Iole ins Ohr. Ich schenke ihr einen Stanniolstreifen, den ich im Wald gefunden habe.

Gabriele gibt beiden eine geschnitzte Holzfigur mit klaren, groben Formen. »Das ist ein Elefant«, sagt er. »Ich habe mal irgendwo gelesen, dass Elefanten Glück bringen.«

Maria will ihn in ein Tuch wickeln, damit er nicht kaputtgeht. Doch Iole nimmt ihn und stellt ihn ins Gras zu den Ameisen, wartet darauf, dass er losschlendert, trompetet, mit dem Rüssel schlenkert. »Er ist wunderschön«, sagt sie.

Plötzlich steht unsere Mutter hinter uns. »Kommt!«, ruft sie. »Es wird Zeit, dass wir uns unser Leben zurückerobern.«

»Mein Leben ist hier!«, sage ich wütend. »Ich kenne kein anderes.«

»Bist du traurig, dass wir nach Genua zurückkehren?«

»Ich bin nicht traurig. Ich gehe nur ungern von hier fort.«

»So etwas darfst du nicht sagen. Von nun an wird es uns besser gehen, du wirst schon sehen!«

»Versprochen?«

Unsere Mutter drückt mich an ihren Rock, der nach Ofen und Rosmarin riecht. Ich warte, bis ich Gabrieles Körper spüre, der auch in diese Umarmung miteinbezogen werden sollte, aber dem ist nicht so. Er hilft Onkel Marcello beim Beladen des Wagens. Zwei alte Männer kommen langsam zu uns herauf, um sich von unserem Vater zu verabschieden. Sie wünschen uns alles Gute. Einer schenkt Gabriele eine Handvoll Samen. Der andere sagt: »Jetzt wird es kompliziert. Jetzt haben uns Leute wie ihr in der Hand.«

»Was?«, stammelt unser Vater.

Nicht vergessen. Wiederaufbauen.

*

Das Haus, in dem die Großeltern gewohnt haben, gibt es nicht mehr, eine Bombe hat es getroffen. Also gehen wir zu Fuß zum Haus von Onkel Elio. Es ist ein elegantes Gebäude, das die Bomben verschont haben. Darin gibt es einen Lift, den zweiten Lift meines Lebens, aber wir nehmen die Treppe in den dritten Stock, weil wir ihm nicht trauen. Um die Tür zu öffnen, müssen unser Vater und Onkel Marcello das Schloss aufbrechen.

Es gibt ein Esszimmer, ein Wohnzimmer, drei Schlafzimmer, ein Arbeitszimmer, eine Küche und zwei Balkone. Von ihnen sieht man den Innenhof mit einer großen Seekiefer in der Mitte, die ansteigende, von Treppen gesäumte Straße und einen kleinen Park an der Haarnadelkurve. Die Wände der Wohnung zeugen von Krieg, Hunger, Verfall. Überall Fotos von Onkel Elio und seiner Frau Rita, von unserem Cousin Primo und unserer Cousine Carla, die kaum älter sind als wir.

»Wo sind sie?«, frage ich.

»Weg«, erwidert unsere Mutter.

Wir sammeln alles ein, was ihnen gehört. Wir leeren die Schränke, Schubladen und Regale. Alles kommt ins Arbeitszimmer: die Kleider, die Taschen, die Fotos. Unser Vater schließt das Arbeitszimmer ab und legt den Schlüssel in eine Holzkiste, die er ganz weit hinten in einer Küchenschublade zwischen dem Besteck versteckt.

»Wann kommen sie wieder, um ihre Sachen zu holen?«, frage ich.

»Eines Tages«, erwidert unser Vater.

Gabriele und ich bekommen das kleinste Zimmer, das auf die ansteigende Straße und den kleinen Park hinausgeht, in dem Kinder spielen. Unsere Eltern beziehen das größere Zimmer, dem die Seekiefer nachmittags etwas Schatten spendet. Sie schieben das Ehebett unters Fenster und den Schrank links neben die Tür, um einen feuchten Fleck zu verbergen, der an der Wand prangt.

Großvater nimmt das hellste Zimmer: Es hat einen Balkon, auf den man sich setzen und von dem aus man zwischen den

Häusern das Meer hervorblitzen sehen kann. Gabriele und ich taufen es »die Voliere«.

Kurz hinter der Haarnadelkurve und über dem Park befindet sich eine Osteria.

Dort singen die Leute bis spät in die Nacht, und die Lieder dringen durch die Mauern bis zu uns. Aber das ist nicht der Grund, warum ich nachts nicht schlafen kann. Es ist die Stadt, Ich höre sie brodeln. Die Dunkelheit ist nicht so dunkel wie in den Bergen. In den Häuserschluchten staut sich beklemmende Anspannung. Warum hat die Bombe das Haus der Großeltern getroffen und nicht dieses hier? Wo sind Onkel und Tante, Cousin und Cousine? Welches Leben will sich unsere Mutter zurückerobern? Wird dieses Bett für immer mir gehören? Wenn das Leben vorher nicht unser Leben war, wessen Leben war es dann? Wen haben Christophe, Audrine und Madame Fleur kennengelernt, wenn diese Tage nicht unsere Tage waren? Wem gehörten diese Schritte und Umarmungen, wenn diese Füße und Hände nicht unsere Füße und Hände waren? Von wem stammten die Mandeln und das Blut im Spucknapf? Wer war dieses Kind, das sich im Wald zwischen Bäumen und toten Beinen herumtrieb? Das in Blanquefort in den Baumwolllaken verschwand und sich an die gestammelten Worte seines Bruders klammerte, um sich nicht vollständig aufzulösen?

Die Lieder aus der Osteria kann ich inzwischen auswendig. Manchmal pfeife ich sie, wenn ich tagsüber auf dem Balkon oder in der Voliere sitze und das Meer zwischen den Häusern betrachte.

*

»Hol Milch!«, sagt unsere Mutter.

»Und Gabriele, kommt der auch mit?«, frage ich.

Sie nimmt einen zylindrischen Metallbehälter aus dem Regal.

»Nein«, sagt sie. »Er ist mit deinem Vater im Keller. Zieh allein los!«

Ich bin noch nie ohne meinen Bruder in der Stadt gewesen. Allein beim Gedanken daran mache ich mir vor lauter Angst in die Hosen, aber mir fällt keine Ausrede ein. Ich nehme die Treppe, um mit dem Lift keinen Lärm zu machen. Ich öffne die Haustür gerade nur so weit, dass ich hindurchpasse, aber die Sonne attackiert mich trotzdem wie eine scharfe Klinge, so als hätte sie tagelang auf mich gelauert.

Ich lege schützend die Hand vor die Augen und schleiche am Zaun entlang. Ich nehme eine andere Farbe an. Ich werde grau wie Stein, gelb wie Putz, werde zu Asphaltstaub. Im Park spielen ein paar Kinder. Sie werfen mit Steinen nach Tauben, die sich auf den Zweigen einer Zeder niedergelassen haben. Andere ruhen sich im Schatten eines Kirchturms aus. Sie dürfen mich nicht sehen, mich nicht ansprechen. Denn wenn sie mich etwas fragen, wüsste ich nicht, was ich darauf antworten soll.

Wie heißt du?, zum Beispiel. Wer bist du? Woher kommst du? Auf Zehenspitzen schleiche ich zum Milchmann. Ich bitte ihn, den Behälter randvoll zu machen. Der Behälter hat einen Bügelverschluss. Ich zähle dreieinhalb Schöpfer, große Schöpfer. Während ich den Heimweg antrete, höre ich erst, wie jemand einem Ball einen heftigen Tritt versetzt. Dann sehe ich, wie der Ball drei Schritte vor mir gegen die Mauer prallt. Ich bekomme Gänsehaut, beginnend in der Nierengegend bis hinauf zum Nacken.

»Bist du der, der uns vom Fenster aus nachspioniert?«, sagt jemand.

Die Stimme kommt von der Straße, von dort, wo der Ball hingerollt ist und wieder hochspringt. Ich antworte nicht.

»Bist du taub?«

Ich drehe mich nicht um.

Ich höre, wie der Fuß des Jungen erneut gegen den Ball tritt, spüre den Luftzug, den bröckeligen Widerstand der Mauer. Meine Hand umklammert den Henkel des Behälters. Ich werde angegriffen, sie sind in der Überzahl. Sie mustern mich kritisch von Kopf bis Fuß, umzingeln mich. Ich spüre, wie ihre Blicke meine Schnürsenkel lösen, mir die Taschen leeren.

»Ich muss nach Hause«, sage ich.

»Was ist da drin?«, fragen sie.

»Milch. Für unsere Mutter.«

»Wieso sagst du ›unsere‹? Sind wir etwa miteinander verwandt?«

Ich warte, bis sie aufhören zu lachen. »Sie ist die Mutter von mir und meinem Bruder.«

Die Kinder rempeln sich an, eines spuckt auf den Boden.

»Und wer ist das bitte schön, dein Bruder?«, sagt eines.

»Ich.«

Alle fahren herum. Gabriele ist soeben aus der Haustür getreten, seine Hand liegt noch auf dem Türknauf. »Mama wollte, dass ich nachschaue, wo du bleibst. Hast du Freunde gefunden?«

»Wir sind nicht eure Freunde«, sagen die Kinder.

»Abwarten!«, erwidert Gabriele.

Eines der Kinder kommt näher, versetzt Gabriele einen heftigen Stoß, so als wollte es eine schwere Tür aufdrücken. Gabriele wehrt sich nicht, macht ein Hohlkreuz. Er stürzt nicht, sondern weicht zurück. Als er sein Gleichgewicht wiedergefunden hat, holt er mit der Linken aus, wobei er den Rumpf leicht dreht, und lässt sie dann wie eine Peitsche nach vorn sausen. Der Handrücken trifft den Jungen mitten ins Gesicht. Er stürzt. Seine Nase blutet. Zwei größere Kinder werfen sich auf Gabriele; sie rollen über den Boden, treten sich, reißen an ihren Kleidern. Ich bin nicht da. Passanten mischen sich ein und trennen sie. Sie verlangen, dass sich einer beim anderen entschuldigt, aber niemand will den Anfang machen. Entmutigt geben die Leute auf. »Dumme Gören, ihr habt wirklich nichts aus dem Krieg gelernt!«

Als wir wieder allein sind, werfen sich Gabriele und die Kinder weitere Beleidigungen an den Kopf.

»Das war noch längst nicht alles!«, drohen die Kinder. Dann kehren sie in den Park zurück.

Gabriele blutet aus der Nase, außerdem hat er eine Schürfwunde an der Stirn.

»Von nun an werden sie dich nicht mehr ärgern«, sagt er.

Wir betreten den Innenhof. Die Sonne verschwindet. Es riecht nach Schimmel. Zitternd laufe ich die Treppe hoch. Ich bekomme ein schlechtes Gewissen, es reißt mich mit wie eine Flutwelle. »Es tut mir leid«, sage ich.

Gabriele mustert mich lachend: »Was würdest du nur ohne mich machen?«

Als ich auf dem Treppenabsatz stehe und dreimal an die Haustür klopfe, sage ich: »Das darfst du niemals tun!«

»Was?«, fragt er.

»Fortgehen.«

Unsere Mutter macht uns auf. Zerstreut sieht sie erst mich an und dann Gabriele. Sie hält sich das Putztuch vor den Mund.

*

Wir schlendern durch eine Straße im Zentrum. Eine Straßenbahn überholt uns quietschend, und auf den Puffern sehen wir eine dicke Traube Kinder, darunter einige, die in der Nähe unseres Hauses spielen. Sie beleidigen uns, befehlen uns aufzuspringen, falls wir uns das trauen. Wir reagieren nicht. Ich verstecke mich hinter Gabriele, der, die Hände in den Hosentaschen, gelassen weitergeht. Er pfeift. Eine zweite Straßenbahn taucht auf, und Gabriele sagt: »Komm!« Er rennt los und springt auf den Puffer wie auf ein Karussell. »Los, komm!«, ruft er. Ich möchte gern, bin aber wie gelähmt. Meine Füße kleben am Asphalt. Ich darf das nicht. Der Fahrer entdeckt Gabriele und schreit ihn an, aber der überhört das einfach. Ich beneide ihn.

Gabriele ist mutig.

Eines Tages verlassen wir gemeinsam die Wohnung, um etwas zu besorgen. Als wir auf der Straße stehen, fällt mir auf, dass er an einem Fuß einen Pantoffel und am anderen einen Schuh trägt. Ich weise ihn darauf hin.

»Los, kehren wir um!«, sage ich.

»Wegen dieser Kleinigkeit?«, erwidert er. »Ach, Quatsch! Außerdem haben wir es eilig. Gehen wir!«

Ich folge ihm, aber ich schäme mich sehr, schäme mich für ihn. Wie macht er das nur, dass er sich nicht schämt?

Auf dem Rückweg entdecken wir in einer Gasse zwischen Müll und Mäusen einen Bettler. Er trägt Lumpen. Gabriele hat ein paar Münzen in der Tasche, das Wechselgeld, das wir von unserer Mutter aus behalten dürfen, weil wir für sie eingekauft haben. Gabriele geht auf den Bettler zu und gibt ihm sämtliche Münzen. Der Bettler steht auf und verbeugt sich, zieht in einer übertriebenen Geste den staubigen Hut.

»Danke, danke vielmals. Gott vergelt's und beschütze euch! Ihr wart äußerst großzügig. Danke.«

Doch als Gabriele das hört, stürzt er sich auf den Bettler, entreißt ihm das Geld, das er ihm gegeben hat, und presst es an seine Brust. »Sie sind ein Betrüger!«, ruft er. »Es gibt keinen Gott. Das ist auch der Grund, warum Sie betteln müssen.«

Eines Tages kommt ein wichtiger Mann aus Israel zu Besuch. Er hat einen dunklen Teint und einen langen Bart, trägt eine schwarze Kappe und einen abgewetzten dicken Mantel. Es regnet ununterbrochen, Schlammbäche fließen durch die Straßen.

»Wer ist das?«, wollen wir von unserer Mutter wissen.

»Ein Verwandter. Er ist gekommen, um mit der Gemeinde zu sprechen. Er wird bei uns übernachten und mit uns essen.«

Der wichtige Mann holt Teller für Milch und Fleisch aus seinem Koffer. Er traut uns nicht zu, dass wir wirklich koscher essen. Unsere Mutter will nichts falsch machen, deshalb kocht sie ein hartes Ei und legt es in eine kleine Schüssel. Während der wichtige Mann isst, rinnt ihm das Eigelb in den Bart und färbt ihn gelb. Gabriele und ich sitzen in einer Ecke und sehen stumm zu, wir lachen nicht.

Nach dem Abendessen gehen unsere Eltern und der Großvater trotz des Regens mit ihm aus. Sie besuchen eine Versammlung. Gabriele und ich bleiben allein zu Hause. Wir stützen uns mit den Ellbogen auf die Fensterbank und verfolgen, wie die Regentropfen über die Scheibe rinnen und bizarre Wege nehmen. Gedankenverloren frage ich mich, was wohl aus dem Wald aus toten Beinen geworden ist. Ich möchte mit Gabriele darüber sprechen, weiß aber nicht, wo ich anfangen soll.

Am liebsten wäre mir, er würde mich danach fragen. Wieso merkt er nicht, dass ich ihm ein wichtiges Geheimnis anvertrauen möchte? Er müsste es mir ansehen.

Wir sind schließlich Geschwister. Aber wenn er nicht fragt, darf ich nichts sagen.

Gabriele haucht gegen die Scheibe und zeichnet ein Gewehr auf das beschlagene Glas. Auch ich hauche gegen das Glas und zeichne einen Mann mit Hut und Halstuch. Ich kann sehr gut zeichnen. Ich weiß, dass ich besser bin als Gabriele, würde das aber nie laut sagen. Gabriele haucht wieder gegen das Glas und lässt die Fläche zwischen unseren Zeichnungen beschlagen. Mit ein paar Strichen simuliert er einen Schuss. Der Mann mit Hut und Halstuch wird tödlich getroffen. Gabriele löscht ihn aus und sagt: »Du bist tot.« Ich lasse mich zu Boden fallen. Wir beginnen, uns zu prügeln, ich zaghaft, um ihm nicht wehzutun, er fest, ohne jede Rücksicht. Anfangs wehre ich seine Hiebe mit Armen und Händen ab, dann höre ich auf. Ich lasse zu, dass er mich trifft, leiste keinen Widerstand. Ich bin ein Sack Mehl. Als wir den Schlüssel im Schloss hören, stehen wir auf und ordnen unsere Kleider. Unsere Haare sind zerzaust, unsere Wangen rot.

Unsere Mutter zieht den Mantel aus und sagt: »Was ist passiert?«

»Wir haben gespielt.«

»Es ist spät«, sagt sie. »Geht schlafen.«

»Wo schläft er?«, frage ich.

Unsere Mutter verzieht das Gesicht zu einer Grimasse und schlüpft aus ihren Schuhen. »Unser Gast?«

»Ja.«

»Bei euch im Zimmer. Ihr beide schlaft in einem Bett, in dem von Gabriele.«

Vor dem Einschlafen erhitzt der wichtige Mann in einem seiner Töpfe etwas Milch. Er gießt sie in eine Tasse und trägt sie ins Zimmer. Er nimmt einen Schluck davon und schläft anschließend ein. Als er eingeschlafen ist, schleicht Gabriele auf Zehenspitzen in die Küche, nimmt ein Stück Braten, ein winziges Stück, kommt wieder ins Zimmer und lässt es in die Tasse des wichtigen Mannes fallen. Unter der Decke liegen wir Arm in Arm da und unterdrücken ein Kichern – ich an seiner Brust, er zwischen meinen Haaren.

*

Unser Vater braucht lange, bis er eine neue Arbeit gefunden hat. Niemand versteht, warum. Er ist der Einzige unter unseren Bekannten, der nicht sofort wieder eine Stelle in irgendeiner Firma bekommt. Unsere Mutter fragt ihn manchmal danach, und wir warten mit angehaltenem Atem auf seine Antwort, während wir im Flur liegen und zeichnen. Aber er antwortet nicht, sondern zieht sich immer mehr von uns zurück.

Als er vom Hydrographischen Institut angestellt wird, schleift uns meine Mutter in die Stadt, um das zu feiern. Unser Vater will nicht und jammert. Als wir in einer Bar miteinander anstoßen, sagt Großvater, der sich erhoben hat: »Das wurde auch langsam Zeit.«

Unser Vater hat sich verändert. Unsere Mutter spricht mit ihren Freundinnen darüber, in der Küche, wenn sie zusammen Tee trinken. Auch ich denke es bei mir, sage aber nichts. Gabriele dagegen scheint nichts zu bemerken. Unser Vater ist oft beruflich unterwegs, wir sehen ihn nur selten. Wenn wir ihm begegnen, ist er schweigsam, antwortet in mürrischen Halbsätzen, die in der Luft hängen bleiben wie Krümel an den Lippen, bevor sie zu Boden fallen. Er geht nie aus, besucht nie die Synagoge. Wenn er zu Hause ist, verbringt er viel Zeit im Innenhof, wo er liebevoll ein paar Basilikum- und Minzpflänzchen angesät hat. Außerdem kümmert er sich um einen Rhododendron, der eingegangen wäre, wenn er ihn nicht gerettet hätte. Abends wünsche ich mir, dass er sich kurz zu mir ans Bett setzt. Aber er kommt nicht. Nichts mehr von wegen *Schma Jisrael adonai elohejnu adonai echad*.

»Gefällt dir deine Arbeit?«, fragt unsere Mutter.

»Ja«, sagt er.

»Warum ziehst du dann ständig so ein Gesicht? Was passt dir nicht?«

»Nichts.«

»Das wirkt aber gar nicht so. Du siehst finster drein, selbst wenn alle anderen strahlen.«

»Es tut mir leid.«

Ich kauere hinter ihrer Schlafzimmertür. Ich höre, wie unsere Mutter weint und unser Vater ganz leise sagt: »Es tut mir leid, es tut mir leid, es tut mir leid.« Da weiß ich, dass sie sich über seine Beine beugt, und er ihren Nacken massiert, ihr zärtlich übers Haar streicht. Ich verliere an Substanz. Ich durchdringe den Boden, durchquere die Fliesen, die tragenden Balken, den Estrich. Die Nägel, Rohre, Kabel verlaufen direkt vor meinen Augen. Ich falle in die Wohnung darunter, in der eine Frau lebt, die im Krieg Mann und Kinder verloren hat und die sich vor dem Spiegel die Haare kämmt, bevor sie ins Bett geht. Ich falle in eine Truhe, die die Frau neben der Tür stehen hat. Sie ist voller Fotos, Briefe und Kinderzeichnungen. Ich versuche, etwas davon zu fassen zu bekommen, aber meine Finger können nichts halten. Unsichtbar sickere ich in den ersten Stock. Ich durchquere den Raum, während der Bewohner, ein Anwalt, mit seiner wenige Tage alten Tochter auf und ab geht und sie in seinen Armen wiegt. Kurz sehe ich in ihren noch trüben Augen das Gesicht des Vaters, das riesengroß über ihr schwebt. Die Liebe in ihrem Blick, die unendliche Liebe zu dem Mann, der sie in den Armen hält, lässt mich wieder Gestalt annehmen. Wie eine Luftblase schwebe ich empor, dringe erneut durch Ziegel, Rohre, Dämmmaterial und tauche im Flur wieder auf, vor der Schlafzimmertür unserer Eltern. Inzwischen sind ihre Stimmen verstummt.

*

Großvaters Angestellte konnten die Firma retten. Sie haben gearbeitet, solange es ging, und die Bücher und Beziehungen zu den ihnen treu gebliebenen Kunden weitergeführt.

Als sie die Fabrik schließen mussten, weil es keinen Fisch mehr gab, haben sie die Maschinen sichergestellt, sie mit Tüchern zugedeckt, um sie vor Staub und dem Zahn der Zeit zu schützen. Sie haben sämtliche Akten in einem Keller versteckt und sämtlichen Kunden und Lieferanten einen Brief geschickt, in dem sie ihnen versicherten, dass sie ihnen nach dem Krieg wieder in der gewohnten Qualität zur Verfügung stehen werden. Und so ist es dann auch gekommen: Die Bomben haben das Fabrikgebäude nicht getroffen, und unser Großvater ist zurückgekehrt.

Bevor die Schule wieder anfängt, verbringen wir viel Zeit an Großvaters Arbeitsplatz zwischen Fisch, Konservendosen und allen möglichen Maschinen. Wenn wir lernen sollen, um den Unterrichtsausfall nachzuholen, gehen wir in ein Gebetshaus, in dem Freiwillige Mathematik, Italienisch und Naturwissenschaften unterrichten. Ich muss oft an Colle Ferro denken. Mir fehlen die Wiesen und Wälder, mein Versteck unter den Farnwedeln, Iole und Maria, ihre Tiere.

»Ich will wieder zurück«, sage ich zu Gabriele.

»Hinter uns liegt der Krieg, du Dummkopf!«, meint er. »Jetzt ist es doch viel besser. Wir können uns frei bewegen, ohne dass uns jemand umbringt oder uns eine Bombe auf den Kopf wirft. Jetzt ist es besser als damals im Zug, als wir von Flugzeugen unter Beschuss genommen worden sind, oder etwa nicht?«

»In Colle Ferro sind keine Bomben gefallen, und es hat uns auch niemand erschossen.

»Aber überall sonst auf der Welt.«

»Wir waren nicht überall sonst auf der Welt. Wir waren in Colle Ferro.«

»Du denkst nur an dich!«, sagt er.

»Nein. Auch an dich, an unsere Mutter, unseren Vater und unseren Großvater.«

Während wir reden, konstruieren wir Papierflugzeuge aus alten Zeitschriften. Wir falten ein Blatt für die Nase, falten es erneut, um eine doppelte, robustere Nase zu erhalten, anschließend widmen wir uns den Flügeln. Jeder von uns hat seine eigene Technik. Wenn wir damit fertig sind, werfen wir sie von der Voliere nach unten in den Innenhof. Wir haben eine Zielmarkierung in den Kies gemalt: Dort müssen sie landen. Jeder von uns baut drei Flugzeuge, wir werfen sie alle hinunter, anschließend sehen wir nach, wer am genauesten gelandet ist.

»Hör endlich auf, ›unser Vater‹, ›unsere Mutter‹ zu sagen!«, ermahnt mich Gabriele. »Dann werden dich die anderen auch nicht mehr aufziehen.«

»Aber wenn es doch stimmt! Es sind doch unsere.«

»Ja, aber es sind auch deine.«

»Aber nicht nur meine.«

Wir laufen gerade die Treppe hinunter. Gabriele seufzt genervt auf und versetzt mir einen unerwarteten Stoß. Ich stolpere und stürze, schlage mir den Ellbogen an der Stufe an. Der Schmerz ist überwältigend, er vernebelt mir die Sinne, aber ich zwinge mich, nicht zu weinen. Ich beiße die Zähne zusammen, bis meine Unterlippe blutet.

Gabriele kniet sich neben mich. »Es tut mir leid«, sagt er. »Das wollte ich nicht. Du hast ja recht, es sind unsere, die von uns beiden.«

*

Im Sommer 47 werden Gabriele und ich in ein Rote-Kreuz-Ferienlager in die Schweiz geschickt, wo wir etwas zunehmen sollen. Es ist ein Sommerlager für unterernährte Kinder. Besuch von den Eltern ist verboten.

Das Lager wird von einer Frau geleitet, Signora Maike. Die teils recht provisorischen Unterkünfte, das Grundstück, auf dem sie errichtet worden sind, und die Wälder, die es umgeben, gehören ihr. Ihr Assistent, ein zwanzigjähriger Österreicher, heißt Berthold. Als wir ankommen, erzählen uns die größeren Kinder, er sei der einzige Überlebende einer Familie mit elf Kindern. Alle anderen seien im Bombenhagel gestorben. Das sei auch der Grund, warum er so streng und aggressiv sei. Wir wissen nicht, ob das stimmt, aber Berthold ist wirklich unerbittlich, manchmal rutscht ihm sogar die Hand aus.

Signora Maike arbeitet im Souterrain des Hauses, im Hauptflügel. Die Unterlagen, die sämtliche Informationen über uns enthalten, wandern durch eine Durchreiche hin und her. Oft sehen wir, wie Delegationen eintreffen, Autos, aus denen die Wohltäterinnen steigen, die all das erst ermöglichen. Es ist ihr Geld, ihre Spende, die uns ernährt. Sie kontrollieren, ob auch alles ordnungsgemäß abläuft, ob ihr Geld richtig ausgegeben wird.

Wir sind fast hundert Kinder aus verschiedenen Ländern. Wir verständigen uns mit Händen und Füßen, lernen aber rasch die wichtigsten Wörter in den anderen Sprachen: Schimpfwörter, Beleidigungen, Grußformeln. Ständig kommt es schon aus geringstem Anlass zu Raufereien. Gabriele beschützt mich.

Die Schlafsäle sind riesig, darin stehen Stockbetten.

Die Betten sind keine Betten, sondern Feldbetten. Es gibt keine Matratzen, sondern ein mit Stoff bespanntes Gestell. Alle wollen oben schlafen, also hat Berthold entschieden, dass wir uns abwechseln müssen. Wir schlafen eine Nacht unten, eine in der Mitte und eine oben.

Manlio ist aus der Toskana und macht nachts ins Bett. Aber auch er möchte oben schlafen, obwohl sein Pipi durch den Stoff nach unten tropft. Deshalb ziehen wir aus einer Blechdose Lose, um zu ermitteln, wer unter ihm liegen muss, wenn Manlio oben schläft.

Manlio und ich freunden uns an. Er ist der Einzige, bei dem ich mich sicher fühle. Als wir eines Tages unter einem Baum sitzen und die anderen beim Spielen beobachten, fragt er mich: »Hast du schon mal ins Bett gemacht?«

»Als ich klein war vermutlich, so wie alle.«

»Ich habe noch nie ins Bett gemacht, bis zu dem Tag, als die Bomben fielen.«

»Welche Bomben?«, frage ich.

»Die Bomben, die auf meine Stadt geworfen wurden. Eines Tages war ich mit meiner Mutter im Gottesdienst. Dann sind Flugzeuge gekommen und haben alles bombardiert. Sirenen heulten, es gab Fliegeralarm. Auf dem Weg nach draußen habe ich meine Mutter aus den Augen verloren, weil es so ein Gedränge gab. Ich wusste nicht, was ich tun soll, also bin ich in der Kirche geblieben. Ich habe mich in einem der Weihwasserbecken versteckt. Die Bomben haben die Häuser zerstört, auch unseres, in dem sich meine Schwester befand, und einen Teil der Kirche, der eingestürzt ist. Aber ich konnte mich retten, und seitdem mache ich ins Bett.«

»Und deine Mutter?«, frage ich.

Manlio lächelt. »Sie konnte sich ebenfalls retten. Sie ist in den Keller geflohen. Als wir wieder vereint waren, hat sie mir als Erstes zwei saftige Ohrfeigen verpasst und dann: ›Wo hast du nur gesteckt?‹ Schließlich ist sie in Tränen ausgebrochen und hat mich umarmt.«

*

Die Lagerköchin heißt Recha. Sie trägt abgewetzte Männersachen und hat kurzes, glattes, mit Pomade nach hinten gekämmtes Haar. Sie raucht ununterbrochen, sogar beim Kochen. Dann zittert die Zigarette zwischen ihren Lippen. Fällt die Asche in die Suppe, rührt sie einfach weiter, als wäre nichts geschehen – so lange, bis sich alles vermischt hat. Signora Recha brummt ständig vor sich hin, und wenn sie böse wird, teilt sie Ohrfeigen aus. Begegnet man ihr dagegen im Treppenhaus, sucht sie in ihren Hosentaschen nach Bonbons, und wenn sie eines findet, schenkt sie es her. Zum Frühstück gibt Signora Recha jedem Kind eine riesige Portion Porridge, also Haferbrei mit selbst gemachtem Sirup aus Himbeeren und Heidelbeeren, die wir an den Vor- und Nachmittagen im Wald pflücken. Es gilt folgende Regel: Niemand darf sich vom Tisch erheben, bevor er seinen Porridge nicht ausgelöffelt hat.

Der Speisesaal nimmt den gesamten ersten Stock des Hauptgebäudes ein, in dessen Souterrain Signora Maike ihr Arbeitszimmer hat. Während der Mahlzeiten werden beide Türen des Saals geschlossen. Verlassen kann man ihn nur durch die Tür, die Berthold bewacht. Ihm muss man seine leere Schüssel geben.

Eines Morgens schaffe ich es nicht, meinen Porridge aufzuessen. Jedes Mal, wenn ich den Löffel zum Mund führe, habe ich das Gefühl, mich übergeben zu müssen. Inzwischen ist niemand mehr im Saal, ich bin der Letzte. Ich höre, wie die anderen im Hof spielen. Berthold lehnt an der Tür und wartet mit verschränkten Armen auf mich. Ich weiß nicht, was jetzt wird, nur dass Berthold hinausgeht und die Tür zu bleibt. Gabriele kommt herein, rennt auf mich zu, isst schnell zwei, drei Löffel Porridge. Den Rest schüttet er aus dem Fenster, dorthin, wo es nur Büsche gibt.

»Warte, bis Berthold wiederkommt!«, befiehlt er mir und verschwindet.

Als Berthold zurück ist, reiche ich ihm die leere Schüssel. Er nimmt sie entgegen, mustert mich forschend und gibt mir dann das Zeichen zum Gehen. Aber in diesem Moment kommt Signora Maike mit Manlio herein. Manlio hat Porridge im Gesicht, in den Ohren, auf dem Hemd. Sie zeigt auf das Fenster, aus dem jemand Brei geschüttet hat.

Zehn Minuten später kommt Signora Recha aus der Küche. Sie hat neuen, wieder aufgewärmten Brei dabei und sagt: »Hier, für dich!«

Berthold befiehlt mir, mich zu setzen.

Leise beginne ich zu weinen.

*

Eines Nachmittags gehe ich mit Manlio und einem anderen Kind zum Holzsammeln. Im Lager müssen wir alle abwechselnd Holz sammeln. Einige Kinder beschweren sich darüber, aber ich gehöre nicht dazu. Das erinnert mich an die Zeit, in der ich noch mein Versteck unter den Farnwedeln hatte. Ich mag die Einsamkeit und Stille im Wald, das dampfende Licht, das aus Ast- und Blätterwerk aufsteigt. Wenn Berthold uns zusammentrommelt und fragt, ob jemand freiwillig mitkommt, hebe ich stets die Hand.

An diesem Tag entdecke ich auf dem Rückweg ein Vogelnest, weit oben in einer Eiche. »Wartet!«, sage ich. Ich lasse das zu einem Bündel geschnürte Holz fallen und klettere den Stamm hinauf. Mit Ach und Krach kann ich einen Blick in das Nest werfen. Drei schwarz gefleckte Eier liegen darin.

»Von welchem Vogel sind die?«, fragen meine Kameraden.

»Keine Ahnung«, sage ich. Nur die Eier sind zu sehen.

»Nimm sie mit! Wir geben sie Signora Recha, dann kann sie sie kochen.«

»Nein«, sage ich. »Außerdem sind sie ganz klein.«

»Nimm nur eines heraus und zeig es uns.«

Widerwillig nehme ich eines und stecke es in die Hemdtasche. Gleich werde ich noch einmal hochklettern müssen, um es zurückzulegen. In diesem Moment bricht der Ast, auf dem ich sitze, und ich falle, knalle auf zwei Zweige unter mir und lande nach einem scheinbar endlosen Sturz auf dem Boden. Erst habe ich nicht das Gefühl, mir wehgetan zu haben: Das Gras hat meinen Sturz gedämpft. Aber das Ei ist zerbrochen. Es hat mein Hemd in Höhe meines Herzens befleckt. Meine Kameraden kommen näher, fragen, wie es mir geht. »Gut«, sage ich. Aber langsam, wie aus weiter Ferne, erreicht mich ein stechender Schmerz im Bein. Meine Hose ist zerrissen. Manlio kniet sich neben mich, zieht ein Hosenbein hoch, reißt die Augen auf und kneift sie anschließend zu. Im Fallen hat sich ein Zweig in meinen Knöchel gebohrt und mir die Haut bis fast zum Knie aufgerissen.

Die anderen rennen los, um Berthold zu holen. Als er kommt, hebt er mich hoch, als wäre ich leicht wie eine Feder, und bringt mich zur Krankenstation.

Ich bitte darum, dass Gabriele benachrichtigt wird, aber der Arzt sagt nur: »Gleich.« Er desinfiziert die Wunde, schließt ihre Ränder mit einer Pinzette und legt mir einen Verband an. Ich schlafe auf der Krankenstation, und Signora Recha bringt mir das Abendessen. Ich nehme es allein zu mir. Am Tag darauf beschließen wir mit Erlaubnis von Signora Maike, dass ich nach Hause schreibe und berichte, was mir zugestoßen ist.

Berthold bringt mir Papier und Stift. Ich schreibe den Brief viermal und gebe die letzte Version schließlich ab. Der Brief, der jetzt folgt, ist mein zweiter Versuch. Ich habe ihn aufbewahrt. Ich hebe alles auf, was ich schreibe.

Liebste Mama, ich ich habe schlechte Nachrichten: Als ich im Wald gespielt habe, bin ich auf einen Felsen gefallen und habe mir weh eine kleine Schürfwunde zugezogen. Ich wurde sofort zum Arzt gebracht, der meine Haut mit einer Pinzette wieder glatt gezogen hat. Ein bisschen weh habt hat das schon getan, aber jetzt ist alles wieder gut. Das Wetter ist schön, aber es ist schon frischer geworden, deshalb ziehen wir wärmere Kleidung an, Kuss, simone Simone.

»Du bist gar nicht auf einen Felsen gefallen!«, sagt Gabriele. »Und du hast dir auch nicht nur eine kleine Schürfwunde zugezogen, sondern dich ziemlich schwer verletzt. Es stimmt auch nicht, dass alles wieder gut ist.«

»Sonst macht sie sich bloß Sorgen«, entgegne ich.

Ich bleibe acht Tage auf der Krankenstation. Eine Gruppe Wohltäterinnen, die Signora Maike besucht, hat von meinem Unfall erfahren und sieht nach mir. Ich bekomme neue Pantoffeln. Ich habe noch nie ein neues Paar Pantoffeln besessen und finde sie wunderschön. Die Frauen sehen meine Kleider auf dem Stuhl.

»Die wurden alle gewendet«, sagt eine, und eine andere: »Du brauchst neue Garderobe.«

»Meine Sachen sind noch prima«, sage ich beleidigt. »Unsere Eltern versorgen uns mit allem, was wir brauchen«, um dann noch hinterherzuschieben: »Ihre Pantoffeln sind allerdings sehr schön, vielen Dank.«

Ende September fängt die Schule wieder an. Gabriele hat hervorragende Noten, doch ich lasse mich schnell ablenken, kleckse mit Tinte, bin ungeschickt. Meine Lehrer sprechen mit unserer Mutter darüber. »Er ist unaufmerksam«, sagen sie. »Nie ist er mit den Gedanken da, wo er sein soll.«

»Wo ist er dann?«, fragt meine Mutter.

»Nun, er sitzt zwar vor dem Lehrerpult, könnte aber genauso gut nicht da sein. Er verschwimmt mit den Wänden, den Bänken, der Tafel. Stellt man ihm eine Frage, ist er nicht anwesend. Er antwortet nicht, bis er die Augen aufreißt und plötzlich wieder zurückkehrt.«

»Das verstehe ich nicht«, meint unsere Mutter.

Die Lehrerin fährt sich mit der Zunge über die Lippen. »Das ist beunruhigend.«

Gabriele verbringt zu Hause immer mehr Zeit mit Lernen. Er gründet eine Zeitschrift, die er mit Freunden herstellt und an Freunde unserer Eltern oder Nachbarn verkauft. Die Zeitschrift enthält kurze Aufsätze über Literatur, Lyrik und Prosa. Er liest sämtliche Bücher, die er in die Finger bekommt, vor allem Romane. Eines Tages bittet er unseren Vater, das Zimmer, das er mit mir teilt, verlassen zu dürfen. Er möchte ins Arbeitszimmer ziehen, wo wir seit zwei Jahren die Habe unserer Verwandten aufbewahren. Unsere Eltern sprechen mit Großvater darüber. Ich hoffe, dass sie Nein sagen, aber stattdessen stimmen sie zu.

Unser Vater holt den Schlüssel aus der ganz hinten in einer Küchenschublade versteckten Holzkiste. Seit wir dieses Haus bezogen haben, war niemand mehr im Arbeitszimmer. Überall liegt Staub. Wir packen vier Koffer mit ihren Sachen und spenden sie einer Wohltätigkeitsorganisation. Wir wischen das Zimmer, putzen Fenster und Fensterrahmen und bringen Gabrieles Bett, seine Bücher, seinen Besitz und seine Kleider dorthin.

»Was, wenn sie zurückkommen und ihre Sachen abholen wollen?«, frage ich.

»Sie kommen nicht mehr zurück«, sagt unsere Mutter.

»Warum?«

»Was wollt ihr heute Abend essen?«, erwidert unsere Mutter. »Ich habe frische Eier bekommen, und sogar Heidelbeeren.«

Gabriele zupft an meiner Jacke, zerrt mich in das Zimmer, das einst uns beiden gehört hat und jetzt nur noch mein Zimmer ist. »Idiot, hast du's immer noch nicht kapiert?«, sagt er. »Onkel Elio und seine Familie sind tot. Sie sind alle tot. Die Deutschen haben sie abgeholt und ins KZ gebracht. Sie sind in Birkenau gestorben.«

»Woher weißt du das?«

»Weil ich lerne, lese und zuhöre.«

»Auch ich lerne, lese und höre zu.«

»Ja«, erwidert er. »Aber bei dir geht alles da rein und hier wieder raus, wie Wasser, das durch Kies sickert. Bei mir dagegen bleibt alles hängen.«

*

Ich lerne zeichnen, malen, schnitzen. In Kunst habe ich die besten Noten. Aber nicht die Kunst an sich fasziniert mich, sondern die Materialien, ihre Eigenschaften – Ölfarben zum Beispiel.

Ölfarben heißen so, weil sie trocknende Öle als Bindemittel haben. Sie nehmen Sauerstoff auf und sorgen für eine Patina, die mit der Zeit immer dicker wird. Ich rühre sie selbst an. Ich benutze Mohnöl, Leinöl und Walnussöl, Zinkoxid für Weiß, Kadmiumsulfat für Gelb und Rötel für Rot. Ich stelle fest, dass das Bild vergilbt, wenn es an einem dunklen Ort aufbewahrt wird, dass man es besser direktem Tageslicht aussetzt und aufhängt. Es macht mir Spaß, Keilrahmen herzustellen und sie mit Leinwand zu beziehen. Unsere Mutter geht mit mir Hanf und Baumwolle kaufen.

Unser Vater arbeitet immer mehr, wir sehen ihn kaum noch.

Großvater zieht aufs Land. Er will nicht mehr in der Stadt wohnen, sagt er. Genua sei einfach nicht mehr das Genua von vor dem Krieg. Es zerreiße ihm das Herz, es so zu sehen.

Unsere Mutter freut sich, wenn ich male, mit Farben und Pigmenten hantiere, auch wenn sie nicht ganz versteht, warum ich das tue, da ich fast alles wegwerfe, was ich produziere. Als sie mich bittet, ein Bild, das ihr gefällt, im Flur aufzuhängen oder zumindest in meinem Zimmer, damit sie es betrachten kann, wenn sie zum Aufräumen kommt, sage ich, es sei noch nicht fertig. Anschließend werfe ich es weg.

»Warum gehst du nicht raus?«, fragt sie. »Gabriele ist ständig mit seinen Freunden unterwegs. Nach dir fragt niemand. Du bist blass, Simone, und immer noch viel zu dünn.«

Von nun an mache ich Gymnastik: Arm- und Beinbeugen, Bauchbeugen, Übungen für den Rücken. Ich trainiere gleich morgens nach dem Aufstehen und abends vor dem Schlafengehen. Ich werde kräftiger, aber nicht dicker. Gabriele fordert mich im Armdrücken heraus, und es gelingt mir, ihn zweimal zu besiegen. Trotzdem werde ich den Verdacht nicht los, dass er mich hat gewinnen lassen.

Ich werde wieder zum Mästen in die Schweiz geschickt, zu Signora Maike, Signora Recha und Berthold. Das erste Mal im Sommer 49, dann noch mal im Sommer 51. Ich ganz allein, ohne Gabriele. Ihm geht es gut.

Im Sommer 51 gehöre ich zu den Größten. Alle Jungen mit etwas mehr Erfahrung haben bestimmte Pflichten: den Schlafsaal kontrollieren, Holz nachlegen, nachsehen, ob überall abgeschlossen ist. Ich bitte darum, der Küche zugeteilt zu werden. Signora Recha freut sich, mich um sich zu haben, und Signora Maike freut sich, dass ich mich fürs Essen interessiere. »Vielleicht schaffst du es diesmal zuzunehmen, Coifmann.« Aber nicht das Essen interessiert mich: Ich interessiere mich dafür, wie Nahrungsmittel zubereitet werden, wie sie sich verwandeln. Dafür, wie aus Zucker Zuckersirup und aus Zuckersirup Karamell wird. Wie Milch zu Joghurt wird. Wie Obst fault, wie Schimmel entsteht und Öl brutzelt. Unter dem Vorwand, mich am Herd zu betätigen, esse ich sogar noch weniger als sonst. Mir genügt der Geruch. Auch Gerüche verwandeln sich. Ich lerne, wann ein Steak fertig ist, nämlich dann, wenn es einen bestimmten Duft verströmt. Das Gleiche gilt für Tomatensauce.

Die wenige Zeit, die ich mit anderen Kindern verbringe, nutze ich, um Sophie, die Tochter einer Mitarbeiterin Maikes, zu beobachten.

Ich habe sie schon 49 gesehen, und auch sie hat sich inzwischen verwandelt.

Ihre Haare sind fülliger, ihr Busen ist üppiger geworden, der Teint dunkler. Im Schutz der Bäume sehe ich ihr beim Volleyballspielen zu. Ich folge ihr mit meinen Blicken, wenn sie mit anderen Mädchen zum Pilze- und Beerensammeln in den Wald geht. Ich spioniere ihr nach, schaue durchs Küchenfenster in den Hof. Wenn Berthold Theateraufführungen organisiert, ist sie sofort dabei und lässt sich einer der folgenden Gruppen zuteilen: Gesang, Schauspiel oder Tanz. Ich nehme am Sportfest des Lagers teil, damit sie mich beim Diskuswerfen sieht. Letzteres hat mir Berthold beigebracht. Spaß macht es nicht, aber ich hoffe, sie damit zu beeindrucken. Doch sie kommt an besagtem Tag gar nicht zu den Wettkämpfen. Wir wechseln kein einziges Wort bis zu einem Abend nach dem Essen. Ich sehe, wie sie mit ihren Freundinnen plaudert, eine davon zeigt auf mich. Sie tut so, als wenn nichts wäre. Am Tag darauf begleite ich gerade eine Gruppe Neulinge zum Holzsammeln, als sie auf mich zukommt und mich in dem Kauderwelsch, das wir hier alle sprechen, fragt, ob ich später mit ihr spazieren gehen will.

Ich möchte Ja sagen. »Ich weiß nicht«, sage ich.

Sie wartet, bis mein »Ich weiß nicht« zu einem Entschluss reift.

»Ich bin müde«, sage ich.

»Gut«, erwidert sie und geht.

Am Tag darauf lässt Signora Maike nach mir rufen: Coifmann, du musst sofort zurück nach Italien.

*

Am Bahnhof werde ich von Onkel Marcello abgeholt, den ich nur selten sehe. Auch Gabriele sitzt im Auto.

»Warum habt ihr mich zurückgeholt?«, frage ich.

»Papà geht es nicht gut«, antwortet Gabriele.

»Was soll das heißen, ihm geht es nicht gut? Was hat er denn? Wo ist er?«

»Bei eurer Mutter«, sagt Onkel Marcello.

»Und wo ist unsere Mutter?«

»Sie stößt heute Abend zu euch«, erwidert der Onkel.

»Wieso, wo fahren wir denn hin?«

»Zu Großvater aufs Land«, sagt Gabriele.

»Warum können wir nicht zu uns nach Hause?«

Onkel Marcellos Antwort besteht darin, dass er sich die Lippen mit einer unsichtbaren Nadel zunäht. Er will uns zum Lachen bringen, was ihm auch gelingt. Die restliche Fahrt über probieren wir die Gesten aus, die er uns in Colle Ferro beigebracht hat. Seit damals haben wir kaum richtig Zeit mit unserem Onkel verbracht. Er erzählt uns von seinen Flugzeugabenteuern, davon, wie er in Spanien gelandet ist, wie er Flugblätter über Südfrankreich abgeworfen hat und dabei fast von der Flugabwehr abgeschossen wurde. Wir erfahren, dass er vor dem Krieg Luftfahrtminister Italo Balbo höchstpersönlich kennengelernt hat, ja sogar mit ihm befreundet war.

Als wir Großvaters Haus erreichen, ist niemand da. Wir langweilen uns im Innenhof, werfen Steine in den Teich und fangen zwei Frösche. Großvater und unsere Mutter kommen erst, als wir längst im Bett sind. Wir hören den Motor, die Reifen auf dem Kies und begrüßen sie im Schlafanzug.

»Wo ist unser Vater?«, fragen wir.

Großvater streicht uns über den Kopf und verschwindet in seinem Zimmer. Unsere Mutter ist blass und erschöpft. Sie will etwas sagen, lässt es aber bleiben und hüstelt. »Es regnet, ist euch das schon aufgefallen? Ich habe mich erkältet und muss jetzt schlafen. Geht wieder auf euer Zimmer, wir reden morgen weiter.«

»Wann können wir ihn sehen?«, erkundige ich mich.

Sie antwortet nicht.

Wir gehen wieder auf unser Zimmer, können aber beide nicht einschlafen und reden im Dunkeln. Ich erzähle Gabriele von der Schweiz, berichte von Signora Maikes Töchtern, die plötzlich aufgetaucht sind, von Signora Rechas grauen Haaren und von

Bertholds neuester Leidenschaft, dem Diskuswerfen. Ich rede immer noch, als ich merke, dass Gabriele eingeschlafen ist. Ich tue kein Auge zu, bleibe die ganze Nacht wach. Liegt man in meinem Bett auf dem Rücken, kann man die Hügel und Weinberge sehen. Ich verfolge, wie die Sonne aufgeht, wie die tief dahinziehenden Wolken ihre Farbe und Form wechseln. Im Morgengrauen stehe ich auf, wasche leise Gesicht und Achseln. Ich gehe barfuß durch das mir fremde Haus. Die Fliesen sind alt und verkratzt. Ich beobachte eine Spinne, die zwischen Kommode und Fensterbank ihr Netz spinnt. Auf dem Pflaster vor der Haustür schleppt eine einzelne Ameise eine tote Wespe, während die anderen Krümel und Grashalme transportieren.

Ich decke den Frühstückstisch: Milch, Brot und Butter für alle. Tassen, Messer, Teller. Ich setze mich und warte schweigend, bis die anderen aufwachen, während sich das Licht von Weiß in Gelb verwandelt.

Dass unser Vater tot ist, eröffnen uns Großvater, Onkel und unsere Mutter vormittags im Wohnzimmer, ohne dem noch etwas hinzuzufügen. Als Gabriele wissen will, wie er gestorben ist, wechseln sie das Thema. Dass er sich umgebracht hat, erfahren wir nur durch Zufall, am Tag der Beerdigung, als wir die halb verschluckten Sätze der Erwachsenen aufschnappen, die sich in Wohnzimmer oder Küche unterhalten. Dort haben sich Freunde und Verwandte versammelt, die wir noch nie gesehen haben. Er hat sich vergast. Ich male mir die Szene aus, ich kann einfach nicht anders. Ich stelle mir vor, wie er von der Arbeit nach Hause kommt, während Gabriele und unsere Mutter bei Großvater auf dem Land sind. Er zieht seine Schuhe aus, öffnet den obersten Hemdknopf, dreht den Gashahn auf, legt den Kopf auf die Tischplatte, damit ihn das Gas schneller erreicht, schließt dann die Augen und denkt an seinen Schreibtisch im Büro. Sein Nachfolger wird alles perfekt geordnet vorfinden.

Ich stelle mir vor, dass er noch in den Bergen lebt, noch mit Ioles und Marias Vater durch Colle Ferro läuft. Ich stelle mir vor, dass ich ihm in der Straßenbahn begegne. Er will eine Fahrkarte lösen, aber der Kontrolleur sieht ihn nicht und zündet sich eine Zigarette an. Ich stelle mir vor, dass er auf der Suche ist, auf der Suche nach seiner Familie, sie aber nicht findet. Dass er das Haus betritt und die Pförtnerin fragt, die ihm aber nicht antwortet. Dass er die Treppen hinaufgeht und sämtliche Namensschilder an den Türen liest. Dass er klingelt, als er das unsere gefunden hat. Aber als wir aufmachen, ist niemand da. Unsere Mutter ist wütend und sagt: »Das ist doch die Höhe, schon wieder so ein dummer Streich.« Über das Treppengeländer gebeugt ruft sie: »Früher oder später erwische ich dich, verlass dich drauf!« Sie geht zurück in die Wohnung und knallt die Tür hinter sich zu.

Ich höre auf zu malen, weigere mich zu kochen.

3. KAPITEL

Unter den Bergwiesen befand sich eine Lehmschicht, die bis unter die Eschen hinterm Haus reichte. Zwischen den Bäumen war die Erde fett und feucht, und auf Felsen und Wurzeln gedieh mattgrünes Moos. Strich man mit geschlossenen Augen darüber, war es, als streichelte man eine Katze. Ich gewöhnte mir an, morgens ganz allein einen Waldspaziergang zu unternehmen. Ich habe schon immer gut allein sein können, und vielleicht war das das Einzige, was Großvater und mich in diesem Sommer miteinander verband, darauf schließen ließ, dass wir miteinander verwandt waren. Ich machte einen Waldspaziergang, weil es sonst nichts zu tun gab. Ich nahm den Weg, der am Klettergarten vorbeiführte, lief zum See hinunter und über den Staudamm, kletterte auf die unteren Äste der Bäume und ließ vorsichtig die Zehen ins Wasser hängen. Außerdem dachte ich mir Geschichten, Figuren, Schauplätze aus, skizzierte sie mit einem 4B-Bleistift auf die durchsichtigen Blätter meiner Fantasie. Anschließend wurden die Zeichnungen lebendig, verselbständigten sich zu Verfolgungsjagden, Rachefeldzügen und Rettungsmissionen für in Not geratene Familien: Ja, genau, sie galten weder Frauen noch Kindern, sondern Familien. Die Zeit zog sich endlos lang hin. Wenn ich das leid wurde, bestieg ich den Monticello. Und wartete auf SMS-Botschaften.

Nach dem nächtlichen Wutanfall über mein Auftauchen im

Keller gingen Großvater und ich uns so weit wie möglich aus dem Weg. Nur zu den Mahlzeiten sahen wir uns zwangsläufig. Weil wir das Schweigen nicht aushielten, fiel uns auch dafür eine Lösung ein: Wir legten eine Schallplatte auf und verloren uns in der Musik. Die Platte suchte selbstverständlich er aus. Aber wenn ich heute ein Jazz- und Klassikfan bin, dann wegen dieser erzwungenen Stunden. Großvater kochte, und weil ich nicht untätig bleiben wollte, spülte ich anschließend ab.

Es war schon eine Weile her, dass ich den Jungen mit dem Basketball gesehen hatte. Vielleicht hatte er mich ja auf den Arm genommen und wohnte gar nicht in Colle Ferro. Wahrscheinlich war alles gelogen, auch der Tod seiner Eltern. Vermutlich saß er gerade mit seinen Freunden am Strand und lachte mich aus, während Michele und Salvo in Capo Galilea nach der Arbeit in der Kirche Tischfußballturniere in der Strandbar organisierten. Allein schon beim Gedanken daran, dass sie mich in die Sache mit hineingezogen hatten, obwohl ich unschuldig war, kochte ich vor Wut. Trotzdem hätte ich alles darum gegeben, mit ihnen zusammen sein zu können.

Als ich mich eines Nachmittags langweilte, ging ich zu den Grotten. Ich wollte sie mir aus der Nähe anschauen. Ich erreichte sie über einen Schotterweg, der den Berg entlangführte, und blieb minutenlang davor stehen. Der Eingang wirkte groß, das Licht von außen fiel mehrere Meter weit hinein. Dann wurde er schmaler und machte einen Knick nach rechts. Die Dunkelheit wurde undurchdringlich. Ich ging zehn Schritte hinein und knipste die Taschenlampe an, die ich zusammen mit einem aufgerollten Seil im Rucksack mitgenommen hatte. Doch ihr Licht war zu schwach und reichte nicht weit genug. Es erhellte gerade mal den Bereich direkt vor meinen Füßen oder einen Felsvorsprung, kurz bevor ich dagegenrannte. Ein kalter Luftzug, der so stark war, dass ich ihn im Nacken spürte wie die Finger einer Hand, zog mich tiefer hinein. Ich stampfte mit den Füßen auf, woraufhin eine Wolke aufwirbelte, die sofort im Innern des Berges verschwand. Ich machte kehrt, knotete ein Seilende an einen Busch neben dem Eingang, hielt den Rest gut fest und ließ mich von der Grotte verschlucken. Das Seil rollte langsam ab, während ich mich mit kleinen Schritten weiter vorwagte. Ich ertastete den Boden mit den Schuhsohlen. Bestimmt war es gefährlich, allein herzukommen. Ich dachte darüber nach, wie viel Sauerstoff so eine Grotte eigentlich enthält. Ich dachte an die Lampen, die Bergbauarbeiter in Dokumentarfilmen benutzen. Lampen, die ausgehen, wenn sie mit giftigen Gasen in Kontakt kommen. Vielleicht brauchte ich einen Kanarienvogel? Doch dann war es das Seil, das nicht ausreichte, und nicht der Sauerstoff. Ich hielt es zwischen zwei Fingern und leuchtete mit der Taschenlampe, so weit ich konnte, aber es war nichts als Dunkelheit zu erkennen. Ich richtete die Taschenlampe auf den Boden: Tierknochen in einer Ecke, etwas Kleines, Schwarzes, das zwischen den Felsen herumkroch. Ich kehrte um.

Es war noch hell. Ich nahm den Weg zum See. Unterwegs traf ich die drei alten Männer von der Piazza; sie gingen in derselben Reihenfolge spazieren, in der sie auch auf der Bank saßen. Der mit der Zeitung unterm Arm begrüßte mich, indem er die Hand öffnete und die Finger bewegte. Der Zweite lüftete den Hut, und der Dritte sagte: »Wohin gehst du?«

»Zum Staudamm.«

»Behalt das Wetter im Auge!«

»Das Wetter?«

»Es scheint umzuschlagen«, erwiderte der mit der Zeitung.

»Es soll regnen«, sagte der Zweite.

»Und nicht nur das: Es soll schütten wie aus Gießkannen!«, bemerkte der Dritte und sah zum Himmel empor. »Wir haben schon seit Jahren keinen so verregneten Sommer mehr gehabt. So viel hat es nur 1972 geregnet.«

»Das war 79«, sagte der mit der Zeitung.

»Nein, 72!«

»Aber wenn ich es dir doch sage: 79.«

»72!«

»79.«

»Ich gehe jetzt«, sagte ich. »Ich werde die Wolken beobachten.«

Ihre Stimmen waren soeben verklungen, und ich war gerade um die Kurve gebogen, von der aus der Weg unter den Steineichen zum Staudamm führte, als ich einen Blick auf den See warf und hinter einem Mastixstrauch das Mädchen entdeckte. Das Mädchen vom ersten Tag, das noch immer sein blaues Kleid trug. Sie stand reglos im Wasser. Nein, nicht reglos: Mit einem Stock oder Zweig – genau ließ sich das nicht sagen, weil ich noch so weit weg war –, zog sie Linien in die graue Wasseroberfläche des Stausees. Sie sah aus, als zeichnete sie, ging dabei mit winzigen Schritten immer tiefer hinein. Der Saum ihres Kleides berührte das Wasser, breitete sich auf den sich kräuselnden Wellen aus, die der Wind verursacht hatte und die sie mit ihren Fingerspitzen liebkoste.

Hals über Kopf stürzte ich den Weg hinunter. Mein Rucksack hüpfte auf meinem Rücken auf und ab. Wenn man die Hauptstraße verließ, konnte man den Staudamm nicht mehr sehen, erkannte nur noch Baumstämme und Gebüsch bis zum Ufer. Keine Ahnung, wie lange ich brauchte – vielleicht fünf Minuten. Ich rannte schnell, so schnell es der unebene Boden zuließ. Aber als ich die Macchia genau dort verließ, wo ich das Mädchen in den See hatte gehen sehen, war es verschwunden.

Ich schaute mich um. Wo war sie geblieben? Neben meinen

Füßen lag ein nasser Zweig, vermutlich der, mit dem sie etwas aufs Wasser geschrieben hatte. Ich hob ihn auf und betrachtete ihn genauer, als wäre er ein Zauberstab, der noch Funken sprüht. Aber mehr oder weniger gleichzeitig entdeckte ich ein weißes Haarband, das drei, vier Meter vom Ufer entfernt dahintrieb. Der Himmel war jetzt bewölkt, und hin und wieder fielen ein paar Tropfen.

Was, wenn sie ins Wasser gefallen ist?, dachte ich.

Ich versuchte, so etwas wie »He, ist da jemand? He, alles gut?« zu rufen. Dann beschloss ich, das weiße Haarband zu holen: Das war real, das war der Beweis, dass ich nicht träumte, dass es das Mädchen wirklich gab. Ich ließ den Rucksack fallen, behielt aber die Schuhe an, weil ich nicht wusste, was meine nackten Füße berühren würden, und auch mein T-Shirt, weil ich hoffte, nicht ganz untertauchen zu müssen. Das Wasser war eisig. Ich biss die Zähne zusammen, spannte die Bauchmuskeln an und streckte den Arm so weit wie möglich aus – so wie es Reed Richards getan hätte. Beinahe hätte ich das Stück Stoff zwischen Zeige- und Mittelfinger zu fassen bekommen, als plötzlich der Boden unter meinen Füßen verschwand und ich jeden Halt verlor.

Stille und Eiseskälte fielen in eins, nahmen mich gemeinsam in den Klammergriff. Ich kriegte nicht nur keine Luft, sondern hatte auch keine Kraft, keinen Orientierungssinn und keine Muskelkontrolle mehr. Dieser Schock gipfelte in einem verzweifelten Schrei, der sich, weil es mir die Sprache verschlug, in meinen Knochen kristallisierte. Er fuhr mir in die Glieder, aber ich konnte mich nicht rühren. Ich krallte meine Nägel ins Wasser. Verzweifelt strampelnd kam ich kurz wieder an die Oberfläche. Ich versuchte, mich über Wasser zu halten, ging aber wieder unter. Und dann noch einmal. Ich bin dem Tod nie mehr so nah gewesen wie damals.

»Was, zum Teufel, tust du da?«

Es war eine Männerstimme, der See sprach mit mir. Ich spürte, wie jemand mich packte und hochzog. Als Nächstes spürte ich wieder schlammigen Grund unter den Füßen, meine Hände berührten den Boden. Ich war wie gelähmt.

»Halt dich fest!«

Woran?

»Halt dich fest!«

Ich hielt mich fest.

Ich fand eine Hand, einen Arm, Schultern. Der See war an meinen Knöcheln hängen geblieben, ich zog ihn hinter mir her. Ich erkannte den Uferweg, roch brennendes Holz, Regen.

»Bleib stehen, nicht hinfallen, verdammt!«

Wir liefen mehrere Meter.

»Komm rein.«

Ich ließ mich auf eine Pritsche fallen, hüllte mich verwirrt in eine kratzige Decke. Versuchte, mir das nasse T-Shirt auszuziehen, doch es klebte an meinem Rücken. Also riss ich es herunter wie ein Pflaster. Versuchte, meine Schuhe abzustreifen, hatte aber keine mehr. Ich war barfuß. Wann hatte ich sie verloren? Die Decke war warm. Langsam kam ich wieder zu mir, nahm meine Umgebung, meine Muskeln wahr. Begriff, was geschehen war, was mit mir geschah. Der Ort, an dem ich mich befand, eher ein Lagerraum als ein Wohnraum, bot sich mir in allen seinen Farben dar: braune Regale und Kisten. Eine Gewölbedecke, in deren Mitte eine nackte Glühbirne baumelte, die ein gelbes, warmes Licht verströmte. Ein grüner Teppichrest, der von Sessel- und Tischfüßen beschwert wurde. Zigarettenqualm.

»Würdest du mir bitte verraten, was in dich gefahren ist?«

Der Junge mit dem Basketball legte das Feuerzeug weg. Er hatte seine Sachen ausgezogen und rubbelte sich den Oberkörper mit einer Decke wie der meinen ab, die ebenfalls kratzig, alt und voller Flöhe war. Aber für mich war es in diesem

Moment eine Kaschmirdecke. Auf dem Teppich der Basketball, ein CD-Player, zig CD-Hüllen, ein Glas mit einer goldbraunen Flüssigkeit, eine Flasche, ein paar Zeitschriften, ein Aschenbecher voller Zigarettenstummel und alles Mögliche, davon aber jede Menge.

»Also?«

Ich zog einen Zipfel der Decke über meine Füße. »Was also?«

»Himmelherrgott noch mal, am liebsten würde ich dich gleich wieder ins Wasser werfen!«

»Dort, wo das Mädchen ertrunken ist?«

»Welches Mädchen?«

»Das Mädchen, das mit dem Haarband.«

»Jetzt hör mir mal gut zu: Beruhige dich, und geh dann zum Schweiger, soll er sich doch um dich kümmern!« Er wrang sein T-Shirt aus und hängte es an einen Haken. »In dieses Dorf verirren sich nur Verrückte.«

»Da war ein Mädchen, ehrlich. Ich dachte...«

»Du dachtest was?«

»Sie wäre beinahe ertrunken. Ich habe das Haarband gesehen...«

»Du wärst beinahe ertrunken.«

Ich ließ mich nach hinten fallen. Langsam wurde mir wärmer. Noch nie hatte mir mein Vater so sehr gefehlt wie jetzt. Er hätte bestimmt eine Erklärung gehabt. Mein Vater hatte für alles eine Erklärung.

»Trink!« In einem Glas befanden sich zwei Fingerbreit einer Flüssigkeit, die aussah wie Tee. Die testosteronlastige Stimme des Jungen erfüllte den ganzen Raum.

»Wie heißt du?«, fragte ich.

»Isacco.«

Ich riss die Augen auf. »Isacco?«

»Trink!«

»Ist das dein Ernst?«

»Trink!«

Ich nahm das Glas. Er kehrte mir den Rücken zu und hängte sich an eine Eisenstange, die quer durch den Raum verlief. Er machte drei Klimmzüge. Ich führte das Glas zum Mund und schnupperte daran. Alkohol. Ich mag keinen Alkohol, andererseits wollte ich mich vor Isacco – der bestimmt nicht so hieß, denn wer heißt schon Isacco? – nicht noch mehr blamieren. Ich nahm einen kleinen Schluck, nur einen winzig kleinen. Teer rann mir die Kehle hinab und in meinen Magen. Ich fühlte mich, als wäre ich an einen Marterpfahl gefesselt und würde mit Stacheldraht ausgepeitscht. Den Rest spuckte ich in die Decke.

»Ich sterbe.«

»Wenn du bisher nicht gestorben bist«, sagte er keuchend und zog sich erneut hoch, bis sein Kinn die Stange berührte, um sich dann wieder herunterzulassen, »wirst du das auch überleben.«

Mein Magen sandte Hitzewellen aus, die mir zu Kopf stiegen. »Jetzt geht es mir besser.«

»Das habe ich auch nicht anders erwartet«, sagte er. »Trink es ruhig aus.«

»Ich soll das austrinken?«

»Du kannst auch noch mehr haben.«

»Trinkst du das Zeug oft?«

»Manchmal.«

Ich schaute mich um. »Wo sind wir?«

»Im Lager meiner Tante.«

»Wer ist deine Tante?«

»Rosa, die mit dem Laden.«

»Die mit dem Lebensmittelladen?«

»Genau die.«

Neben den Regalen befand sich ein kleines Fenster, genauer gesagt zwischen dem Keks- und dem Reisregal. Ich stand auf, wickelte mich in die Decke und sah hinaus. Es hatte aufgehört zu regnen. Das Lebensmittellager befand sich im letzten Haus des Dorfes, es lag versteckt zwischen den Bäumen unweit des Stausees. Meine Beine zitterten, und mein Kopf war seltsam leicht.

»Wie spät ist es?«
»Warum?«
»Ich muss nach Hause. Großvater weiß nicht, wo ich bin.«
Isacco machte sich an seinem CD-Player zu schaffen. »Wo sollst du schon sein?«, fragte er. Aus zwei kleinen Lautsprechern drang ein langes, wildes Gitarrensolo. »Ach so, stimmt, du bist ja im See ertrunken.«
Ich fasste mir an die Stirn. »Ich glaube, ich habe Fieber.«
»Hör dir das mal an: Angus Young.«
»Kenne ich nicht.«
Isacco beugte sich über eine Luftgitarre. Er hatte ein Plektrum in der Rechten und unsichtbare Saiten unter der Linken. Er unterbrach seine Darbietung, um mir einen kurzen Blick voller Verachtung und Mitleid zuzuwerfen. Anschließend ließ er sich erneut von der Musik mitreißen. Ich versuchte, mir mein T-Shirt wieder anzuziehen, aber es war zu nass, und ich beschloss, es zu lassen. Mir fiel auf, dass mein Rucksack mit der Taschenlampe und dem Seil fehlte. Er musste noch am Seeufer liegen.
»Ich gehe jetzt«, sagte ich zu Isacco.
Er machte eine geistesabwesende Geste, unterbrach kurz sein Spiel.
»Und danke noch mal!«, sagte ich.
Keine Reaktion.
Der Himmel hatte sämtliche Schleusen geöffnet. Es regnete in Strömen, aber das Gewitter war vorbei. Ich lief zum See hinunter, um den Rucksack zu holen, und obwohl ich in Haut und Knochen ein spitzes Stechen spürte, konnte ich es nicht lassen,

nach einer Spur von dem Mädchen Ausschau zu halten. Doch das Haarband war verschwunden.

Ich schlich mich ins Haus, weil ich in meinem Zustand nicht gesehen werden wollte. Alles war ruhig, bis auf das vertraute metallische Prasseln aus dem Keller. Ich hatte Glück: Großvater war unten und arbeitete.

Ich wurde nicht krank, fühlte mich aber mehrere Tage vollkommen kraftlos. Ich war ein Kryptonier, in dessen Zimmer jemand einen Splitter grünes Kryptonit versteckt hatte. Das reichte zwar nicht, um mich umzubringen oder mein Gewebe zu zerstören, bewirkte aber, dass ich morgens wie zerschlagen aufwachte und mir sämtliche Knochen wehtaten.

Das Wetter blieb launisch, genau wie ich. Auf einen halben Tag Sonne und Sorglosigkeit folgten in unregelmäßigen Abständen drei, vier Stunden lang Regen und Schwermut. Großvater ertrug mich ungeduldig. In jenem Sommer hatte ich ständig das Gefühl zu stören, seine Pläne zu durchkreuzen, auch wenn ich mich fragte, welche Pläne das sein sollten. Schließlich kreiste er nur um sich selbst, in einer Art Endlosschlaufe, begleitet von Naturlauten, starren Ritualen und plötzlichem Schweigen. Morgens stand er stets vor mir auf und war nur selten da, wenn ich zum Frühstück herunterkam. Kurz darauf sah ich ihn zurückkehren, oft war er einkaufen gewesen: Fleisch. Brot. Die Milch brachte ihm Cesco, der Typ mit dem Käse. Er war der Einzige, mit dem ich Großvater je reden hörte. Sonst besuchte ihn niemand. Manchmal blieb er auch länger weg, keine Ahnung, wohin er dann ging, doch den Großteil des Tages verbrachte er im Haus. Manchmal ertappte ich ihn bei einem Nickerchen auf seiner Bank, aufrecht sitzend, ein Buch im Schoß.

Eines Tages fiel ihm das Buch aus der Hand. Ich hob es auf und befreite es von den Ameisen. Es handelte sich um einen

Kurzgeschichtenband von Hemingway, eine alte, zerlesene Ausgabe. Die Seiten waren vergilbt und spröde, so als wären sie schon oft nass geworden und wieder getrocknet.

Abends pflegte er nach einem frugalen Mahl hinaus in die Ferne zu starren, die Meerschaumpfeife fest in der Hand. Dann setzte ich mich neben ihn, um ein Licht in seinen Augen aufglimmen zu sehen, in denen sich eine Geschichte zu spiegeln schien, die auch die meine war. Ich versuchte, mich in ihm wiederzufinden, in seinen Falten, seinen Gesten, seinen Fingernägeln und seinem Geruch, meist jedoch vergeblich. Aber sein Blick war weiß Gott der meine: Ich hätte den Ausdruck darin unter Tausenden wiedererkannt. Nur die Blickrichtung war eine andere: Ich verlor mich in der Zukunft, er in der Vergangenheit.

Die nahtlos ineinander übergehenden restlichen Juliwochen wurden nicht nur von meinen Erkundungstouren, sondern auch von zwei Besuchen meiner Mutter unterbrochen. Was den Gesundheitszustand meines Vaters betraf, blieb sie vage, ließ aber Hoffnung durchschimmern. Gleichzeitig waren die täglichen Anstrengungen nicht spurlos an ihr vorübergegangen. Das sah man an ihrem Gesicht, daran, dass sie abgenommen und ihre aufrechte Haltung verloren hatte. Wenn sie wieder fuhr, hinterließ sie nichts als Leere.

Und so lief ich Abend für Abend mit dem Handy in der Hand zum Monticello und wartete auf Neuigkeiten. Es kam vor, dass mein Vater mir am Nachmittag, am Morgen, ja sogar in der Nacht schrieb. Er erzählte Anekdoten über Krankenschwestern und Ärzte. Ihm gingen die Haare aus, weshalb meine Mutter ihn kahl rasiert hatte.

Ich sehe aus wie Charlie Brown.

Die Desserts in der Klinik waren grauenhaft, alles schmeckte gleich, sei es nun Strudel, Tiramisu oder Pudding. Er schrieb mir, sooft er konnte, und die Botschaften erwarteten mich bei Sonnenuntergang in der gesunden Luft des Monticello: Heidekraut- und Ginsterduft. Der Schrei des Schlangenadlers. Spinnen und Eidechsen zwischen den Felsen. Ich wusste nicht, was ich darauf antworten sollte. Also ließ ich den Blick schweifen, und wenn er sich vollgesogen hatte, verdichtete ich ihn zu einem Satz à la »Werd bald wieder gesund, *alligator*«. Ein banaler Wunsch, das schon, aber wenn ich ihn in diesem Moment hinschrieb, war es nicht so, als schriebe ich »Werd bald wieder gesund, *alligator*« und sähe dabei fern oder schnitte mir die Fußnägel. Stattdessen war es ein »Werd bald wieder gesund, *alligator*« von unerreichter Schönheit. Ein therapeutisches »Werd bald wieder gesund«. Ein allumfassender Alligator.

Ich musste an die Episode unter der Dusche denken: Damals spülte ich mir gerade Shampoo aus den Haaren, doch aus irgendeinem Grund wollten sie einfach nicht aufhören zu schäumen. Ich hatte die Augen geschlossen, damit es nicht hineinlief und brannte. Ich wusch und wusch, aber es schäumte immer weiter. Als ich endlich aus der Dusche trat und ein Auge öffnete, sah ich, wie mein Vater mit dem Shampoo vor mir stand; er hatte es mir heimlich über die Haare gegossen. Ich musste an die Hochzeit denken, auf der ich dem Trauzeugen den Ehering geklaut hatte. Als alle völlig verzweifelt waren, war ich auf den Plan getreten und hatte behauptet, ihn im Kies des Kirchplatzes gefunden zu haben. Ich war der Held, die Leute klopften mir anerkennend auf die Schulter und stießen beim Mittagessen auf mich an. Der Schwager des Bräutigams machte mir sogar vier Jahre hintereinander Weihnachtsgeschenke. Ich musste an das Boot und den Barsch denken. An seine Hände auf meinem Kopf, damit ich besser einschlafen konnte. An das Holzpodest in der Garage, das er für mich gebaut hatte, damit ich ein altes, verdrecktes Kanadierzelt darauf aufschlagen und so tun konnte, als hätte ich ein Baumhaus, denn in unserem Innenhof gab es leider keine Bäume.

An all das dachte ich.

Und trat anschließend den Heimweg an, um rechtzeitig zum Abendessen bei Großvater zu sein.

Eines Tages lag ich auf dem Boden und zeichnete gerade den Kampf von Magneto gegen Silver Surfer, als ich Isacco hinter der Kurve auftauchen sah. Er war gerannt, blieb keuchend und mit hochrotem Kopf vor mir stehen, beugte sich anschließend vor und stützte sich auf die Oberschenkel, um Atem zu schöpfen. Es war ein heißer Tag, ein extrem heißer Tag.

Als er wieder Luft bekam, sagte er: »Ich habe dein Mädchen gesehen.«

»Im Ernst?«

»Ich glaube schon. Es ist auf jeden Fall ein Mädchen, und ich habe sie hier noch nie zuvor gesehen.«

Ich sprang auf. »Wo?«

Er rannte wieder los, und ich konnte nur mühsam mit ihm Schritt halten.

Wir blieben vor einem zweistöckigen, noch ziemlich neuen Haus stehen. Es hatte ein schwarzes Gittertor, ein großes Fenster, das zwei Drittel des Erdgeschosses einnahm, einen Laubengang aus roten Ziegeln, Rosen- und Ginsterbüsche im Garten und eine große Kastanie auf der Rückseite. Mir stand der Schweiß auf der Stirn, und mein Atem ging pfeifend.

Isacco gab mir ein Zeichen, ihm zu folgen. Wir liefen einmal um den Gartenzaun herum, schlichen geduckt am Rosengarten vorbei und gingen in die Hocke, um zwischen den Gitterstäben hindurchzuspähen.

»Da ist sie!«, flüsterte er aufgeregt und zeigte auf sie.

Ein Mädchen war aus der Tür getreten, die wahrscheinlich zum Keller führte. Sie hielt eine große Plastikgießkanne in der Hand, ging zum Wasserhahn an der Hauswand, stellte die Kanne darunter und füllte sie langsam. Sie hatte das blondeste Haar, das ich je gesehen habe. Es fiel ihr lang und offen auf den Rücken; die Sonne fing sich darin und verlieh ihr eine Art Heiligenschein, der einen fast blendete. Sie trug einen lila Pulli, eine dünne Hose und war barfuß. Eine so außergewöhnliche Erscheinung hatte ich noch nie zu Gesicht bekommen. Aber es war eindeutig nicht das Mädchen vom See.

»Und?«

»Das ist sie nicht.«

»Das ist sie nicht?«

»Das Mädchen vom See hat kurze schwarze Haare.«

»Vielleicht hat sie sie gefärbt.«

»Und sie dann wieder wachsen lassen?«

Isacco verzog genervt das Gesicht, so als wollte er sagen: »Warum nicht?«

»Erzähl keinen Scheiß!« Ich versetzte ihm einen Stoß. Unsere Stimmen waren kaum mehr als ein Flüstern, das vom Wassergeprassel in der Gießkanne übertönt wurde. Es muss an dem Wassergeprassel oder aber an ihrem leuchtend blonden Haar gelegen haben, dass wir den Hund übersahen. Wir hockten da und hielten uns am Zaun fest, als wie aus dem Nichts ein Schnauzer auftauchte. So als hätte er sich einen Tunnel zu uns gegraben oder wäre auf dem Bauch den Zaun entlanggerobbt. Knurrend streckte er die Schnauze zwischen den Gitterstäben hindurch, während ihm der Sabber aus dem Maul troff. Hätten wir uns nicht mit der Geistesgegenwart eines Kanoniers auf den Rücken geworfen, hätte einer von uns bestimmt eine Wange oder ein Auge eingebüßt und wäre für immer entstellt gewesen.

Isacco griff instinktiv nach einer Handvoll Erde und schleuderte sie in Richtung des Tiers.

»Scheißhund!«, rief er.

»Was macht ihr da mit Raissa?« Das Mädchen hatte den Wasserhahn zugedreht und kam angerannt.

Raissa (Raissa?) hatte sich winselnd und mit gesenktem Kopf zu ihr umgedreht, suchte zwischen ihren Beinen Schutz und leckte ihr die Waden.

»Was habt ihr mit ihr gemacht?«

»Wir?« Isacco klopfte sich den Staub von der Hose. »Dieses Vieh muss eingeschläfert werden. Das ist ja gestört! Fast hätte es mir die Nase abgebissen!«

»Raissa ist nicht gestört. Sie hat noch nie jemandem etwas zuleide getan.« Sie tröstete den Hund, indem sie langsam über sein langes Fell strich. Und er sah aus, als hätte er nur darauf gewartet, ja als hätte er das nur getan, um ihre Aufmerksamkeit zu erregen.

»Aber wenn ich es dir doch sage!«, beharrte Isacco, der merkte, dass er am Ellbogen blutete. »Man sollte die Polizei verständigen. Oder das Forstamt.«

»Raissa, ab ins Haus!«, befahl das Mädchen. »Los, rein!« Der Schnauzer drehte sich folgsam um und verschwand hinter den Blumentöpfen. Sie wandte sich erneut uns zu, wobei sie die Hände in die Hüften stemmte. »Wenn ihr Raissa irgendetwas tut, mache ich euch fertig, verstanden?«

»Dann komm doch raus!«, erwiderte Isacco mit geschwellter Brust und krempelte sich die T-Shirt-Ärmel hoch. »Ich warte auf dich. Los, komm!«

»Das ist doch ein Mädchen!«, rief ich mit weit aufgerissenen Augen.

»Na und?«, sagte Isacco.

»Was willst du denn damit sagen?«, eiferte sie sich und wandte sich erstmals an mich.

»Na ja, äh ...«, stammelte ich. »Ich meine ja nur ...«

»Dass ich ein Mädchen bin, heißt noch lange nicht, dass ich euch keinen Tritt in die Eier geben kann!«

»So hab ich das nicht gemeint.«

»Sondern?«

»Hör nicht auf sie!«, sagte Isacco und zerrte an meinem Arm. »Komm mit! Die spielt sich doch bloß auf und wird den Garten sowieso nicht verlassen. Und ich gehe da bestimmt nicht rein, um mir von ihrem Köter die Eier abreißen zu lassen.« Er zeigte ihr den Stinkefinger und funkelte sie böse an, mit Augen, schwarz wie Korinthen.

Sie blieb völlig unbeeindruckt und fragte: »Wartet ihr einen Moment?« Sie sagte es dermaßen höflich, dass ich mich fragte, mit wem sie da eigentlich sprach. Deshalb drehte ich mich um, um herauszufinden, ob hinter uns noch jemand stand. Aber da war niemand. Das Mädchen nahm die randvolle Gießkanne, hievte sie am Griff mühsam hoch und trug sie zum Zaun. In diesem Moment gab ich Isacco instinktiv recht und dachte, dieses Mädchen ist wirklich nicht ganz richtig im Kopf. Denn wer erst auf uns losgeht, uns beleidigt, ja sich fast mit uns prügelt, nur um dann seelenruhig Rosen und Lorbeeren zu gießen ... Aber ich hatte meinen Gedanken noch nicht zu Ende gedacht, als das Mädchen mit beiden Händen die Gießkanne hochhob und ihren Inhalt mit einer kaum wahrnehmbaren Bewegung des Oberkörpers über uns ausschüttete. Das kam dermaßen unerwartet, dass sich keiner von uns vom Fleck rührte. Wir brauchten einen Moment, bis wir begriffen, was geschehen war.

»Was soll der Scheiß?«, lauteten Isaccos erste Worte.

Aber bis wir uns wieder gefasst hatten, war sie längst im Haus verschwunden. Wir hörten, wie sie ungerührt nach jemandem rief. Der Hund bellte.

Ich ging mich umziehen und blieb den Nachmittag über auf meinem Zimmer, während das Fenster offen stand und der Wind über meinen Körper strich, bis Großvater mich zum Essen holte. Auf dem Bett liegend und mit Blick auf den Kleiderschrank wiederholte ich Isaccos Worte »Was soll der Scheiß« wie ein Mantra, wenn auch mit einer ganz anderen Bedeutung.

Ich beschloss, mich am nächsten Tag bei ihr zu entschuldigen. Ich wollte ihr erklären, dass wir sie verwechselt und ihr nicht hinterherspioniert hätten.

An diesem Abend belastete mich die klösterliche Stille beim Abendessen nicht im Geringsten. Ich dachte an das Mädchen und seine Haare, daran, wie sie Isacco die Stirn geboten hatte und dass sie kein bisschen so war wie die Mädchen, die ich sonst kannte. Aber sie war auch kein Junge, ganz und gar nicht. Sie war etwas anderes, einfach etwas anderes.

Ich hatte einen seltsamen Traum. Am nächsten Morgen weckte mich das Rauschen der Dusche. Ich wartete, bis Großvater fertig war, und sprang dann aus dem Bett. Ich wusch mich sorgfältig unter den Achseln, putzte mir die Zähne und trank ein Glas Milch, woraufhin ich mit einem Apfelgeleebrot das Haus verließ. Auf der Piazza saßen die drei alten Männer auf der Bank und stritten über irgendwas. Sie hörten nicht auf, sich Vorwürfe zu machen, Gedanken zu verfolgen, die sich anschließend in Luft auflösten. Sie versuchten, mich einzubeziehen, aber ich ging ihnen aus dem Weg. Kurz darauf traf ich Signora Rosa, Isaccos Tante. Sie bezahlte gerade den Fahrer, der ihr soeben eine Lieferung Chupa Chups gebracht hatte (das entnahm ich zumindest dem Lutscherlogo auf der Tür des Lieferwagens). Ich huschte vorbei, aber sie bestand darauf, mir einen zu schenken.

»Danke«, sagte ich. »Könnte ich vielleicht zwei haben?«

»Und für wen ist der andere? Hoffentlich nicht für Isacco. Der hat schon mehr als genug.«

»Nein«, erwiderte ich. »Er ist nicht für Isacco.«

»Für deine Freundin?« Sie machte das idiotische Gesicht, das Erwachsene immer machen, wenn sie mit Kindern über gewisse Themen reden.

Ich wollte verneinen, was schließlich der Wahrheit entsprach, hielt das aber für ein schlechtes Omen und sagte lieber gar nichts.

Ich erreichte das Haus und umrundete es einmal, um es mir genauer anzusehen. Niemand befand sich im Garten. Mauern, Fenster und Ziegel vermittelten die Ruhe eines Ortes, an dem das Leben gerade erst erwacht. Es roch nach Bettwäsche und Kaffee. Hecken, Pergola, Rankhilfen, eine Außenlampe aus Kupfer, der Gartenschlauchwagen, ein auf der Wiese vergessener Rasensprenger, Schaufel und Rechen an der Hauswand – all das ließ auf ein arbeitsames, sorgloses Leben schließen und war von einer unterschwelligen Energie erfüllt, die sich jeden Moment in lautem Gelächter Bahn brechen konnte. Das war kein Haus, verdammt noch mal, sondern ein Werbespot: Das Paradies auf Erden, so wie es sich Marketingleute vorstellen und in dem sie wohnte.

Und dann ihre Haare mit dieser Aura! Und ich? Tja, ich war ihr hoffnungslos verfallen. Ich setzte mich auf einen großen Stein unter den Bäumen und wartete, dass sich hinter den Fenstern etwas tat. Und bis es so weit war, drehte ich die Chupa Chups an ihrem Stiel hin und her.

Eine halbe Stunde später tauchten die ersten Schatten hinter den Scheiben auf. Ein Fenster wurde geöffnet und angelehnt, eine Stimme übertönte das Summen der Insekten. Raissa trottete heraus, schnappte sich einen Ball, ging wieder hinein, verließ erneut das Haus und ließ den Ball dort fallen, wo sie ihn gefunden hatte. Dann scharwenzelte sie um das Auto, einen schwarzen Toyota, herum. Der Vater erschien, ein großer Mann in khakifarbener Hose und weißem Polohemd. Er stieg in den Wagen und verließ das Grundstück. Als Nächstes kam die Mutter heraus. Daher hat sie also ihre Haare!, dachte ich. Sie sah aus, wie sie Jahre später aussehen würde: stolz, humorvoll und schlimmstenfalls arrogant.

Als Letzte trat sie aus dem Haus. Sie setzte sich in einen Liegestuhl und schloss die Augen, wandte das Gesicht der Sonne zu, wiegte den Kopf hin und her, so als hörte oder sänge sie ein Lied. Ihre Mutter brachte ihr eine Tasse, die sie austrank.

Ich ging zum Gartentor. Sie entdeckte mich durch die Gitterstäbe, und ihre Miene verdüsterte sich. Sie stellte die Tasse ab und näherte sich mir mit schnellen Schritten.

»Hast du nach der gestrigen Dusche die Seife vergessen?«, fragte sie.

»Fangen wir wieder von vorne an?«

»Ich will euch nicht mehr sehen«, sagte sie. »Weder dich noch deinen Freund. Und zwar nie wieder.«

»Isacco hat sich benommen wie ein Idiot.«

»Er ist ein Arschloch.«

»Nein«, entgegnete ich. »Er ist nur etwas impulsiv. Außerdem hat uns Raissa erschreckt. Wir haben schließlich nichts Böses getan.«

»Aha. Man lauert Leuten einfach so am Gartenzaun auf.«

»Wir haben dich mit jemandem verwechselt. Isacco zumindest. Aber dann habe ich gesehen, dass du es nicht bist.«

»Wer?«

»Ein Mädchen, eines, das ... egal, vergessen wir's! Magst du einen?« Ich zeigte ihr einen Chupa Chups.

»Was ist denn das für ein Zeug?«

»Die Bäckersfrau hat sie mir geschenkt.«

»Und wer bist du?« Die Mutter kam lächelnd auf mich zu. Sie trug Gartenhandschuhe, in einer Hand hielt sie Jäter und

Blumenzwiebelpflanzer, in der anderen ein Samentütchen. Erde klebte an ihrer Wange. »Ist das ein Freund von dir, Luna?«

»Nein.«

»Du heißt Luna?«, fragte ich.

»Und wie heißt du?«, wollte die Mutter wissen.

»Zeno.«

»Zeno, das kommt von Zeus, weißt du das? Stammst du aus dem Veneto?«

»Aus Capo Galilea, Sizilien.«

Die Mutter stemmte die Hände in die Hüften, genau wie ihre Tochter am Vortag. »Sizilien? Und du heißt Zeno? Das ist aber nicht sehr sizilianisch.«

»Wegen dem Gewissen.«

»Du meinst das Buch?«

»Mein Opa Carmelo mochte es sehr.«

»Gut«, sagte sie. »Zum Glück haben sie dich nicht Italo genannt.« Sie lachte, und es war, als hätte sich ein Schwarm Reiher in die Lüfte erhoben. Luna hatte mich währenddessen nicht aus den Augen gelassen. »Bitte ihn doch herein!«, sagte ihre Mutter und ging zurück zum Haus. »Los, Zeno, komm, ich habe Limonade gemacht.«

Luna rührte sich nicht von der Stelle. Sie hatte die Arme vor der Brust verschränkt, und ihre Augen waren zwei schmale Schlitze.

»Darf ich?«, fragte ich.

Schweigend streckte sie die Hand aus und drückte den Türöffner. Ich betrat den Garten.

Damals wusste ich noch nicht, dass Luna und ich für den Rest unseres Lebens zusammenbleiben würden, zumindest haben wir das vor. Nun, man wird sehen, die Menschen entwickeln sich weiter, verändern sich, und es ist nicht leicht, diesen Prozess harmonisch zu gestalten. Aber wir wollen es auf jeden Fall versuchen.

Wenn ich lange aufbleibe und bis spät in die Nacht zeichne, wenn ich dann ins Bett gehe und eine mit einem Buch in der Hand eingeschlafene Luna vorfinde, während das Licht noch brennt, möchte ich um nichts in der Welt darauf verzichten, ihr das Buch aus der Hand zu nehmen und neben das Brillenetui auf den Nachttisch zu legen. Die Nachttischlampe zu löschen und im Dunkeln unter der Bettdecke nach ihren Händen und Füßen zu tasten. Morgens als erstes Lebewesen sie zu erblicken (von Hashi, unserer Katze, einmal abgesehen, aber die kann man kaum als Lebewesen bezeichnen). Mit ihr Pläne für Urlaub und Freizeit zu schmieden, sie bei den Comicfestivals von Angoulême und Lucca sowie auf der Comic-Con in San Diego an meiner Seite zu wissen, auch wenn Luna nicht die geringste Ahnung von Comics hat (als Wissenschaftlerin forscht sie über die altersbedingte Makuladegeneration der Netzhaut, die zur Erblindung führen kann).

Damals wusste ich noch nicht, dass wir uns nach jenem Sommer sechs Jahre nicht sehen würden, um uns dann mit achtzehn zufällig am Bahnhof von Florenz zu begegnen und uns sofort wiederzuerkennen: ich mit dem Ziel Gubbio, wo ich einen Intensivkurs im Comiczeichnen mit Ehrengast Jiro Taniguchi belegt hatte, sie unterwegs nach Chianti, wo sie eine Klassenkameradin besuchen wollte. Dass wir beide unsere Züge verpassten, weil wir so ins Gespräch vertieft waren, weiß ich nicht mehr, nur, dass es anregend war und in einem Café vor dem Bahnhof Santa Maria Novella stattfand. Dass ich nach dem Intensivkurs nicht wie geplant nach Capo Galilea zurückkehren, sondern sie besuchen würde, woraufhin meine Mutter getobt hatte wie noch nie in ihrem Leben. (Dem muss ich allerdings hinzufügen, dass ich dort auf ihre Kosten und die ihrer Freundin lebte, und zwar zwanzig Tage lang: Jeder Cent meiner Ersparnisse war in den Intensivkurs geflossen.) Damals wusste ich auch noch nicht, dass ich dort in der Toskana zum ersten Mal Sex haben würde. Und ebenso wenig, dass ich beschließen würde, auf der Accademia di Brera Kunst zu studieren, um in ihrer Nähe sein zu können, denn Luna und ihre Eltern lebten in Mailand. Dass wir eines Tages mit Freunden von ihr essen gehen würden, zu denen auch Roberto Crocci zählte, ein Student der Literaturwissenschaften und Philosophie mit einer Leidenschaft für Comics und Bühnenbild, mit dem ich später *Shukran* aus der Taufe heben würde.

Damals wusste ich noch nicht, dass Luna und ich eines Winterabends streiten und ich die Trattoria in den Bergen, in der wir uns mit Freunden getroffen hatten, türenknallend verlassen würde. Dass ich im Dunkeln eine Serpentinenstraße hinunterrasen, auf einer Eisplatte ins Rutschen geraten und mit dem Auto gegen eine Tanne fahren würde. Ich brach mir einen Arm und die Nasenscheidewand, außerdem musste ich über der Braue genäht werden. Aber ich hätte weit schlimmere Verletzungen davontragen können. Ich weiß noch, wie Luna mein Krankenzimmer betrat. Wie sich ihre Tränen mit den meinen vermischten, während wir uns fest umschlungen hielten. Wie wir nach dem Unfall beschlossen zusammenzuziehen.

Damals wusste ich noch nicht, dass sie mich bitten würde, mir in einer bestimmten Juliwoche nichts vorzunehmen. Woraufhin wir dann mit dem Auto an der Côte d'Azur entlang nach Spanien fuhren, in Barcelona übernachteten und Algeciras erreichten, von wo aus wir uns nach Ceuta, Marokko, einschifften und von dort aus nach Tétouan, Fez, Errachidia und Ouarzazate weiterreisten, um so den Tag unseres Kennenlernens zu feiern – den Tag, an dem sie Isacco und mich mit Wasser aus einer Gießkanne übergossen hatte, den »Tag des Begossenwerdens«, wie wir ihn von da an stets bezeichneten –, und zwar mitten in der Wüste, auf der *Grande Dune* von Merzouga. Damals wusste ich noch nicht, dass wir auf dem Rückweg einer Gruppe junger Männer in die Hände fallen würden, die uns ausrauben und zwingen würden, einen Riesenumweg nach Tanger zu machen.

Damals wussten wir noch nicht, dass ich ohne ihr Wissen zwei Flugtickets nach Alghero kaufen würde. Dass ich ihr vor dem Flughafengebäude die Augen verbinden würde und sie sie erst wieder öffnen ließe, wenn sie völlig verdattert in der Boutique ihres Lieblingsdesigners Antonio Marras stehen würde; dass ich dort auf die Knie fallen, um ihre Hand anhalten und sie im Falle eines Ja bitten würde, sich gleich das Hochzeitskleid auszusuchen. Damals wusste ich noch nicht, dass sie Ja sagen würde.

Damals wusste ich noch nichts von alledem, und auch jetzt weiß ich nicht, welche Glücksmomente die Zukunft noch für uns bereithält.

Als Lunas Mutter mich also damals einlud hereinzukommen, war ich zwar aufgeregt, aber nicht so, wie ich es hätte sein müssen, hätte ich das alles auch nur ansatzweise geahnt. Und so antwortete ich auf ihre Frage: »Willst du Zucker?«, einfach nur: »Nein, danke«, als handelte es sich um irgendeine beliebige Limonade und nicht um den Toast auf unser gemeinsames Leben. Ich nahm das Glas und setzte mich auf einen der beiden Barhocker neben dem Kühlschrank. Luna ließ sich mit ihrem auf der Sofalehne nieder. Wir tranken schweigend, während die Mutter erzählte, welche Blumen sie pflanzen würde, wenn das Haus ihr und nicht Alessandro, ihrem Schwager, gehören würde, der diesen Sommer in Spanien verbringe, und dass das Basilikum im Kräutergarten das beste überhaupt sei.

»So ein Basilikum habe ich noch nie erlebt!«, schwärmte sie.

»Magst du Ameisenhaufen?«, fragte Luna.

»Sehr«, erwiderte ich, auch wenn ich mich ehrlich gesagt stets davor geekelt und sie in Capo Galilea mit Michele und Salvo angezündet hatte.

»Ich zeig dir einen.«

Wir stellten die Gläser in die Spülmaschine und gingen hinaus.

Ben Burtt ist einer der berühmtesten Sounddesigner der Welt. Ich kenne ihn zum einen, weil er das elektronische Pfeifen des R2-D2, Gefährte des Droiden für Protokollfragen C-3PO, in *Star Wars* erfunden hat, das Brummen der Laserschwerter und das asthmatische Atemgeräusch Darth Vaders, zum anderen, weil ich ihn letztes Jahr auf der Comic-Con in San Diego getroffen habe und wir zusammen mit zwei Freunden essen gegangen sind.

Dieser Ben Burtt verwendet in der zweiten *Star Wars*-Folge einen Effekt, den er *Audio Black Hole* nennt. Eine Art Soundvakuum. Ein Moment vollkommener Stille vor einer Explosion, die den anschließenden Knall in Kopf – und Ohren – des Zuhörers verstärkt. Genau das geschah in Colle Ferro, bevor der Himmel beschloss, sämtliche Schleusen zu einer Minisintflut zu öffnen.

Ich habe bereits erzählt, wie verregnet der damalige Sommer war – ein äußerst beliebtes Gesprächsthema bei den Senioren von Colle Ferro, vor allem bei den drei Alten von der Bank. Aber dann war der Sommer plötzlich wieder zur Vernunft gekommen und mit ihm eine brüllende Hitze, die die Früchte an den Zweigen zum Kochen brachte und die Insekten zu beglücken schien. Kein Lüftchen wehte, kein Laut war zu vernehmen. Alles schien wie erstarrt: die Wiesen, die Blätter, die Wäsche auf der Leine. Wirbelte ein Wagen Staub auf, sank er gleich darauf wieder zu Boden.

»Was, zum Teufel, hat die hier zu suchen?« Das waren Isaccos erste Worte, als er Luna und mich mit Chupa Chups im Mund in seinen Innenhof kommen sah. »Du bist zum Feind übergelaufen.«

»Ich habe die Angelegenheit geklärt«, beharrte ich.

»Sie ist im Unrecht und wir im Recht«, sagte er. »Ich finde das eigentlich ziemlich klar.«

»Warte...«

»Warte? Wieso warte? Ich warte auf gar nichts.«

Luna schnalzte mit den Lippen. »Zeno hat mir...«

»Schnauze!«, sagte Isacco und hielt sich die Ohren zu. »Ich will nichts von dir hören.«

»He, bist du jetzt völlig durchgeknallt?« Luna versetzte Isacco einen Stoß. »Soll ich dich vielleicht um Entschuldigung bitten? Wie wär's, wenn wir uns endlich mal normal benehmen? Entschuldige, okay? Ihr habt Raissa nichts getan, und ich hätte euch nicht mit Wasser übergießen sollen, obwohl du dir diese Dusche mit deinem losen Mundwerk wirklich verdient hast. Aber ich hätte das trotzdem nicht tun dürfen.« Sie breitete die Arme aus. »Einverstanden? Können wir jetzt wieder in die wunderbare Welt der Normalbegabten zurückkehren, oder machen wir weiterhin einen auf Helen Keller?«

»Auf wen?«, fragte ich.

Ohne sich umzudrehen, erwiderte sie: »Ach nichts, bloß was aus der Schule.«

»Die versteht man ja nicht, sobald sie den Mund aufmacht«, lautete Isaccos Urteil.

»Hört mal«, schaltete ich mich ein. »Ich habe eine Idee...«

»Wenigstens einer, der vernünftig ist«, sagte Luna.

»Strecken wir die Waffen und gehen baden!«, schlug ich vor.

Isacco fing den Basketball auf. »Ich habe dich schon einmal vor dem Ertrinken gerettet.«

»Du willst doch nicht etwa hierbleiben und Körbe werfen? Die Hitze bringt einen fast um!«

Luna legte den Chupa-Chups-Stiel in einen roten Plastikaschenbecher, der zwischen den Geranien auf der Fensterbank stand. »Ich bin dabei.«

»Isacco?«

Isacco machte erst einen Schritt nach rechts, dann einen nach links, simulierte ein Täuschmanöver und warf den Ball dann über die Schulter nach hinten in den Korbring. Er staunte selbst über den Wurf – so sehr, dass er sich stolz umdrehte und uns breit angrinste.

»Ich geh mir eine Badehose anziehen«, erklärte er.

Um uns von der Starre zu befreien, die uns in dieser Hitze befallen hatte, begannen wir, die drückendsten Stunden des Tages am See zu verbringen. Umhüllt vom Duft nach Kräutern, Rinde und Erde aus dem Tal sprangen wir ins Wasser, suchten Abkühlung im Schatten der dichten Steineichenkronen und bauten Harzfallen für die Ameisen. Mit unseren T-Shirts fingen wir Heuschrecken und Zikaden und beschossen uns mit Wacholderbeeren, nachdem wir uns Schleudern aus Astgabeln und Gummis gebaut hatten.

Luna zeigte uns, wie man mit den Fingerspitzen zuerst ins Wasser eintaucht, die Beine gestreckt und den Po unten lässt. Wie man einen Hechtsprung macht, indem man erst den Oberkörper nach vorne nimmt, ohne die Beine vom Boden zu lösen, um dann die untere Körperhälfte zu strecken, wobei Kopf und Schulter unbeweglich bleiben und eine gerade Linie mit dem Rücken bilden.

Kaum kamen wir aus dem Wasser, waren wir auch schon wieder trocken. Die Haut fühlte sich prall und weich an. Aus dem See steigen und sich unter den Bäumen niederzulassen wurde zu einer Art Reinigungsritual. Nur unsere Stimmen und unser Lachen stoppten den Flug der Vögel. Nur unsere Steine sandten konzentrische Kreise aus. Nur unsere weichen Hände, unsere kindlichen Muskeln suchten den Vergleich mit der rauen Baumrinde, wenn wir gemeinsam um die Wette kletterten: Wer erreichte den höchsten Ast?

Eines Nachmittags, kurz vor Sonnenuntergang, machten Hunderte wie aus dem Nichts aufgetauchte Marienkäfer bei uns Rast. Wir spielten mit ihnen, bis es dunkel wurde und sie von Glühwürmchen abgelöst wurden.

In diesen Tagen dachte ich nicht mehr so oft an meinen Vater. Ich war so erschöpft vom vielen Schwimmen, Springen und Herumbalgen mit Luna und Isacco, dass ich nicht mal mehr Lust hatte, auf den Monticello zu gehen, um meine SMS-Botschaften abzurufen. Die Kluft, die sich in dieser Zeitblase zwischen Hitze und Heilungsprozess, zwischen meiner Lebensgier und der Krankheit, dem körperlichen Verfall meines Vaters, auftat, war unübersehbar. Aber als Kind nahm ich sie nicht einmal wahr. Mit zwölf ist das Leben ein einziges Fest.

Doch irgendwann war es dann so weit: Es begann mit Nieselregen, den der plötzlich aufgefrischte Wind einen ganzen Tag und eine Nacht gegen die Scheiben peitschte. Dann folgten dicke Tropfen, so dick wie Weintrauben. Sie fielen zu Boden und ließen Erde aufspritzen, hinterließen Kuhlen im Gras, brachten die Wände wie unter Gewehrsalven zum Erbeben und das Dach zum Dröhnen und Zittern.

Im Obergeschoss war an Schlafen nicht zu denken, also stellte ich mich darauf ein, die Nacht – oder die Nächte – unten auf dem Sofa zu verbringen. Großvater lief auch weiterhin durch die Gemeinschaftsräume sowie die Kellertreppe hinunter und herauf, als gäbe es mich gar nicht. Aber das längste und heftigste Gewitter seit Menschengedenken, das im Tal von Colle Ferro niederging, schien einfach kein Ende nehmen zu wollen. Deshalb waren Großvater und ich gezwungen, die meiste Zeit im Haus zu verbringen. Was sollten wir bloß tun, und das mehrere Tage und Nächte hintereinander, während draußen die Welt unterging?

Ich las sämtliche Comics, die ich dabeihatte, noch einmal, und erst da fiel mir auf, dass ich mir seit meiner Ankunft gar keine neuen mehr gekauft hatte – nicht zuletzt deshalb, weil es im Dorf keinen richtigen Zeitschriftenladen gab. Als ich mit den Comics durch war, begann ich zu zeichnen: Ich malte ein X-Men-Cover mit Professor Xavier ab, der von Cyclops geschoben wird. Hinter ihnen fügte ich noch eine Mutantin ein, die die Fähigkeit besaß, sich unsichtbar zu machen (und erst als ich damit fertig war, stellte ich fest, dass sie Lunas Züge trug). Ich zeichnete Wolverine, der für mich immer große Ähnlichkeit mit meinem Vater gehabt hat, mit Ausnahme der Knochenklingen aus Adamantium natürlich. Wolverine war genauso impulsiv wie mein Vater, aber eben auch unerschrocken. Doch im Gegensatz zu Logan war mein Vater nie jähzornig oder raufsüchtig. Seine gesamte Impulsivität drückte sich in Ironie, in Kreativität in der Küche und in der liebevollen Art aus, mit der er sich um mich und meine Mutter kümmerte. Ich zeichnete, was das Zeug hielt, so lange, bis alle meine Bleistifte aufgebraucht waren. Dann ging ich zu Großvater und fragte, ob er noch welche hätte. Er war gerade in seinem Zimmer und mit was weiß ich beschäftigt. Ich blieb in der Tür stehen.

»Bleistifte?«, fragte er, ohne sich umzudrehen.

»Ja.«

»Nein. Ich habe nur Füller.«

»Füller kann man nicht ausradieren.«

»Aber wieder nachfüllen«, sagte er. »Bleistifte nutzen sich ab, werden zu Stummeln, zu Graphitstaub, unbenutzbar.«

Ich wollte schon gehen, als er nach wie vor mit dem Rücken zu mir sagte: »Lies doch ein Buch, wenn dir langweilig ist.«

»Keines von denen, die im Regal stehen, sagt mir was.«

Großvater nahm ein Buch vom Nachttisch und gab es mir. Es war der Band mit Kurzgeschichten von Hemingway, den er immer bei sich trug und ständig wieder von vorne las. »Als ich den geschenkt bekommen habe, war ich kaum älter als du. Das könnte dir gefallen.«

»Du liest immer nur das.«

»Ja.«

»Aber warum liest du es immer wieder von vorn, obwohl du es schon kennst? Das Buch bleibt immer dasselbe.«

»Aber wir nicht. Bücher, die man noch einmal liest, sind anders, weil sich die Menschen, die sie lesen, verändert haben. Glaubst du, diese schwülstigen Abenteuer von Supersoundso werden dich noch genauso beeindrucken, wenn du einmal erwachsen bist?«

»Die werde ich immer lieben!«, entgegnete ich gereizt.

»Das meine ich nicht. Ich habe nicht behauptet, dass sie dir dann nicht mehr gefallen. Aber sie werden dir anders erscheinen. Du wirst etwas anderes darin finden«, erklärte er. »Vielleicht auch gar nichts mehr.«

»Was steht denn da drin?«

»Wo?«

»In dem Buch.«

Großvater nahm es mir aus der Hand und schlug es irgendwo auf – zumindest kam es mir so vor, aber vielleicht konnte er es auch aufgrund seiner täglichen Lektüre auf Anhieb auf einer bestimmten Seite aufschlagen, wenn er es wollte. Oder am Anfang von *Hügel wie weiße Elefanten*, wenn er danach suchte. Er begann mit einer uralten Stimme zu lesen: »Es war spät, und alle hatten das Café verlassen bis auf einen alten Mann, der in dem Schatten saß, den die Blätter des Baumes vor dem elektrischen Licht warfen. Bei Tag war die Straße staubig, aber nachts lag der

Tau auf dem Staub, und der alte Mann saß gern spät hier, denn er war taub, und jetzt in der Nacht war es still, und er spürte den Unterschied.« Er blickte auf und musterte mich, suchte vermutlich nach so etwas wie Ehrfurcht in meiner Miene. Aber ich sah ihn weiterhin ohne jede Regung an. Er stieß eine Art Grunzen aus. »Und jetzt in der Nacht war es still, und er spürte den Unterschied«, las er erneut. Er starrte mich noch einmal über die vergilbten Seiten hinweg an. »Kapiert? Er ist taub. Aber trotz seiner Taubheit spürt er den Unterschied zwischen den Alltagsgeräuschen und der Stille der Nacht.« Er machte eine Geste, als hielte er sich die Ohren zu.

»Na ganz toll!«, sagte ich so gelangweilt wie möglich.
»Diese Kurzgeschichten handeln vom Leben.«
»Aha.«
»Willst du sie lesen?«
»Ich lese lieber noch mal meinen *Gon*.«
»Das wird dir nicht guttun«, sagte er.
»Hast du vielleicht einen besseren Vorschlag?«

In diesem Moment blitzte es. Ich zählte die Sekunden bis zum Donner, weil mir mal ein Fischer erzählt hatte, dass man die Sekunden dazwischen mit dreihundertvierzig multiplizieren muss, um zu wissen, wie weit das Gewitter noch entfernt ist. Ich schaffte es nicht, bis drei zu zählen, als es krachte und ich vor Schreck die Schultern bis zu den Ohren hochzog. Großvater tat so, als hätte er nichts gehört.

»Und?«, fragte ich.
Er hob den Kopf, als wollte er sagen: »Was und?«
»Hast du einen besseren Vorschlag?«
»Ach, vergiss es!« Er klappte das Buch zu und warf es aufs Bett. »Geh nach unten. Schau aus dem Fenster. Zeichne auf die beschlagenen Scheiben. Mach, was du willst!«

Auf die beschlagenen Scheiben zeichnen war gar keine so

schlechte Idee, aber noch lieber schaute ich mir die Schallplatten an, betrachtete die Illustrationen auf den Hüllen und legte hin und wieder eine auf, damit ich verstand, worum es sich handelte.

Auch die Temperaturen waren gesunken, Großvater kam sogar, um den Ofen einzuheizen.

»Behalt ihn im Auge!«, befahl er. »Wenn du siehst, dass er ausgeht, erhöh die Luftzufuhr. Kannst du das?«

Ich hatte nicht die geringste Ahnung, wie man das macht, sagte aber: »Klar.«

Doch der Ofen funktionierte tadellos, und ich musste nicht das Geringste tun, außer auf dem Sofa sitzen und die Flammen bewundern, die lebendig gewordenen Schatten im Raum. Es wurde Nacht. Ich wickelte mich in eine Decke. Unter den Büchern hatte ich schließlich doch noch einen Science-Fiction-Roman entdeckt, der mich beim Durchblättern neugierig gemacht hatte. Nicht zuletzt, weil es darin ständig regnete und mich der Titel *Träumen Androiden von elektrischen Schafen?* an *Nathan Never* erinnerte (*Blade Runner* hatte ich damals noch nicht gesehen.)

Ich schlief ein.

Es geschah in der dritten Gewitternacht oder so. Wir hatten weder Fernsehen noch Radio, waren vollkommen isoliert von der Außenwelt und wussten nicht, dass der Regen überall im Hinterland große Schäden angerichtet hatte. Im Nachbartal war ein Mann sogar im Hochwasser des Wildbachs ertrunken, als er beim Gassigehen mit seinem Hund vom Unwetter überrascht wurde. Der Hund hatte sich retten können, indem er auf einen Felsen gesprungen war, und wie ich später herausfand, hatten alle Zeitungen sein Foto gebracht. Ich schlief gerade tief und fest, als mich ein lauter Knall aus dem Schlaf riss. Er war ganz nah, klang seltsam und bildete ein ständiges Hintergrundgeräusch. Ich erhob mich vom Sofa. Es hörte sich an, als käme das Getöse aus dem Keller. Aber den durfte ich nicht betreten. Ich ging zur Tür und öffnete sie einen Spaltbreit. In der neuen und unerwarteten Duftmischung – denn es roch nicht mehr nur nach Käse – waren Erde, Felsstaub und Fluss enthalten.

Ich hastete die Treppe hinauf und klopfte an Großvaters Tür.

»Was ist?«

»Der Keller!«, rief ich. »Es ist was passiert.«

Ich hörte, wie das Bett quietschte, und auch, dass er Licht machte und mit den Füßen nach seinen Pantoffeln suchte. Im Schlafanzug trat er auf den Flur hinaus. »Was ist mit dem Keller?«

»Keine Ahnung. Ich habe ihn nicht betreten. Aber da war so ein Geräusch, und…«

»Gehen wir.«

Ich folgte ihm. Er öffnete die Tür und betätigte den Schalter, woraufhin die einzige Lampe am Kopf der Treppe anging. Unten blieb es dunkel.

»Soll ich die Taschenlampe holen?«, fragte ich.

»Ja.«

Eine Sekunde später war ich wieder da.

»Leuchte uns den Weg aus.«

»Riechst du das?«, fragte ich.

»Was?«

»Diesen Geruch.«

Er antwortete nicht, schnupperte aber einmal und dann noch einmal. Unten angekommen, richtete ich den Lichtkegel auf die linke Wand. Alles war noch an seinem Platz: die Stellagen mit den Käselaiben, eine Holzkiste mit Werkzeug, das unter dem Deckel hervorragte, zwei Klappstühle… und so ein Dunst knapp über dem Boden. Ich richtete den Lichtkegel darauf, nichts. Ich wollte ihn schon nach rechts schwenken, als Großvater mir die

Taschenlampe aus der Hand riss und sie Richtung Boden hielt. Einen halben Meter vor uns lag ein Laib Käse, ein Stück weiter noch einer sowie ein Schutthaufen, der aus Fels und Putz zu bestehen schien. Großvater leuchtete die rechte Wand an. Sie war verschwunden. An ihrer Stelle konnte man die Eingeweide des Berges erkennen: Das eingesickerte Wasser hatte die Erde faulen lassen, und irgendjemand hatte ihr die Haut abgezogen. Was wir jetzt sahen, waren Muskeln aus Fels, Sehnen, Venen und Nerven aus Wurzelwerk: Der Regen hatte die Kellerwand gehäutet.

»Was für eine Katastrophe!«, sagte Großvater, allerdings mit der Stimme eines Menschen, der es gewohnt ist, Schutt und Trümmer zu entfernen. »Hol Kerzen!«

»Wo?«

»Aus der Küche. Im Regal über den Konserven. Und Streichhölzer.«

Ich wollte schon die Stufen hinaufeilen, als ich über einen Metallgegenstand stolperte. Ich hob ihn auf. Es war eine Kette. Das Licht war nur schwach, aber ich konnte ertasten, dass etwas in die Kettenglieder eingraviert worden war. Ich wollte schon fragen, was, als Großvater sie mir entriss.

»Kerzen und Streichhölzer!«, befahl er.

Ich tastete mich nach oben.

Es gab ungefähr ein Dutzend Kerzen, die wir alle anzündeten: zwei auf dem Tisch, vier in einiger Entfernung auf dem Boden und die anderen auf den noch vorhandenen Stellagen. Bald breitete sich ein warmes, katakombenähnliches Licht aus, in dem wir die heruntergefallenen Käselaibe aufsammelten, sie mit einem Tuch säuberten und wieder in die noch vorhandenen Stellagen legten. Ich kann mich nicht daran erinnern, auch nur eine Stunde geschlafen zu haben. Es war seltsam und aufregend, nachts in diesem Licht zu arbeiten. Als wir alle Laibe gerettet hatten – fast alle, die frischen waren unwiderruflich verloren –, sagte Großvater: »Lass uns nach oben gehen. Vorerst bleibt alles so liegen.« Wir waren beide erschöpft, voller Erde und verschwitzt. Das erste Tageslicht erfasste bereits die Bäume im Tal.

»Ich gehe duschen«, sagte ich.

»Und ich mache Tee.«

»Gute Idee – Opa?«

»Ja.«

»Ist das gefährlich?«

»Was?«

»Keine Ahnung, für das Haus oder so.«

»Hast du Angst, es stürzt ein?«

»Der Keller ist das Fundament, oder etwa nicht?«

»Nicht ganz«, sagte er. »Nein, es ist nicht gefährlich.«

»Okay.«

Aber meine Stimme muss irgendwie belegt geklungen haben, denn Großvater fragte: »Glaubst du mir etwa nicht?«

»Doch«, sagte ich nickend und ging in Richtung Bad.

»Zeno.«

Ich drehte mich um.

Großvater musterte mich einen Augenblick. »Danke.«

Ich zuckte die Achseln. »Das war doch selbstverständlich.«

Die Dusche schwemmte all den Schmutz und Schweiß weg. Ich trank Tee und verspeiste ein Stück Nusskuchen, während Großvater sich wusch. Draußen regnete es weiter, eine dichte Wolkendecke war an den Baumwipfeln hängen geblieben, und es sah aus, als würden Stämme und Blätter Dampf und Rauch erzeugen. Ich schlief auf dem Sofa ein.

Am fünften Tag ließ der Regen fast ganz nach. Auf einmal brachen Sonnenstrahlen durch die dichte Wolkendecke, und der Sommer kehrte mit Macht zurück. Das Gras und die Bäume leuchteten in einem intensiven, satten Grün. Im Schlamm wanden sich Regenwürmer. Großvater beauftragte jemanden mit der Kellerreparatur, keine Ahnung, wen. Drei Tage lang wurden Schubkarren hin und her gefahren. Ich half tatkräftig mit. Daran muss es gelegen haben, denn als die Hitze zurückkehrte, hatten sich das Misstrauen und die Anspannung verflüchtigt, die in jenem Sommer des Jahres 1999 zwischen meinem Großvater und mir standen. Zusammen arbeiten reißt Mauern ein.

Auch das hat Eingang in *Shukran* gefunden. Für einen Geschichtenerzähler ist das Leben eine Art Schwein: Davon wird auch nichts weggeworfen.

Noch am selben Abend tauchte meine Mutter auf, um nach uns zu sehen. In Genua hatte es in diesen fünf Tagen mehr geregnet als sonst im ganzen Jahr, allerdings ohne größere Schäden anzurichten. Sie hatte sie damit verbracht, mit meinem Vater Burraco zu spielen, obwohl sie Burraco noch nie leiden konnte.

*Ein kurzer Abriss meines Lebens,
insoweit man sich überhaupt erinnern, die Vergangenheit
rekonstruieren oder imaginieren kann:
was die Erinnerung erhellt
1951–1960*

Im letzten Realschuljahr strenge ich mich so richtig an. Gabriele ist auf dem Gymnasium Klassenbester. Ich bemühe mich, nicht der Schlechteste zu sein. Eines Abends höre ich, wie unsere Mutter in der Küche weint. Ich bin mucksmäuschenstill und beobachte sie heimlich. Sie sitzt zwischen Essensresten und schmutzigem Geschirr am Tisch und hat die Hände vors Gesicht geschlagen. Rücken und Schultern beben. Gabriele, der im Flur erstarrt ist, ertappt mich dabei, wie ich meine Mutter belausche.

»Sie weint um unseren Vater«, erkläre ich.

»Von wegen!«, sagt Gabriele. »Sie weint deinetwegen, wegen deiner Zukunftsaussichten. Du hast wieder eine schlechte Note geschrieben, stimmt's? In einem Aufsatz. Oder in Geschichte.«

»Stimmt, ich habe eine schlechte Note geschrieben. Aber sie weint nicht meinetwegen.«

»Bist du dir sicher? Warum gehst du nicht hin und fragst sie?«

Mein Herz ist mir in die Hose gerutscht, ich berge es mit den Fingerspitzen und betrete die Küche. Unsere Mutter dreht den Kopf, schnieft und wischt sich mit einem Taschentuch über die Augen.

»Weinst du meinetwegen?«, frage ich.

»Nein, Simone, wie kommst du denn darauf?«

»Weinst du, weil ich so schlecht in der Schule bin?«

»Ich weine wegen allem, was ich nicht beeinflussen kann.«

»Nicht du bist für meine schulischen Leistungen zuständig, sondern ich. Bitte verzeih mir, ich verspreche dir, das Schuljahr so gut wie möglich zu beenden.«

Unsere Mutter lächelt, versucht es zumindest, wenn auch ohne Erfolg. »Und was willst du anschließend machen?«

Ich antworte nicht. Aber sie scheint gar keine Antwort zu erwarten, denn auf einmal sagt sie ganz begeistert: »Weißt du, ich habe eine Schule gefunden, die einfach ideal für dich wäre. Im Ernst: Sie ist wie für dich gemacht.« Bei diesen Worten richtet sie sich auf. Mir fällt auf, dass sie die Worte dosiert wie Tropfen eines Schlafmittels. Sie zerknüllt das Taschentuch in ihrer Hand und fährt fort: »Die Schule wird von einer Firma finanziert, die anschließend die besten Schüler übernimmt. Es ist eine technische Ausbildung. Man bearbeitet Gegenstände, Materialien und Substanzen – genau das, was dir gefällt, Simone! Aber sie ist eng mit dem Ort verbunden, an dem sie sich befindet – an dem die Firma ihren Sitz hat, meine ich. Deshalb werden pro Jahr nur wenige Schüler von außerhalb aufgenommen. Die anderen sind alles Einheimische oder Kinder von Angestellten. Du müsstest eine Aufnahmeprüfung machen. Aber ich habe Bekannte dort, Freundinnen. Und die wollen ein gutes Wort für dich einlegen, obwohl ich fest davon überzeugt bin, dass du das gar nicht nötig hast. Weil dort nur deine Lieblingsfächer unterrichtet werden, in denen du ausgezeichnete Leistungen bringst. Aber für den Fall, dass, also nur für den Fall, dass ...«

»Wo ist sie?«

Unsere Mutter atmet tief durch. »Was?«

»Die Schule. Der Ort.«

»In Ivrea.«

»Wo liegt Ivrea?«

»Im Piemont. In der Nähe des Aostatals. In der Nähe der Berge.«

»Das ist aber weit weg«, sage ich. »Dann müsste Gabriele die Schule wechseln.«

»Wir würden nicht mitkommen, Simone.«

Mir fehlen die Worte, ich bin wie gelähmt. Die Stille lässt die Wände sekundenlang zurückweichen, dann explodiert sie im flehenden Satz unserer Mutter: »Aber mit dem Zug braucht man nicht lange, höchstens fünf, sechs Stunden. Wir werden uns häufig sehen, drei- oder viermal im Jahr. Und den Sommer über. Überleg doch mal, wie toll das wird! Außerdem haben dir die Berge immer gut gefallen. Ihr werdet Ausflüge machen. Du wirst bei irgendjemandem zur Untermiete wohnen. Die Labors und Werkstätten der Schule sollen die besten Europas sein, ja die besten der Welt. Dasselbe gilt für die Maschinen. Na, was sagst du dazu?«

»Von mir aus.«

Unsere Mutter steht auf. »Ist das dein Ernst?«

»Klar.«

»Du wirst lernen müssen, allein zurechtzukommen. Ich werde dann nicht mehr da sein, um dir alles hinterherzutragen.«

»Wenn du das für richtig hältst, werde ich mich schon daran gewöhnen.«

Unsere Mutter umarmt mich, vergräbt die Nase in meinen Haaren.

Während ich meinen Schlafanzug anziehe, kommt Gabriele mit einem Lederball ins Zimmer und setzt sich auf mein Bett. Er wirft den Ball in die Luft und fängt ihn wieder auf, wirft ihn in die Luft und fängt ihn wieder auf. Auf einmal wirft er ihn mir zu. Ich fange ihn und schleudere ihn heftig zurück. Gabriele weicht aus, der Ball prallt von der Wand ab, fliegt aus dem offenen Fenster und auf die Straße. Als wir aus dem Fenster schauen, können wir ihn nirgendwo entdecken. Es ist schon spät, wir dürfen nicht mehr hinaus. Am nächsten Morgen vor der Schule suchen wir nach ihm, können ihn aber nicht finden. Seltsamerweise laufen mir Tränen übers Gesicht.

»Was ist?«, fragt Gabriele.

»Das mit deinem Ball tut mir leid.«

»Das ist doch nur ein blöder Ball!«, sagt er. »Davon gibt es mehr als genug.«

*

In der Schule werde ich versetzt. Zwei Tage später nehme ich mit meiner Mutter einen Zug nach Turin. Dort steigen wir in einen kleineren, etwas ramponierten Zug um, den wir in Ivrea verlassen. Die Berggipfel sind noch schneebedeckt, die Wiesen leuchtend grün, und die Luft ist frisch und klar: Ich fühle mich wohl.

Wir steigen in einem Hotel am Bahnhof ab. Seit wir damals in Madame Fleurs Pension gewohnt haben, bin ich in keinem Hotel mehr gewesen. Das Zimmer ist klein, aber sauber. Wir essen bei Bekannten zu Abend, bei den Ramellas. Das ältere Ehepaar lebt in einer dunklen Wohnung voller Nippes, Gemälde und Holzfiguren. Sie ist so vollgestopft, dass man die Wände nicht mehr sehen kann. Signora Ramella ist auch diejenige, die Kontakte zur Firma und zur Schulleitung hat.

»Ich werde ein gutes Wort für dich einlegen«, sagt sie. »Aber nach dem, was deine Mutter mir erzählt hat, wird das gar nicht nötig sein. Stimmt es, dass du gern mit den Händen arbeitest?«

»Ich mag es, wenn Dinge sich verändern.«

»Hier verändert sich alles. Viel zu schnell sogar.«

»Was muss ich dort machen?«, frage ich.

»Eine Aufnahmeprüfung. Soweit ich weiß, kommt es vor allem auf Neugier und Neigung an.«

»Auf Neigung?«

»Du sollst dich zu diesem Arbeitsumfeld, zu dieser Arbeit

hingezogen fühlen. Was du jetzt noch nicht weißt, lernst du dort.«

Am Tag darauf stehen wir in aller Herrgottsfrühe auf. Ich ziehe mein bestes Hemd und die leichte Baumwolljacke an, poliere meine Schuhe. Wir brauchen zwanzig Minuten, um Schule und Firma zu finden. Wir fragen einen Postboten, der sie uns zeigt. Die Gebäude sind riesig.

An der Aufnahmeprüfung nehmen etwa hundert Bewerber aus ganz Italien teil. Den Vor- und Nachmittag verbringen wir mit Schreiben, Zeichnen und Rechnen. Wir hören einen Vortrag, besichtigen die Werkstätten und stellen Fragen, die geduldig beantwortet werden.

Als wir am Ende des Tages zum Bahnhof gehen, fragt unsere Mutter: »Na, wie ist es gelaufen?«

»Keine Ahnung.«

»Aber was hast du für ein Gefühl? Glaubst du, die nehmen dich?«

»Es gab eine Menge Bewerber. Viele waren besser als ich.«

Die Reise über schweigen wir, die Sonne geht unter. Wir machen bei Verwandten in Turin Station. Am Tag darauf fahren wir beide erschöpft und nervös nach Genua zurück und von dort zu Gabriele und Großvater aufs Land.

»Wann bekommst du die Ergebnisse?«, fragt Gabriele.

»Keine Ahnung.«

»Wieso weißt du das nicht?«

»Das hat man uns nicht gesagt.«

»Und du hast nicht danach gefragt?«

»Nein.«

Von diesem Tag an geht unsere Mutter täglich hinaus auf die Straße, um den Postboten abzupassen. Kommt er, bevor sie unten ist, und sie hört ihn im Treppenhaus rumoren, reißt sie die Tür auf und rennt in Holzpantinen die Treppe hinunter. Der

Brief mit den Prüfungsergebnissen trifft Anfang Juli ein. Zwei Bewerber wurden genommen, zwei von hundert. Und einer davon bin ich.

*

Wir verbringen den Sommer auf dem Land. Gabriele sitzt den ganzen Tag in einem alten Schaukelstuhl und liest. Ich schlage irgendwie die Zeit tot. Manchmal strecke ich mich auf einem Felsen aus, auf einem großen Felsblock, der mitten im Gemüsegarten aufragt und den nie jemand weggeräumt hat. Ich strecke mich darauf aus und bleibe Stunden dort liegen. Ich denke an nichts, sehe den Wolken nach, den Tauben und Raben, die vorbeifliegen. Gabriele und ich bauen einen Bogen.

Anfang September begleiten mich Gabriele und unsere Mutter bei Nieselregen zum Bahnhof. Wir verabschieden uns vor dem Trittbrett des Waggons, und als der Zug losfährt, beuge ich mich vor. Unsere Mutter weint, ich nicht. Die Begeisterung ist stärker als Angst und Traurigkeit. Die ganze Fahrt über sehe ich aus dem Fenster: Straßen, Orte, Felder. Ich rede mit niemandem. In dem Fenster, in dem ich mich spiegle, gleitet die Zeit vorüber, und auch die Welt.

Signora Ramella holt mich ab. Sie hat eine Frau gefunden, die mir ein Zimmer vermietet. Es ist eine Witwe mittleren Alters. Sie zeigt mir den Weg zur Schule und zu ihr nach Hause. »Wenn irgendetwas ist, kommst du zu mir, einverstanden? Ich habe deiner Mutter versprochen, mich um ihren Sohn zu kümmern, und werde dieses Versprechen auch halten.«

»Vielen Dank.«

Das Haus der Witwe ist praktisch leer: wenig Möbel, wenig Einrichtungsgegenstände, an den Wänden Schatten von Bildern, die einst dort hingen. Nach dem Tod ihres Mannes hat sie alles weggegeben, um ihn zu vergessen. In meinem Zimmer gibt es ein Bett am Fenster, einen Nachttisch, einen Schrank mit Kleiderstange, an die ich meine Garderobe hängen kann, und zwei Fächern für die Pullover. Neben der Tür steht eine wurmzerfressene Kommode für die Unterwäsche. Viel besitze ich wirklich nicht. Aus Genua habe ich nur ein Taschenfernglas mitgenommen, das unserem Vater gehört hat, die Holzkiste, in der er die Schlüssel zum Arbeitszimmer aufbewahrt hat, ein Notizheft, einen Füller, eine Papiertüte mit Briefmarken, um nach Hause zu schreiben, Kohlestifte und einen Lederball, den mir Gabriele geschenkt hat. Ich stopfe so viel wie möglich in die Holzkiste, die ich ganz hinten zwischen den Socken in einer Kommodenschublade verstecke. Ich gehe zur Witwe und sage: »Es fehlen Bügel.«

Sie sitzt im Sessel und näht. Das Zimmer ist sehr dunkel, ich begreife nicht, wie sie da noch was erkennen kann. »Was für Bügel?«, fragt sie.

»Bügel für den Kleiderschrank.«

Sie nickt. »Morgen besorge ich dir welche.«

Es ist fast Zeit zum Mittagessen. Ich bin bei den Ramellas eingeladen. Bevor ich zu ihnen gehe, drehe ich eine kurze Runde durch den Ort. Ich schaue mich um, um ihn mir anzueignen, ihn in Besitz zu nehmen. Dort, wo die Stadtmauer endet und sich zu den Bergen hin öffnet, bleibe ich stehen. Die Ramellas sind nett. Wir essen gegrilltes Huhn, Gemüse und Apfelküchlein.

Als ich zur Witwe zurückkehre, ist sie nicht da. Ich gehe auf mein Zimmer und stelle fest, dass jemand meine Schubladen aufgezogen hat. Das sehe ich sofort, weil ich sie richtig schließe, wenn ich sie zumache. Ich fahre mit dem Finger darüber. Ich mag keine offenen Schubladen, denn in alles, was offen ist, dringt Staub ein. Ich mag es sauber und ordentlich. Ich schaue hinein. Alles ist noch da, aber es wurde eindeutig in meinen Sachen gewühlt. Ich setze mich in den Wohnzimmersessel und warte darauf, dass die Witwe zurückkommt.

Ich höre, wie sie die Tür aufschließt, und stehe auf. Sie kommt herein. »Es würde mir nie einfallen, in Ihren Schubladen zu wühlen, deshalb bitte ich Sie, das auch bei mir zu unterlassen. Das Geld, das ich Ihnen für das Zimmer zahle, beinhaltet auch meine Privatsphäre.«

»Ich kenne dich nicht«, sagt sie. »Signora Ramella hat mir zwar gute Referenzen gegeben, aber wer du wirklich bist, weiß ich nicht. Ich kontrolliere lieber gleich, damit ich weiß, mit wem ich die Wohnung teile. Aber in Zukunft kannst du unbesorgt sein. Von nun an werde ich das Zimmer nur zum Saubermachen betreten.«

Nachts schließe ich mich ein.

*

Von der Witwe bekomme ich nichts zu essen, weder zu Mittag noch zu Abend, nur Frühstück: Brot und warme Milch. In den ersten Tagen gebe ich mich mittags mit dem Brot zufrieden, das ich morgens einstecke. Doch dank der Fürsprache Signora Ramellas darf ich die Arbeiterkantine aufsuchen. Jeden Monat bekomme ich bunte Bons; jeder Bon entspricht einer Mahlzeit, und wenn sie weg sind, sind sie weg. Im ersten Monat kann ich nicht haushalten, sodass mir in der letzten Woche die Bons ausgehen: Ich esse nur die warme Suppe, die alle am Ende der Mahlzeit bekommen. Anschließend kann ich sie einteilen, zweimal bleiben sogar Bons über, und ich leiste mir eine richtige Mahlzeit, bestehend aus erstem und zweitem Gang samt Beilagen. An die warme Suppe gewöhne ich mich. Ohne sie bekomme ich Verdauungsprobleme.

Abends darf ich nicht in die Kantine, dann bleibt sie den Arbeitern der Nachtschicht vorbehalten. Anfangs bewirtet mich

Signora Ramella. Dann stellt sie mir eine arme, einsame alte Frau vor, die für wenig Geld bereit ist, mir jeden Abend ein gekochtes Ei und Obst zu geben. Sie ist nett, redet aber unheimlich viel. Sobald ich mich setze, fängt sie an, von sich und ihrem Dorf zu erzählen, und jedes Mal zögert sie das Servieren des Obstes noch eine Weile hinaus, um mit mir plaudern zu können. Das stört mich weniger, aber sie hat eine sehr feuchte Aussprache, und als sie sich irgendwann angewöhnt, sich über Eck zu setzen, passiert es manchmal, dass sie mir in den Teller spuckt. Ich schütze das Ei mit der Hand, ihre Spucke landet auf meinen Fingern.

Eines Tages fragt sie mich, bevor ich gehe: »Liest du gerne?«
»Ja.«
»Ich habe ein Buch gefunden. Keine Ahnung, wer es vergessen hat. Hier!«
Sie reicht es mir, und ich nehme es. *Ernest Hemingway, 49 Stories* steht darauf.
»Darf ich es mitnehmen?«
»Klar. Möchtest du es hier lesen?«
»Nein, danke.«

Als ich zu Hause im schwachen Licht eines ramponierten Nachttischlämpchens, das ich irgendwo aufgetrieben habe, unter der Bettdecke liege, schlage ich es auf. Ich beginne nicht mit der ersten Geschichte, blättere im Buch, als mir eine mit dem Titel *Ein sauberes, gutbeleuchtetes Café* ins Auge springt. Damit fange ich an, und als ich einschlafe, bin ich ein alter Mann in einer Bar, der in dem Schatten sitzt, den die Blätter des Baums vor dem elektrischen Licht werfen. Und das Nichts ist mit mir.

*

Am besten gefällt mir der Schulweg. Dabei überquere ich eine alte Holzbrücke, und das dumpfe Poltern der Bretter, das Rauschen des darunter durchfließenden Bachs stimmen mich auf den Tag ein.

Professoressa Scaglioni unterrichtet Italienisch. Sie ist jung, nett, äußerst engagiert, aber auch sehr schön. Eines Tages spreche ich sie nach der Schule an: »Ich lese gerade Hemingway. Kennen Sie den?«

Sie beginnt zu strahlen. »Wirklich? Was denn genau?«

»Die Kurzgeschichten.«

»Die *49 stories*?«

»Ja.«

Sie schlägt vor, mich nach Hause zu begleiten, und unterwegs reden wir über Bücher: über die, die sie liest, und über die, die mir gefallen. Vor der Haustür der Witwe verabschieden wir uns. Ich würde sie gern hinaufbitten. Schon beim Gedanken daran, worum ich sie gern bitten würde, zittere ich die ganze Nacht.

Professore Dalla Paola raucht den ganzen Tag, auch im Klassenzimmer, die Luft ist zum Schneiden. Er ist mürrisch und barsch, aber ich schätze ihn sehr. Er unterrichtet Geschichte, am liebsten stellt er große Schlachten nach. Wenn er spricht, kann man eine Stecknadel fallen hören.

Professore Cusma ist ein guter Techniker, aber ein schlechter Lehrer. Er beginnt, etwas zu erklären, gerät ins Stocken und sagt dann: »Gut, den Rest seht ihr dann in der Werkstatt.« Er erklärt das Eisen-Kohlenstoff-Diagramm, verstummt und sagt: »Das zeige ich euch dann in der Werkstatt.« Von ihm habe ich gelernt, mich nicht so ernst zu nehmen.

Professore Verzuolo, der Schulleiter, war vorher bei der Armee. Er hat in Indochina gekämpft, war in der Fremdenlegion. Wenn er das Klassenzimmer betritt, müssen wir aufstehen und die Hacken zusammenschlagen. Er merkt jedes Mal, wer sie nicht richtig zusammengeschlagen hat, und lässt den Gruß wiederholen. Er unterrichtet Mathematik. Er gibt uns seitenweise Hausaufgaben auf, und zwar in Schönschrift. Liefert man eine Arbeit ab, die auch nur einen Fleck, einen Klecks oder unsaubere Schrift enthält, zerreißt er sie vor aller Augen und zwingt einen, sie noch mal zu schreiben. Ich habe eine furchtbare Schrift, deshalb büffle ich Mathe.

Professoressa Bo unterrichtet Naturkunde. Sie betritt grußlos den Raum und erwartet auch nicht, gegrüßt zu werden. Sie nimmt ein Stück Kreide und schreibt etwas an die Tafel, ohne zu gucken, ob wir überhaupt aufpassen. Und tatsächlich passt niemand auf.

Ferrero unterrichtet Mechanik. Verzuolo erklärt uns die Logarithmen aus theoretischer Sicht, aber bei Ferrero wenden wir sie bei Konstruktionsberechnungen an.

Rossa ist für die Werkstatt verantwortlich und unerträglich. In den ersten zwei Jahren feilen wir. Wir tun nichts anderes als feilen. Vertut man sich um einen Hundertstelmillimeter, muss man wieder von vorn anfangen, auch wenn man dreißig, vierzig Stunden an dem Ding gearbeitet hat. Meine erste Arbeit dauert ein Jahr. Die anderen sind nach zwei Monaten fertig.

Professoressa Arengo unterrichtet Englisch, und zwar mithilfe von Liedern. Auch sie ist eine schöne Frau, allerdings um einige Jahre älter als Professoressa Scaglioni. Was mich an ihr am meisten begeistert, ist, dass sie keine Noten gibt. Sie hört uns beim Reden, Diskutieren und Singen zu. Sie stellt Fragen zu den Geschichten, die sie uns erzählt. Wir gehen spazieren, und währenddessen beschreibt sie uns die Landschaft auf Englisch. Sie fordert uns auf, einen typischen Dialog zwischen Bäcker und Kunde nachzuspielen. Wir lernen, was wir lernen. Und was wir nicht lernen, lernen wir eben nicht.

Es gefällt mir, nicht bewertet zu werden.

Das Geld, das mir unsere Mutter am Monatsende per Post schickt, ist nicht sehr viel. Es reicht nicht, um das Zimmer, das Essen, die Stifte und Schulhefte zu bezahlen. Die Kleider verschleißen immer mehr, und ich brauche dringend neue. Die Schuhsohlen laufen sich ab. Manchmal machen wir Ausflüge in die Berge: Dann sind das Zugticket und die Polenta zu bezahlen. Ich weiß, dass unsere Mutter und Gabriele in Genua ebenfalls Geldprobleme haben. Sie hat angefangen zu arbeiten. Großvater ist krank. Ein Geschäftspartner soll ihn übers Ohr gehauen haben, und er soll tief verschuldet sein.

Ich wage es nicht, mir von jemandem Geld zu leihen, aber Signora Ramella und Professoressa Scaglioni bemerken meinen finanziellen Engpass. Ich bekomme ein Paket Stifte und eine gebrauchte Jacke geschenkt. Sonntags laden sie mich zum Mittagessen ein. Als ich eines Tages von der Werkstatt komme, bedeutet mir Professore Ferrero, ihm zu folgen. Wir durchschreiten ein großes Tor und betreten das Labyrinth der Firma – Höfe und Warenlager, in denen ich noch nie gewesen bin und in denen ich eigentlich gar nicht sein dürfte. Der Professore fordert mich auf, mit ihm ins Depot zu gehen. Ich betrete es und staune. Dort gibt es alles: Lochkarten, Metallkomponenten, Lacke, Berge von Produktionsabfall. Für die Firma ist das alles Ausschussware, für mich die Lösung all meiner Probleme. Ich kaufe keine Hefte mehr und mache mir Notizen auf der Rückseite von Lochkarten. Benötige ich Klebstoff, findet sich dort mit Sicherheit ein angebrochenes Fläschchen. Benötige ich Draht, Nägel oder einen Haken, stöbere ich sie bestimmt dort auf.

Ich verdiene mir etwas dazu, indem ich dem Bäcker sonntagmorgens beim Ofenreinigen helfe. Professoressa Scaglioni hat mir den Job besorgt; der Bäcker befindet sich im Erdgeschoss ihres Hauses. Sie schaut kurz vorbei, während ich die Holztheke abbürste, um Mehlreste zu beseitigen. Sie fragt mich, wozu dieses und jenes gut sei, und ich antworte ihr nach bestem Wissen und Gewissen. Sie erzählt mir von neuen Büchern. Manchmal liest sie mir daraus vor.

»Was willst du später mal werden?«, fragt sie.

Ich sage ihr, dass ich das nicht weiß.

»Hast du keine Träume?«

»Ich träume nie.«

»Jeder träumt.«

»Ich nicht.«

»Das bedeutet nur, dass du dich morgens nicht mehr daran erinnern kannst. Aber glaub mir, auch du träumst!«

»Wenn Sie das sagen, wird es wohl stimmen.«

Wenn es heiß ist, trägt sie an den Wochenenden lange, weich fließende Kleider. Im Ausschnitt ist der Spalt zwischen ihren Brüsten zu sehen, darin liegt der Anhänger ihrer Halskette. Unterwegs verhüllt sie ihn mit einem Schal. In der Hitze der Backstube, wo sich der Ofen eine Woche lang immer mehr aufgeheizt hat und diese Wärme nun im ausgeschalteten Zustand nach und nach abstrahlt, lässt sie ihn nach hinten über den Rücken hängen. Ich muss mich zwingen, ihr nicht ins Gesicht zu sehen, damit ich nicht in ihren Ausschnitt schaue. Ich sehe sie nicht an. Auf keinen Fall! Schweißgebadet beantworte ich ihre Fragen. Freundlich, aber stets darauf bedacht, mich mit etwas zu beschäftigen, bei dem ich ihr den Rücken zukehren muss. Als der Chef endlich sagt, dass es genug ist und ich jetzt gehen kann, laufe ich schnell zum Fluss und nehme ein Bad in einer Pfütze unter der Holzbrücke.

Ich lasse zu, dass das Wasser Müdigkeit und Wunschbilder vertreibt.

*

Die Witwe wühlt weiterhin in meinen Sachen. Ich schreibe Briefe, die ich nicht abschicke: an Gabriele, an unsere Mutter. An unseren Vater.

Ich würde deine Hand nehmen, und du würdest meine Hand nehmen, ich würde dich hochziehen, nur ich kann das, auf dem Bett liegend, Gasgeruch, so verbrachte ich ~~jeden~~ den Tag, und wenn man mich zu Bett schickte, in dem schönen eleganten, lichtdurchfluteten Zimmer voller schöner Bücher, allerdings bei Fremden, bemerkte ich nichts, träumte weiter, ich sehe dich, Papà, du bist da, du grüßt mich mit ~~der~~ einem angedeuteten Winken, du gehst, nicht fortgehen! Aber du gingst langsam fort, weit fort, ich versuchte, dich festzuhalten, aber du löstest dich auf: Brust, Kehle, sie wollten ~~fluchen~~ weinen, aber die Augen blieben trocken. Ich wollte fragen, schreien, wo ist er? Lasst mich los, ich will ihn sehen, berühren, vielleicht sieht er mich, vielleicht schlägt er wieder die Augen auf, reicht mir die Hand, ich werde ihn hochziehen, wir werden zusammen pfeifen und tanzen, das war doch ~~nur ein Traum,~~ alles nur Spaß!

Die Witwe liest meine Briefe. Ich nehme ihren Geruch am Papier wahr, entdecke ihre Fingerabdrücke zwischen den Worten. Brotkrümel liegen dort, wo ich nie gegessen habe. Wassertropfen, wo ich nie getrunken habe. Ich erzähle Signora Ramella davon, und sie seufzt enttäuscht auf.

»Ich könnte zu Ihnen ziehen«, sage ich.

Sie erstarrt, sitzt kerzengrade da. »Tut mir leid, aber das geht nicht.«

Meine zweite Unterkunft gehört einem Polizisten und seiner Frau. Der Sohn wurde zum Wehrdienst eingezogen. Sie vermieten mir sein Zimmer. Man erreicht es über einen Umgang. Auch das Klo ist draußen auf dem Umgang. Die Frau ist freundlich und nachsichtig. Sie hat die Haare zu einem tief sitzenden Knoten gebunden. Er ist grobschlächtig und dumm. Morgens frühstückt er Speck, den er in Grappa tunkt, er beißt in die Schwarzbrotscheiben, dass es Krümel spritzt. Aus irgendeinem Grund hört er gerne Opern. Er hat eine Plattensammlung, ein Grammophon aus Holz und Kupfer auf einem Tischchen in der Küche. Nachmittags kommt er manchmal zu mir ins Zimmer, wenn ich gerade lerne, und sagt: »He, du! Komm, ich spiel dir ein Stück vor, von dem du noch morgen berauscht sein wirst.«

»Ich muss lernen«, erwidere ich.

Er tritt näher, klappt mein Buch zu. »Das kannst du später immer noch. Die Worte laufen dir schließlich nicht weg!«

»Nein«, sage ich. »Aber die Zeit.«

Irgendwann stehe ich schließlich auf und gehe in die Küche, um mir die Oper anzuhören, wenn auch höchst ungern. Gabriele mag Opern und Symphonien, ich nicht. Ich mag leichte Musik, Schlager, die ich zufällig im Radio höre und die gleich wieder verklungen sind, keine Spuren hinterlassen, und zu denen man nichts sagen muss, weil es nichts dazu zu sagen gibt – schließlich klingen sie alle gleich.

Der Polizist und seine Frau streiten oft, vor allem abends. Wenn er zu viel trinkt, schlägt er sie, doch vorher wickelt er seine Hand in einen Lappen. Sie vertraut sich niemandem an: »Ich bin gestürzt, ich habe eine Baumwurzel übersehen, diese blöde Tür, die von selbst aufgeht!«

Eines Nachts höre ich sie weinen, am nächsten Morgen fragt sie mich: »Hast du gut geschlafen?«

»Ich bin wach geworden, als Sie in die Kommode geflogen sind.«

Sie wird leichenblass.

»Sie haben geweint«, sage ich.

»Bauchkrämpfe. Die Pflaumen. Ich habe zu viel davon gegessen.«

»Sie sollten ihn anzeigen.«

Sie bringt mir die Milch und murrt: »Du weißt nicht, wovon du redest. Sei ruhig!«

Das Klo auf dem Umgang wird von drei weiteren Wohnungen mitbenutzt. Im Winter ist es eine Qual, die Hose herunterzulassen: Die Oberschenkel erfrieren und werden blaurot. Wenn es so kalt wird, dass das Wasser in der Dachrinne Eiszapfen bildet, geht der Polizist nicht hinaus, sondern pinkelt ins Waschbecken. Anschließend wäscht seine Frau das Gemüse darin. Nur er darf das, sagt er. Aber eines Morgens werde ich wach und muss auf die Toilette. Draußen ist alles von einer dicken Eisschicht bedeckt: die Fensterscheiben, die Bäume, die Wäscheleinen. Heimlich schleiche ich mich in die Küche, klettere auf einen Stuhl und pinkle ins Waschbecken. Ich höre, wie eine Tür aufgeht. Vor lauter Schreck, ertappt worden zu sein, geben meine Beine nach. Ich verliere das Gleichgewicht, falle, schaffe es aber nicht, den warmen Strahl zu unterbrechen. Er folgt dem Bogen, den ich im Fallen beschreibe, benetzt den Tisch, die Kommode, das Grammophon, die Schallplatten, bis er kleine Pfützen auf dem Boden bildet.

Ein Schatten gleitet über die Wände und türmt sich vor mir auf. Ich spüre, wie die Hand des Polizisten meinen Hals umklammert, mich an den Haaren zieht. Aber dem ist nicht so. Es ist die Hand einer Frau, einer Mutter. Eine Hand, die mich unter den Achseln stützt, mein wildes Herzrasen beruhigt und sagt: »Komm, jetzt wischen wir alles auf. Los, beeilen wir uns, bevor er wach wird und frühstücken will!«

*

Eines Sonntags lerne ich bei Signora Ramella eine jüdische Familie kennen, die erst vor Kurzem hergezogen ist. Dazu gehören drei Kinder; ein Sohn, Gioele, ist genau in meinem Alter. Sie schließen mich ins Herz und bestehen darauf, dass ich ab und zu zum Abendessen komme. Ich zögere, denn sie sind sehr reich. Sie wohnen in einer Villa mit einem großen Garten. Gioele ist immer gut gekleidet, und ich habe nichts Passendes anzuziehen.

»Wir würden uns freuen, wenn ihr euch anfreundet, Gioele und du«, sagen sie.

Ich nicke.

»Kommst du nächsten Sonntag zum Abendessen?«

Nein, denke ich, sage aber: »Vielen Dank für die Einladung. Ich komme gern.«

Ich suche meine besten Sachen heraus: die Hose mit den wenigsten Flicken, das Hemd mit dem saubersten Kragen, eine Wollweste. Doch als ich am nächsten Sonntag die Stufen zu ihrem Wohnzimmer hocheile, fühle ich mich unwohl. Am liebsten würde ich mit den Spiegeln verschmelzen, mit den Holzintarsien, habe aber das Gefühl, mit dem Holz dieser Möbel nichts anderes anfangen zu können, als es zu essen. Ich bin eine Termite. Ich werde entdeckt, meine Eier werden verbrannt, die Tunnel, die ich gegraben habe, mit Benzin gefüllt werden.

Sie bereiten mir einen fürstlichen Empfang. Sie sind ausnahmslos sehr nett. Niemand bemerkt die Täuschung, niemand sieht, wer ich wirklich bin. Ich bekomme eine doppelte Portion Fruchtgelee. Ich liebe Fruchtgelee. Nach dem Essen verbarrikadieren Gioele und ich uns in seinem Zimmer. Er zeigt mir seine Klebstoffsammlung. Er hat zig Sorten, viele davon stellt er mithilfe eines Chemiebaukastens in seinem hinter einem Vorhang verborgenen Labor her. Er behauptet, der größte Klebstoffexperte der Welt zu sein. Er besteht darauf, mir zu zeigen, wozu seine Kleber gut sind: Es gibt einen für Papier, einen für Metall und einen für Stoff. Der für Stoff interessiert mich sehr: Alle meine Taschen sind durchlöchert. Gioele zeigt mir, wie ich ein wenig Kleber auf ein Stück Stoff streichen, es in die Tasche stecken und an der richtigen Stelle aufkleben muss, damit der Flicken gut sitzt und keine Falten wirft. Das Ergebnis ist erstaunlich.

Ich benutze Gioeles Klebstoff für alles Mögliche. Wir werden dicke Freunde und treffen uns immer öfter. Gioele ist so groß wie ich, aber noch dünner, falls das überhaupt möglich ist, und trägt nur Maßkleidung. Er hat kastanienbraune Haare und einen hellen Teint. Außer mir wird manchmal noch ein anderer Freund eingeladen. Wir spielen mit Miniziegeln, errichten ganze mittelalterliche Städte. Im Chemielabor mischen wir Flüssigkeiten, die nach Gewürzen riechen. Wir tauchen Nägel in Reagenzgläser, um zu sehen, wie sie oxidieren. Wir machen Verfolgungsjagden durchs ganze Haus und erschrecken uns gegenseitig. Gioele besteht darauf, dass wir bei ihm übernachten. Wenn wir einwilligen, quetschen wir uns zu dritt in sein Bett, er liegt immer in der Mitte.

»Bin ich der Boss, ja oder nein?«, fragt er.

Nachts nimmt er meine Hand.

*

Zur Mitte des zweiten Ausbildungsjahres schenkt mir unsere Mutter in den Weihnachtsferien in Genua einen Fotoapparat zum Geburtstag. Er hat meinem Vater gehört und ist so einer mit Faltwulst und Lederhülle. Sie behauptet, ihn ganz unten in einer Schachtel gefunden zu haben. Gabriele kauft von dem Geld, das er mit dem Schreiben von Artikeln für eine studentische Monatszeitschrift verdient, Fotopapier und ein Handbuch. Darin wird erklärt, wie man eine Dunkelkammer einrichtet. Ich bin glücklich, so tolle Geschenke habe ich noch nie bekommen.

Zurück in Ivrea, besorge ich mir Entwicklerflüssigkeit, Pinzette und Entwicklerschalen aus den üblichen Lagerüberschüssen der Firma. Ich bitte Professoressa Scaglioni, ihren Keller als Dunkelkammer benutzen zu dürfen. Ich melde mich für einen Kletterkurs an. Am Wochenende gehe ich in die Berge und fotografiere. Wenn Gioele Zeit hat, begleitet er mich. Auch Gabriele besucht mich zwei- oder dreimal in der Wandersaison. Ich bin sechzehn, und er ist zwanzig. Es ist das erste Mal, dass ich ihm etwas beibringe. Gabriele macht das nichts aus, aber ich habe Angst, daran könnte etwas falsch sein.

Gabriele studiert auf der Scuola Normale Superiore di Pisa, Literaturwissenschaften und Philosophie. Er möchte einmal Journalist werden.

Wir sitzen auf einem Felsen, über zweitausend Meter über dem Meer. Die Luft ist klar. Vor uns erhebt sich der Mont Blanc, prähistorisch und zeitlos. Mit dem Feldstecher verfolgen wir zwei Gämsen, die eine Geröllhalde überqueren, um aus einem Bach zu trinken. Ein Milan kreist über uns.

»Fotografier ihn!«, sagt Gabriele.

»Er ist zu weit weg.«

»Quatsch, probier es einfach aus! Jetzt kommt er näher, los, mach!«

Ich versuche, ihn zu erwischen, ihn scharf zu stellen. Ich lehne mich an Gabrieles Schulter, um möglichst wenig zu wackeln. Wir schweigen eine Minute. Ich drücke den Auslöser.

»Hast du ihn?«, fragt er.

»Bestimmt.« Ich stecke den Fotoapparat zurück in die Hülle. »Wenn das Bild was geworden ist, bekommst du einen Abzug.«

»Warum gefällt dir die Fotografie?«

Ich denke nach. »Keine Ahnung«, sage ich.

»Das solltest du aber wissen, wenn du mal Fotograf werden möchtest. Wie willst du etwas tun, wenn du nicht weißt, warum?«

»Ich will nicht Fotograf werden.«

»Ich dachte ja nur, bei all den Fotos, die du in deinem Zimmer aufgehängt hast ... Viele davon sind wirklich großartig. Was willst du denn sonst machen?«

Ich denke nach. »Keine Ahnung«, sage ich.

»Oh, Simone: ›Keine Ahnung.‹ ›Ich weiß nicht‹.« Gabriele tut so, als hielte er einen Fotoapparat in der Hand. »Du musst ins Objektiv schauen«, sagt er. »Verstanden? Du musst etwas ins Visier nehmen. Es bewundern. Du musst etwas begehren, danach streben.« Er zieht mich an sich, legt einen Arm um mich. »Lass dich auf Hoffnung und Aufregung ein.« Er zerzaust mir das Haar. »Kapiert?«

Die beiden Gämsen haben getrunken. Sie erklimmen die Felsen und verschwinden hinter einem Felseinschnitt. Wir hören den Ruf des Milans. Die Sonne geht unter, es wird Zeit umzukehren, aber ich will nicht. Ich sehne mich nach mehr von dieser Stille, von diesem Licht. Ich sehne mich danach, dass der Arm meines Bruders auf meiner Schulter liegen bleibt.

»Kapiert?«, wiederholt Gabriele. Dann will er den Arm wegnehmen, aber das lasse ich nicht zu. Ich halte ihn fest, drehe mich um und umarme ihn, wie ich ihn noch nie in meinem Leben umarmt habe: Ich packe seine Haare, direkt über dem Jackenkragen. Aus meinem tiefsten Innern steigt mit einer unerwarteten Heftigkeit jedes Molekül Sehnsucht auf, die ich nach ihm habe. Ich zittere. Gabriele schweigt. Er nimmt mich, meine Ängste und meinen Körper mit jedem Millimeter des seinen auf. Wir bleiben so eng aneinandergeschmiegt stehen, keine Ahnung, wie lange. Bis ich die Kraft finde, mich von ihm zu lösen, tief durchzuatmen und zu sagen: »Kapiert.«

Ich lerne, die Gerüche zu lieben, von denen die Firma getränkt ist. Gerüche nach Werkzeugen, Wänden, menschlichen Körpern. Nach geschmiedetem Eisen und dem Kühlöl der Werkzeugmaschinen: ein weißes Emulsionsöl, das an Milch erinnert und ständig nachgefüllt werden muss. Sein stechender Geruch vermengt sich mit dem der Eisenspäne. Kauft man die fertigen Produkte im Laden, riecht man das nicht mehr, aber genau so ist es. Die Firma hat auch eine Plastikabteilung. Eine der besten der Welt, wie es heißt. Der Plastikgeruch ist der einzige, der mich anwidert.

Unter Anleitung von Professore Rossa lerne ich, Hammer, Amboss und Schmiede zu benutzen. Ich stelle einen Krummsäbel her. Als ich ihn das erste Mal in einen Baumstamm schlage, bricht er. Ich weiß, wie es geht, scheitere aber trotzdem. Ich beherrsche die Theorie, kann sie aber nicht anwenden.

Die Firma organisiert Abendvorträge für Einwohner, Arbeiter und Lehrlinge. Ich bin der Einzige an unserer Schule, der sie besucht.

Schriftsteller, Architekten und Forscher aller Fachrichtungen kommen nach Ivrea, um von ihren Experimenten und Erfahrungen zu berichten. Mich interessieren die Vorträge über Wirtschaft, besonders die über Betriebswirtschaft. Ich spreche mit Professoressa Scaglioni und Gioeles Eltern darüber, die mich ermutigen. »Du musst dich an der Uni für Betriebswirtschaft einschreiben.«

Das Fotografieren gebe ich auf. Wann immer es geht, suche ich das Gespräch mit den Angestellten. Ich stelle fest, dass sich einige mit den Herstellungskosten beschäftigen. Sie machen sich nicht unter den sarkastischen Blicken eines Professore Rossa die Hände schmutzig, sondern sitzen im Büro und rechnen. Gleichzeitig stelle ich fest, dass die meisten von ihnen nichts über die Werkstätten wissen. Wer mit dem Taschenrechner umgehen kann, kennt die Herstellungsprozesse nicht, und wer die Herstellungsprozesse kennt, versteht nichts von Betriebswirtschaft. Jeder kennt nur einen Teil des großen Ganzen, und das funktioniert nicht: Wer sich mit Controlling beschäftigt, muss alles wissen, nicht nur einen Teil davon. Ich merke, dass ich alles über die Produktionsmaterialien und die Arbeit in den Werkstätten weiß. Jetzt muss ich noch Buchhaltung und Rechnungswesen lernen und meine technischen Kenntnisse mit der Theorie zusammenführen. Ich muss die Abteilungsleiter aufsuchen, wenn das geht. Allen sagen, dass ich Betriebswirtschaft studieren werde, auch wenn das hart wird: Ich muss arbeiten, ich habe kein Geld, um mich an der Universität einzuschreiben. Unsere Mutter kann keine zwei Studenten durchfüttern. Sie ist darauf angewiesen, dass ich so schnell wie möglich auf eigenen Füßen stehe. In einem Brief schreibt sie mir:

Es freut mich, dass du in Ivrea selbstbewusster geworden bist. Aber wir wissen beide, dass Gabriele fürs Studium begabter ist als du. Seine Professoren in Pisa sind begeistert, sie sagen ihm eine fantastische Zukunft voraus. Wir sollten alles tun, was in unserer Macht steht, um seine Karriere zu fördern. Bist du damit einverstanden?

Professoressa Scaglioni leiht sich betriebswirtschaftliche Lehrbücher von einem Cousin. Nachts im Bett lese und lerne ich. Wenn ich müde bin, schlage ich Hemingway auf.

*

Um Geld zu sparen, ziehe ich im vierten Jahr erneut um. Ich teile mir ein Zimmer mit einem Klassenkameraden. Er stammt aus dem Aostatal und fährt jedes Wochenende zu seinen Eltern. Er heißt Tommaso Rey. Sein Vater ist Arzt, und er benimmt sich etwas seltsam. Er macht einen auf intellektuell, zieht Geschichte und Literatur den anderen Fächern vor, pflegt aber auch Umgang mit den Arbeitern. Vor allem mit zweien: Er trifft sie abends, geht mit ihnen was trinken, manchmal lädt er mich ein mitzukommen. Er raucht, kommt betrunken nach Hause. Hin und wieder muss ich ihm beim Ausziehen helfen. Sein Lebensstil fasziniert mich, macht mir aber auch Angst. Ich gehe mit, fühle mich aber in seiner Gegenwart unwohl. Wenn ich Nein sage, mustert er mich von Kopf bis Fuß und sagt: »Verstehe.« Dann lacht er höhnisch und zündet sich eine Zigarette an.

Er ist schmutzig, weil er sich nicht wäscht. Er stinkt nach Schweiß, masturbiert jede Nacht unter der Bettdecke. Der Gestank nach Achselschweiß vermischt sich mit dem Chlorgeruch des Spermas. Kommt die Vermieterin zum Bettenmachen und Staubwischen und wechselt Tommasos Bettwäsche, beschwert sie sich: »Und was mache ich jetzt bitte schön mit diesen Landkarten?«

Eines Spätnachmittags im Winter protestiert sie, als Tommaso und ich gerade lernen. Wir sitzen nebeneinander am einzigen Schreibtisch, um die Schultern eine Decke, auf dem Kopf eine Wollmütze und an den Händen Handschuhe.

Die Signora reißt die Tür auf, dass die Scheiben klirren:

»Jetzt hören Sie mir mal gut zu, Rey! Ich kann unmöglich zweimal die Woche die Bettwäsche wechseln, bei dieser Kälte wird sie nicht trocken. Und die von gestern ist dermaßen fleckig, dass sie sich nicht mal mehr falten lässt.«

Tommaso dreht sich um, steht auf und schreit: »Die Kälte, genau darüber wollte ich mit Ihnen reden! Über die Kälte. Sehen Sie doch nur, unter welchen Bedingungen wir hier lernen müssen! Meine Gedanken haben dieselbe Konsistenz wie die Atemwölkchen, die mir aus dem Mund kommen. Ist Ihnen das eigentlich klar? Sie legen so wenig Holz in ihren verdammten Ofen, dass mir die Gleichungen im Kopf gefrieren. Wissen Sie überhaupt, wer wir sind, meine Liebe?« Er deutet auf uns. Ich sehe ihn verwirrt an. »Wissen Sie, wer wir sind? Die Zukunft dieser Stadt, das sind wir! Ist Ihnen das eigentlich klar? Und wie soll unsere Stadt bitte schön eine Zukunft haben, wenn Arsch und Hirn ihrer zukünftigen Elite mit Eisplatten bedeckt sind, he? Und mit irgendwas muss man sich schließlich aufwärmen! Masturbation ist nichts weiter als eine billige Möglichkeit, Wärme und Wohlbefinden zu erzeugen. Also kommen Sie uns nicht mehr mit Ihren Predigten, verstanden? Die verfangen bei uns nicht.«

Die Vermieterin macht Augen, so groß wie Untertassen.

Tommaso lässt nicht locker: »Wir versuchen hier, Italien neu aufzubauen.«

Die Vermieterin dreht sich um und geht.

Ich warte, bis ihre Schritte auf der Treppe verklungen sind. »Ich fasse es einfach nicht, was du da gerade gesagt hast.«

Tommaso setzt sich wieder. »Was denn?«

»Das, was du da soeben von dir gegeben hast.«

Er lächelt: »Wir sind die Realität, mein lieber Simone. Wir schaffen sie, mit unserer Sichtweise. Was vorher war, existiert nicht mehr.«

Am selben Abend geht Tommaso nach dem Essen mit seinen Arbeiterfreunden noch was trinken. Er lädt mich ein mitzukommen, aber ich lehne ab. Ich hülle mich in die Decken, setze mich ans Fenster und betrachte stundenlang die Berge und den sich herabsenkenden Nebel. Ich existiere, sobald mich jemand ansieht. Unser Vater hat meine Existenz ermöglicht, mit seiner Stimme und seinen Blicken. Dasselbe gilt für Gabriele.

Flüsternd deklamiere ich: *Schma Jisrael adonai elohejnu adonai echad.* Keine Ahnung, warum, aber ich sage die Worte auf.

Als ich vom Schlaf übermannt werde, schlüpfe ich ins Bett.

Ich höre die Holztreppe knarren. Die Tür geht auf, und Tommaso kommt herein. Jacke, Hemd, Hände, Kinn und Mund sind blutbesudelt.

Ich stehe auf, um ihm zu helfen: »Was ist passiert?«

»Ich bin auf dem Glatteis ausgerutscht. Ich glaube, ich habe mir die Nase gebrochen.«

»Du musst ins Krankenhaus.«

»Nein. Warten wir, bis die Blutung aufhört, danach sehen wir weiter.«

Er geht ins Bad, zieht sich aus, wäscht sich.

»Die Signora wird morgen ganz verzweifelt sein. Blut ist schlimmer als Sperma.«

Tommaso streckt sich auf dem Bett aus. Er sagt, am Ende der Treppe, zwischen Tor und überdachtem Markt gebe es Glatteis. Es habe nicht viel gefehlt, und er wäre mit dem Kopf gegen einen Betonpfeiler geknallt. Kurz vor dem Einschlafen murmelt er: »Nein. Ich glaube nicht, dass sie gebrochen ist.«

Am Tag darauf bekomme ich mit, wie über eine Kneipenschlägerei geredet wird.

*

Die Abiturprüfung legen wir in Turin ab, in einer städtischen Schule.

Ich fühle mich fehl am Platz, unzulänglich, ungeschickt. Ich schwitze. Die Hitze ist unerträglich. Am Tag der mündlichen Prüfung wache ich mit einem zuckenden rechten Auge auf, das Lid flattert wie die Flügel eines Kolibris.

Als ich aufgerufen werde, reagiere ich nicht. Tommaso gibt mir ein Zeichen: Du bist dran, steh auf! Ich weiß nicht, wo ich hin muss. Meine Mitschüler zeigen auf die Prüfungskommission.

Ich bekomme eine sehr gute Note, bin einer der Besten aus

Ivrea. Die Firma bietet mir eine Stelle an, in der Kostenabteilung. Dort weiß man, dass ich mich für Betriebswirtschaft begeistere. Und ich sage allen, dass ich mich an der Universität einschreiben werde, obwohl ich mir das gar nicht leisten kann. Unsere Mutter ist stolz, Gabriele auch. Großvater ist vor einigen Monaten gestorben, Ende Februar war ich in Genua auf seiner Beerdigung.

Meine Abteilung beschäftigt sich mit den Materialeinkaufslisten sämtlicher Niederlassungen, nicht nur mit denen aus Italien, sondern auch mit denen aus dem Ausland. Alle technischen und planerischen Abteilungen, alle siebzig Abteilungen für Arbeitsabläufe, eine für jede Technologie, geben ihre Daten an uns weiter. Anhand der Materialkosten und Fertigungszeiten müssen wir die Finanzplanung machen. Anhand der Daten, die wir den Abteilungsleitern über den Gesamtpreis eines jeden Produkts liefern, werden die Unternehmensstrategien entwickelt.

Ich raffe mich dazu auf, mich für Betriebswirtschaft einzuschreiben, aber mein Gehalt ist so niedrig, dass ich Überstunden machen muss. Ich beschließe, mich sofort auf dem Fachgebiet zu versuchen, das mich am meisten interessiert und in dem sich bisher noch kein anderer Absolvent versucht hat: in Betriebswirtschaft.

Ich versuche zu studieren, aber wegen der vielen Arbeit schaffe ich es nicht.

Ich lese die Vorlesungsskripte nicht und kaufe mir auch nicht die Bücher meines Professors, denn die kann ich mir nicht leisten. Ich leihe sie mir in der Bibliothek aus. Manchmal sind es andere Texte, wenn auch zum selben Thema. Ich rede mir ein, genug zu wissen, um die Prüfung ablegen zu können. Dafür nehme ich mir einen Tag frei. In Turin kann ich bei Freunden der Familie übernachten. Sie sind nett und haben ein freies Zimmer, das ich haben kann, sooft ich will. Sie haben auch eine

Tochter namens Elena. Sie ist zwei Jahre jünger als ich. Abends sitzen wir noch lange auf dem Balkon, betrachten die Lichter der Stadt und reden. Sie will Medizin studieren: Pädiatrie.

Am Vormittag verlaufe ich mich in den Fluren der Universität. Schließlich finde ich die Aula: Die Studenten scharen sich davor. Bevor man zum Professor geht, muss man sich bei seinem Assistenten einer Vorprüfung unterziehen.

»Sind Sie tatsächlich Techniker?«

»Ja, wieso?«

»Ich habe Sie noch nie gesehen. Waren Sie in den Vorlesungen?«

»Nein, das geht nicht, ich arbeite in Ivrea.«

»Ich sehe Ihr Buch nicht. Haben Sie Ihr Buch nicht dabei?«

»Welches Buch?«

»Das Buch des Professors.«

»Ich habe nicht nach dem Buch des Professors gelernt. Ist das Voraussetzung?«

»Nach welchem Buch haben Sie dann gelernt?«

»Nach anderen betriebswirtschaftlichen Lehrbüchern. Außerdem arbeite ich ...«

»Setzen Sie sich.«

»Wie bitte?«

»Setzen Sie sich«, wiederholt er.

Er fragt mich aus, wir unterhalten uns ungefähr zwanzig Minuten lang. Schließlich lehnt er sich zurück, verschränkt die Hände im Nacken und geht vom Sie zum Du über: »Zu manchen Themen weißt du mehr als ich.«

»Ist das Ihr Ernst?«, frage ich.

»Das ist mein voller Ernst. Aber du wirst durchfallen.«

»Ich verstehe nicht«, sage ich.

»Der Professor wird dich durchfallen lassen. Weil du sein Buch nicht gelesen hast und die Fragen nicht in seinen Worten beantworten kannst. Außerdem ist das, was du sagst, von Praxis durchsetzt, der Professor versteht etwas von Theorie. Wie dem auch sei, hier!« Er reicht mir mein Studienbuch. »Als Nächster bist du dran«, sagt er und weist auf die Tür zur Aula.

Die Prüfung dauert vier Minuten, und ich falle durch. Im Zug, der mich nach Hause bringt, will sich ein Mann im dicken Mantel neben mir niederlassen. Plötzlich dreht er sich mit dem Koffer in der Hand um, um ihn besser verstauen oder öffnen zu können, und knallt ihn mir voll ins Gesicht. Er fügt mir eine Platzwunde über der Braue zu, ich blute. Eine Frau eilt mir zu Hilfe und betupft die Wunde mit einem Taschentuch, während sich der Herr wortreich entschuldigt. Völlig zerknirscht sagt er: »Ich habe Sie nicht gesehen, ehrlich nicht! Wie konnte das nur passieren? Ich war mir sicher, da ist niemand.«

»Keine Sorge, so was kann schon mal vorkommen.«

Am Tag darauf beschließe ich, mein Studium aufzugeben.

*

Samstagmorgens nach dem Frühstück habe ich mir angewöhnt, an Elena zu schreiben. Ich erzähle ihr von der Arbeit, vom Gedankenaustausch mit meinem Vorgesetzten, von den Erfolgen meines Bruders auf der Normale di Pisa. Sie besucht mich mit ihren Eltern, ich nehme sie zum Wandern und Skifahren mit in die Berge. Eines Tages bekomme ich einen Brief von der Armee und werde zum Wehrdienst eingezogen.

Ich habe noch nie um Gefälligkeiten gebeten, aber in diesem Fall rufe ich einen ehemaligen Klassenkameraden an, einen, mit dem ich klettern gehe und dessen Vater Feldwebel bei den Gebirgsjägern ist. Ich komme zu den Gebirgsjägern. Ich finde mich zur Rekrutenausbildung ein. Der Vater meines Freundes hat ohne mein Wissen befohlen, mich nicht im Gelände, sondern im Musterungsbüro einzusetzen, wo sämtliche Empfehlungsschreiben von Bischöfen und Politikern landen. Unsere Aufgabe besteht darin, diesen Bitten so weit wie möglich zu entsprechen – falls man ihnen überhaupt entsprechen kann.

Am ersten Tag händigt man mir eine zu große Bergmütze aus, und ich werde bestraft, weil sie mir über die Augen rutscht. Am Tag darauf bekomme ich eine zu kleine und werde bestraft, weil sie mir zu hoch auf der Stirn sitzt. Es ist eine absurde Welt, aber ich gewöhne mich daran. Mir gefällt, dass wir in unserer Uniform alle gleich sind, ein und derselben Truppe angehören: Das beruhigt mich, dadurch fühle ich mich irgendwie beschützt.

Als ich eines Nachts vom Duschen komme, werden ich und vier weitere Rekruten von einigen älteren Kameraden aufgehalten.

»Hinknien!«, befehlen sie.

»Warum?«, frage ich.

»Hier wird nicht lange rumdiskutiert, hinknien! Kniet euch alle hin.«

Wir knien uns hin.

»Jetzt wird Kommunion gefeiert. Du da, bist du ein guter Christ?«

Er redet mit mir. »Nein«, sage ich.

»Warum nicht?«

»Ich bin Jude.«

»Jude?« Alle lachen, und der Älteste sagt: »Wir werden also Zeuge einer Bekehrung.« Sie heben ein Gefäß mit einer gelblichen Flüssigkeit: Maultierpisse. Darin schwimmen Karottenscheiben. Mit einer Zange holen sie sie heraus. Sie halten sie uns hin, wobei sie irgendein Pseudomariengebet herunterleiern. Dann sagen sie: »Zunge raus!« Die Karottenscheibe ist mit Urin durchtränkt und löst sich sofort im Mund auf. Ich schlucke, denke an den Wald aus toten Beinen, an den chemischen Verwandlungsprozess, den die Karotte in der Harnsäure durchmacht. Einer kotzt. Ein anderer springt auf und rennt, um sich ein Glas Wasser zu holen. Die älteren Kameraden lachen. Ich knie immer noch.

»Du darfst jetzt aufstehen«, sagen sie.

Ich gehorche, erhebe mich, stehe stramm.

Die älteren Kameraden schauen sich an und verstehen nicht. »Was soll das?«, fragen sie. »Geh schlafen und putz dir vielleicht noch die Zähne. Und niemanden küssen, kapiert?« Sie lachen.

Als der nächste Schwung an der Reihe ist, suchen dieselben Kameraden nach mir. »Coifmann, diesmal musst du die Messe feiern!« Sie packen mich unter den Achseln. Ich fange die Pisse auf, bereite die Hostien vor. Ich wehre mich kein bisschen. Ich bin ein Mitläufer: Ich sage, was ich sagen soll, tue, was ich tun soll.

Drei Monate später, am Ende meines Wehrdienstes, werde ich dem Kommando der Gebirgsjägerschule zugeteilt, an der die Feldwebel ausgebildet werden.

Ich komme in die Ausbildungsabteilung, weil bekannt ist, dass ich mich für Materialien begeistere und Klettererfahrung besitze. Ich erhalte den Auftrag, Mannschaften zu bilden und mit ihnen in den Bergen klettern zu gehen, um die neue Ausrüstung auszuprobieren. In diesen Monaten erlebe ich, dass Holzski den ersten Plastikski weichen, dass Steigeisen nicht mehr geschweißt, sondern gestanzt werden, Seile nicht mehr aus Hanf, sondern aus Nylon sind. Ich verbringe viel Zeit im Hochgebirge, und wenn ich Ausgang habe, begleite ich Unterführer aus dem Süden, die zum ersten Mal Schnee sehen.

Eigentlich darf ich das nicht. Es ist uns Gebirgsjägern verboten, auf eigene Faust Gletscher zu besteigen, aber niemand sagt etwas.

Elena und ich schreiben uns viel. Ihre Briefe sind ebenso hinreißend wie brillant, sie zeigen ihre Energie, ihren Charakter. Doch wir können uns kaum sehen.

Ich packe für meine Rückkehr. Meine Kameraden lassen mitgehen, was nicht niet- und nagelfest ist: gebrauchte und neue Ausrüstungsgegenstände, Testmaterial. »Los, nimm schon! Später, als Zivilist, kannst du solche Sachen mit der Lupe suchen.« Ich klaue nichts. Ich marschiere zum Bahnhof und nehme den Zug.

In Ivrea gehe ich zuerst zu Signora Ramella, um meine Tasche bei ihr abzustellen und sie zu bitten, mir ein Zimmer zu suchen. Sie ist nicht da, auch nicht ihr Mann. Ich lasse die Tasche im Treppenhaus stehen und suche die Firma auf. Die Stadt ist seltsam leer, ich begegne nur wenigen Menschen.

Man begrüßt mich unerwartet herzlich, schüttelt mir die Hand, klopft mir auf die Schulter. Ich werde sofort wieder eingestellt. Es ist, als wäre ich nie weg gewesen. Am nächsten Tag werde ich um neun erwartet. Ich bitte darum, nach Genua telefonieren, unsere Mutter anrufen zu dürfen. Ich wähle die Nummer. Das Telefon läutet ins Leere. Ich lege wieder auf, versuche es unter der Nummer des Studentenwohnheims, in dem Gabriele untergebracht ist. Auch dort läutet es durch.

Ich lege auf.

Es ist ein schöner Septembervormittag. Die Sonne knallt vom Himmel, aber der Wind, der Fallwind von den Bergen, macht die Hitze erträglich. Ich schwänzle um die Firma herum.

Ich treffe Professoressa Scaglioni. Sie erzählt mir sofort von den nächsten Kulturveranstaltungen. Vom Vortrag eines hochberühmten Psychotherapeuten, eines Österreichers, und von dem eines Journalisten. Ich verspreche ihr hinzugehen und verabschiede mich. Im Laufen entdecke ich ein vertrautes Gesicht.

»Davide!«, rufe ich.

Davide ist unser Cousin. Er wohnt in der Stadt, in Turin. Bei ihm haben unsere Mutter und ich gewohnt, als ich vor sieben Jahren die Aufnahmeprüfung in Ivrea gemacht habe.

Davide kommt taumelnd näher. Er begrüßt mich nicht, sondern sagt gleich: »Dich habe ich gesucht.«

»Mich?«

»Ich muss dir etwas sagen.« Er bleibt stehen, und seine Augen röten sich.

»Was musst du mir sagen?«

»Ich muss es dir sagen.«

Doch wieder bringt er kein Wort heraus. Eine dicke Träne kullert über seine Wange.

Ich packe ihn an den Schultern, schüttle ihn: »Davide!«

»Dein Bruder«, sagt er.

4. KAPITEL

Als Erstes begann ich, gemeinsam mit ihm aufzustehen. Das Rauschen der Dusche und das darauffolgende Türenschließen waren mein Wecker, sie erinnerten mich an meine Pflichten, und seitdem die Kellerwand eingestürzt war, gehörte auch ein gemeinsames Frühstück dazu. Ohne Redezwang, die Sätze blieben kurz und knapp. Aber das »Guten Morgen!« versicherte uns jeweils, dass wir für den anderen da waren. Darauf folgten Spaziergänge sowie das, was er Besorgungen nannte: Brot holen oder zu einer bestimmten Uhrzeit Cescos Käselaibe zur Piazza bringen, wo uns bereits ein Händler erwartete, der sie auf verschiedenen Märkten in der Umgebung verkaufte. Er holte sie mit einer Ape Piaggio aus den sechziger Jahren ab. Als wir ihm zum ersten Mal begegneten, beschrieb er sie mir in allen Einzelheiten, wobei er besondere Betonung auf den 175-Kubik-Motor und den trapezförmigen vorderen Scheinwerfer legte, der auf dem Schutzschild montiert ist statt an der Stoßstange.

Wenn ich mit meinem Großvater Besorgungen machte, bestand das Problem darin, dass die Leute sein Schweigen als unerschöpfliche Zuhörbereitschaft deuteten. Und so konnte es, um nur ein Beispiel zu nennen, bei einem ganz normalen Brotkauf passieren, dass wir unter einer regelrechten Wortlawine begraben wurden, die vom Thema Mülltrennung bis zu den gestiegenen Preisen bei Brühwürfeln reichte. Mir fiel auf, dass man

Großvater zwar für eine Art verrückten Einsiedler hielt, sich aber trotzdem insgeheim in ihm wiederzuerkennen glaubte. Ob das nun an der ihm unterstellten Verrücktheit lag (einen Verrückten kann man immer der Lüge bezichtigen) oder an dem Bedürfnis nach einem vorurteilslosen Zuhörer: Diejenigen, die sich hinter seinem Rücken über ihn lustig machten oder die Augen verdrehten, wenn er vorbeiging, waren die Ersten, die sich ihm heimlich anvertrauten. In Erwartung von Antworten, mit denen Großvater natürlich nicht dienen konnte.

Da waren mir die Spaziergänge deutlich lieber. Als ich ihn eines Morgens aus dem Haus gehen sah, war ich ihm gefolgt, ohne dass er mich weggeschickt hatte.

Es gab kein bestimmtes Ziel – zumindest kam es mir so vor –, aber das Gravitationszentrum war der See. Fast immer lief es darauf hinaus, dass wir ihn einmal umrundeten. Eines Tages ließen wir uns unweit des Ufers auf einem Felsen nieder.

»Da unten habe ich über ein Jahr gewohnt«, sagte er und zeigte aufs Wasser.

Ich runzelte die Stirn.

»Als der Staudamm gebaut wurde, hat der See alles überflutet.«

»Willst du damit sagen, dass unter Wasser ein Haus liegt?«

»Mehr als nur eines. Auch das von Iole und Maria ist noch dort unten.«

»Das Haus von wem?«

»Das von zwei Mädchen, die ich einmal kannte, als ich noch jünger war als du.«

Ich drehte mich um und legte den Kopf schief: »Du nimmst mich auf den Arm!«

»Das war noch im Krieg. Ich hatte einen Onkel im Widerstand. Der hat uns falsche Pässe besorgt und uns aus Genua hergeholt. Das war unsere Rettung.«

»Warum, wart ihr Juden?«

»Ja.«

»Und ich bin kein Jude?«

»Nein. Deine Großmutter war eine *goi*.«

»Und das wäre?«

»Eine Nichtjüdin. Man ist nur Jude, wenn die Mutter jüdisch ist. Und sie war keine Jüdin. Deine Mutter ist auch keine, also bist du ebenfalls kein Jude.«

Während er sprach, starrte ich aufs Wasser in der Hoffnung, die Ruinen des Hauses, in dem Großvater gewohnt hatte, würden daraus emporsteigen.

»Ich habe dich nie beten sehen«, sagte ich.

»Nein, du hast mich nie beten sehen.«

»Meine Großeltern, meine anderen Großeltern, gehen in die Kirche.«

»Und du?«

»Ich auch, zusammen mit ihnen. Anschließend suche ich Don Luciano im Pfarrhaus auf.«

»Recht so.«

»Aber sieht man das Haus manchmal?« Ich zeigte auf den See.

»Nein.«

»Und wenn man das Wasser ablässt?«

»Das ist noch nie passiert, seit ich hier bin«, sagte er, kramte seinen Tabak hervor und hantierte mit seiner Pfeife. »Es wäre schön, es wiederzusehen.«

Ihm hätte das gefallen, mir aber nicht. Mein eigenes Haus in Trümmern zu sehen, meine ich. Aber seines – seines hätte ich schon gern gesehen: ausgewaschen und schlammbedeckt. Meine präpubertäre Neugier labte sich an fremden Dramen. An Angst und Erregung, an Makabrem, vor dem man lachend flieht, an Gespenstern, vor denen man die Augen schließt – ganz einfach, weil sie mich nichts angingen. Es ist nicht schwer, mutig zu sein, wenn es nicht die Ruinen des eigenen Lebens sind, wenn die Schatten nicht zu Menschen gehören, die man einmal gekannt hat.

»Ich habe mich nie mehr so geborgen gefühlt wie in diesem Haus. Ich hätte es niemals verlassen dürfen.«

Er nahm einen flachen Stein und ließ ihn über das Wasser hüpfen.

»Wenn man noch klein ist, kann man nicht immer tun, was man will«, sagte ich.

In den Wochen darauf entwickelte sich sogar ein gemeinsames Abendritual, das darin bestand, sich ganze Welten auszudenken. Tagsüber verbrachte ich aufregende Stunden mit Luna und Isacco, in denen wir miteinander spielten und stritten. Und wenn ich dann abends im Sessel oder draußen im Schneidersitz im Gras saß, mit einer Wolldecke wegen der Bodenfeuchtigkeit, hörte ich zu, wie dieser wortkarge Mann Welten ersann, die ich, hypnotisiert von seiner Stimme, heimlich vervollständigte oder mir genauer ausmalte. Das Misstrauen, das uns fast einen Monat lang voneinander getrennt hatte, löste sich langsam auf, wich Entdeckerlust.

Als ich eines Abends müder war als sonst und mich auf dem Sofa zusammengerollt hatte, während draußen der Mond die Wiesen beschien, bat ich ihn, mir laut vorzulesen. Mein Vater machte das oft. Ohne ein weiteres Wort griff er zu den Hemingway-Storys, die er am Abend des Unwetters zur Hand genommen hatte. Ich ließ ihn die Geschichte zu Ende lesen, ohne viel zu verstehen: all das Zeug über den Job eines Barmanns, über Sauberkeit und Glanz. Aber wo wir schon mal dabei waren, fragte ich ihn, wo er denn gern leben würde, wenn er die Wahl hätte. Es könne auch ein Ort in der Fantasie sein.

Ich rechnete nicht damit, dass er auf mich einging, und erwartete, dass er irgendwas Banales sagte, wie Erwachsene das in solchen Fällen zu tun pflegen. Doch stattdessen sagte er: »Auf der Insel von Robinson Crusoe. Weißt du, wo die liegt?«

»Nirgendwo«, erwiderte ich. »Die ist bloß erfunden.«

»Sie liegt zwanzig Seemeilen vor der Küste Venezuelas, unweit des Orinoco-Deltas. Das Hinterland ist bergig, und ein Tal teilt es in zwei Hälften. Die Insel ist fruchtbar und von Stränden gesäumt, von endlosen Sandstränden. An der Nordostküste bildet die Mündung eines kleinen Flusses einen natürlichen Hafen. Es gibt dort Ziegen, aber vor allem zahlreiche Vogelarten«, sagte er, nippte an einem Glas mit eingeschmolzenen Silberfäden, das Kräuterlikör enthielt, und rauchte. Ich verlor mich im Hall seiner Stimme. »Papageien, Falken, Gürteltiere und Schildkröten. Hasen. Das Wetter ist nicht besonders: Von Mitte Februar bis April und von Mitte August bis Oktober regnet es, den Rest des Jahres brennt die Sonne unerbittlich vom Himmel. Aber wenn es Abend wird, kann man sich in der Trockenzeit in der Hängematte ausstrecken, nach den hellsten Sternen am Firmament suchen und warten, bis sie ins Meer fallen: ein Ort, an dem es einem vermutlich nie langweilig wird«, sagte er. »Weißt du, was Robinsons Glück war?«

»Was denn?«

»Dass er wusste, wie man seinen Kopf benutzt. Und seine Hände.« Er zeigte mir die seinen. »Wie man Holz bearbeitet, Blätter und Steine.«

»Ich könnte nicht mal Feuer machen.«

»Als Kind habe ich Materialien geliebt. Alles kann sich verwandeln.«

Diese abendlichen Fantastereien entwickelten sich zu einem lieb gewordenen Ritual. Er beschrieb Ozeane und Berge, schilderte mir detailliert Mittelerde und den Düsterwald, Rohan und Gondor, Narnia und Terebinthia, die Insel von Mompracem und die Kalten Höhlen, das Land der Houyhnhnms und

Camelot. Vermutlich hat er alles erfunden, und nur die Namen waren ihm aus Jugendbüchern in Erinnerung geblieben. Vielleicht aber auch nicht, egal: Fest steht, dass ich danach in einen sanften Schlaf hinüberglitt. Meine Träume bevölkerten sich mit wechselnden Bildern, die bei Tagesanbruch in den Wänden verschwanden. Hatte ich schließlich die Augen aufgeschlagen und die Trägheit aus meinen Armen und Schultern verscheucht, sprang ich begeistert aus dem Bett.

Es kam gar nicht mal selten vor, dass ich Isacco und Luna in solche Fantastereien miteinbezog, ausgehend von den Orten, die Großvater mir am Vorabend beschrieben hatte. Die genaue Erforschung von Colle Ferro und Umgebung war zu meiner Mission geworden, und zwar anhand von beiläufigen Bemerkungen, von Spuren, die antike Zivilisationen unter dem Moos hinterlassen hatten, und von ausgedehnten Bädern im See. Seit wir von den gefluteten Häusern erfahren hatten, sahen wir ihn mit ganz anderen Augen: Er war nicht mehr nur ein normaler Wasserspeicher, sondern ein Becken voller rätselhafter Ereignisse. Das Kräuseln der Wellen ließ auf magnetische Kräfte schließen, ihr Aufblitzen auf finstere Existenzen. Wir sprangen abwechselnd hinein, die Taucherbrille von Lunas Vater fest um den Kopf gezurrt, in der Hoffnung, Ruinen zu entdecken. Aber wir fanden nichts.

Am 24. Dezember 1968 befanden sich die amerikanischen Astronauten Frank Borman, Bill Anders und James Lovell auf der Umlaufbahn des Mondes. Sie waren die Ersten, die die Erdumlaufbahn verließen, die Ersten, die um unseren Satelliten kreisten und seine dunkle Seite sahen. Denn ihr galt ihre Aufmerksamkeit, der dunklen Seite des Mondes. Drei Umkreisungen lang betrachteten sie die Mondoberfläche durch die Bullaugen der Kapsel und erwarteten sich Gott weiß was, aber die eigentliche Überraschung kam erst noch: Während der vierten Umkreisung schnitt das Aufnahmegerät an Bord folgenden Satz des Kommandanten Borman mit: »O mein Gott, schaut euch dieses Bild da an!«

Sie waren aufgebrochen, um den Mond zu suchen, und hatten die Erde gefunden. Zum ersten Mal sah ein Mensch sie aufgehen. Die drei Astronauten schafften es gerade noch, ein paar Fotos zu machen: Eines davon ist das historische Foto vom Erdaufgang von Bill Anders.

Manche Sachen passieren einfach, so wie damals, als einer der drei alten Männer von der Bank eines Spätnachmittags Ende Juli in sich zusammensackte und seinen Kameraden gerade noch Gelegenheit gab, seinen Fall zu dämpfen, sodass er sich nicht den Kopf anschlug. Aber er war bereits tot: ein Herzinfarkt. Es war derjenige, der mich immer grüßte, indem er seinen Hut lüftete. Kurz zuvor war er noch bei Signora Rosa gewesen und hatte Brot gekauft. Die Tüte war ihm entglitten, sodass das Brot und die Grissini in den Schmutz fielen. Ein Krankenwagen wurde gerufen, der umgehend kam, aber es war schon zu spät; es konnte nur noch sein Tod festgestellt werden. Er war seit zehn Jahren Witwer. Sein Nachbar bot an, die Söhne zu verständigen. Er fand ihre Telefonnummern auf einem Zettel in der Küche, direkt über dem Telefon: Einer lebte in London, der andere in Brescia.

Wir kamen gerade vom Brombeer- und Erdbeersuchen zurück, als wir die Piazza erreichten. Die Leiche war soeben abtransportiert worden, das Martinshorn noch zu hören. Signora Rosa, die uns völlig verstört in ihrem amarantfarbenen Kittel entgegenlief, so als wollte sie sich vor einem kalten Wind schützen, den es gar nicht gab, erzählte uns, was passiert war.

Luna schlug die Hand vor den Mund.

»Und ich hab ihm mal seinen Hut geklaut!«, sagte Isacco.

»Wenn ihr gesehen hättet, wie er nach ihm gesucht hat! Er ist fast verrückt geworden.« Und dann: »Was bin ich nur für ein Arschloch.«

»Er war vorhin noch bei mir«, erzählte Rosa. »Ich hatte ihm die Grissini zurückgelegt, die er so gern mochte.«

»Es wird an den Grissini gelegen haben«, meinte Isacco und seufzte dramatisch.

Luna versetzte ihm einen Stoß zwischen die Rippen, aber seine Tante hatte nichts gehört. Sie war ganz in Gedanken versunken. »Man rechnet einfach nicht damit, dass Menschen einfach so verschwinden«, sagte sie. »Dass man den Kunden, mit dem man sich auch nicht anders als sonst über irgendeine Boulevardschlagzeile unterhalten, ja zu dem man noch eine blöde Bemerkung über den vielen Zucker in seinem Kaffee gemacht hat, nie mehr wiedersehen wird.« Rosas Augen waren riesengroß geworden: die Augen einer Hellseherin. »Aber man kann schließlich nicht bei jeder Begegnung denken, dass es die letzte sein könnte!« Sie zog ein Taschentuch hervor, wischte sich damit über das Gesicht und sah uns an. Dann verdrehte sie die Augen. »Aber was rede ich da für einen Unsinn? Und mit wem rede ich überhaupt? Entschuldigt, aber ich bin wirklich senil!« Mühsam die Tränen unterdrückend, rannte sie davon.

Zwei Tage später fand die Beerdigung statt. Dabei erfuhr ich, dass der Alte Anselmo hieß. Ganz Colle Ferro war zugegen, sogar Großvater. Aber er hielt sich abseits, versteckte sich im Schatten der Kapelle. Hätte er nicht einen weißen Hemdkragen gehabt, der das Licht bündelte, das durch die Bogenfenster fiel, hätte man ihn glatt übersehen.

Die belegte Stimme des Pfarrers folgte der Liturgie, und ich, der ich auf einer Kniebank des Beichtstuhls saß, bekam nur ungefähr jedes fünfte Wort mit. Bis seine Predigt plötzlich meine Aufmerksamkeit erregte.

»Es gibt keinen Anfang und kein Ende«, sagte er, »nur sich verwandelnde Moleküle: Denken wir bloß an das Wasser. Es verdampft und bildet Wolken, die dann in Form von Regen auf die Erde zurückkehren. Bevor es das Meer erreicht, kann es kondensieren und Tausende Male herabregnen. Einige Moleküle verflüchtigen sich sofort, andere sickern ins Erdreich ein oder schlüpfen zwischen den Felsen hindurch. Im Winter wird das Wasser zu Schnee, am Morgen zu Nebel, im Frühling zu Regen. Wird es zu Hagel, beschädigt es das Obst an den Bäumen. Wird es von Blättern aufgefangen, erreicht es nicht den Boden. Und ihr, liebe Gemeindemitglieder, die ihr wie Anselmo schon ewig hier lebt und die Legenden kennt, wisst das besser als ich. Es sind die gleichen Gedanken, die auch das Geistermädchen hat, wenn es im See schwimmt und das Dorf über die Wasseroberfläche hinweg beobachtet. Es schwimmt wie ein Frosch, das Geistermädchen. Es bewegt beide Arme symmetrisch zur Seite, dicht an der Wasseroberfläche, wobei seine Handflächen nach außen zeigen und die Beine einen Kreis beschreiben. Es streckt sie und winkelt sie wieder an, streckt sie und winkelt sie wieder an, als betete es einen Rosenkranz. Es gibt keinen richtigen Zeitpunkt im Leben, für gar nichts, außer um zu sterben. Und auch keine richtige Art zu sterben.«

Nachdem die Leute aus der Kirche geströmt waren, fragte ich Großvater, ob er auf die Predigt geachtet habe.

»Sie war ketzerisch«, sagte er. »Aber sie hat mir gefallen.«

»Er hat von einem Geistermädchen gesprochen...«

»Das ist nur so eine Legende. Anselmo war verrückt nach solchen Geschichten. Angeblich soll beim Fluten des Stausees ein Mädchen zurück ins alte Haus geschlichen sein, um eine vergessene Puppe zu holen, und es dann nicht mehr rechtzeitig hinausgeschafft haben.«

»Ist sie ertrunken?«

»Das ist nur so eine Geschichte, Zeno. Die Täler hier sind voll davon.«

»Opa Melo sagt, dass alle Legenden einen wahren Kern haben. Wozu sich sonst die Mühe machen, sich so einen Blödsinn auszudenken?«

»Geister gibt es bestimmt keine. Glaubst du an Geister?«

»Ich? Nein.«

Das Auto hielt vor dem Haus, ohne Staub aufzuwirbeln, als Großvater gerade seine Hosen und meine T-Shirts auf die Nylonleinen hängte, die er zwischen Hauswand und einer gegabelten Metallstange gespannt hatte. Eine Frau mit weißem Haar und zwei großen Jutetaschen stieg aus. Durch das Wagenfenster bedankte sie sich bei ihrem Fahrer, und nachdem sie sich hochzufrieden umgesehen hatte, wie jemand, der feststellt, dass in seiner Abwesenheit nichts Schlimmes passiert ist, schaute sie zu Großvater hinüber und verzog den Mund zu einem breiten Lächeln. Ich saß auf der Bank, hatte ein Stück Pappe auf einen Stuhl gelegt, dessen Sitzpolster ich entfernt hatte, und zeichnete gerade die aus Geröll und Flammen bestehende Explosion hinter Captain America fertig. Ich legte den Bleistift weg. Großvater fuhr damit fort, Wäsche aufzuhängen, reagierte aber mit einem Lächeln.

»Wenn du die beiden Taschen mit dem Essen, das ich für dich gekocht habe, hineinträgst, würdest du mir einen großen Gefallen tun, alter Freund.« Dann entdeckte sie mich. Vor Staunen blieb ihr der Mund offen stehen. »Zeno.«

Ich wurde sofort hellhörig.

Großvater nahm ihr die Taschen ab. »Du bist wieder da, endlich!«

»Hör mal, mein Freund, ich war doch nur wenige Monate weg.« Sie klopfte ihm auf die Schulter. »Und du?«, sagte sie zu mir. »Wo kommst du denn auf einmal her? Lass dich ansehen...«

Ich erhob mich und schaffte es nicht mal, Guten Tag oder Hallo zu sagen, als ich schon von ihren weichen Armen umfangen wurde. Wenn sie eine so enge Freundin von Großvater war, hatte sie bestimmt meine Fotos im Haus gesehen. Sie fuhr mir durchs Haar und hob mein Kinn, um nach Ähnlichkeiten zu forschen.

»Du hast die Augen deines Großvaters.«
»Finden Sie?«
»Du darfst mich duzen. Ich heiße Iole.«
»Findest du?«

Sie trat einen Schritt zurück, um mich genauer zu mustern. »Ich will alles wissen.«

Großvaters Stimme drang durch das offene Fenster: »Wenn ihr reinkommt, können wir essen, und dann erkläre ich dir alles.«

Es dauerte die ganze Mahlzeit, kurz zusammenzufassen, wie mein Vater ins Krankenhaus gemusst, wie die Klinik sich geweigert hatte, mich aufzunehmen, und so weiter. Aber zwischen den Wörtern bildeten sich Lücken, Luftblasen, um die er sich in meiner Abwesenheit kümmern würde. Dinge, von denen ich nichts mitbekommen sollte.

Iole kam und blieb. Sie besaß zwar ein Haus im Dorf, aber pünktlich zum Mittagessen erschien sie mit einem *gattò di patate* hinter der Kurve, mit einer *torta pasqualina* oder mit einer *crostata di mele e pinoli*. Großvater und sie zogen sich oft zurück, um zu reden. Sobald der Tisch abgeräumt und die Teller gespült waren, setzten sie sich vors Haus und schauten ins Tal. Sie konnten es ewig betrachten. Auch die Spaziergänge waren ihnen allein vorbehalten. Ich begleitete sie nicht. Zwischen ihnen herrschte eine Intimität, in die ich nicht eindringen wollte.

Traf Iole mich im Dorf, bat sie mich, ihr im Haushalt zu helfen, zum Beispiel auf eine Leiter zu steigen und eine Dose vom obersten Regalbrett zu holen. Oder mich zu bücken, um zu gucken, ob der vermisste Schlüssel unters Sofa gerutscht war. Bei ihren Rückenschmerzen sei es schon mühsam genug, sich auf den Beinen zu halten. Eines Abends fragte sie mich, ob ich ihr beim Brotbacken zur Hand gehen könne. Großvater möge nämlich lieber Vollkornbrot als das von Rosa – Worte, in denen Befriedigung mitschwang. Deshalb wäre es schön, wenn ich lernte, welches zu backen. Trotz meiner Familie hatte ich so gut wie kein Interesse am Kochen, und nie im Leben wäre es mir in den Sinn gekommen, für Großvater Vollkornbrot zu backen. Aber ich brachte nicht den Mut auf, ihr das zu sagen, und willigte ein. Während sie Brotlaibe formte und im Hintergrund das Radio lief, erzählte sie mir von ihrer Kindheit, von der Zeit, in der Großvater hier gelebt hatte, zwischen 1943 und 1945. Sie erzählte, wie sie unter Farnwedeln gespielt und so getan hatten, als besäßen sie eine feine Villa. Wie sie gemeinsam mit ihrer älteren Schwester oben auf dem Servo die Tiere gehütet und Großvater gezeigt hatten, wie man Ziegen melkt. Wie er damals Steinchen an ihr Fenster geworfen hatte, damit sie auf dem Monticello gemeinsam nach Flugzeugen Ausschau hielten – ich biss mir auf die Zunge, um keinen Überraschungslaut auszustoßen, als ich diesen Namen hörte. Wie die Deutschen ihren Vater und meinen Urgroßvater mitgenommen hatten, wie Großvater und sein Bruder ihn gerettet hatten, indem sie ihn gegen eine Stange Zigaretten eintauschten. Ihr Vater dagegen sei nicht mehr zurückgekehrt.

Iole wandte sich ab und wischte sich über die Augen.
Ich hörte auf zu kneten.
»Großvater hat einen Bruder?«, fragte ich.
»Er hatte einen. Aber er lebt nicht mehr.«

Sie nahm eine Handvoll Leinsamen, die sie in einer Schale eingeweicht hatte, und gab sie zu ihrem und meinem Teig. Wir kneteten sie unter.

»Hast du meine Großmutter gekannt?«

»Ja.«

»Wie war sie so?«

»Sie war eine fantastische Frau: fröhlich, witzig, intelligent.«

»Iole...«

»Ja?«

»Ach, nichts.«

»Sag schon!«

»Es ist nicht so wichtig.«

»Zeno...«

»Warum haben sie sich zerstritten?«, fragte ich und konzentrierte mich darauf, die Leinsamen gleichmäßig unterzukneten. »Mama und Großvater, meine ich.«

Iole ging zum Ofen und machte ihn an, hantierte mit den Drehknöpfen. »Ich glaube, das sollten sie dir lieber selber erzählen.«

»Manche Fragen bringt man nur schwer über die Lippen.«

»Manche Antworten ebenfalls. Und manchmal, Zeno, gibt es gar keine.«

»Aber die Erwachsenen müssen doch Antworten haben! Das ist ihr Job.«

»Wer hat dir das denn erzählt?«

»Don Luciano.«

»Don Luciano macht es sich ein bisschen sehr leicht, mein Lieber.«

»Viel Macht bringt auch viel Verantwortung«, sagte ich.

»Und von wem stammt das?«

»Was?«

»Ist das auch von Don Luciano?«

»Nein. Von Spiderman.«

Einige Tage später entdeckte ich auf der Bank die zwei übrig gebliebenen Alten. Seit der Beerdigung hatte ich sie nicht mehr gesehen. Einer von ihnen trug Anselmos Hut. Ich ging zu ihnen und sprach ihnen mein Beileid aus.

»Danke«, sagte der mit der Zeitung.

»Das ist sehr nett von dir«, sagte der andere und nahm den Hut ab.

Ich blieb stehen, um mit ihnen zu plaudern. Sie erzählten mir, dass Anselmo früher mit ihnen zum Lernen in den Wald gegangen sei, zumindest im Frühling. Dass sie im Winter gemeinsam Hausaufgaben neben dem Ofen gemacht hätten. Sie berichteten, dass er mit seiner Familie in ein Haus ohne elektrisches Licht gezogen sei, von seiner Leidenschaft für Petroleumlampen. Dass Anfang des Krieges viele Menschen evakuiert worden seien und dass einer mit seinen Eltern sein Haus verlassen habe, um es Juden zur Verfügung zu stellen, und solange bei Anselmo gewohnt habe, zusammen mit den Tanten, Onkeln und einem Cousin seines Vaters, einem Architekten. Dass sie aus Angst vor einer Razzia in den Wald geflohen und vom Nebel gerettet worden seien. Dass die Deutschen die Männer des Dorfes deportiert hätten. Dass sie ohne Fahrkarte mit dem Zug nach Piacenza gefahren seien, während ihre Beine aus dem Waggon baumelten, und dass es damals noch ein Bremserhaus gegeben habe, weil manche Waggons einzeln von Hand gebremst werden mussten. Dass Anselmo einmal ein Dorffest organisiert habe, um Mädchen kennenzulernen, auf dem er dann tatsächlich seiner späteren Frau über den Weg gelaufen sei.

Je mehr sie erzählten, desto mehr leuchteten ihre Augen.

Inzwischen waren auch Luna und Isacco dazugekommen und hatten sich hingesetzt, um zuzuhören.

»Wer weiß, wo er jetzt ist?«, sagte der Mann mit der Zeitung.

»Nirgendwo«, erklärte der mit Anselmos Hut.

»Meinst du? Das glaube ich nicht. Es wäre zu simpel, sich einfach so verdrücken zu können. Bei all der Schuld, die wir uns zu Lebzeiten aufladen.«

»Das Beste wäre, gar nicht erst zu sterben«, sagte Isacco.

»Das Beste wäre wiederaufzuerstehen«, warf ich ein.

»Wie unser Herrgott?«, meinte der Mann mit Anselmos Hut.

»Nein, eher so wie Phoenix. Oder wie Jason Todd. Jesus mag zwar wiederauferstanden sein, aber anschließend hat ihn niemand mehr gesehen. Ich will die Leute sehen.«

»Man bräuchte eine Quelle des ewigen Lebens. Vielleicht stimmt die Geschichte ja doch, die Anselmo erzählt hat.«

»Welche Geschichte?«

»Das ist eine alte Legende«, antwortete der Mann mit dem Hut. »Unter jedem Stein, den du umdrehst, findest du zwei davon.« Sein Mund kräuselte sich zu einer Art Lächeln. »Angeblich soll es in den Grotten am Ortseingang eine Quelle geben. Wer daraus trinkt, ist geheilt.«

»Wenn das stimmen würde, hätte man längst eine Fabrik gebaut«, sagte der Mann mit der Zeitung.

Der andere gestikulierte, als wollte er die Worte vermengen. »Oder eine Kirche.«

»Aber niemand ist je dort reingegangen, um nachzusehen«, wandte Isacco ein.

»Mein Vater war einmal drin, mit meinem Onkel Alessandro«, schaltete sich Luna ein, die bisher geschwiegen hatte, sodass sie ganz in Vergessenheit geraten war.

»Im Ernst?«

»Mit einem Verein für Höhlenkunde.«

»Und was haben sie darin entdeckt?«

Sie zuckte die Achseln.

»Auch die Türken sind x-mal über die Ruinen von Troja hinweggelaufen«, sagte ich. »Aber dieser Typ da hat es schließlich entdeckt.«

»Wer?«

»Ein Archäologe«, sagte ich. »Sein Name fällt mir gerade nicht ein.«

Als Lunas Vater an diesem Abend nach Hause kam, versuchten wir, ihn mit allen Mitteln dazu zu bringen, uns in die Grotten mitzunehmen, doch er blieb unerbittlich.

»Kommt gar nicht infrage, das ist viel zu gefährlich! Man sollte sie schließen! Alessandro hat bereits einen Brief an den Präfekten und an den Bürgermeister geschrieben. Früher oder später verirren sich Kinder darin, und dann ist die Hölle los.«

Als meine Mutter mit dem Auto vorbeifuhr, befand ich mich gerade auf der Piazza.

Ein Mann in Schutzanzug und mit Giftspritze entfernte ein Hornissennest von einem Dachboden. Der Alte mit Anselmos Hut und der mit der Zeitung erzählten, sie seien nach dem Krieg einem Hornissen fangenden Landstreicher begegnet. Der habe sie an die lange Leine gelegt, woraufhin sie ihn gehorsam umschwirrten.

Ich sah sie vorbeifahren und rannte ihr nach. Als ich zu Hause ankam, war sie schon hineingegangen, und Iole servierte ihr Kaffee. Großvater stand in der Ecke und sammelte gerade die Scherben eines Terrakottatopfes auf, den die Wurzeln einer Yuccapalme gesprengt hatten. Er warf nie etwas weg: Alles, was sich reparieren oder recyceln ließ, wurde von ihm repariert oder recycelt.

»Und?«, fragte ich, als ich wie der Blitz ins Haus schoss.

Bisher waren die Besuche meiner Mutter in Bezug auf Neuigkeiten über meinen Vater nie sehr ergiebig gewesen. Sein Krankenhausaufenthalt war zur langweiligen Routine aus Untersuchungen und Therapien geworden. Doch jedes Mal hoffte ich auf neue Entwicklungen.

»Hallo«, sagte sie. »Bekomme ich vorher einen Kuss?«

Ich umarmte sie rasch. »Wie geht es Papà?«

»Neugier ist der Katze Tod«, bemerkte Iole und servierte die Ingwerkekse, die sie soeben aus dem Ofen geholt hatte.

»Welche Katze?«

Meine Mutter hob die Hände. »Hast du Lust, heute mit nach Genua zu kommen?«

»Heute?«

»Ich habe ein hübsches Bed & Breakfast gefunden, ganz in der Nähe der Klinik, und es für eine Woche gebucht.«

»Für eine ganze Woche?«

»Ich dachte, du würdest gern das Aquarium besichtigen. Wir können auch irgendwo baden gehen und ...«

»Kann ich Papà sehen?«

»Natürlich.«

Ich breitete die Arme aus, um meine Begeisterung fassen zu können – vergeblich. »Ich packe«, sagte ich und sauste nach oben.

Wir fuhren mehr oder weniger sofort los.

Das Bed & Breakfast bestand aus drei Zimmern mit Bad, Klimaanlage und einer kleinen Terrasse. Sie ging auf einen Platz mit einer großen Zypresse sowie Tischen und Stühlen einer Pasticceria hinaus. Die Zimmer hatte die Eigentümerin, eine zierliche Frau, die deutlich jünger aussah, als sie war, nach den drei Alben von Ivano Fossati benannt: *Discanto*, *Lindbergh* und *Macramé*. Im Prospekt hieß es, das Bed & Breakfast sei der ideale Ausgangspunkt, um Genua, Portofino, Camogli und Cinque Terre zu besichtigen. Zum Frühstück gäbe es lokale Spezialitäten wie *focaccia*, *ciambella*, *torta al cioccolato*, *biscotto del lagaccio*. Die Marescotti-Klinik, in der mein Vater lag, fand keine Erwähnung, aber ihre Anwesenheit war deutlich spürbar: Man konnte sie zwar von keinem Balkon, von keinem Fenster aus sehen, aber ich wusste trotzdem, dass sie dort draußen war – hinter der Zypresse, hinter den Tischen und Stühlen der Pasticceria, ja hinter den beiden siebenstöckigen Gebäuden, die einen Teil des Hügels überschatteten. Ich wollte meinen Vater sofort sehen, alles andere wie das Aquarium, der Strand und erst recht *focacce*, *ciambelle* und irgendwelche *terre*, egal, wie viele, waren mir komplett gleichgültig.

Aber das ging nicht, wir würden ihn erst am nächsten Tag besuchen.

Wir betraten den Klinikflur an einem wunderschönen Sommertag. Es wehte ein leichter, aber sanfter Wind, der die Luft ganz von selbst von jeglichem Schmutz befreite, von Rauch, Staub, Bakterien und Viren: Es war ein reinigender Wind.

Als ich dann meinen Vater vom Warteraum aus hinter der durchsichtigen Scheibe erblickte, in der sich das leuchtende Grün der Bäume spiegelte, war es, als entdeckte ich einen Patzer in einer Zeichnung. Er sah mich, und ich ihn, und das Lächeln, das sein Gesicht erstrahlen ließ, war das glücklichste und schwächste, das ich je an ihm gesehen hatte. Wir umarmten uns zwischen den Sesseln mit blauen Lederpolstern und den Tischchen mit Zeitschriften. Dann traten wir auf den Flur hinaus. Er war erschöpft. Zwischen den Wegen und Hecken entdeckte er gleich eine Bank zum Ausruhen und erkundigte sich nach meinem Sommer, nach Großvater.

Ich sagte, ich lebe mich so langsam ein. Der Ort sei schön, und Großvater nett, aber seltsam. Ich erzählte ihm von Luna und Isacco. Vom See und den gefluteten Häusern, vom Monticello und den Grotten. Ich beschrieb das Haus: jeden einzelnen Stein, jede Fensterbank und jeden Nagel. Ich erzählte ihm Geschichten, beschrieb ihm Leute: Signora Rosa und das Geistermädchen. Dass ich fast ertrunken wäre, berichtete ich ihm nicht, auch nicht von Anselmos Tod. Dafür zeichnete ich einen

Plan des Dorfes in den Kies des Innenhofs: die Piazza, den Staudamm, die Straßen. Das Reden half gegen die Angst, bis ich jede Kleinigkeit beschrieben hatte. Ich schenkte ihm die Zeichnung von Phoenix, die ich extra für ihn angefertigt hatte. Er versprach, sie in seinem Zimmer übers Bett zu hängen. Meine Mutter war kurz Eis kaufen gegangen.

»Hast du die hässliche Kröte immer noch?«
»Welche hässliche Kröte?«
»So nennt Mama deine Krankheit: hässliche Kröte.«
Er lächelte. »Tja, hässlich ist sie wirklich.«
»Hast du sie noch?«
»Ja, aber wir behandeln sie.«
»Und die Behandlungen, tun die weh?«
»Nein. Na ja, ich bin oft müde, so wie heute. Manchmal wird mir auch schlecht. Ich bekomme viele Spritzen, aber es gibt hier einen Krankenpfleger, den solltest du mal sehen: Der setzt dir die Nadel, ohne dass du es merkst!«

Die Sonnenbräune und das Salz, die nach Jahren am Meer ein braunes Sediment auf seiner Haut gebildet hatten, ohne das ich ihn noch nie gesehen hatte, ja dessen Geschmack ich sogar kannte – weil ich ihn, als ich noch klein war, in Arme und Waden gebissen hatte, wenn wir uns spielerisch balgten –, waren völlig verschwunden. Die durchsichtige Haut, die dunklen Ringe unter den Augen, das Adernetz waren Spuren eines fremden Lebens, gehörten nicht zu ihm. Meine Mutter kam mit dem Eis: Malaga und Vanille. Wir aßen alle aus einem Becher. Mein Vater, der wieder etwas zu Kräften gekommen war, machte Witze über Infusionen, und wir sprachen über Transfusionen, als wären wir Vampire. Wir machten uns über die sizilianischen Krankenhäuser lustig, auch wenn es da alles andere als lustig zuging. Wir sprachen über Fußball, darüber, welche Spieler Palermo kaufen sollte, und mir war, als wäre mein Vater im Lauf des Vormittags zu neuen Kräften gekommen. Er wirkte irgendwie gesünder als noch um halb zehn, als ich ihn im Warteraum durch die Scheibe gesehen hatte. Ich sagte es ihm. Er umarmte meine Mutter und meinte: »Sie ist meine einzig wahre Medizin.« Dann drückte er ihr einen Kuss auf die Schläfe, direkt neben dem Auge.

Sofort wurde ich schrecklich traurig. Der Schmerz über diese Bemerkung traf mich heftiger als erwartet. Damals war mir gar nicht richtig klar, warum. Später verstand ich: Auch ich wollte »seine Medizin« sein. Ich beobachtete sie, und anstatt mich über ihre innige Verbundenheit, ihre Liebe zu freuen, an die ich eine körperliche Erinnerung habe, kam ich mir bloß vor wie ein Zuschauer in einer Schlacht, an der ich auch gern teilgenommen hätte, von der ich jedoch ausgeschlossen war. Ich wäre gern mit ihnen ins Feld gezogen, wir drei vereint im Kampf gegen die hässliche Kröte: Mr Fantastic, die Unsichtbare und Franklin Richards, ihr Sohn. Als Franklin Richards, sprich als Sohn zweier Superhelden, hätte ich außerdem unglaubliche Superkräfte besessen wie Telepathie, Telekinese und die Fähigkeit, die Wirklichkeit zu beeinflussen. So gesehen wäre ich eine große Hilfe gewesen. Aber nichts da: Die wahre Medizin meines Vaters war sie.

Am Tag darauf besichtigten wir das Aquarium. Ich war nicht richtig bei der Sache.

Die Besucher drängten sich vor den Haien oder Tropenfischen. Ich schaffte es erst vor dem lila Becken mit den Quallen, meine verstaubten Gedankenbahnen zu verlassen. Die Tiere bewegten sich unglaublich langsam, trieben transparent dahin, als gäbe es ausschließlich sie, und genau so sollte es auch sein. Sie regneten von oben herab, blühten von unten auf, zogen klare, friedliche Bahnen. Sie waren ganz anders als die, die an der Küste von Capo Galilea einfielen: Wesen von einem anderen Stern.

Meine Mutter umarmte mich von hinten und drückte mich an sich. »Schön, nicht wahr?«

»Fantastisch. Kann man die auch zu Hause halten?«

»Ich glaube nicht.«

»Stell dir vor, wir hätten welche im Wohnzimmer.«

»Unglaublich.«

»Oder im Restaurant. Alle würden kommen, um sie zu sehen.«

»Man kann sie auch essen.«

»Echt?«

»Ja. Man frittiert sie. Ich glaube, die Chinesen machen das oder die Thailänder, keine Ahnung.«

Nachdem wir kurz zum Duschen ins Bed & Breakfast zurückgekehrt waren, gingen wir am Nachmittag erneut in die Klinik. Mein Vater war richtig gut in Form. Wir machten einen langen Spaziergang im Park. Ich lernte einen Jungen in meinem Alter kennen, den Sohn eines Arztes, der einen Fußball dabeihatte. Wir improvisierten ein Match zwischen zwei Bänken. Manchmal rollte der Ball zu meinem Vater, der uns an einen Brunnen gelehnt zusah, woraufhin er ihn uns wieder flach zuwarf. Ich weiß noch, dass sich alle flüsternd unterhielten, so als könnte Lärm den Zustand der Kranken verschlechtern. Als ungewöhnlich laute Stimmen durch die Bäume zu uns drangen, gingen wir nachsehen, was passiert war. Eine Frau hatte das Bewusstsein verloren und wurde gerade wiederbelebt.

»Kommt, lasst uns woanders hingehen!«, sagte meine Mutter und beendete ein Telefonat.

Wir erreichten den Wartesaal: Zeit, sich zu verabschieden. »Ich habe eine Überraschung für dich, Zeno«, sagte meine Mutter. »Morgen fahren wir zum Flughafen.«

»Und dann?«

»Morgen Vormittag kommen die Großeltern. Und am Nachmittag Onkel Bruno.«

»Die Großeltern? Onkel Bruno? Die Oma traut sich in ein Flugzeug?«

Meine Eltern brachen in Gelächter aus. »Anscheinend schon.«

»Die Oma besteigt tatsächlich ein Flugzeug?«

»Am besten, wir reservieren gleich ein Zimmer für sie«, schlug mein Vater vor.

Nonna Giovanna war nämlich noch nie in ihrem Leben geflogen, und nicht nur das: Sie war praktisch noch nie aus Capo Galilea herausgekommen. Das Lokal war ihr Leben, und wie sagte sie immer so schön: »Bisher ist die Welt zu uns gekommen, warum sollte es jetzt andersrum sein?« Großvater reiste durchaus: zu Messen, Volksfesten, Lebensmittelausstellungen. Aber sie fuhr nie mit. Zum einen, weil sie sich um den Haushalt und das Lokal kümmern musste – seit Jahren hatten sie nur an Weihnachten und am ersten Januar geschlossen, und auch das nur aus Angst vor möglichen Katastrophen. Dass sie nach Genua kommen würde – und das mit dem Flugzeug –, war die Sensation des Tages. Bevor wir uns trennten, malten wir uns die möglichen Missverständnisse beim Check-in oder mit den Stewardessen aus, ihr Staunen während des Flugs, ihre Hand, welche die ihres Mannes umklammerte, mit der innigen, beschützenden Wärme, die ihre Liebe fünfzig Jahre nicht hatte erkalten lassen.

Der Flug hatte vierzig Minuten Verspätung. Wir tranken einen Cappuccino in der Bar, und ich aß noch eine Brioche, während sich meine Mutter eine Zeitschrift und mir den neuesten *Nathan Never* kaufte. Während wir dort warteten, tauchte ich in die Kanalisation der *Città Est* ein. Sie dagegen hatte die Zeitschrift auf dem Schoß und den Blick nach innen gekehrt. Wir schwiegen, wie lange, weiß ich nicht, bis sie auf einmal sagte: »Die Großeltern und Onkel Bruno kommen zur Transplantation.«

Ich sah von meinem Comic auf. »Zu welcher Transplantation?«

»Zur Knochenmarkstransplantation deines Vaters.«

Ich klappte den *Nathan Never* zu. »Was ist Knochenmark?«

»Ein Gewebe in den Knochen, das die Produktion der Blutzellen kontrolliert. Aber nicht alle Menschen haben das gleiche Knochenmark. Zum Glück ist das von Onkel Bruno kompatibel.«

»Ist meines nicht besser?«, fragte ich. »Ich bin schließlich sein Sohn.«

Meine Mutter lächelte. Sie griff quer über den Tisch und nahm meine Hand. »Du bist großartig, weißt du das?«

»Und?«

»Nein. Eltern und Kinder sind fast nie kompatibel. Weil du zwar sein, aber auch mein Sohn bist.«

»Das verstehe ich nicht.«

»Tja«, seufzte sie. »Ich auch nicht. Wir müssen Vertrauen haben.«

Es war seltsam, aber auch toll, wieder vereint zu sein: wir, die Großeltern und der Onkel, den ich schon seit drei Jahren nicht mehr gesehen hatte. Seltsam, weil wir zwar noch dieselben waren, aber die Umgebung fremd. Jeder bewegte sich in seinem eigenen Tempo durch Genua, ohne Vertrautheit mit den Straßen, Häusern und Geschäften. Zum Glück gab es das Meer. Abends suchten wir es mit den Augen und der Nase. Wir wussten, dass irgendwo da unten unsere Heimat lag. Die Großeltern hatten das Mare Montelusa für zehn Tage geschlossen und mit durchsichtigen Klebestreifen ein entsprechendes Pappschild an der Holztür des Restaurants angebracht. Nur ein Cateringauftrag von der Tochter eines Freundes, die am Sonntag heiraten wollte, war zugesagt worden; sämtliche Anweisungen dafür hatte man den drei Angestellten hinterlassen: dem Hilfskoch und den schon seit einer Ewigkeit für sie arbeitenden beiden Kellnern. Die Großeltern hatten ihnen erlaubt, wenn nötig, Freunde zu Hilfe zu rufen. Sie vertrauten ihnen. »Aber weil es ein Cateringauftrag ist«, betonte meine Großmutter. Seltsam war es auch deswegen, weil mein Vater ständig, wenn auch unsichtbar, zugegen war, wenn wir durch die Gassen liefen, eng zusammengerückt auf einer Bank *focaccia* aßen, uns abends verabschiedeten und Pläne für den nächsten Tag schmiedeten: wann wir aufbrechen, was wir machen würden. Gleichzeitig war es toll, weil es bedeutete, dass nicht alles anders geworden war: Es gab so etwas wie Kontinuität in unserem Leben.

Für die Großeltern und Onkel Bruno hatte meine Mutter die anderen Zimmer des Bed & Breakfast reserviert: Wir hatten das *Lindbergh*-Zimmer, die Großeltern das *Macramé*-Zimmer und der Onkel das *Discanto*-Zimmer.

Gleich nach ihrer Ankunft besuchten wir noch am Vormittag gemeinsam meinen Vater. Leider ging es ihm nicht besonders.

Bei seinem Anblick bekam meine Großmutter feuchte Augen.

»Entschuldigt, ich muss mal kurz ins Bad«, sagte sie. Großvater begann sofort, ihm vom Restaurant zu erzählen: wie viele Gäste kamen, dass er einen Lieferanten gewechselt habe. Seine Schilderungen ließen ein Diorama von Capo Galilea um uns herum entstehen. Der Onkel zeigte uns Fotos von meinem Cousin und meiner Cousine, von seiner Frau und vom neuen Haus: eine Villa in einem Vorort von Melbourne. Meine Mutter schlug vor, einen Spaziergang zu machen, aber meinem Vater war nicht danach.

»Entschuldigt mich bitte«, sagte er.

Der Fernseher lief: ein Radrennen. Wir ließen uns von den monotonen Bildern hypnotisieren, bis Opa Melo sagte, er werde uns jetzt allen ein Eis holen. Meine Mutter nickte und bat mich, ihn zu der Pasticceria zu begleiten, die wir immer aufsuchten, weil es dort gut war.

Der Asphalt verströmte eine feuchte Wärme, die sich an unsere Beine heftete. Zwei Jungen auf Rollerblades übten sich auf einer kleinen Piazza in akrobatischen Kunststücken. Sie verfolgten sich gegenseitig und sprangen auf die Bänke, wobei Plastik laut auf Holz prallte. Mir fielen der Caddusu und mein Fahrrad wieder ein, das ich in der Garage abgestellt hatte. Ich dachte an die Karussells und Buden, die in der Woche um Mariä Himmelfahrt auf dem Bolzplatz der Pfarrei aufgebaut wurden: Im Beisein von Michele und Salvo hatte ich einen Rekord im Dosenwerfen aufgestellt, der noch gebrochen werden musste. Meine Schritte verlangsamten sich. Zum ersten Mal blieb ich stehen und dachte fast schon mit Wehmut an Colle Ferro zurück, an die Kühle, die abends den Schweiß versiegen ließ.

»Und, wie ist er so?«, fragte Opa Melo.

»Wer?«

»Dein anderer Opa.«

»Wusstest du Bescheid?«

»Dass es ihn gibt? Na klar!«

Ich schnaubte. »Da war ich wohl der Einzige, der nicht Bescheid wusste.«

»Wichtig sind die Menschen, mit denen man aufwächst«, erklärte er. »Gespenster zählen nicht.«

»Er ist kein Gespenst!« Ich merkte, dass ich laut geworden war.

»Ich wollte dich nicht beleidigen.«

»*Mich* hast du nicht beleidigt.«

»Ich wollte auch ihn nicht beleidigen. Aber er ist nun mal der, der er ist.«

»Und zwar?«

Opa Melo nahm sich Zeit, bevor er antwortete. Er war viel älter als Opa Simone, seine Augen hockten hinter fetten Tränensäcken und waren so gefleckt und gesprenkelt wie eine Windschutzscheibe nach Durchquerung einer Furt. Ich zeigte auf die Pasticceria mit dem selbst gemachten Eis. Auf der Straße war niemand zu sehen, nichts als flimmernde Hitze.

»Ein Mann auf der Flucht«, begann er. »Soweit ich weiß, deckt sich das mit dem, was Agata mir erzählt hat. Er ist schon sein ganzes Leben lang auf der Flucht, hat sie mal erzählt. Bis hin zu dem Punkt, dass er unsichtbar wird. Und das macht ihn in meinen Augen zu einem Gespenst. Bist du sicher, dass du nicht mit uns nach Capo Galilea zurückfliegen willst?«

Tja, war ich mir sicher, dass ich nicht mit nach Capo Galilea zurückfliegen wollte?

»Ich bleibe hier«, erwiderte ich.

»Ganz wie du willst«

»Er weiß unheimlich viel.«

»Zum Beispiel?«

»Er kennt Hunderte von fantastischen Orten.«

»Dort, wo er lebt?«

»Nein, nicht dort, wo er lebt: geheimnisvolle Inseln, Planeten und Urwälder.«

Opa Melo kam nicht dazu, etwas zu erwidern, weil wir gerade die Pasticceria betreten hatten und die Verkäuferin – eine junge Frau mit drei riesigen Piercings und den schwärzesten Augen, die ich je gesehen habe – hinter der Theke hervorkam, um uns zu bedienen. »Sie wünschen?«

»Eis zum Mitnehmen«, sagte Großvater. »Für fünf Personen. Zeno?«

»Lime und Ingwer.«

Großvater riss die Augen auf. »Lime und Ingwer?«

»Das schmeckt fantastisch, ich habe beides schon probiert.«

»Und sonst?«, fragte die Frau.

»Pfirsich und Waldfrucht.«

Großvater nickte. »Lime, Ingwer, Pfirsich und Waldfrucht.

Wenn Sie dann noch eine Kugel Kokoseis obendrauf geben, ist mein Glück perfekt.«

»Genau dazu bin ich da: um Sie glücklich zu machen.«

»Das sagen Sie bestimmt zu jedem. Aber wenn Sie nichts dagegen haben, werte ich es als persönliche Aufmerksamkeit.«

Opa Melo und ich kamen nicht mehr auf den anderen Großvater zu sprechen. Vielleicht redete er mit meiner Mutter über ihn, aber mir stellte er keine weiteren Fragen mehr, und dafür war ich dankbar. Wenn ich von ihm schwärmte, hatte ich das Gefühl, ihn zu verraten – Opa Melo, meine ich. Ihn eifersüchtig zu machen. Ganz so, als müsste man seiner Mutter von der Zweitfrau des Vaters erzählen. Heute kann ich ihn verstehen: Wer ein Leben lang für einen da ist – körperlich, seelisch –, möchte auch, dass das anerkannt wird. Denn wenn man jemanden liebt, muss man auch für ihn da sein. Liebe auf Distanz funktioniert einfach nicht.

An diesem Abend aßen wir Pizza. Anschließend schlüpften meine Mutter und ich im Bed & Breakfast ins *Lindbergh*-, Oma und Opa ins *Macramé*- und der Onkel ins *Discanto*-Zimmer. Wir verabschiedeten uns im Flur und wünschten uns Gute Nacht. Im *Lindbergh*-Zimmer standen zwei Betten: ein Doppel- und ein Einzelbett.

»Such dir eines aus!«, hatte meine Mutter in der ersten Nacht gesagt.

Ich hatte das Einzelbett gewählt, das zwischen Schrank und Fenster gequetscht war. Ich schlafe gern an einem geschützten Ort und decke mich immer mit dem Laken zu, selbst wenn es heiß ist. Ich schlafe auf dem Bauch, denn wenn ich auf dem Rücken liege, komme ich mir wehrlos und verletzlich vor. Ich zog mich aus und schlüpfte unter das Laken. Ich blähte es und ließ es wieder auf mich herabsinken. Der kühle Stoff schmiegte sich eng an meine Haut: an Schenkel, Bauch und Brust. Meine Mutter nahm eine Dusche. Sie trocknete sich die Haare ohne Föhn, rubbelte sie nur mit einem Handtuch trocken, um keinen Lärm zu machen. Im Zimmer herrschte ein angenehmes Halbdunkel. Ich hörte, wie sie sich ausstreckte.

»Mama.«

»Ja?«

»Moment...«

Draußen fuhr ein Krankenwagen vorbei. Ich wartete, bis die an- und abschwellende Sirene verklungen, die Stille wieder eingekehrt war, um flüstern zu können. Es ist schön, nur zu flüstern.

»Mama.«

»Ja, was ist?«

»Ist die Transplantation gefährlich?«

»Die Operation, meinst du?«

»Müssen sie ihn aufschneiden oder so?«

»Nein, es ist eine Art Spritze. Nichts Schlimmes.«

»Und was kann dabei schiefgehen?«

»Nichts.«

»Irgendwas kann immer schiefgehen.«

»Alles wird gutgehen, Zeno. Und jetzt schlaf schön.«

Ein Hund bellte heiser, eine Stimme brachte ihn zum Schweigen. Aus dem Nichts schoss ein Moped heran; gleich darauf wurde der Motor abgestellt und der Ständer ausgeklappt.

»Die Nadel könnte infiziert sein.«

Meine Mutter antwortete nicht gleich, wahrscheinlich überlegte sie, ob sie so tun solle, als schliefe sie. Dann sagte sie mit einer vom Kissen erstickten Stimme: »Nein.«

»Woher wissen die, dass das Knochenmark vom Onkel passt?«

»Sie haben Untersuchungen gemacht.«

»Was für Untersuchungen?«

»Zeno!«

»Onkel Bruno trinkt gern und raucht Zigarren. Was, wenn Papà nach der Transplantation auch anfängt zu trinken und Zigarren zu rauchen?«

»Red keinen Blödsinn.«

»Warum?«

»Darum.«

»Wieso ist das Blödsinn?«

»Wenn ich es wüsste, würde ich es dir sagen, Zeno. Aber ich weiß es nicht, kapiert? Ich weiß nur, dass das nicht passieren wird. Ich weiß, dass das Knochenmark nichts mit den Lebensgewohnheiten eines Menschen zu tun hat. Und auch nichts mit seiner Religion oder dem Sport, den er treibt. Auch du weißt bestimmt Dinge, die du nicht erklären kannst.«

»Stell mich auf die Probe!«, sagte ich.

»Wie denn?«

»Stell mir eine Frage.«

»Zeno, es ist schon spät, und ich bin müde.«

»Nur eine.«

Ich hörte, wie sie seufzend das Gesicht im Kissen vergrub. »Wenn man gleich nach dem Essen ins kalte Wasser springt, bekommt man...?«

»Einen Blutandrang.«

»Und das heißt...«

»...man stirbt.«

»Ja, aber woran?«

»Am Blutandrang.«

»Und das heißt genau...?«

»Man bekommt einen Herzstillstand.«

»Wenn man stirbt, bleibt das Herz immer stehen.«

»Ja und?«

»Was ja und?«

»Und was passiert dann?«

»Weißt du das nicht?«

»Nein.«

»Aber du weißt, dass man stirbt.«

»Ja.«

»Gut. Selbst wenn das Knochenmark vom dicksten Mann der Welt stammen würde, wird sich Papà nicht in den dicksten Mann der Welt verwandeln. Das weiß ich einfach, auch wenn mir nicht klar ist, warum. Verstanden?«

Ich dachte an das X-Gen, das für die genetische Mutation der X-Men verantwortlich ist. »Mama.«

»Zeno, ich zähle jetzt bis zehn, und dann schläfst du. Eins, zwei, drei...«

»Mama.«

»...vier, fünf, sechs...«

»Mama.«

»Was ist denn?«

»Hat dir der Opa auch von fantastischen Orten erzählt?«

»Von welchen fantastischen Orten?«

»Von Rohan, von den Kalten Höhlen, von Camelot.«

»Nein, von fantastischen Orten war nie die Rede. Ich kann mich nur noch an eine Geschichte erinnern, die er mir oft erzählt hat. Sie hieß *Der Herr der Reste*.«

»Was war das für eine Geschichte?«

»Es ging um einen Typen, der Sachen recycelt. Genau weiß ich das nicht mehr.«

»Und was hat er dann daraus gemacht?«

»Ich sage doch, dass ich es nicht mehr genau weiß. Das musst du ihn schon selbst fragen.«

»Kann ich Papà eine SMS schicken?«

»Er schläft bestimmt schon.«

»Dann sieht er sie morgen gleich und weiß, dass wir an ihn gedacht haben. Wir haben uns, aber er ist allein.«

Ich wartete sekundenlang auf eine Antwort, die nicht kam. Ich stieg aus dem Bett und wühlte in der Rucksacktasche mit dem Handy, ohne das Licht anzumachen. Ich schaltete es ein. Als es aufblinkte, kam eine SMS.

»Er hat geschrieben«, sagte ich.

»Was denn?«

»Die SMS wurde vor anderthalb Stunden verschickt. Vielleicht ist er noch wach. Da steht: *See you tomorrow, alligator.*«

»Was heißt das?«

»Nichts, das ist nur so ein Spruch von uns.« Ich tippte meine SMS ein. Das Display leuchtete sanft, die Tasten quietschten hauchzart. »Soll ich ihn auch von dir grüßen?«

Schweigen.

»Mama?«

»Hmmmm?«

»Soll ich ihn auch von dir grüßen?«

»Ja.«

Ich schickte die SMS ab, ließ das StarTAC eine Weile auf meiner Brust liegen und wartete auf eine Antwort, leider vergeblich. Ich machte es aus, steckte es wieder in die Außentasche meines Rucksacks und kehrte ins Bett zurück. Ich konnte nicht schlafen, und wenn ich mit den Lidern flatterte, erschienen flimmernde Teilchen. Das Rauschen der Stadt verstummte. Wenn ich gut aufpasste, konnte ich hören, wie die Luftmoleküle sich aneinanderrieben. Ich stand auf und streckte mich neben meiner Mutter aus. Sie lag auf der Seite und atmete schwer. Ich schmiegte mich an ihren Rücken, passte mich an ihren Körper an, brachte meine Knie in ihre Kniekehlen, meinen Bauch an ihren Po und meine Nase zwischen ihre Haare. Sanft ließ ich eine Hand auf ihren Arm sinken. Ihre Müdigkeit übertrug sich auf mich, und ich schlief sofort ein.

Als wir an meinem letzten Tag das Zimmer meines Vaters betragen, war gerade eine blonde, gut gelaunte Krankenschwester bei ihm, die ihm während des Fiebermessens irgendwas erzählte. Onkel Bruno war gerade gegangen, um die Einwilligungserklärung zu unterschreiben.

»Hallo«, sagte mein Vater lächelnd.

Meine Mutter musterte die Krankenschwester. »Hallo.«

Die Krankenschwester umrundete hüstelnd das Bett und vervollständigte die Fieberkurve am Fußende des Bettes. »Bis später.«

»*Tusen takk*«, sagte mein Vater.

»*Vaer så god*«, erwiderte sie im Gehen.«

»Aha«, sagte Opa Melo. »Du scheinst dich ja prächtig zu amüsieren.«

Ich setzte mich ans Bett meines Vaters und erlaubte es ihm, mir übers Haar zu streichen – etwas, das ich hasste und er liebte. »Was habt ihr gesagt?«

»Danke und bitte.«

»In welcher Sprache?«

»Auf Norwegisch.«

Meine Mutter zog die blauen Vorhänge auf, um Licht hereinzulassen. »Ich glaube nicht, dass es legal ist, norwegische Krankenschwestern einzustellen.«

»Sag noch mal Danke!«, bat ich ihn.

»*Tusen takk*. Tausend Dank.«

»Wann bekommst du deine Transplantation?«, fragte ich.

»Bald.«

»Darf ich bleiben?«

»Nein, Zeno«, erwiderte meine Mutter »Morgen fahren wir nach Colle Ferro zurück.«

»Wenn du willst, kümmern wir uns um ihn«, sagte Opa Melo.

Meine Mutter zog gerade die frisch gewaschenen T-Shirts und

Schlafanzughosen meines Vaters aus der Tasche. Sie wirbelte herum und hob die Hände, als könnten sie gleich irgendeine Flüssigkeit absondern. »Darüber haben wir bereits gesprochen.«

»Ja, du hast recht.«

»Ach ja?« Ich erhob mich vom Bett und ließ mich auf den Eisenstuhl fallen. »Und ich habe da kein Wörtchen mitzureden? Warum bleibt ihr hier die ganze Zeit zusammen, bloß ich nicht? Das verstehe ich nicht.«

»Papà muss nach der Transplantation isoliert werden. Du könntest ihn nicht mal besuchen.«

»Zeno!«, sagte mein Vater. »Komm her.« Er setzte sich auf und schob sich das Kissen in den Rücken. »Das ist kein Ort für dich, es ist und bleibt ein Krankenhaus: Patienten, Medikamente, Notfälle. Mir ist lieber, du bist in Colle Ferro bei deinen Freunden...« Er schnippte mit den Fingern. »Wie heißen sie gleich wieder?«

»Luna und Isacco.«

»Genau. Mir ist lieber, du gehst mit ihnen schwimmen und hast Spaß.«

»Aber...«

»Wenn du Spaß hast, fühle ich mich auch gleich besser.«

Ich hielt die Luft an und nickte. Er drückte mich an sich und klatschte anschließend in die Hände. »Und jetzt gehen wir alle im Park spazieren, was meint ihr?«

*Ein kurzer Abriss meines Lebens,
insoweit man sich überhaupt erinnern, die Vergangenheit
rekonstruieren oder imaginieren kann:
was die Erinnerung erhellt
1960–1966*

Gabriele hat sich in seinem Zimmer in Pisa erhängt. Ich bleibe eine Nacht in Turin, bei meinem Cousin Davide. Anschließend nehmen wir wieder den Zug nach Genua. Meine Mutter wird am Bahnhof auf uns warten. Von dort aus nehmen wir einen zweiten Zug nach Pisa.

Das Licht fällt durch die niedrigen, dicken Wolken. Am Bahnhof Piazza Principe suchen wir im Wartesaal nach ihr, aber da ist sie nicht. Wir finden sie gefasst auf einer Bank sitzend vor, nicht im Wartesaal, sondern davor auf dem Bahnsteig. Sie ist allein, hat die gefalteten Hände in ihren Schoß gelegt und eine Tasche unter den Arm geklemmt. Ihr Blick ist nach innen gerichtet. Ein Kind geht auf die Knie, um einen Ball aufzuheben, der unter die Bank gerollt ist. Es nimmt ihn und sagt: »Entschuldigen Sie bitte.« Sie hört nichts, sagt nichts.

»Mama!«, rufe ich.

Sie antwortet nicht.

Ich setze mich neben sie. »Mama.«

Langsam dreht sie den Kopf und sieht mich sekundenlang an, so als wüsste sie nicht, wer ich bin. Ihre Augen irren über mein Gesicht, auf der Suche nach Anhaltspunkten: Poren, Brauen, Haaransatz.

»Mama, sieh mich an. Ich bin's, Simone.«

»Simone«, wiederholt sie.

Ich nehme ihre Hand, dann beide Hände und drücke sie.

»Simone. Gabriele ist tot«, sagt sie.

»Wir müssen gehen, Mama. Der Zug fährt in einer Viertelstunde. Ist das deine Tasche?«

Sie streicht mir über die Wange. »Gabriele ist tot.«

»Ich weiß, Mama.« Ich helfe ihr beim Aufstehen, hake sie unter. Sie ist um zwanzig Jahre gealtert. Ihre Haare sind grau, die Haut runzlig wie Pergament. Sie trägt ein Stoffhütchen.

In Pisa nehmen wir uns drei Einzelzimmer in einem Hotel in der Innenstadt. Ich bitte Davide, bei ihr zu bleiben, während ich mich um alles kümmere: Wir wollen Gabriele nach Genua überführen und ihn auf dem Staglieno-Friedhof bestatten lassen. Ich identifiziere ihn. Ich bleibe nur wenige Sekunden, so lange, wie mir sein Gesicht gezeigt wird. Ich gehe ins Wohnheim, um seine Habe abzuholen: ein paar Bücher, die Uhr, die Unterlagen. Ein Freund von ihm erwartet mich bereits. Er stellt sich vor und sagt: »Ich habe ihn gut gekannt, wir haben vier Jahre lang zusammen studiert. Anfangs haben wir uns sogar ein Zimmer geteilt. Ich war der Letzte, der ihn gesehen hat.«

»Was hat er gemacht?«, frage ich.

»Wie meinst du das?«

»An seinem letzten Tag«, sage ich.

Er kratzt sich am Kopf. »Wir haben zusammen zu Mittag gegessen. Am Vormittag war er für ein paar letzte Recherchen in der Bibliothek. Wir waren bei Da Rosa essen, in einer Trattoria, in die wir oft gegangen sind, ganz in der Nähe der Fakultät.«

»Was hat er gegessen?«, frage ich.

»Was er gegessen hat? Keine Ahnung. Ein Nudelgericht, glaube ich. Ja, Pasta mit Sardinen, jetzt weiß ich es wieder. Wir haben uns noch mit der Köchin darüber unterhalten, sie ist Sizilianerin.«

»Und dann?«, frage ich.

»Dann hat er mich gebeten, ihn zum Tintenkauf für seinen Füller und zum Bezahlen der Miete zu begleiten. Was das anbelangt, war er immer superpünktlich. Er hat nie einen Tag zu spät bezahlt. Danach wollte er in eine berühmte Pasticceria hier in der Nähe. Dort gibt es in Schokolade getauchte kandierte Orangen. Er war ganz wild darauf. Anschließend haben wir uns verabschiedet wie immer.«

Ich danke ihm und will gehen, aber Gabrieles Freund fasst mich am Arm und sagt: »Weißt du, was ich unheimlich finde, jetzt, wo ich darüber nachdenke? Gabrieles Gang war so wie immer. Du weißt schon, das Kinn emporgereckt, um in den Himmel zu schauen. Und dann war er immer so liebenswürdig und freundlich – zu allen. Und trotzdem war er schon unter der Erde.«

»Da kommen wir alle hin«, sage ich.

»Ja, aber weil es Schicksal ist, nicht freiwillig.«

Ich bedanke mich bei ihm, gebe ihm unsere Telefonnummer, falls er wissen will, wo und wann Gabriele beerdigt wird.

Ich kehre zu meiner Mutter zurück. »Willst du ihn wirklich nicht sehen?«, frage ich.

Sie sitzt am offenen Fenster, ein leiser Luftzug kommt herein und bewegt die Vorhänge. Sie antwortet nicht, schüttelt verschreckt den Kopf. Am nächsten Tag reisen wir ab. Unterwegs knabbere ich kandierte Orangen aus einer Tüte.

*

Am Tag nach der Beerdigung kehre ich nach Ivrea zurück. Ich stürze mich in die Arbeit. Alle freuen sich, dass ich wieder da bin, dass ich mich so engagiere.

Bei einer Besprechung mit Abteilungsleitern wage ich es vorzuschlagen, wie sich die Arbeitsprozesse optimieren lassen. Alle hören mir zu, einige sind nicht überzeugt, aber letztlich wird man meine Vorschläge annehmen: Ein Teil der Arbeiten, die man im mechanographischen Institut ausführt, werden unserer Abteilung unterstellt. Von nun an werden wir die Arbeitszyklen diktieren. Die Ergebnisse lassen nicht lange auf sich warten, sie sind überwältigend. Ich hoffe auf eine Beförderung, auf eine Gehaltserhöhung. Doch nichts passiert. Ich werde nicht befördert, und mein Gehalt bleibt dasselbe. Einige weniger verdiente Kollegen werden belohnt, aber ich nicht. Warum?

»Du musst hingehen und darum bitten«, sagt Elena. »Du musst dich durchsetzen, auf dich aufmerksam machen.«

»Vielleicht will die Firma das Geld, das sie in meine Ausbildung gesteckt hat, erst wieder reinholen. Das wäre nur fair.«

Ich muss etwas finden, worauf ich mich konzentrieren kann, denke ich. Ich denke, dass ich denken muss. Dass ich Dinge vergessen und andere lernen muss.

Ich entscheide mich für Informatik. Noch heißt das nicht Informatik, sondern elektronische Datenverarbeitung. Ich mache Erfahrungen mit Lochkarten, erlebe, wie aus mechanischen Rechnern die ersten Transistorrechner werden. Ich schreibe sogar einen Artikel für eine Zeitschrift, für eine wichtige Fachzeitschrift. Über die Möglichkeiten, die sich dank der sich weiterentwickelnden Informatik ergeben. Dann vergesse ich, dass ich ihn geschrieben habe. Erst viel später finde ich ihn wieder. Wütend verbrenne ich ihn im Ofen. Eines Tages schlage ich die Fachzeitschrift auf und sehe, dass mein Artikel veröffentlicht wurde. Ich reibe mir die Augen: Ich kann mich nicht daran erinnern, ihn jemals abgeschickt zu haben.

Am Wochenende fahre ich manchmal mit dem Zug nach Turin und esse bei Elena und ihren Eltern zu Mittag. Sie hat sich inzwischen für Medizin eingeschrieben, genau wie sie sich das immer gewünscht hat. Elena ist keine Jüdin, aber das ist mir egal.

Eines Tages besichtigen wir gemeinsam ein Museum. In einem von vielen kleinen Fenstern beleuchteten Raum steht eine Statue. Sie zeigt Prometheus, der im Kaukasusgebirge an einen Felsen angekettet ist und dessen Leber von einem Adler gefressen wird. Sie besteht aus weißem Marmor. Ich fahre mit dem Finger darüber, sie ist glatt und kalt.

»Manchmal fühle ich mich auch so«, sage ich.

Sie versteht nicht, lächelt und verengt die Augen zu Schlitzen.

»Nachts kommt mir alles ganz einleuchtend vor. Aber tagsüber vergesse ich ständig wichtige Dinge. Nachts weiß ich wieder, was ich tun muss und wie ich es tun muss. Tagsüber vergesse ich, was ich mir überlegt, was ich gemacht habe. Nachts schreibe ich, wusstest du das schon?«

»Wirklich?«, sagt sie.

»Ich lese viel und schreibe Briefe. Vor allem an meinen Vater. Und in diesen Briefen ist alles so klar. Diese Geste? Unvermeidlich. Diese Entscheidung? Die einzig richtige. Morgens lese ich dann, was ich geschrieben habe, und alles kommt mir so fremd vor: die Worte, die Schrift, die Farbe der Tinte.

Elena hebt den Zeigefinger und grinst: »Schreibst du auch an mich?«

Das Licht, das die Prometheus-Statue überflutet, bringt ihre Haut zum Strahlen. Gesicht und Hals sehen aus wie mit Silberstaub bedeckt.

»Dir schreibe ich tagsüber«, sage ich.

*

Ohne jede Gehaltserhöhung, ohne jeden Bonus bittet mich die Firma, eine neue Abteilung zu leiten, das Datenerfassungszentrum. Es ist eine Weiterentwicklung der Kostenabteilung. Ich muss in die Labors und Werkstätten gehen und herausfinden, was dort wie produziert wird. Ich muss Daten über die Herstellungskosten, die Arbeit, die Materialien und den Vertrieb sammeln und so die Kosten eines irgendwann in Serie gehenden Produkts ermitteln.

Ich betrete die Labors und stelle Fragen. Ich betrete die Werkstätten und rede mit den Arbeitern. Aber niemand beachtet mich, niemand antwortet mir. Die Leute rempeln mich an und sehen sich um, als wüssten sie nicht, was passiert ist. Ich mache Termine mit den Forschern, mit den Abteilungsleitern, aber wenn ich komme, sind sie nicht da. Mein Termin steht nicht in ihrem Kalender, oder aber sie haben ihn vergessen.

»Wer sind Sie?«, fragen sie.

»Der Leiter der Abteilung Datenerfassung.«

Sie winken ab. »Später, später. Jetzt ist es gerade schlecht.«

Der Chef will wissen, wie ich vorankomme. Ich habe nichts zu berichten: Ich habe weder Daten noch Vorschläge. Ich würde ihm gern sagen, dass niemand mit mir reden will, traue mich aber nicht. Genauso gut könnte ich ihm gestehen, ihm die ganze Zeit etwas vorgemacht zu haben: »Gut, ich gebe es zu, ich gebe mich als ein anderer aus, behaupte, Dinge zu denken, die ich nicht denke, Kompetenzen zu besitzen, die ich gar nicht habe. Ich bin ein Betrüger, eine Notlösung.« Ich denke an meinen Vater, den Baum. Daran, wie ich an ihm hochklettere.

»Alles läuft nach Plan«, erwidere ich lächelnd. »Ja, alles bestens. Aber um die Daten erheben zu können, brauche ich Verstärkung.«

»Was für Verstärkung?«

»Arbeiter«.

»Arbeiter?«

»Sieben Arbeiter.«

»Und wozu?«

»Wer kennt die Materialien und Produktionsmechanismen besser als ein Arbeiter? Niemand. Ich brauche einen Mann pro Werkstatt. Mit ihnen muss ich reden, nicht mit den Forschern. Forscher sind nicht sehr objektiv, sie denken nur an ihre Analyseergebnisse. Der Arbeiter ist da ganz anders, er sieht die Dinge, wie sie sind: die Kosten, die Betriebsorganisation. Ohne Scheuklappen. Er sieht die Wahrheit.«

Der Abteilungsleiter hört aufmerksam zu. Er schenkt sich etwas zu trinken ein und sagt: »Ich befürchte, das könnte einige Leute nervös machen, Coifmann. Aber von mir aus! Drei Arbeiter, einmal pro Woche, eine halben Tag lang. Aber mehr kann ich nicht für Sie tun.« Er stellt sein Glas auf einen Glastisch, deutet auf mich und fügt noch hinzu: »Ich will Ergebnisse sehen!«

Ich verlasse das Büro, brauche dringend frische Luft. Ich öffne Kragen und Manschettenknöpfe, lockere die Krawatte. Ich setze mich im Innenhof unter einen Baum. Was habe ich bloß gesagt? Warum habe ich das gesagt? Ich werde nichts zustande bringen. Ich kann das einfach nicht. Warum habe ich insistiert, statt das Feld zu räumen?

Am nächsten Tag warten die Arbeiter, die mir zur Verfügung gestellt wurden, schon in meinem Büro. Wir reden den ganzen Vormittag. Ich bitte sie, mir jedes Detail ihres Arbeitsalltags zu schildern: ihre Aufgaben, ihre Pausen, ihre Fehlermargen. Ich versuche, das ganze Räderwerk auseinanderzunehmen, um seine Schwachstellen zu enthüllen. Aber mir fällt nichts auf. Vielleicht ist das ein längerer Prozess, denke ich. Vielleicht überstürze ich die Dinge. Ich muss Geduld haben, mir die nötige Zeit nehmen.

Einer von ihnen nimmt das Wort Ausschussware in den Mund. Ausschussware gefällt mir nicht, hat mir nie gefallen. Ich werfe nie etwas weg.

»Abfall?«, sage ich.

»Nein, Ausschussware.«

»Kann man die wiederverwenden?«, frage ich.

Achselzucken. »Dazu müsste man schauen, was am Boden so rumliegt.«

An den restlichen Wochentagen bleibe ich bis spät im Büro. Wenn alle nach Hause gegangen sind und niemand mehr da ist, nicht einmal die Sekretärinnen, schleiche ich mich, kurz bevor die Putztrupps kommen, in Werkstätten und Labors. Der Boden ist mit allen möglichen Materialien bedeckt, und die Putzkräfte können nicht unterscheiden, was wiederverwertbar ist und was nicht. Sie werfen alles weg – aber ich nicht. Ich kann das unterscheiden. Abend für Abend fülle ich heimlich ganze Säcke. Am Ende der Woche ermittle ich den Materialwert dessen, was ich bergen konnte. Am Montagmorgen werde ich beim Abteilungsleiter vorstellig. Ich leere die Säcke auf dem Boden aus: Dioden, Transistoren, Kabel. Er sieht mich entsetzt an, eine Hand erstarrt in der Luft.

»Was Sie hier sehen, ist nur ein Bruchteil dessen, was jede Woche weggeworfen wird.« Ich hole meine Aufzeichnungen hervor, lese Daten vor.

»Warum haben Sie das getan?«, fragt er.

»Was?«

»Warum haben Sie dieses Material gesammelt? Sie sollten die Herstellungskosten erfassen und uns sagen, was eine Serienproduktion kosten wird, oder etwa nicht? Warum haben Sie dieses Zeug gesammelt?«

Ich weiß es nicht. »Es lag auf dem Boden herum«, sage ich, nicht ohne hinzuzufügen: »Ich mag keine Verschwendung.«

Der Abteilungsleiter ruft die Verantwortlichen zu sich. »Warum tut ihr nicht das Gleiche wie Coifmann?«

Die Verantwortlichen antworten nicht, sie senken den Blick und heben ihn nur, um mich anzustarren. Zwei Personen werden aufgefordert, den Müll zu durchsieben. Alles, was wiederverwendet werden kann, kommt zurück ins Lager.

»Gut gemacht, Coifmann!«, sagt mein Chef.

Ich bin verwirrt, bedanke mich. Ich will schon gehen, halte aber noch einmal inne, die Hand auf der Klinke. »Signore…«

»Schießen Sie los, Coifmann!«

»Ich werde heiraten.«

»Tatsächlich? Meinen Glückwunsch! Wann denn?«

»Das weiß ich noch nicht. Ich muss erst noch einen Antrag machen.

Er lacht. »Mir?«

»Nein«, sage ich. »Derjenigen, die ich heiraten will.«

»Ich verstehe Sie nicht, Coifmann! Wieso sagen Sie, dass Sie heiraten werden, wenn Sie der Betreffenden noch gar keinen Antrag gemacht haben? Wollen Sie sie etwa entführen?«

»Es geht ums Geld, nur darum. Um mein Gehalt.«

Lächelnd sagt der Chef: »Sie bekommen eine Gehaltserhöhung, Coifmann.«

Auf dem Weg zum Hotel treffe ich Gioele. Es ist schon lange her, dass wir uns gesehen haben. Ich lade ihn auf ein Getränk ein. Ich hatte ganz vergessen, wie gut es tut, mit ihm zu reden. Er hört schweigend zu, seine wenigen Fragen treffen genau ins Schwarze und bringen mich dazu weiterzusprechen, ja bringen mich auf neue Gedanken. Während ich rede, nimmt er ab und zu meine Hand und drückt sie, so wie viele Jahre zuvor in seinem Bett. Auch er möchte mir etwas sagen, rückt aber nicht heraus mit der Sprache. Ich lasse nicht locker.

»Nächstes Mal«, sagt er.

*

Wir stehen auf dem Gipfel, von dem aus man den Gran Paradiso sehen kann, als ich Elena frage, ob sie mich heiraten will. Sie bricht in Tränen aus, küsst mich. Beim Abstieg spricht sie über die Hochzeitsvorbereitungen, das Hochzeitsessen, die Gäste.

Darüber, wie wir es ihren Eltern sagen sollen. Wir beschließen, sie am nächsten Sonntag einzuweihen: Ich werde zum Mittagessen nach Turin kommen, dann werden wir einen Spaziergang im Valentino-Park machen, uns auf eine Bank am Fluss setzen und es ihnen sagen. Elena fragt sich auch, wo wir leben werden. Sie studiert in Turin und kann nicht in Ivrea wohnen. Sie bleibt am Rand eines Felsvorsprungs stehen und sagt mit weit aufgerissenen Augen: »Wie sollen wir das bloß machen?«

»Ich werde pendeln«, erwidere ich. »Wenn ich nicht aus Ivrea wegkann, werde ich in meinem Pensionszimmer übernachten, genau wie bisher.«

Sie umarmt mich. »Ich liebe dich«, sagt sie.

»Ich würde meine Mutter auch gern in Turin unterbringen«, erkläre ich. »Natürlich nicht bei uns in der Wohnung. Aber in unserer Nähe.«

»Warum nicht bei uns in der Wohnung?« Sie nimmt meine Hand. Gemeinsam setzen wir den Abstieg fort. »Ich finde deine Mutter äußerst sympathisch.«

»Ihr habt euch nur einmal gesehen.«

»Ich bin mir sicher, dass wir miteinander auskommen werden.«

Ich schlage das meiner Mutter vor, die ablehnt. Sie will nicht aus Genua weg.

Sie habe schon genug verloren im Leben, jetzt wolle sie sich nicht auch noch von ihren Erinnerungen trennen. Ich solle mein eigenes Leben leben und auf sie keine Rücksicht nehmen.

An einem Wochenende besuche ich sie zusammen mit Elena. Nach dem Mittagessen unternimmt Elena einen Spaziergang, damit wir allein sein können. Wir sitzen in der lauwarmen Sonne, die durch die Bäume fällt und Lichtflecken auf den Balkon des Zimmers wirft, das wir nur die Voliere nennen: Großvaters Zimmer. Kein Lüftchen regt sich, und auch sonst nichts im Haus. Wir tragen zwei Tassen mit Tee aus der Küche und einen Teller mit Kokoskeksen.

»Ich hätte wirklich gern, dass du nach Turin ziehst«, sage ich.

»Darüber haben wir bereits gesprochen.«

Sie nippt an ihrem Tee. »Dieses Haus ist voller Gespenster. Und die brauchen mich genauso wie ich sie.« Sie nimmt einen Schluck, der Tee ist kochend heiß, sie pustet hinein. Dann sieht sie mich an. Meine Mutter hat wunderschöne Augen. »Siehst du sie nicht?«, fragt sie.

Als es Zeit wird zu gehen, zieht sie sich an und verlässt mit uns das Haus. An der Ecke zu einer Straße, die ans Meer führt, sagt sie, sie habe keine Lust, uns bis zum Bahnhof zu begleiten. Ob es uns etwas ausmache, wenn wir uns hier verabschieden? Wir umarmen uns. Ich sehe ihr nach, während sie dicht an den Hauswänden entlang den Heimweg antritt.

Elena und ich machen halt bei einem Bäcker und kaufen *focaccia* für die Zugfahrt. Ich stecke die Hand in die Tasche, um den Geldbeutel herauszuholen, und spüre etwas Rundes, Glattes. Ich ziehe es hervor: Es ist ein Lederball.

»Ich muss noch mal zurück«, sage ich zu Elena.

»Wohin?«

»Ich muss zurück zu meiner Mutter.«

»Simone, der Zug geht in zwanzig Minuten.«

»Wir sehen uns am Bahnhof!«, rufe ich und bin schon losgerannt. Ich erreiche unser Haus, und das Herz schlägt mir bis zum Hals. Ich klingle. Ich eile die Treppe hinauf, nehme drei Stufen auf einmal.

Meine Mutter erwartet mich an der Tür. »Hast du was vergessen?«

»Hast du mir den Ball in die Tasche gesteckt?«

»Welchen Ball?«

Ich zeige ihn ihr. »Hast du ihn mir in die Tasche gesteckt?«

Sie nimmt ihn mir aus der Hand und berührt ihn wie einen kostbaren Gegenstand aus einer anderen Welt. »Wo hast du den denn gefunden? Ich dachte, ich hätte ihn verloren.«

*

Wir heiraten standesamtlich. Elenas Familie ist nicht nur nicht jüdisch, sondern auch nicht religiös. Ihr Vater bezeichnet sich als Agnostiker, ihre Mutter als Atheistin, sie sich als gar nichts. Sie denkt nach. Von nun an werden wir gemeinsam nachdenken. Meine Trauzeugen sind Tommaso Rey und Gioele. Als ich versuche, Tommaso telefonisch zu erreichen, haben wir seit zwei Jahren nichts mehr voneinander gehört.

»Hast du denn sonst niemanden?«, fragt er verblüfft.

»Wenn du nicht willst, kannst du auch ablehnen.«

»Soll das ein Witz sein?«

Ich warte im Rathaussaal auf sie. Beide treffen gleichzeitig ein. Ich gehe ihnen entgegen: »Danke, dass ihr gekommen seid.«

Tommaso sieht sich um. »Wie funktioniert das hier?«

»Ganz einfach: Erst wird der Trauspruch verlesen und dann der Ehevertrag unterschrieben.«

Tommaso steckt die Hände in die Hosentaschen und nickt: »Ein Vertrag, gut so! Die Ehe muss man vertragen oder ertragen wie eine Krankheit.«

Nach der Trauung essen wir *fritto misto* in einer Trattoria in den Hügeln. Meine Mutter versteht sich hervorragend mit Elenas Mutter, und darüber bin ich froh. Die Flitterwochen bestehen aus einer Nacht in einem Chalet am Fuß des Mont Blanc.

Für mich beginnt das Pendeln, aber das macht mir nichts aus. Der Zug ist ein Ort, der zu mir passt. Ich kann mich in der an mir vorbeiziehenden Realität verlieren: Häuser, Lichter, Felder. Ich kann die Spuren der Regentropfen auf der Scheibe verfolgen, ein Buch lesen. Im Zug ist man im Nirgendwo: Man ist Bewegungsenergie, Vergangenheit und Zukunft, aber niemals Gegenwart.

Eines Tages ruft mich ein früherer Vorgesetzter an, der die Firma gewechselt hat. Er arbeitet inzwischen für einen kleineren Betrieb, den er als sehr solide beschreibt. »Wir produzieren Reifen für Autos und Traktoren, wollen aber auch Autos bauen«, erklärt er. »Richtige Autos, nicht bloß Reifen. Ich brauche einen Leiter für Arbeitsabläufe. Der Firmensitz ist in Turin, und da habe ich an dich gedacht.«

Nachts habe ich Albträume, ich kann nichts mehr essen, mich nicht mehr konzentrieren. Zweimal verpasse ich den Zug. Ich vertraue mich Gioele an, der sagt: »Nimm das Angebot an!« Am Abend spreche ich lange mit Elena darüber, die meint: »Dann müsstest du nicht mehr pendeln, und wir könnten jeden Tag gemeinsam zu Abend essen und morgens zusammen frühstücken. Und denk an das Gehalt! Vielleicht bekommst du dort mehr Geld. Du musst gut verhandeln.«

Ich sage nichts dazu, sondern lege meinen Kopf in ihren Schoß.

Sie fährt mir durchs Haar. Am Tag darauf kündige ich. Alle wundern sich und sind enttäuscht. Ich komme mir vor wie ein Verräter, kann nicht mehr in den Spiegel schauen.

Als ich den Vertrag mit meinem neuen Arbeitgeber unterschreibe, nennt man mir ein Gehalt, das genauso hoch ist wie mein altes. »Geht das in Ordnung?«

»Ja, klar«, sage ich.

Als ich am Abend nach Hause komme, habe ich Angst, Elena davon zu erzählen. Ich fühle mich schuldig, aber sie wird nicht ungehalten und schimpft mich nicht, obwohl sie das Recht dazu hätte. Stattdessen sagt sie: »Ist doch egal! Die werden dich schon ordentlich bezahlen, wenn sie erst mal merken, was du wert bist.«

Ich arbeite mit einem Team aus Zeitnehmern zusammen, um die Produktion zu planen. Die Zeitnehmer sind alles Spezialisten: Einer kennt sämtliche Geheimnisse des Blechstanzens, ein anderer beschäftigt sich nur mit dem Stanzen von Plastik, und wieder ein anderer weiß alles über die Montage. Das einzige Wissen, das sie teilen, betrifft Vertrags- und Gewerkschaftsangelegenheiten. Ich muss ihre Arbeit koordinieren. Langsam beginne ich, mich wohlzufühlen. Ich habe das Richtige getan: Elena ist glücklich, und der Mann, der mich eingestellt hat, ist zufrieden.

Ein Jahr später wird mir die Markteinführung des ersten Autos anvertraut.

Ich muss nach Deutschland fahren, um dort mit dem wichtigsten deutschen Händler zu verhandeln. Mit einem gewissen Schnellinger. Wir sind zu zweit. Mein Kollege kann sehr gut Englisch, keiner von uns kann Deutsch. Am Flughafen wartet ein Wagen, der uns abholen soll. Der Chauffeur, ein riesiger Muskelprotz, bittet uns auf Deutsch, ihm zu folgen. Während der Fahrt erklärt mein Kollege, was wir sagen und tun müssen. Ich schweige und höre zu. Am nächsten Morgen holt uns derselbe Chauffeur vom Hotel ab. Die Büroräume Schnellingers befinden sich im dritten Stock eines imposanten Gebäudes aus Glas und Beton. Schnellinger raucht eine Zigarre, die Luft ist zum Schneiden. Nach einer halben Stunde mit Vorbemerkungen entschuldige ich mich und gehe auf die Toilette. Am Ende des Flurs steht der Chauffeur. Er spricht mit einem Boten, nimmt zwei Pizzakartons entgegen, bezahlt und verabschiedet ihn wieder – auf Italienisch. Als ich von der Toilette komme, steht die Pizza auf dem Tisch, dazu gibt es deutsches Bier.

»Feiern wir die Hochzeit zwischen Italien und Deutschland!«, sagt Schnellinger.

Abends im Hotel kann ich nicht einschlafen. Ich gehe in die

Lobby hinunter und schaue fern. Der junge Mann, der Nachtschicht hat, ist ebenfalls Italiener, und wir kommen ins Gespräch. Ich erkundige mich bei ihm nach Schnellinger. »Das ist ein mächtiger Mann«, sagt er. »Ihm gehört fast die ganze Stadt.«

»Kommt er aus einer Industriellenfamilie?«

»Nein. Er ist ein ehemaliger Nazioffizier, der im Krieg zu Geld gekommen ist.«

Am Tag darauf nimmt uns Schnellinger mit zum Achterbahnfahren. Die Achterbahn ist neu, sie wurde gerade erst eingeweiht. Der ganze Vergnügungspark gehört ihm. Er spendiert uns jede Menge Bier, und wir essen Würstel, Sauerkraut und italienisches Eis. »Ich liebe Italien!«, sagt er, und als er das sagt, stinkt sein Atem nach Fleisch, Tabak und Essig.

Mit einem höchst unvorteilhaften Vertrag kehren wir nach Hause zurück.

*

Der Firmenchef lädt Schnellinger nach Turin ein. Mein Vorgesetzter weist mich an, mich um alles zu kümmern: um seine Reise, sein Essen, seine Unterbringung. Ich soll dafür sorgen, dass er sich wohlfühlt.

Ich gehorche.

Ich reserviere das Hotel und das Restaurant, lasse ihn die beste Schokolade der Stadt verkosten und besuche mit ihm ein Weingut in den Langhe, wo er zehn Kisten Wein kauft, die er nach Deutschland schicken lässt.

Schnellinger staunt über unsere Büroräume, vor allem über unsere Fertigungsstraße. Am dritten Tag bittet mich mein Chef, ihn in die Designabteilung zu begleiten, in der die verschiedenen Modelle entworfen werden. Sie befindet sich außerhalb der Stadt in einem großen dreistöckigen Gebäude. Zwei Stockwerke davon sind mit Büros belegt, das dritte ist privat, es gehört dem Firmeninhaber. Man erreicht es über einen speziellen Lift, für den man einen Schlüssel braucht. Ich war noch nie im dritten Stock. Der Inhaber empfängt uns in einem Tweedjackett und weist uns den Weg. Er zeigt Schnellinger die Entwürfe und Pläne. Nach einer Stunde kommt er zu mir: »Sagen Sie allen, sie sollen nach Hause gehen.«

»Wem?«

»Sämtlichen Angestellten, Sekretärinnen, Designern. Allen. Ich möchte, dass das Gebäude in zwanzig Minuten leer ist.«

Ich gehorche. Ich laufe durch die Büros und sage, man möge sich den Rest des Tages freinehmen. Ich kehre zurück, suche nach dem Firmeninhaber und Schnellinger, kann sie aber nicht finden. Dann höre ich Schüsse: aus einem Maschinengewehr, aus Pistolen, Gewehren. Die Schüsse hallen ganz in der Nähe zwischen den Wänden wider, sie wurden direkt im Gebäude abgefeuert. Ich folge dem Geknalle und sehe, dass der Schlüssel zum Privatlift steckt. Ich betrete den Lift, drücke auf den Knopf zum dritten Stock. Dort befindet sich ein Schießstand. Mein Arbeitgeber ist ein Waffennarr. Schnellinger und er haben Ohrenschützer auf, sie lachen, trinken und rauchen. Sie tauschen Waffen. Sie reden über Automatik- und Halbautomatikwaffen, vergleichen sie miteinander. Ich weiß nicht, was ich tun soll.

Ich beobachte sie schweigend. Auf einmal ist mir, als hätten sie verquollene Augen, rot gefrorene Wangen, einen ausrasierten Nacken. Sie sind sehr jung, sie machen mir keine Angst. Ich sehe, wie Gabriele beiden die Stange Zigaretten anbietet, im Tausch gegen unseren Vater. Der Firmeninhaber hat eine Wunde an der Lippe, er wirkt unglaublich müde. Er wirft einen Blick auf Schnellinger und einen in Richtung Zugführer. Kurz vor der Kurve reißt er Gabriele die Stange Zigaretten abrupt aus der Hand und stößt unseren Vater in ein Gebüsch.

»Sie können gehen«, sagt er.

Der Firmeninhaber redet mit mir. »Meinen Sie mich?«, frage ich.

Er zeigt zur Tür. »Gehen Sie.«

Ich bedanke mich und gehe. Ich fahre nach Hause, zu Elena, die einen Himbeerkäsekuchen bäckt. Im Radio läuft klassische Musik. Als ich die Wohnung betrete, kommt sie mir entgegen, umarmt mich mit abgespreizten Händen, um mich nicht mit Teig zu bekleckern. Ich erwidere ihre Umarmung und lasse sie nicht mehr los. Sie versucht, sich von mir zu lösen, aber ich erlaube es ihr nicht.

»Was ist?«, fragt sie.

Ich schweige. Wir bleiben im Flur stehen, wie lange, kann ich nicht sagen.

Elena umarmt meinen Rücken mit den Unterarmen, der Teig tropft von ihren Händen auf den Boden. Ich bin auf hoher See, klammere mich an einen Baumstamm. Als wir später auf dem Bett sitzen, erzähle ich ihr von Schnellinger und dem Firmeninhaber, von den Waffen und dem Krieg. Bisher habe ich Elena nie viel vom Krieg erzählt. Nur von der Flucht nach Frankreich, von unserem Untertauchen in Colle Ferro, aber nicht mehr: keine Episoden, keine Erinnerungen, keine Anekdoten.

An diesem Abend erzähle ich ihr von der Stange Zigaretten, von dem Wald aus toten Beinen und von den Deutschen, die unseren Vater mitgenommen haben. Und denke dabei, dass es höchste Zeit wird, meine Erinnerungen zu ordnen. Ich esse nichts zu Abend, gehe gleich ins Bett. Als Elena mich weckt und mir ein Stück Kuchen anbietet, ist es mitten in der Nacht. Wir trinken Kamillentee.

»Was wirst du tun?«, fragt sie.

»Das weiß ich noch nicht. Ich muss darüber nachdenken.«

Es ist kurz vor Tagesanbruch, ich habe kein Auge zugetan. Elena schläft neben mir. Plötzlich falle ich durch die Matratze.

Ich reiße Laken und Decke mit, die Steppdecke ist riesengroß, eine rote Wand, die mich daran hindert, den Brunnenschacht hochzuklettern, in den ich stürze. Oben, im kleiner werdenden Lichtrechteck, erkenne ich Gesichter. Sie werfen mit Erde und Blättern, vergießen Wein. Sie werfen alles dorthinein, denn das ist mein Grab. Sie lassen mich in die Grube hinunter. Aber ich fühle mich nicht unwohl dabei, es ist ganz normal.

Am nächsten Tag wache ich spät auf. Elena hat mich schlafen lassen. Ich gehe nicht zur Arbeit, bleibe im Bett. Ich esse noch mehr Kuchen, trinke Milch. Ich beschließe, auch am nächsten Tag nicht zur Arbeit zu gehen.

Das Telefon klingelt, aber ich gehe nicht dran. Der zweite Tag vergeht wie der erste, in geistiger Umnachtung, voller Erinnerungslücken. Elena hat ihre Bibliothek zu uns nach Hause geholt: *Gullivers Reisen, Robinson Crusoe, Der Herr der Ringe*. Ich lese den ganzen Tag. Ich suche nach anderen Orten, an denen ich leben kann. Am dritten Vormittag sagt Elena: »So kannst du nicht weitermachen, du musst es ihnen sagen. Ruf an und sag, dass du kündigst!«

»Geht das denn?«, frage ich.

»Oh, Simone!«, sagt Elena, zieht mich an sich und liebkost mich.

*

Ich bin arbeitslos. Ich schicke meinen Lebenslauf herum und biete mich als Berater an. Ich stelle mich bei kleinen Firmen vor, weil ich nicht den Mut habe, bei den großen anzuklopfen. Aber die kleinen Firmen haben nichts für mich zu tun, dort werde ich nicht gebraucht.

Eines Tages bekomme ich einen Anruf aus Florenz: eine Firma, die Strumpfhosen produziert, bittet mich zu einem Vorstellungsgespräch. Ich sage zu, die Fahrt wird bezahlt. Es ist das erste Mal, dass ich die Fahrt zu einem Vorstellungsgespräch bezahlt bekomme.

Ich fahre nach Florenz, die Leute sind nett und professionell. Sie könnten mich gebrauchen, aber das Treffen läuft schlecht. Es ist meine Schuld, ich bin nervös und stottere. Es ist Juni. Florenz ist die heißeste Stadt Italiens und das Büro des Geschäftsführers das heißeste von ganz Florenz. Ich spüre, wie ich zerfließe. Ich bin eine Kerze mit Docht statt Kopf. Als wir uns verabschieden, weiß ich, dass es kein zweites Gespräch mehr geben wird.

Als ich im Zugabteil Platz nehme, um nach Hause zu fahren, bin ich ein trauriger Wachsklumpen, ich verströme Versagensgestank, so als hätte ich faulen Fisch in der Tasche.

Mein Nebenmann spricht mich an. Er ist wie aus dem Nichts aufgetaucht und fragt: »Kennen Sie sich mit Kunst aus?«

»Meinen Sie mich?«, flüstere ich.

»Ja, Sie! Ich möchte Sie nicht beleidigen, aber Sie sehen nicht so aus, als würden Sie etwas davon verstehen. Ich brauche Ihren Rat, einfach so aus dem Bauch heraus. Darf ich Ihnen Zeichnungen zeigen?«

Ich sage Ja.

Der Mann ist elegant gekleidet, hat aber das rote Gesicht eines Bauern oder Arbeiters. Dazu blendend weiße Zähne, eine Säufernase mit geplatzten Äderchen, die groben, abgearbeiteten Hände eines Spenglers. Er spricht zwar keinen Dialekt, aber ein nicht sehr gewähltes, regional eingefärbtes Italienisch. Er zeigt mir die Zeichnungen, sagt, sie seien von einem unbekannten Maler: Es sind Porträts von Frauen, Hunden und Kindern.

»Ihr Wert soll sich in drei Jahren verdoppeln«, sagt er.

»Sie sind schön«, sage ich.

»Finden Sie?«

»Ja.«

»Ich habe sie für mein Büro ausgesucht. Bilder, die man ins Büro hängt, sagen viel über einen aus. Als was arbeiten Sie?«

Ich müsste sagen: »Gar nichts«, bringe aber gerade noch heraus: »Als Unternehmensberater. Ich bin auf Betriebsabläufe spezialisiert, beschäftige mich mit Umstrukturierungen.«

»Und das bedeutet?«

Ich atme tief durch und erkläre es ihm. Anschließend sieht mich der Mann mit den Bildern verblüfft an und sagt: »Warum sollte man jemanden von außen dazuholen, damit er Arbeitsabläufe umstrukturiert, die jeder in der Firma besser kennt als er?«

»Weil Routine blind macht«, sage ich. »Wenn man etwas immer so macht, denkt man, es geht nicht anders.«

Er überlegt und sagt: »Ich habe eine Firma.«

»Tatsächlich?«

»Ich stelle Lampen her. Was halten Sie davon, wenn Sie mich besuchen?«

»Wann?«

»Wann Sie wollen.«

Wir tauschen Telefonnummern aus. Zu Hause spreche ich mit Elena darüber. Ich erzähle ihr, dass die Lampenfabrik in der Toskana liegt, dass ich wochenlang von zu Hause weg sein werde, wenn es mit einem Auftrag klappt.

»Du hast deine Entscheidung bereits gefällt«, sagt Elena. »Das sehe ich dir doch an. Also, von mir aus!« Dann muss sie lachen und küsst mich. »Wollen wir das feiern?«

*

Die Fabrik des Mannes mit den Bildern ist eine Vorzeigefabrik. Fünfhundert Menschen arbeiten dort: Arbeiter, Angestellte, Sekretärinnen. Nichts wird hinzugekauft, alles wird intern produziert, sogar die Stoffe werden selbst bedruckt. Ich bekomme den Auftrag, die Effizienz einer Fertigungsstraße zu überprüfen.

»Ich gebe Ihnen zwei Tage«, sagt der Mann mit den Bildern.

Ich rede mit den Leuten, sehe mir den Herstellungsprozess an, schaue mich um.

Ich habe ein Hotelzimmer ganz in der Nähe reserviert, in dem ich übernachte. Eigentlich hätte ich Halbpension, aber als ich die Fabrik verlasse, ist es fast Mitternacht, und die Küche hat schon geschlossen. Ich bekomme Brot, drei Scheiben Schinken und ein Glas Wein. Am Abend des zweiten Tages melde ich mich bei dem Mann mit den Bildern und erläutere ihm, wie sich die Fertigungsstraße verbessern lässt. Er hört mir äußerlich unbewegt zu. Ich schwitze, weiß nicht, ob das, was ich sage, intelligent klingt oder nicht. Nachdem ich ihm meine Einschätzung vorgetragen habe, lehne ich mich zurück, lege die Hände in den Schoß und warte. Schweigend mustern wir uns eine Weile.

»Sie haben mich überzeugt«, sagt er schließlich.

Er schlägt mit den Händen auf den Tisch, ein Knall, der wie ein Gong durch die Flure hallt. Er erhebt sich und geht einmal um den Tisch herum. »Wenn Sie nichts dagegen haben, möchte ich, dass Sie dasselbe mit den anderen Fertigungsstraßen tun. Wie viele Tage brauchen Sie?«

Ich habe nicht die geringste Ahnung. Ich nenne irgendeine Zahl.

»Wie viel wollen Sie?«, fragt er.

Ich habe nicht die geringste Ahnung. Ich nenne irgendeine Zahl.

Er überschlägt das gesamte Beraterhonorar und sagt, das sei zu viel, das könne er sich nicht leisten, und reduziert es um ein Viertel.

»Einverstanden«, sage ich.

Als ich wieder nach Hause komme und Elena umarme, sagt sie: »Du zitterst ja!«

»Ich zittere vor Glück. Ich habe Arbeit. Als Unternehmensberater.«

Ich rufe meine Mutter in Genua an. Ich erzähle ihr davon, erkläre ihr, dass man als Unternehmensberater eine wichtige Position bekleidet, dass man hoch angesehen ist und in dem Beruf viel Geld verdienen kann.

»Müsstest du dafür keinen Universitätsabschluss haben?«, wendet sie ein.

»Doch«, sage ich. »In Betriebswirtschaft. Aber was spielt das schon für eine Rolle? Die Firma interessiert nur, dass ich halte, was ich verspreche.«

»Aber wenn man dich nach deinem Abschluss fragt, was dann?«, fragt meine Mutter seufzend.

»Nichts, Mama«, sage ich. »Was soll mir schon passieren?«

Trotzdem glaube ich nicht an das, was ich sage. Alle Angestellten des Mannes mit den Bildern haben mich Dottore genannt, und ich habe nichts dagegen eingewandt. Ich habe sie nicht bewusst getäuscht, habe nie behauptet, über einen Doktortitel zu verfügen. Aber ich habe sie auch nicht korrigiert. Ich lasse mich neben dem Telefon zu Boden sinken.

»Ich ruf dich zurück, Mama«, sage ich.

Jetzt muss ich um jeden Preis verhindern, dass ich auffliege.

Elena und ich werden Mitglied im Alpenverein. Nur wenn wir bergsteigen gehen, fühle ich mich ebenbürtig. Ich kann bergsteigen, fühle mich dazu berechtigt. Wenn ich möchte, kann ich auch allein bergsteigen gehen, ohne mich dafür rechtfertigen zu müssen. Oft wache ich sonntags früh auf, wenn alle anderen noch schlafen. Elena liegt reglos neben mir und umarmt ihr Kissen. Sie wälzt sich nicht ruhelos hin und her und wird noch nicht von ihren Träumen geplagt, die kurz vor dem Aufwachen kommen, wie sie mir erzählt hat. Mineralische, staubige Träume. Mit diesen Worten erklärt sie mir, der ich nie träume, was Träume sind. Manchmal schreibe ich ihr einen Zettel: Wir sehen uns zum Mittagessen! Ich stecke eine Wasserflasche in den Rucksack, der schon fertig gepackt hinter der Schlafzimmertür steht. Ich verlasse das Haus und hänge keine Stunde später in einer Wand oder bin auf einem Wanderweg unterwegs.

Deshalb haben Elena und ich uns im Club Alpino Italiano eingeschrieben.

Weil sie es nicht mag, wenn ich allein bergsteigen gehe. Wir freunden uns mit zwei weiteren Paaren aus Turin an. Mit dem Verein unternehmen wir Ausflüge in die Dolomiten, in den gesamten Alpenraum. Montagmorgens nach dem Frühstück lege ich nicht nur Jackett und Krawatte, sondern auch eine Maske an. Ich nehme den Zug und anschließend einen anderen, wechsle von einer Keks- zu einer Stofffabrik, von einem Reishersteller zu einem Verlagsauslieferer, von einem Schweinezüchter zu einer Bank. Ich sage zu allem Ja und Amen, anschließend renne ich jedes Mal auf die Toilette, um mir kaltes Wasser ins Gesicht zu spritzen, damit ich nicht ohnmächtig werde.

Sobald ich den Auftrag angenommen habe, arbeite ich nur noch, um ihn abzuschließen, nicht aufzufallen. Ich muss effizient und gleichzeitig unsichtbar sein. Man darf mich nicht auf dem Flur sehen, darf sich nicht an mein Gesicht erinnern. An den Namen schon, der Name ist notwendig, er verschafft mir neue Aufträge. Aber ich möchte nicht auf der Straße wiedererkannt werden. Meine Auftraggeber sollen zufrieden sein: Zufriedenheit ist ein Anästhetikum. Im Lift fragt man mich nicht, in welches Stockwerk ich möchte. Man setzt sich an meinen Tisch, ohne um Erlaubnis zu fragen, zahlt für alle, aber nicht für mich. Manchmal entschuldigen sich die Leute. »Das macht nichts«, sage ich dann. »Das wäre ja noch schöner.« Die Chauffeure vergessen, mich vom Flughafen abzuholen. Und wenn sie es nicht vergessen, finden sie mich nicht und fahren wieder, auch wenn ich am vereinbarten Treffpunkt vor ihnen stehe. Ich arbeite bis spät in die Nacht, um Berichte fertigzuschreiben, die ich am nächsten Tag einem wichtigen Geschäftsführer vorstellen muss. Wenn ich ihn dann aufsuche, bitte ich jemand anders, meine Ergebnisse vorzutragen. Ich habe keine Stimme mehr, sondere mich von den anderen ab, setze mich, lehne den Kopf an die Wand und höre mir meine Erkenntnisse an. Anschließend klatschen alle, stehen auf und beglückwünschen den Vortragenden. Ich verlasse den Raum und zünde mir eine Zigarette an.

*

Ich habe angefangen zu rauchen. Morgens nach dem Aufstehen, am Bahnhof in der Schlange vor dem Fahrkartenschalter, nach dem Mittagessen, nach dem Abendessen, nach dem Kaffee.

Zu Hause gehe ich auf den Balkon, lasse den Blick über die Häuser und die Berge in der Ferne schweifen. Ich rauche nicht gern: Ich hasse den Teergeschmack, der an Gaumen und Zähnen zurückbleibt, wenn man mit der Zunge darüberfährt. Ich inhaliere nicht, behalte den Rauch bloß im Mund und stoße ihn wieder aus.

Aber ich rauche. Wenn es kalt ist, rauche ich in der Wohnung.

Eines Tages sagt Elena, dass ich drinnen nicht mehr rauchen darf, ich möge bitte hinausgehen, auch bei Kälte. »Zieh den Mantel an, wenn es sein muss.«

»Entschuldige, ich wusste nicht, dass es dich stört.«

»Ich bin nicht diejenige, die es stört.«

»Hat sich deine Mutter beschwert?«, frage ich.

Elena legt ein Puzzle, ein Motiv von Alfons Mucha. Während sie mit gespreizten Oberschenkeln am Tisch sitzt, lässt sie ein Teil herumsausen wie ein Aufklärungsflugzeug. »Ich bekomme ein Baby«, sagt sie und mustert mich mit einem spöttischen Grinsen. »Das heißt, *wir* bekommen ein Baby.«

»Du bist schwanger?«

»Ich glaube, anders kann man kein Kind kriegen.«

Ich bleibe im Sessel sitzen, meine Beine sind wie gelähmt: ein Kind.

Ich denke an die Augen, den Mund, die Ohren, die Hände, die Lunge, die Leber und die Nieren, die in Elena heranwachsen, während sie vor meinen Augen versucht, ein Eckstück in das Motiv auf dem Tisch einzupassen: ein Fragment in das große Ganze. Ich denke an den in ihr heranwachsenden Embryo, der irgendwann die Stimmen seiner Eltern erkennen, Musik hören, Hell und Dunkel voneinander unterscheiden, Schluckauf haben und anfangen wird, am Daumen zu lutschen. Der träumt.

Ich stürze mich auf Elena und küsse sie, wobei ich den Sessel grob beiseiteschiebe. »Vorsicht!«, sagt sie und legt eine Hand auf den Bauch. Ich gehe auf die Knie und lege mein Ohr darauf. »Hallo, kannst du mich hören?«, sage ich, und dann zu Elena: »Isst es? Vielleicht hat es schon bestimmte Vorlieben. Hast du Heißhungerattacken?«

»Ich weiß nur, dass Babys Geschmack über das Fruchtwasser wahrnehmen.«

»Hat es dir geschmeckt? Ja, danke, ich hätte gern noch einen Nachschlag!«, sage ich.

Elena streicht sich die Haare aus dem Gesicht. »Es liegen noch neun Monate Ungewissheit vor uns.«

»Neun Monate«, sage ich. »Warum dauert das so lange?«

»Das Leben entwickelt sich langsam. Außerdem glaube ich, dass die neun Monate auch dazu dienen, Eltern zu entwickeln und nicht nur das Kind. Manche Tierarten sind nur kurz trächtig. Katzen und Hunde etwa sechzig, Löwen und Tiger hundert Tage. Für sie ist es einfacher.«

»Wir werden gut sein.«

»Was?«

»Gute Eltern.«

Ich entdecke ein Puzzleteil unter dem Tisch und hebe es auf.

»Da hat es also gesteckt!«, ruft Elena. »Genau danach habe ich gesucht.«

Sie nimmt es und legt es an seinen Platz.

»Jetzt passt alles«, sagt sie.

*

Es fällt mir immer schwerer, morgens aus dem Haus zu gehen. Elena und unser Kind sind die Energie, der Sinn, die Antwort auf meine Fragen. In ihrer Gegenwart fließt das Blut mit neuem Schwung durch meine Adern. Meine Haare sind glänzender und kräftiger, und der ständige Schmerz, der mir den Rücken krümmt, verschwindet spurlos.

Zu Hause glückt mir alles. Ich baue ein Regal, hänge Bilder auf. In der Arbeit entgleitet mir alles: der Stift, die Mappe mit den Berichten, die Kaffeetasse. An bestimmten Tagen entgleitet mir nichts, weil ich erst gar nichts zu fassen bekomme. Die Finger verfehlen den Tacker, als wäre er aus Luft. Ich setze mich und gehe zu Boden, als wäre ich durch die Sitzfläche gefallen.

Ich arbeite schlecht. Mir zittern die Beine. Ich gehe zum Arzt, aber der kann nichts feststellen. Er sagt, es gehe mir gut, ja ausgezeichnet. Elena und ich fahren nach Genua, damit meine Mutter sehen kann, wie die Schwangerschaft voranschreitet. Elena hat einen dicken Bauch. Nach dem Mittagessen lasse ich die beiden allein; sie sitzen mit einer Decke auf den Knien im Wohnzimmer und plaudern. Ich gehe auf den Staglieno-Friedhof. Die Gräber meines Vaters und Bruders sind ein blühender Garten. Meine Mutter geht jeden Tag hin, um sie zu pflegen, und wenn sie verhindert ist, beauftragt sie eine Nachbarin. Ich verweile ein paar Minuten am Grab, ohne an etwas zu denken, ohne zu beten, und gehe dann wieder.

Ich mache einen langen Spaziergang, nehme eine Treppe, die parallel zu den Bahngleisen verläuft. Sie führt zu einer alten Steinbrücke. Auf der Brücke bleibe ich stehen. Ich mache kehrt, klettere über einen Metallzaun auf die Gleise. Es gibt vier davon. Ein Hund, ein kränklicher, verwahrloster Mischling, sieht mich an. Ich bücke mich, lege die Hand auf eine Gleisschwelle, dann auf die Schiene. Sie ist warm. Es muss erst vor Kurzem ein Zug vorbeigekommen sein. Der Mischling nähert sich, trottet unschlüssig auf mich zu. Ich habe Bonbons in der Tasche.

Ich wickle eines aus und werfe es ihm zu. Er schnuppert misstrauisch daran, scheint es zu verschmähen, nimmt es dann aber doch und schluckt es mit unnötig lautem Zähneknirschen hinunter. Ich bin noch da, ganz in der Nähe der Gleise. Ich lege erneut die Hand auf die Schiene; sie bebt. Erst ist es nur ein leichtes, undefinierbares Vibrieren, das immer heftiger wird. Ich stehe nicht auf, überlege, aus welcher Richtung der Zug wohl kommt. Ich befinde mich in einer Kurve, und die Gleisstrecke, die ich überblicken kann, misst höchstens zwei- bis dreihundert Meter. Jetzt höre ich Lärm, einen Pfiff, die Reibung der Räder, das Quietschen von Metall. Ich umklammere die Schiene, so fest ich kann, wieder ein Pfiff, diesmal deutlich näher. Der Lärm ist mittlerweile ohrenbetäubend, er hüllt mich regelrecht ein: ein Luftzug, der Triebwagen, Waggons, ein bunter Streifen, Stille.

Ich falle rücklings ins schmutzige, verdorrte Gras. Ich keuche. Der Zug kam auf dem Nebengleis. Die Vibrationen im Arm setzen sich im Rest meines Körpers fort.

Ich sperre die Haustür auf und lege die Schlüssel auf die Kommode. Aus dem Wohnzimmer höre ich Frauenstimmen, sie duften nach Blumen und Licht.

»Wo warst du?«, fragt Elena. »Wir dachten schon, du kommst nicht mehr.«

Meine Mutter steht auf und schenkt mir Karottensaft ein. »Während du draußen herumgestreunt bist, haben wir eine Liste mit Namen aufgestellt. Willst du sie hören?«

»Natürlich«, sage ich.

»Es sind Jungen- und Mädchennamen. Womit sollen wir anfangen?«

»Mit den Jungennamen. Es wird bestimmt ein Junge.«

Ich gehe zu Elena, die am Fenster sitzt und von einem leuchtenden Nebel eingehüllt ist, den die Vorhänge im ganzen Raum versprühen. Ich umarme sie von hinten, vergrabe mein Gesicht in ihrem Haar. Ich schnuppere an ihrer Kopfhaut.

»Mein Kind«, sage ich.

*

Ich befinde mich gerade in einer der Werkstätten der Lampenfabrik. Der Mann mit den Bildern ist mittlerweile einer meiner wichtigsten Kunden und hat mir weitere Aufträge vermittelt.

Ich beobachte den Prozess des Einfärbens, draußen schüttet es in Strömen: Wind, Blitz und Donner lassen die Fensterscheiben der Fabrik erzittern. Eine der Sekretärinnen kommt wild gestikulierend angerannt und sagt: »Dottor Coifmann, kommen Sie ans Telefon, Ihre Frau ist dran!«

Es ist nicht meine Frau, sondern mein Schwiegervater, aber es geht um Elena. »Die Wehen haben gerade eingesetzt. Beeil dich!«

»Ich bin vierhundert Kilometer weit weg«, sage ich, »und mit dem Zug unterwegs.«

»Na, dann lauf zum Bahnhof!«

»Wie geht es ihr?«, frage ich.

»Gut.«

»Und dem Kind?«

»Gut.«

Ein Auto bringt mich zum Bahnhof, dem Fahrplan entnehme ich, dass der nächste Zug in einer Stunde geht. Ich suche den Wartesaal auf, zähle die Steinplatten. Ich lese mir die Gepäckaufbewahrungsbestimmungen durch, haste auf dem Bahnsteig hin und her. Im Waggon renne ich im Korridor auf und ab, halte mich am Gepäcknetz fest und beuge mich vor, um aus dem Fenster zu schauen. Ich betrete das Krankenhaus, nehme mehrere Stufen auf einmal: Lobby, erster Stock, zweiter Stock, Entbindungsstation. Ich sehe meine Schwiegereltern.

»Wo ist sie?«, frage ich.

Ich höre, wie jemand meinen Namen ruft. »Simone.«

Ich drehe mich um.

Elena liegt auf einer Rollbahre, zwei Schwestern schieben sie in ein Zimmer. Im Arm hält sie ein in weiße Decken gewickeltes Bündel. Sie ist erschöpft und gleichzeitig euphorisch, ihre Haare kleben klatschnass an der Stirn. »Darf ich vorstellen?«, sagt sie. »Simone, das ist Agata. Agata, das ist dein Papà.«

Sie überreicht mir das Bündel.

Ich drücke es an mich, schlage die Decken zurück, um ihre Nase, ihre Augen zu betrachten. »Agata?«

Elena nickt, streicht mir übers Bein: »Unsere hinreißende Tochter.«

5. KAPITEL

»Sie waren zahlreich erschienen, denn in der Stadt kannten ihn alle, den Herrn der Reste. Die Villenbesitzer grüßten ihn beim Verlassen ihres Grundstücks mit dem Wagen, die Elektrizitätswerkangestellten beim Schichtwechsel, die Verkäuferinnen im Einkaufszentrum. »Ciao!«, riefen die verschlafenen, verfrorenen Kinder dem Herrn der Reste zu, wenn sie frühmorgens zur Schule gingen. Die Kleinsten strichen mit der Hand über das hintere Wagenfenster ihrer Eltern. Die Größeren riefen »Huhu!«, zeigten mit dem Kinn auf ihn und schubsten sich dann wieder gegen Gittertore und Laternenmasten. Niemand verweigerte dem Herrn der Reste einen Stuhl, und ein Stuhl war das Einzige, worum der Herr der Reste je bat, um darauf manchmal am Straßenrand einzunicken. Deshalb waren sie zahlreich erschienen an jenem Novembernachmittag, umgeben von nassem Laub, das die Gullys verstopfte, und von einem Himmel, der dem Wind freie Bahn ließ. Alle kannten sie den Herrn der Reste, und niemand, wirklich niemand hätte ihn allein gelassen. Es hieß, er sei ein bedeutender Chemiker gewesen. Briefträger in einer anderen Stadt. Obstverkäufer, Antenneninstallateur, Pirat. Es hieß, er sei im Gefängnis gewesen, aber das glaubte niemand. Und selbst wenn: Das Leben hatte ihn frei gemacht. Fest stand nur, dass der Herr der Reste vor vielen Jahren eine soziale Kooperative gegründet hatte, die sich um das Recycling von Gebrauchtgegenständen wie Wecker, Möbel, Hefte kümmerte. Er kam vorbei, um sie aus den Innenhöfen abzuholen, wo man sie hingeworfen hatte. Er sammelte Elektrogeräte, Computer, Drucker...«

»Als du noch klein warst, gab es da schon Computer und Drucker?«

»Zeno, was habe ich dir soeben gesagt?«

»Entschuldige, erzähl weiter.«

»Wenn er konnte, reparierte er sie und verkaufte sie an Leute weiter, die sich die neuesten Produkte nicht leisten konnten. Wenn nicht, zerlegte er sie und trennte die Materialien: Eisen, Plastik, Elektronikchips, Kupfer. Die brachte er dann zum Wertstoffhof. Er sammelte Altpapier, auf das Kinder und Kindermädchen pastellfarbene Flamingos und Wale gezeichnet hatten, Haftnotizen mit Einkaufslisten, Umschläge, in denen Liebesbriefe und Kündigungsschreiben gesteckt hatten und jetzt gar nichts mehr, Strom- und Gasrechnungen, Zeitschriftenausrisse mit Wolkenkratzern. Er holte Weinflaschen ab, die von Festen übrig geblieben waren, Dosen und Behälter, die einst Linsengemüse, saure Sahne und Schuhcreme enthalten hatten. Er aß von Supermärkten aussortierte Lebensmittel, die das Mindesthaltbarkeitsdatum überschritten hatten, aber durchaus noch genießbar waren. Er fuhr durch die Straßen der Stadt, ohne eine einzige Staubwolke zu hinterlassen, mit einem zerbeulten Lieferwagen, den jemand gegen einen Toaster und einen Wecker getauscht hatte, der zu jeder vollen Stunde einen anderen Vogelgesang anstimmte. Um drei war die Kohlmeise dran, um sechs die Schleiereule und um neun der Buchfink.

Auf dem blau-silbernen Lieferwagen prangte sein Firmenname: ›Zeitreisen‹.«

»Zeitreisen?«

»Zeitreisen«, wiederholte Großvater und zog ebenso gierig wie zerstreut an seiner Pfeife. »In jener Stadt, die jeden Tag erwachte, als wäre sie soeben erst gegründet worden, in jener Stadt, die sich nur an der Zukunft orientierte und ihr langes Haar in der Sonne kämmte, in jener Stadt, die pausenlos Hüllen und Verpackungen aufriss, war der Herr der Reste der Einzige, der sich mit der jüngeren Vergangenheit beschäftigte.

Weil er unheilbar an Schlaflosigkeit litt, lief er nachts durch die Gassen am Hafen, nahm Wege durch den Park, die von Kastanienwurzeln oder Fußballplatzumzäunungen unterbrochen wurden, und wühlte im Licht der Laternen neugierig in Abfallkörben. Fand er einen Stadtplan, den ein Tourist liegen gelassen hatte, nahm er ihn und ließ sich auf einer Holzbank nieder, denn der Herr der Reste liebte Bänke, vor allem die aus Holz mit der gewölbten Lehne. Dann suchte er darauf nach dem Weg, den die Touristen genommen hatten, nach den Straßen, die eingekreist, und den Sehenswürdigkeiten, die mit einem Pfeil versehen worden waren, und darunter nach der leblosen Asche eines inzwischen vergangenen Tages, der ausschließlich dem Gedächtnis von Digitalkameras überlassen worden war. Der Herr der Reste entfachte diese Asche zu neuer Glut: den *caffè macchiato* – ›Einen *macchiato freddo* bitte‹ –, der in der Bar im Zentrum bestellt worden war, den Souvenirmagneten, der am Stand vor dem Brunnen erworben worden war, denn bei dem schönen Wetter hatte man keine Lust gehabt, ins Museum zu gehen. Es war ein Tag, um im Gras zu sitzen und den Wolken nachzuschauen, um Rollschuh zu laufen und die Strandpromenade entlangzuspazieren. Sie waren zu fünft, zwei Erwachsene und drei Kinder, und mit dem Zug gekommen.«

»Woher wusste er das?«

»Es waren die Reste, die ihm das sagten. Vor Jahren hatte er eines Morgens zwischen Bananen- und Eierschalen ein Fotoalbum gefunden. Beim Durchblättern der Seiten aus schwarzem

Karton hatte er eine rothaarige Frau erkannt, die ganz in der Nähe wohnte. Er hatte bei ihr geklingelt. ›Du hast dein Gedächtnis verloren‹, hatte er zu ihr gesagt. ›Was?‹, hatte sie erwidert. ›Du hast dein Gedächtnis verloren‹, hatte er wiederholt und ihr das Fotoalbum gezeigt. Die Frau hatte das grün bezogene Album genommen und betrachtet es wie einen Fakir, der gerade Glasscherben isst. Sie hatte es dermaßen langsam aufgeschlagen, dass man hätte meinen können, die Erde habe aufgehört, sich zu drehen. Sogar der Hund war verstummt. Dann hatte sie sich auf die Stufen vor ihrer Haustür gesetzt und die Seiten umgeblättert. Die Sonne war untergegangen, er hatte die Außenbeleuchtung eingeschaltet und sich zu ihr gesetzt, allerdings eine Stufe hinter ihr, um zu sehen, bei welchen Fotos die Rothaarige am längsten verweilte: Sie, vor Felsen mit einem Kind auf dem Arm. Sie, auf einem Geburtstagsfest mit einer Schokosahnetorte. Sie und ein Mann, wobei sie ihren Kopf an seine Schulter gelehnt hatte. Kurz nach Mitternacht hatte der Herr der Reste dann schweigend zu erkennen gegeben, dass er jetzt gehen wolle, aber die Frau war plötzlich aufgesprungen und hatte gesagt: ›Nimm es mit.‹ ›Es sind deine Erinnerungen, sie gehören dir‹, hatte er erwidert. ›Das sind nicht meine Erinnerungen, sondern die meines Exmanns‹, hatte sie erklärt. ›Nimm sie wieder mit!‹ ›Sag mir, wo er wohnt‹, hatte der Herr der Reste gesagt und das mit grünem Stoff bezogene Album entgegengenommen. ›Keine Ahnung, wo der sich verkrochen hat‹, hatte die Frau gesagt, ›und das möchte ich auch gar nicht wissen. Wenn man seine Erinnerungen loswerden will, hat man auch das Recht dazu, oder etwa nicht?‹ Ein Krankenwagen war durch die Allee gerast.

Der Herr der Reste hatte gewartet, bis die Häuser den Lärm des Martinshorns verschluckt hatten, und dann gesagt: ›Nein.‹«

Großvater machte eine Pause, ging zum Fenster und öffnete es, um die Nacht hereinzulassen.

»Sie waren zahlreich zu seiner Beerdigung erschienen, weil sie ihn alle kannten. Erinnerungsfetzen waren ihm anvertraut worden, damit er sie wieder zu neuem Leben erweckte. Ersatzteile, die Geräte und Maschinen in ihren Häusern, Büros und Garagen wieder funktionieren ließen, hatte er dem Staub und dem Vergessen entrissen. Hätte man die Stadt von Steckdosen, Leitungen und Luftschächten aus betrachtet, hätte man sehen können, dass sie zum kollektiven Gedächtnis geworden war, zu einem einzigen Organismus aus Gebrauchtgegenständen, die sie eines Tages alle benutzt hatten: Der Computer, auf dem der Kaufhausbesitzer sein Testament verfasst hatte, hatte dem Sohn des Gärtners dazu gedient, seine Magisterarbeit zu schreiben. Auf dem ehemaligen Lesesessel der Bürgermeistersgattin nahmen jetzt die Patienten im Wartezimmer des Hautarztes Platz. In der Wiege des Hautarztenkels schlief mittlerweile der Sohn der Frau mit dem Milchladen gegenüber der Kirche. Sie waren zu Tausenden zum Friedhof gekommen.«

»Auch die Frau mit den roten Haaren?«

»Ich denke schon«, sagte Großvater. »Auf seinen Wunsch hin wurde er direkt in der Erde bestattet, ganz ohne Sarg.«

»Warum?«

»Was das für eine Holzverschwendung gewesen wäre!«

Während wir auf der Mauer des Pfarrhauses saßen und eine Fertiggranita tranken, erzählte ich Luna und Isacco von der Woche in Genua: vom Bed & Breakfast, von der Klinik, vom Aquarium: ein Eintauchen in die Familie, das mir heftige Kopfschmerzen beschert hatte. Ich hatte die Dekompressionszeit nicht beachtet und war zu schnell wieder aufgetaucht.

Noch am selben Abend kletterte ich mit klopfendem Herzen auf den Monticello und wartete auf Neuigkeiten von der Transplantation. Alles gut, schrieb meine Mutter, alles gut. Aber ich glaubte ihr nicht. Wenn dem so wäre, wäre ich bei ihnen geblieben, hätte ich am Bett meines Vaters gesessen und mit ihm Burraco gespielt. Es lauerten mit Sicherheit versteckte Gefahren hinter diesen Worten, denen ich auf den Grund kommen musste. Doch dabei halfen mir weder die Hechtsprünge in den See noch die Kabbeleien zwischen Luna und Isacco. Großvaters Gutenachtgeschichten lenkten mich zwar etwas ab, schlichen sich aber auch in meine Träume ein. Wenn ich dann morgens aufwachte, war ich müder als vor dem Einschlafen.

Eines Nachmittags, als ich gerade vom Monticello zurückkehrte, warf ich kurz vor dem Klettergarten einen Blick auf den Stausee und entdeckte es zwischen den Bäumen und dem dunstigen See: das Geistermädchen.

Sie saß am Ufer und ließ Steine übers Wasser hüpfen. Ich eilte den terrassierten Hang hinunter und stieß eine Minute später ins Walddickicht vor. Der See entzog sich meinen Blicken, und ich war mir sicher, dass sie verschwunden wäre, wenn ich zwischen den Steineichen auftauchen würde, so wie die anderen Male auch. Sie witterte das, hatte eine tierisch gute Nase. Doch mir blieb nicht die Zeit, mich gegen den Wind an sie heranzupirschen. Ich rannte atemlos weiter, streifte Stämme und sprang über Kastanienwurzeln. Ein Buntspecht flog erschreckt auf. Ich stolperte und stürzte, stand aber sofort wieder auf. Während des Laufens ignorierte ich bewusst, wovor ich allen Grund gehabt hätte, mich zu fürchten. Welches Gesicht das Geistermädchen wohl hatte? Sie war ertrunken. Erwarteten mich verwestes Fleisch und leere Augenhöhlen, an denen die Fische geknabbert hatten? Als kleiner Junge hatte ich Angst vor dem Keller gehabt, weil es dort nach modrigem Laub roch. Ich dachte, das sei der Gestank des Ungeheuers, das dort hause.

Ich schoss wie ein Verrückter ans Ufer, war völlig unvorbereitet.

Doch sie war da.

Der Wald hatte mich mit der Heftigkeit eines Luftdruckgewehrs ausgespuckt. Als ich meinen Lauf abbremste, musste ich wild mit den Armen fuchteln, sonst hätte ich das Gleichgewicht verloren.

Sie hockte fünf, sechs Meter von mir entfernt am Ufer und hatte mir den Rücken zugewandt. Ohne sich zu erheben, drehte sie den Kopf. Ich wappnete mich gegen einen Anblick, der nicht für meine Augen bestimmt war, dachte an das Ungeheuer im Keller, in der festen Überzeugung, dass sich meine Befürchtung bewahrheiten und ich auf einen Schlag um meine geistige Gesundheit gebracht würde. Das Geistermädchen drehte den Kopf, legte ihn schräg und lächelte: Sie roch nach gerösteten Haselnüssen und Zucker.

Sie hatte helle Haut und rote Wangen, die schwarzen Haare wurden von einem Haarreif zurückgehalten.

»Ciao«, sagte sie.

Sie wirkte irgendwie geistesabwesend. Aus der Ferne hatte ich sie für ein Kind gehalten, weil sie klein war – kleiner als ich –, aber aus der Nähe betrachtet musste sie etwa in meinem Alter sein.

»Ciao«, wiederholte sie, weil sie dachte, ich hätte sie nicht gehört.

»Es gibt dich also doch!«

Sie erhob sich. »Wie meinst du das?«, fragte sie nach wie vor lächelnd. »Wieso sollte es mich nicht geben?«

»Du bist verschwunden. Zweimal.« Ich reckte Mittel- und Zeigefinger in die Höhe, um die Fakten zu unterstreichen. »Einmal im See – du bist ins Wasser gegangen und dann verschwunden.«

»Entschuldige, aber ich verstehe nicht.« Sie hob den Kopf, um ihn dann zur anderen Seite zu neigen. Sie schien nach einer passenden Haltung zu suchen, um sich ein Bild von mir zu machen.

»Aber wenn ich es dir doch sage! Ich habe dich gesehen. Es hat geregnet, und ich habe beobachtet, wie du ins Wasser gegangen bist. Ich war da oben, siehst du? Auf dem Trampelpfad. Aber als ich kam, warst du weg, und das weiße Haarband trieb im Wasser. Als ich es herausfischen wollte, bin ich fast ertrunken.«

Das Lächeln wurde breiter. »Klar«, sagte sie. »Als ich mich nach dem Schwimmen wieder angezogen habe, hat mir der Wind das Haarband aus der Hand gerissen. Ich habe versucht, es mit einem Stock herauszufischen, leider vergeblich. Als es dann anfing zu regnen, dachte ich, Haarbänder gibt es genug. Also bin ich gegangen.« Ihre Miene verdüsterte sich. Ihr Blick wanderte zu meinen Knien.

Als ich ihn auffing und mit dem meinen festhielt, spürte ich seine Eindringlichkeit und Besorgtheit. »Bist du wirklich fast ertrunken?«

Ich nickte. »Wenn Isacco nicht gewesen wäre ...«

»Wer ist Isacco?«

»Ein Freund.«

»Das tut mir leid.«

»Das muss dir nicht leidtun«, sagte ich. »Er ist nicht so blöd, wie er aussieht.«

Ein Lächeln breitete sich auf ihrem Gesicht aus. »Das habe ich nicht gemeint.«

Ihr Lachen war einfach faszinierend. Ich beruhigte mich.

»Und dann hast du mich angesehen«, fuhr ich fort, »als ich nach Colle Ferro gekommen bin. Ich stand auf dem Balkon und du unten auf der Straße, auf dem Lehmpfad. Ich bin mir sicher, dass du mich angeschaut hast. Aber als ich dich gegrüßt habe, hast du keine Miene verzogen.« Ich ahmte ihre Haltung nach. »Das weißt du doch noch, oder?«

»Das stimmt nicht!« Sie wirkte beleidigt. »Ich habe dich noch nie in meinem Leben gesehen.«

»Aber ich habe dir doch noch ein Zeichen gegeben und den Arm gehoben.«

»Und, habe ich darauf reagiert?«

»Nein, eben nicht.«

»Dann weil ich dich nicht gesehen habe.«

»Aber ich war doch da, auf dem Balkon!«

»Auf welchem Balkon?«

Ich streckte den Arm aus und deutete auf Großvaters Haus.

Sie fasste sich aufgeregt mit beiden Händen an die Brust. »Das Haus vom alten Simone?«

»Du kennst meinen Großvater?«

»Wer bist du?«

»Woher kennst du ihn?«

»Meine Schwester hat mir von ihm erzählt und mich gebeten, ihm etwas auszurichten: dass sie den Film gesehen hat.«

»Welchen Film?«

»Siehst du!« Sie wurde traurig. »Leider habe ich den Titel vergessen, und meine Schwester ist gerade in Afrika, sodass ich sie nicht danach fragen kann.«

»Mein Großvater hat nicht mal einen Fernseher!«, sagte ich. »Woher kennen sie sich?«

»Wir kommen jeden Sommer her. Wir wohnen bei meinem Cousin in Servo, in der Ortschaft da unten.« Sie zeigte auf den linken Teil des Tals.

Großvaters Leben war deutlich abwechslungsreicher als gedacht. »Ich heiße Zeno«, sagte ich.

»Irene.«

»Möchtest du ihn besuchen?«, fragte ich. »Vielleicht fällt ihm der Titel des Films wieder ein?«

»Ich muss jetzt gehen. Meine Eltern warten bestimmt schon an der Autobahnauffahrt.«

»An welcher Autobahnauffahrt?«

»An der vor den Grotten. Meine Eltern wandern gern. Wenn sie eine Tour machen – und ich hasse diese Touren! –, gehe ich an den See. Aber sie bleiben nie lange weg. Nächstes Mal komme ich dich besuchen, einverstanden? Dann fragen wir ihn gemeinsam nach dem Film. Allein ist mir das peinlich.«

Ich nickte. Sie verabschiedete sich und verschwand. Mir fiel ein, dass ich sie noch gern nach dem komischen Kleid gefragt hätte, das sie immer trug, aber sie war schon zu weit weg.

Ich beschloss, dass ich die Grotten aufsuchen musste. Anselmos Geschichte von der Quelle des ewigen Lebens war mit Sicherheit Quatsch, genauso wenig war Irene ein Geistermädchen. Aber man kann ja nie wissen. Außerdem hatte ich ohnehin nichts Besseres vor.

Isacco war leicht zu überreden. Gemeinsam gingen wir zu Luna. Ihr Vater spielte gerade Schach gegen sich selbst. Er saß am Tisch und hatte die Brille in seine Hemdtasche gesteckt. War sein Gegner an der Reihe, drehte er das Schachbrett einfach um. Ihre Mutter saß mit angezogenen Beinen auf dem Sofa und las in einer Zeitschrift – in derselben Haltung wie Luna, wenn sie sich nach dem Abendessen mit einem Aufsatz über *Neue Methoden zur einfachen Untersuchung der Makula* oder über *Prognosen bei einer Retinopathia centralis serosa* zurückzieht.

Ich schlug umgehend vor, die Höhlenforscherausrüstung von Onkel Alessandro mitzunehmen: Helme, Seile, Taschenlampen. Luna weigerte sich entschieden.

»Ihr habt gehört, was mein Vater gesagt hat! Die Grotten sind gefährlich. Außerdem: Wollt ihr, dass er mich umbringt? Könnt ihr euch vorstellen, was hier los ist, wenn er entdeckt, dass ich seine Sachen geklaut habe?«

»Wenn sie gefährlich wären, hätte man sie längst geschlossen«, sagte Isacco.

»Genau das versucht mein Onkel ja zu erreichen!«

»Das sind Höhlenforscher aus der Stadt.«

»Was willst du denn damit sagen?«

»Ach, jetzt reg dich wieder ab.«

»Schluss damit!«, sagte ich. »Luna, wir tun nichts Gefährliches, einverstanden? Ich möchte mich dort bloß mal umsehen. Ich muss einfach, kapiert? Ich flehe dich an!«

Luna wurde wieder ernst und schwieg. Auf einem der Bäume im Innenhof musste sich ein Vogel niedergelassen haben, der jetzt wie wild zwitscherte.

»Morgen Vormittag wollen meine Eltern eine Kirche besichtigen«, sagte sie. »Wir treffen uns um Punkt zehn vor den Grotten. Wir haben ein paar Stunden Zeit, aber nicht mehr.«

Ich wäre ihr am liebsten um den Hals gefallen, ließ es aber bleiben. Ich dankte ihr und ging, bevor sie ihre Meinung ändern konnte. Am Tag darauf öffnete ich um Viertel vor zehn die Haustür und stand Irene gegenüber.

»Ciao. Reist du ab?«

»Nein, warum?«

»Was ist in dem Rucksack?«

Ich verrenkte mir den Hals, um einen Blick über meine rechte Schulter zu werfen, so als wüsste ich nicht, was ich bei mir hatte. »Nichts Besonderes«, antwortete ich.

»Ist dein Großvater zu Hause?«

»Nein.«

»Echt nicht?«

»Nein.«

Irene lächelte. »Wie bitte?«

»Ich meine, er ist schon zu Hause, aber beschäftigt. Und wenn er arbeitet, will er nicht gestört werden.«

»Rufst du ihn bitte? Ich fürchte, wir reisen nächste Woche ab, und ich weiß nicht, ob ich noch mal herkommen kann.«

In diesem Moment tauchte Großvater hinter mir auf.

»Guten Tag«, sagte er.

»Der alte Simone? Entschuldigen Sie – Signor Coifmann?«

»Ja.«

»Signor Coifmann, ich soll Sie von meiner Schwester grüßen und Ihnen ausrichten, dass sie den Film gesehen hat, von dem Sie ihr erzählt haben. Und dafür möchte sie Ihnen danken. Aber ich habe leider vergessen, wie der Film heißt.«

Ich hätte mich nicht gewundert, wenn sie vor ihm einen Knicks gemacht hätte.

»Wer ist deine Schwester?«

Irene schlug sich vor die Stirn. »Wie dumm von mir! Sie heißt Elena.«

Großvater lächelte. »Dann musst du Irene sein.«

Ihre Wangen röteten sich.

»Und Elena ist nicht da?«

»Nein, sie ist in Afrika.«

»Und macht dort was?«

»Ihr Freund arbeitet ehrenamtlich dort, und sie besucht ihn. Deshalb soll ich Ihnen auch Danke sagen. Für den Film, der ihr irgendetwas klargemacht hat. Ich glaube, es ging um einen Ring.«

Großvater setzte sich auf die Bank und schlug die Beine übereinander. »*Frühstück bei Tiffany*?«

Irene flippte aus. »Genau!«, rief sie. »Genau, der war's!«

»Ich habe ihn ihr empfohlen, damit sie den Ring, den ihr ein junger Mann geschenkt hat, mit anderen Augen sieht. Sie hatte festgestellt, dass er aus einer Chipstüte stammte. Und war zu Tode beleidigt.«

Wahnsinn! Nie hätte ich gedacht, dass Großvater in der Lage sei, jungen Frauen bei Liebeskummer zu helfen. Jetzt schien wirklich alles möglich: dass er ein russischer Spion war, dass er aus dem Klingonenreich kam, dass er zur *Justice League* gehörte.

»Hört mal, ich muss jetzt gehen«, sagte ich.

»Wohin?«, fragte Großvater. Es war das erste Mal, dass er mich das fragte.

»Ich treffe mich mit Luna und Isacco«, erwiderte ich. »Zu Hause bei Luna.«

»Iole kommt zum Mittagessen. Möchtest du auch hierbleiben, Irene?«

»Gern, ich sage meinen Eltern Bescheid, wenn sie mich abholen.«

»Gut«, meinte er und stand auf, um wieder ins Haus zu gehen. »Amüsiert euch solange!«

Irene umarmte mich strahlend. »Ich bin so froh, ihn kennengelernt zu haben. Und was machen wir jetzt?«

»Und wer ist die?«

Isacco saß im Schneidersitz auf dem Boden. Er warf Steine nach einer leeren Dose, die auf einem Baumstumpf stand.

»Du kommst zu spät«, sagte Luna.

»Zehn Minuten«, erwiderte ich. »Das ist Irene. Irene: Isacco und Luna.«

»Kommst du auch mit?«, fragte Luna. »Ich habe bloß drei Stirnlampen.«

»Nein, keine Sorge«, entgegnete Irene. »Ich setze keinen Fuß in die Grotten. Da sind bestimmt Fledermäuse drin. Ich hasse Fledermäuse.«

Isacco zielte und traf die Dose, die mit einem metallischen Scheppern davonrollte. »Fledermäuse tun nichts«, meinte er. »Also, was ist, gehen wir? Ich habe sieben leere Plastikflaschen dabei, die wir an der Quelle füllen können. Meint ihr, die hilft auch gegen Pickel?«

Luna zog die Helme aus dem PVC-Rucksack, der so groß war, dass Irene hineingepasst hätte. »Außerdem habe ich noch drei

Seile, Karabinerhaken, Reservebatterien und zwei Dynamotaschenlampen für den Notfall dabei. Und die hier sind von meiner Mutter. Wir haben mehr oder weniger dieselbe Größe.« Sie trug Wanderstiefel aus Wildleder. Zwei sorgfältig umgeschlagene rote Wollsocken, die ihr bis zur Wadenmitte reichten, lugten daraus hervor.

»Ich konnte keine auftreiben«, sagte Isacco. »Ich habe überall gesucht.« Er warf einen Blick auf die zerfetzten, schmuddeligen Schnürsenkel seiner Turnschuhe.

»Ich auch nicht. Ich hab die von Großvater anprobiert, aber die sind riesig.«

»So!«, sagte Isacco und setzte den Helm auf. »An dem schlagen sich die Fledermäuse die Krallen aus.«

»Aber gegen Spinnen hilft der auch nicht«, verkündete Irene.

Isacco wurde blass. »Spinnen?«

»Kleine haarige Lebewesen mit zahlreichen Beinen.«

»Jetzt sag bloß nicht, du hast Angst vor Spinnen!«, rief ich.

»Ich habe Todesangst vor Spinnen.«

»Wir haben nur noch eine knappe Stunde«, erklärte Luna und schaltete ihre Stirnlampe ein. »Gehen wir?«

Wir nahmen ein Seil. Es war viel länger als das, das ich beim letzten Mal benutzt hatte. Wir banden es um einen Baum. Irene, die ohnehin nicht mitkommen wollte, sollte aufpassen, dass es sich nicht durch einen plötzlichen Ruck löste.

»Wir könnten es an ihrem Knöchel festbinden«, schlug Isacco vor.

Ich betrat als Erster die Grotte, dann kam Isacco, und Luna bildete das Schlusslicht. Die Kanten, Spalten und Vorsprünge des Bergs waren nur verschwommen zu erkennen. Die Stirnlampen warfen ein trübes Licht in die feuchte Grotte, und wir mussten uns mehrmals umsehen, um uns einen Überblick zu verschaffen. Wir nahmen den ersten Gang. Luna rollte als Letzte das Seil ab. Der Eingang war enger, als ich ihn in Erinnerung hatte, und von Finsternis erfüllt. Aber es gab den gleichen kalten Luftzug, der uns in den Berg drückte, die gleichen kleinen Lebewesen, die vor unseren Schritten flohen. Wir gingen etwa zehn Minuten lang schweigend weiter, bis Luna schließlich sagte: »Das Seil ist zu Ende.«

»Schon?«

»Ein Seil ist siebzig Meter lang.«

»Knoten wir das nächste dran!«

»Aber mit einem Englischen Knoten.«

»Wir haben eine echte Höhlenforscherin dabei«, bemerkte Isacco.

»Bist du sicher, dass der hält?«, fragte ich.

»Klar.«

Siebzig Meter weiter war auch das zweite Seil zu Ende.

Luna wühlte in ihrem Rucksack. »Jetzt ist nur noch eines übrig.«

»Danach sehen wir weiter«, sagte ich. »Knote es fest!«

Wir stiegen weiter in die Tiefe. Keiner von uns hatte sich Gedanken über die Temperatur in den Grotten gemacht. Die Feuchtigkeit drang uns bis in die Knochen. Im Gehen schwitzten wir, aber sobald wir stehen blieben, verflüchtigte sich die Körperwärme, und Kälte kroch in uns hoch. Unser Atem sättigte die Luft mit Kondenswasser. Nach weiteren siebzig Metern war auch das dritte Seil zu Ende.

»Und jetzt?«, fragte Isacco.

»Jetzt legen wir es auf den Boden, und zwar so«, sagte Luna gelassen und ließ es auf den feuchten Boden fallen. »Auf dem Rückweg holen wir es dann wieder ab.«

»Und wenn wir uns verlaufen?«

»Wir gehen immer geradeaus«, sagte ich. »Nie um die Ecke. Und wir nehmen denselben Weg zurück, ohne abzubiegen.«

»Was ist denn das?« Isacco brachte nur noch ein Krächzen hervor. »Da hinten hat sich was bewegt!«

»Gehen wir!«, sagte Luna verächtlich. »Ich gehe vor.«

Isacco erzählte, dass er schon immer Angst vor Spinnen gehabt habe, schon als kleines Kind, und dass die Albträume, die ihn nachts gequält hatten, von Unmengen haariger, verwester Lebewesen bevölkert waren. Was er so an Spinnen hasse, sei, dass man nie genau wisse, wo sie anfingen und wieder aufhörten. »Ein Puma ist gefährlich, aber da weiß man wenigstens, wo seine Beine anfangen und wieder aufhören, dass das sein Maul ist und das seine Krallen, ja, dass man aufpassen muss, nicht gebissen zu werden. Nicht so bei Spinnen, alles ist so winzig an ihnen, so schlecht zu erkennen: Wo sind die Augen, wo die Krallen... haben die überhaupt Krallen? Außerdem, wo ist sie? O Gott, sie ist weg! Bestimmt krabbelt sie gleich auf mir herum!«

Während Isacco sprach, fiel mir die hässliche Kröte ein, die Krankheit, die einfach nicht zu fassen war. An sie dachte ich – oder versuchte vielmehr, nicht daran zu denken –, als der Gang endete: in einem riesigen Raum mit einer Wasserpfütze in der Mitte, gespeist von herabfallenden Tropfen, die von bizarren Kalkformationen an der Decke stammten. Das Licht aus unseren Lampen spiegelte sich überall.

»Ist sie das?«, fragte Isacco.

Luna suchte nach weiteren Gängen.

»Das war's«, stellte sie fest. »Hier geht es nicht mehr weiter.«

Ich drehte mich im Kreis und folgte dem Lichtkegel, der von meiner Stirn ausging. »Das verstehe ich nicht. Das Geheimnis der Grotten, alle die Legenden, die sich um sie ranken, sollen in einem wenige hundert Meter langen Gang und einer Pisspfütze bestehen?«

»Wir haben uns reinlegen lassen!«, verkündete Isacco.

»Wir haben uns selbst reingelegt, Isacco«, sagte Luna. »Aber ich wär gern noch weitergegangen. Es hat Spaß gemacht.«

Sie drehte sich um. Ihr Licht fiel mir direkt in die Augen, und ich legte mir schützend die Hand davor.

»Entschuldige«, sagte sie und hob ein wenig den Kopf. »Kehren wir um?«

»Ja.«

»Wollen wir die Flaschen nicht mit dem Wasser füllen?« Isacco steckte prüfend den Zeigefinger hinein. »Was, wenn sie das ist, die Quelle?«

»Bedien dich, Isacco, sie gehört dir! Aber wenn du dann die ganze nächste Woche mit Dünnschiss auf dem Klo hockst, darfst du dich nicht bei uns beschweren.«

»Du bist ja ekelhaft!«

Während sie sich kabbelten, dachte ich: Ich habe immer gewusst, dass das Quatsch ist. Aber warum war ich dann so traurig? Ich betrat den Gang, aus dem wir gekommen waren. Luna folgte mir, Isacco hinkte hinterher.

Nach zehn Minuten Fußmarsch hatten wir das am Boden liegende Seil immer noch nicht erreicht.

»Hätten wir es nicht längst finden müssen?«

»Komisch!«, sagte Luna. »Dabei sind wir doch von hier gekommen.«

»Sind wir vielleicht in einen anderen Gang geraten?«, fragte Isacco. Ein Schritt war auf den anderen gefolgt, und der Fels war uns immer gleich vorgekommen. Die Furcht, uns verlaufen zu haben, war wie eine schnell wachsende Kletterpflanze. Dann tauchte plötzlich eine Weggabelung auf.

»Und das hier?«, sagte Isacco wütend. »Auf dem Hinweg gab es doch keine Weggabelung, oder?«

»Nein«, sagte ich.

»Zeno.« Luna trat neben mich. Mit einer kaum wahrnehmbaren Geste, die ich nie vergessen werde, nahm sie meine Hand und verschränkte ihre Finger mit den meinen. »So langsam bekomme ich Angst.«

»Ich glaube, wir sollten lieber umkehren.«

Kurz darauf – oder auch erst nach einer gewissen Zeit – fanden wir uns erneut in der Höhle mit der Pfütze wieder. Wir wussten nicht, was wir tun sollten. Eine starke Erschöpfung hatte von uns Besitz ergriffen. Ich wusste nur noch eines, nämlich dass ich Lunas Hand nie mehr loslassen würde.

»Setzen wir uns, und warten wir!«

Isacco baute sich vor mir auf. »Wir sollen uns setzen?«

»Was sollen wir sonst tun?«

»Was sollen wir sonst tun?«

»Warum wiederholst du meine Fragen?«

»Darum...«

Wir setzten uns auf den feuchten Fels. Lunas Stirnlampe wurde schwächer und verlosch, daraufhin wechselten wir die Batterie. Isacco ließ nicht locker und sagte, es sei Schwachsinn hierzubleiben. Wir müssten nach dem Ausgang suchen, niemand würde uns hier vermuten. Irene warte draußen auf uns, erwiderte ich.

»Die hat bestimmt schon Hilfe geholt, reg dich ab!«

Ich wollte gerettet werden, wollte Gewissheit, dass es die Welt der Erwachsenen tatsächlich gab und dass darauf Verlass war. Wir redeten über alles Mögliche. Eine banale Bemerkung genügte, und schon sprudelten Anekdoten aus der Grundschule oder aus irgendwelchen Ferien hervor. Als wir gerade darüber stritten, welche Spaßbad-Wasserrutsche die aufregendste war, hörten wir Stimmen. Sie wurden immer lauter, riefen unsere Namen. Dann sahen wir Lampen aus dem Gang auf uns zukommen.

»Da sind sie.«

»Papà!« Luna löste ihre Finger aus den meinen und rannte auf ihren Vater zu – eine Geste, die mir gleich doppelt wehtat. »Papà, es tut mir leid.« Sie umarmten sich und standen noch immer eng umschlungen da, als Luna sich bereits in ausgiebigen Erklärungen erging.

»Zeno.«

Ich starrte in die Richtung, aus der die Stimme kam. »Opa!«, sagte ich. Für den Bruchteil einer Sekunde war ich so überrascht, ihn hier zu sehen, dass ich gar kein schlechtes Gewissen hatte, ihm solch einen Schrecken eingejagt zu haben.

Er richtete die Taschenlampe auf den Felsen, damit der das Licht reflektierte. »Alles in Ordnung?«

»Ja.«

»Was ist bloß in dich gefahren?«

Tja, was war bloß in mich gefahren? Was sollte ich darauf schon antworten? Am besten gar nichts. Ich hatte nichts zu meiner Verteidigung vorzubringen. Im Gänsemarsch verließen wir die Höhle. Auf halber Strecke fanden wir auf dem Boden das Seil, und Lunas Vater rollte es auf. Ich sagte, das Ganze sei meine Idee gewesen, nahm alle Schuld auf mich, vor allem Lunas Vater gegenüber, der äußerst wütend war; nicht nur weil wir seine Warnung in den Wind geschlagen, sondern auch noch Onkel Alessandros Ausrüstung genommen hatten. Draußen wartete Irene schon auf uns. Als wir nicht wieder aufgetaucht waren, hatte sie Großvater verständigt. Und der hatte Lunas Vater angerufen, der gerade mit seiner Frau von der Kirchenbesichtigung zurückgekommen war. Die beiden überschütteten uns mit Vorwürfen.

Lunas Vater verabschiedete sich von Großvater. Isacco wartete mit uns an der Autobahnauffahrt auf Irenes Eltern.

Es war kein guter Moment, um sie an die Einladung zum Mittagessen zu erinnern.

Schweigend kehrten wir nach Hause zurück.

Nach dem Vorfall in der Grotte zog sich der August endlos hin. Ich bestieg den Monticello, um mit meiner Mutter und meinem Vater, der die Isolierstation inzwischen verlassen durfte, SMS-Botschaften auszutauschen.

Die knappen Botschaften meiner Mutter lauteten stets:

Es geht langsam bergauf. Wir müssen einfach Geduld haben. Ich hab dich lieb.

Die meines Vaters waren sarkastisch und aufregend:

Letzte Bastion Marescotti-Klinik: Es folgt ein Bericht von der fünf Jahre währenden Entdeckungsmission des Raumschiffs Montelusa, immer unterwegs zu neuen Welten, auf der Suche nach neuen Lebensformen und Zivilisationen – und das an Orten, wo noch nie zuvor ein Mensch gewesen ist.

Wie gern wäre ich mit dabei, Papà!

Gut, worauf wartest du?

Beam mich hoch, Scotty.

Irene besuchte uns noch einmal, bevor sie wieder fuhr. Sie trug eine kurze rote Hose, ein weißes T-Shirt und eine Kette aus bunten Plastikmargeriten: kein hellblaues Kleid und kein weißes Haarband.

»Darf ich dich mal was fragen?«
»Klar.«
»Warum hast du dich so angezogen?«
»Das waren Kleider von meiner Oma, die ich bei meinen Cousins in einer Truhe gefunden habe. Ich besitze zwei da-

von, sie sind identisch. Ich trage sie nur, wenn ich hier bin. Ich weiß nicht mal, warum.« Sie drehte eine Pirouette. »Ich mochte meine Oma sehr, konnte aber nur wenig Zeit mit ihr verbringen. Wenn ich sie trage, fühle ich mich ihr nahe.«

»Dann spürst du sie am Körper.«

Ihr aufrichtiges Lächeln, das ohne jede Vorankündigung ihr Gesicht erstrahlen ließ, zwang sie, sich die Augen zuzuhalten, so als wäre sie von sich selbst geblendet. »Das trifft es genau!«, sagte sie.

Mist!, dachte ich, das ist eine tolle Figur, ich darf nicht vergessen, sie zu zeichnen!

»Jetzt lasse ich die Oma hier zurück«, fuhr sie fort. »Und wenn ich zurückkomme, finde ich sie wieder vor.« Mit diesen Worten verabschiedete sie sich.

Ich begann erneut zu zeichnen, denn viel mehr konnte man nicht tun. Um die Apathie und Trägheit zu verbannen, die mein Aufenthalt in Colle Ferro mit sich brachte, brauchte ich Klarheit, Grenzenlosigkeit. Deshalb nahm ich mir einen durch die Luft sausenden Silver Surfer vor, umgeben von nutzlos gewordenen Satelliten und anderem Weltraumschrott. Denn eines hat mir an Silver Surfer immer ganz besonders gefallen: Im Gegensatz zu anderen Superhelden, die bereits so zur Welt kommen oder durch einen Unfall dazu werden, ist er es freiwillig: Norrin Radd hat sich geopfert. Um seinen Planeten Zenn-La vor Galactus zu retten, hat er sich bereit erklärt, sein Herold zu werden. Freiwillige Selbstaufopferung: tun, was man will, weil man es für richtig hält, selbst wenn man sein Leben dafür gibt.

So etwas schwebte mir auch für *Shukran* vor, aber wie sagte Roberto bei unseren Arbeitstreffen in der Trattoria La Maggiore so schön: Zu viele messianische Züge würden unsere Figur bloß überfrachten.

»Er soll doch von dieser Welt sein«, so Roberto. »Die Menschenrechte sind universell. Dass die Religionen sie weiterentwickelt haben, freut mich. Aber ein Patent haben sie nicht darauf.«

Eines Abends nach dem Essen setzte ich mich, um eine zerbeulte Satellitenschüssel in Hulks Hand zu kolorieren, als Großvater gestand, er habe als Junge auch gern gezeichnet.

»Echt?«

»Ich habe gemalt und sogar meine eigenen Ölfarben angerührt.«

»Du hast Farben hergestellt?«

»Wieso wundert dich das?«

»Könntest du das heute auch noch?«

»Ich denke schon. Ich weiß noch, dass man Leinöl dafür braucht, Zinkoxid für Weiß, Kadmiumsulfat für Gelb und Rötel für Rot. Ich könnte es versuchen.«

»Worauf hast du gemalt?«

»Auf Leinwand, was sonst? Auch die habe ich selbst hergestellt. Ich habe Hanf- oder Baumwollgewebe sowie Holz für den Keilrahmen gekauft. Das war ein schönes Hobby.«

»Wollen wir es mal versuchen?«

»Was?«

»Ölfarben anrühren?«

»Na ja, ich habe die Materialien nicht vorrätig. Ich wüsste nicht, wo...«

»Morgen früh«, sagte ich. »Morgen früh können wir sie kaufen. Es wird hier doch bestimmt irgendein Farbengeschäft geben.«

Am nächsten Tag stiegen wir hinab ins Tal, bis zu einer Ortschaft kurz vor der Autobahnauffahrt. Dort befand sich ein großer Laden für Künstlerbedarf mit Öl und Pinseln, Pigmenten und leeren Tuben, in denen man die Farben aufbewahren konnte. Die Leinwand kauften wir bereits auf Keilrahmen aufgezogen: vier kleine Quadrate (dreißig mal dreißig Zentimeter) und ein großes Rechteck (fünfzig Zentimeter auf einen Meter).

Wir beschlossen, jeder etwas Eigenes auf je zwei kleine Leinwände zu malen und gemeinsam an der großen zu arbeiten.

Am ersten Nachmittag widmeten wir uns den Farben. Wir trugen alles, was wir dazu benötigten, hinaus in den Hof. Es war ein Tag zum Bäumeumarmen: Der Himmel war zyanblau, die Wiesen chromoxidfarben, und die Blumen, deren Namen ich nicht weiß, leuchteten wie flackernde Kerzen. Wir legten die Holzplatte, die Großvater im Keller aufbewahrte – dieselbe, über der er nachts als Schmied schwitzte –, auf zwei Tischböcke. Die Pigmente formten wir zu kleinen Haufen mit einer Kuhle in der Mitte, in das wir Leinöl gossen. Dann schoben wir das Pigmentpulver von den Rändern in die Kuhlenmitte, um das Öl damit zu bedecken. Dabei achteten wir streng darauf, dass es nicht auslief. Anschließend verrührten wir das Ganze so lange, bis die Farbe die richtige Konsistenz erreicht hatte. Das so entstandene Produkt ließ sich entweder sofort benutzen oder in Tuben abfüllen. Bei dieser Gelegenheit lernte ich, dass man die Tuben von hinten füllt und nicht von vorne beim Schraubverschluss.

Wir entschieden, wofür wir die ersten beiden Leinwände verwenden würden. Meine sollten Silver Surfer zeigen, der mit seiner metallischen, fließenden Gestalt von allen Superhelden am einfachsten zu malen war. Die anderen tragen komplizierte mehrteilige Kostüme. Großvaters Motive würden das Tal mit dem Stausee und dem Damm sein (Nummer eins) sowie ein großer Felsblock hinter der hundert Jahre alten Kastanie (Nummer zwei). Gleich nach dem Aufstehen begannen wir mit der Arbeit. *Kind of Blue*: Miles Davis' Trompete ertönte knisternd von der Schallplatte, und Iole traf gegen elf ein.

Am zehnten August hatte Isacco Geburtstag gehabt. Ich habe

nie richtig begriffen, wie viele Großeltern, Cousins oder sonstige Verwandte sich um ihn kümmerten; es war auf jeden Fall eine ziemlich chaotische Schar. Sie hatten zu diesem Anlass im Innenhof ein Grillfest mit Fisch, Fleisch und Gemüse organisiert und ihm einen Fernseher mit eingebautem Videorekorder sowie eine Sammlung von Filmen aus den 1980er- und 1990er-Jahren geschenkt – angefangen bei *Die Goonies* über *Edward mit den Scherenhänden* und *Lethal Weapon* bis hin zu *Seven*. Und obwohl die Hitze nach wie vor zum Baden im See einlud, verbrachten wir die Nachmittage bäuchlings auf dem Parkett liegend in Isaccos Zimmer, während seine Tante Limonade und Eiswürfel in unsere Gläser füllte und geröstetes Brot mit Mascarpone und Kakao bestrich. Doch die Vormittage blieben fürs Malen reserviert. Großvater konnte besser als ich mit dem Pinsel umgehen. Oft setzte ich mich hinter ihn und sah ihm dabei zu.

Zehn Tage später waren seine beiden Bilder fertig. Ich bemühte mich immer noch, den Widerschein des Mondes auf der silbernen Haut einzufangen, die es Silver Surfer erlaubte, die Weiten des Alls auf seinem Surfbrett zu durchqueren. Währenddessen hatte Großvater bereits Blätter und weiße Pusteblumensamen, den See und die Umrisse der Berge, den Felsblock und die üppige Kastanie aufs Papier gebannt. Alles war Verknappung, und die machte die wiedergegebene Welt erst begreiflich.

Jetzt mussten wir nur noch entscheiden, was wir mit der gemeinsamen Leinwand anfangen wollten.

»Du bist der Zeichner«, sagte Großvater.

»Und du der Maler.«

»Also dann zeichnest du, und ich koloriere.«

»Mir gefällt, wie du den Damm und den See gemalt hast. Und die Bäume dahinter.«

»Und ich finde dein metallisches Ding auch nicht schlecht. Die Ölfarben bringen es gut zur Geltung.«

»Ich könnte ihn auf dem See landen lassen.«

»Er könnte einen Meter über dem Wasser dahingleiten, aber so schnell, dass Wellen entstehen.«

»Und einen Schweif aus Wassertropfen und Fontänen hinter sich herziehen.«

»Ich male noch ein Gasthaus unweit der Bäume dazu, einverstanden?«

»Klar.«

»Das Bild nennen wir dann *Auberge des deux noms*.«

»Gut, aber das kann ich nicht schreiben.«

»Ich schreibe es dir auf«, sagte er. »Hol ein Blatt Papier!«

Als Tage später eine Wolke die Sonne verdeckte und es so dunkel wurde wie in einer Kathedrale, hielt meine Mutter mit dem Auto vor dem großen Felsblock. Habe ich eigentlich schon erwähnt, welches Auto wir damals hatten? Einen grünen Fiat Marea. Mein Vater hatte ihn wegen des großen Kofferraums gekauft, der praktisch war, wenn er zum Markt fuhr und kistenweise Karotten, Paprika und Tropeazwiebeln kaufte. Ich hatte gar nicht mit ihr gerechnet, die letzten vagen SMS-Botschaften hatten erneut das Mantra des geduldigen Wartens beschworen. Als ich sah, wie sie die Handbremse anzog und mit zwei Einkaufstüten ausstieg, verloren meine Gefühle an Klarheit und Kontur. Ich versuchte, aus ihren Gesten schlau zu werden. Welche Wahrheit enthielten sie? Hatte der krampfhafte Griff, mit dem sie die Tüten umklammerte, nicht etwas Verstörtes, Ängstliches? Und ihr Gang, hatte der nicht etwas Ungutes, Unaufrichtiges? Lag da nicht so etwas wie Erschöpfung in ihrem Blick? Welche Version der Fakten würde sie mir auftischen?

»Ciao«, sagte sie.

Ich ging ihr entgegen, küsste sie auf beide Wangen und nahm ihr die Einkaufstüten ab.

»Ciao, ich habe gar nicht mit dir gerechnet.«

»Warum?«, fragte sie. »Wir haben uns schon seit zehn Tagen nicht mehr gesehen.«

»Opa bringt Cesco gerade Käse. Er muss jeden Moment zurück sein.«

»Hat er schon was zum Abendessen gekocht?«

»Keine Ahnung.«

»Los, hilf mir!«, sagte sie. »Wir werden ihn überraschen.«

Ich hielt sie zurück, indem ich eine Hand auf ihren Arm legte. »Und Papà?«

»Nachher erzähl ich dir alles. Aber erst kümmern wir uns ums Essen. Ich komme fast um vor Hunger!«

Wir deckten den Tisch und redeten über Capo Galilea, über die Abreise der Großeltern und über einen Diebstahl, der sich in ihrer Abwesenheit ereignet hatte – nichts Schlimmes, Schneidemaschine und Warmhalteplatte waren weg, aber wer bricht schon in ein Restaurant ein, um so was zu stehlen? Bestimmt hatte sie gute Neuigkeiten. Gute Neuigkeiten erzählt man immer zuletzt. Und macht dann vielleicht noch eine Flasche Sekt auf und feiert.

Großvater kam zurück. Das *fritto misto di pesce*, das meine Mutter unterwegs gekauft hatte, die *involtini di spada* mit Pinienkernen und die Zucchini und Spießchen wurden im Ofen aufgewärmt. Ich legte Musik auf.

Iole kam nach dem Abendessen mit einer Apfeltarte und Creme fraîche.

»Was ist denn das?«, fragte sie im Hereinkommen.

»Tja, was ist das wohl?«, sagte meine Mutter.

Beide betrachteten das Bild, das auf einer Zeitung stand und an der Wand lehnte. Iole trat näher, nahm es und hielt es ins Licht.

»Schön!«, sagte sie. »Wer hat denn das gemalt? Und was ist das für ein Wesen in der Mitte?«

Meine Mutter kam mir zuvor. »Falsche Frage, Iole! Wenn es um Comics geht, darf man von Zeno nie eine Erklärung verlangen, sonst hört er gar nicht mehr auf zu reden.«

»Warum? Ist das eine Comicfigur?«

»Silver Surfer«, antwortete ich. »Mehr werdet ihr von mir nicht erfahren.«

Genauer gesagt: Silver Surfer, der in seiner ganzen magmatischen Herrlichkeit über den See gleitet. Silver Surfer, der versucht, seine geliebte Shalla-Bal, die Herrscherin über Zenn-La, zu befreien und dabei siegreich aus dem Kampf gegen Mephisto hervorgeht. Silver Surfer, der auf dem Weg zur Erde, noch bevor er sich mit den Fantastischen Vier zusammentut, einen Umweg über das Tal von Colle Ferro macht. Weil da etwas ganz Besonderes auf dem Grund des Stausees liegt, das man durchscheinen sieht, dort, wo Silver Surfer die Wasseroberfläche zerreißt und man in die Tiefe schauen kann. Vielleicht lässt er diese auch vernarben, womit die ewige Frage in Bezug auf das Sicheinmischen der Superhelden in unser Leben gestellt wird: Greifen sie uns an, oder beschützen sie uns? Zerstört oder heilt Silver Surfer den Widerschein des Gasthauses, den Widerschein der *Auberge des deux noms* auf der Haut des Sees?

Voller Stolz auf die Zusammenarbeit und das Ergebnis bat Großvater Iole, ihm das Bild zu geben. Dann nahm er einen ewigen Kalender sowie ein Poster von Manets *Le déjeuner sur l'herbe* von der Wand und hängte es an ihrer Stelle auf.

Er trat drei Schritte zurück.

»Und ihr, was seht ihr darin?«

*Ein kurzer Abriss meines Lebens,
insoweit man sich überhaupt erinnern, die Vergangenheit
rekonstruieren oder imaginieren kann:
was die Erinnerung erhellt
1966–1999*

Es ist Sonntagabend, und wir sind zu dritt in der Küche. Elena stillt Agata. Während sie stillt, singt sie ein Kinderlied. Ich versuche, mich auf den Bericht zu konzentrieren, den ich übermorgen vor der Geschäftsleitung eines wichtigen Textilherstellers vortragen muss. Ich bin nervös, weil niemand da sein wird, an den ich den Vortrag delegieren kann. Ich bin nervös, obwohl ich es bereits zigmal gemacht habe. Ich lese, und während ich lese, schmelzen die Worte dahin wie Butter, ihre Bedeutung verschwindet. Es gelingt mir nicht, auch nur eines zu fassen zu bekommen.

»Hältst du mal kurz Agata?«, fragt Elena. Sie nimmt das Kind von der Brust und reicht es mir. Ich nehme es, und sie zupft BH und Unterhemd zurecht. »Hör mal, könnte ich kurz baden? Ich hätte wirklich Lust darauf. Zehn Minuten.« Während sie das sagt, macht sie ein Gesicht wie ein geprügelter Hund. Ich liebe Elenas Gesicht, wenn sie aussieht wie ein geprügelter Hund.

»Klar«, sage ich.

»Ich liebe dich, weißt du das?« Sie lächelt.

Elena geht ins Bad und schließt die Tür hinter sich. Ich blättere weiter in meinen Vortragsunterlagen. Sie enthalten Worte wie Führungsqualitäten, Innovation, Entwicklung, Netze, Diagramme, integrierte Plattformen, Analysen, Reputation, Ziele. Ich habe diese Worte selbst geschrieben, und als ich das tat, waren sie klar, eindeutig. Jetzt verstehe ich sie nicht mehr, sie ergeben gar keinen Sinn. Ich leiere sie leise herunter wie eine Liste, die man auswendig lernt, ohne sich zu fragen, warum. Aber sie lösen sich in Luft auf, sobald sie die Zunge verlassen haben. Ich drücke Agata an mich, habe Angst, sie könnte mir herunterfallen. Je öfter ich die Worte wiederhole, desto mehr entgleiten sie mir. Im Bad rauscht Wasser. Elena singt. Ich halte meine Tochter mit beiden Händen, aber sie hört nicht auf, sich mir zu entwinden. Meine Hände bieten keinerlei Widerstand.

»Elena!«, rufe ich.

Sie antwortet nicht.

»Elena!«, rufe ich erneut

»Was ist?«, fragt sie. Sie liegt in der Wanne, das hört man an ihrer belegten Stimme. Der aufgedrehte Wasserhahn sorgt dafür, dass die Temperatur konstant bleibt.

Am liebsten würde ich schreien: »Hilfe, Agata fällt mir herunter.« Stattdessen sage ich: »Nichts, entschuldige.« Aber das stimmt nicht. Ich werde zu einer Hülle, verwandle mich in eine Höhle, ein Gefäß, das den Körper meiner Tochter aufnimmt. Ich fange sie mit den Oberschenkeln auf, beuge mich auf meinem Stuhl vor, werfe mich zu Boden und fange den Sturz mit Gesäß und Hüften ab. An der Teewagenkante stoße ich mir den Ellbogen an. Ein heftiger Schmerz durchzuckt meinen Arm, und mir wird weiß vor Augen. Agata spürt, wie sich meine Muskeln zusammenziehen, und fängt zu weinen an. »Nein, nein, es ist nichts, es geht mir gut«, sage ich und wiege sie mit Bauch und Beinen.

Die Badezimmertür geht auf. Elena kommt im Bademantel heraus und rubbelt sich die Haare mit einem Handtuch trocken. Sie hört auf zu singen und schaut uns an. »Was macht ihr denn da auf dem Boden?«

»Nichts, wir spielen«, sage ich. Mit leblos an mir herabhängenden Armen betrachte ich meine Tochter und lächle sie an: »Stimmt's, Agata?«

*

Ein Manager der Ferroni-Gruppe, einer wichtigen italienischen Unternehmensberatung, bittet mich um einen Termin. Ich treffe ihn in der Pasticceria Cucchi in Mailand. Ich bin nervös, weil ich nicht weiß, was er will. Das mochte er mir vorher nicht verraten. Wir nehmen an einem Tisch Platz und bestellen zwei Espressi.

»Wir brauchen jemanden wie Sie, Coifmann«, beginnt er.

»Wieso, wie bin ich denn?«, frage ich.

»Jemand, der etwas von Wirtschaftsanalysen, Firmenorganisation und Führungskontrolle versteht. Und genau das tun Sie. Sie wissen sehr gut, dass wir die Nummer eins in Italien sind. Aber wir sind alles Ingenieure und unsere Wirtschaftskenntnisse unterirdisch.« Er lacht, und während er lacht, spritzt Kaffee aus der Tasse auf seine Krawatte. Er gibt der jungen Frau hinter dem Tresen ein Zeichen. »Signorina.«

Sie bringt ein Spray, und er sprüht es auf den Fleck.

Ich überlege, was Elena dazu sagen würde. »Wie ist die Bezahlung?«, frage ich.

Er leiert Zahlen herunter, die am Jahresende weniger ergeben, als ich als Selbständiger verdiene. »Wieso sollte ich Sie unterstützen?«, frage ich.

»Weil wir eine Gruppe sind. Und eine Gruppe bietet ein fantastisches Sicherheitsnetz, wenn Sie verstehen, was ich meine. Machen Sie sich keine Sorgen: Innerhalb von zwei Jahren verdienen Sie genauso gut wie vorher, und in vier Jahren das Doppelte. Sie bringen Ihre Kunden mit, und wir garantieren Ihnen neue Aufträge von unseren Bestandskunden. Damit ist uns allen geholfen. Haben Sie Kinder?«

»Eine Tochter«, antworte ich.

»Tun Sie es ihr zuliebe.«

»Ich müsste nach Mailand ziehen, würde sie nur noch selten sehen. Ihr zuliebe müsste ich ablehnen.«

»Da haben Sie recht. Aber wenn Sie am Wochenende mit dem Gehalt nach Hause kommen, das wir uns vorstellen, können Sie dafür sorgen, dass sie sich fühlt wie eine Prinzessin. Sie ist die Prinzessin und Ihre Ehefrau die Königin. Na, was sagen Sie dazu?«

»Ich denke darüber nach und rufe Sie morgen an.«

Beim Abendessen rede ich mit Elena darüber. »Man hat mir eine einmalige Gelegenheit angeboten.«

»Was denn für eine Gelegenheit?«

»Die Ferroni-Gruppe, die größte Unternehmensberatung Italiens, möchte mich einstellen.«

Elena hört auf, das Fleisch zu schneiden. »Das ist ja toll, Simone!«

»Aber ich werde nach Mailand gehen müssen.«

»Wie meinst du das?«

»Von Montag bis Freitag. Außer wir ziehen alle um.«

»Ich möchte nicht aus Turin weg, nicht jetzt, wo ich meine ersten Patienten habe.«

»Im ersten Jahr werde ich vielleicht weniger verdienen als als Selbständiger. Dafür gibt mir die Gruppe Stabilität.«

»Und was heißt das genau?«

»Die Gruppe bietet mir Schutz.«

»Das verstehe ich nicht. Du hast von einer Gelegenheit gesprochen, und jetzt sagst du, dass du fünf Tage die Woche von uns getrennt sein wirst und wir im ersten Jahr weniger Geld haben werden.«

»Dafür gibt es die Gruppe«, erkläre ich.

»Das verstehe ich nicht.«

Agata ist gewachsen, sie geht in den Kindergarten. Sie verfolgt die Katze durch die Wohnung, die Nachbarn haben uns gebeten, sie während ihres Urlaubs zu nehmen. Sie heißt Cenere, weil sie aschfarben ist. Ich gieße ihr Milch in eine Schale. Elena räumt den Tisch ab. Während sie den Abwasch macht, gehe ich zu ihr und streiche ihr über den Rücken.

Ich ziehe mich aus und schlüpfe unter die Decke. Elena legt Agata schlafen. Die Katze springt aufs Bett und leckt an meinen Ohren. Elena leistet uns Gesellschaft, ringelt sich neben mir zusammen, nimmt meinen Arm und sagt: »Ich vertraue dir. Tu, was du tun musst.«

Bevor ich einschlafe, überlege ich, was mein Vater tun würde.

»*Schma Jisrael adonai elohejnu adonai echad*«, sage ich.

*

Wir sind auf der Monatsversammlung des Alpenvereins. Der Vorstand stellt die Tour für das nächste Wochenende vor. Von der Machbarkeit der Exkursion ist die Rede, von der Hitze in letzter Zeit, vom Schnee, der schmilzt. Die Frau, die gerade spricht, hat eine deprimierende, einschläfernde Stimme. Ich beuge mich zu Elena vor und flüstere ihr ins Ohr: »Ich habe keine Lust auf diese Tour. Was hältst du davon, wenn wir nach Genua fahren und meine Mutter besuchen?«

Elena nickt, auch sie neigt sich vor. »Ich habe gehofft, dass du das sagst.«

Wir unterdrücken ein Lachen, verabschieden uns per Handschlag von unseren engsten Freunden, die versuchen, uns zum Bleiben zu bewegen. Wir schleichen uns auf Umwegen hinaus, um niemanden zu stören. Wir holen Agata bei Elenas Eltern ab. Sie schläft und hält Theo im Arm, die Puppe, die ich ihr von einer Polenreise mitgebracht habe. Ich hebe sie mit der Decke aus dem Bett.

In Genua zeigen wir Agata nach dem Mittagessen Boote und

Möwen. Meine Mutter hat sich bei mir untergehakt. Jedes Mal wenn ich sie sehe, wirkt sie noch ein wenig zerbrechlicher, aber auch wacher, bewusster. »Das Alter fördert die Konzentration«, sagt sie. »Man ist weniger abgelenkt, mehr bei sich, hat weniger Ausreden. Es gefällt mir, alt zu werden. Finde ich an manchen Abenden keinen Schlaf, laufe ich durch die Wohnung, lausche dem Echo eurer Stimmen, lege das Ohr an die Wände und höre die Worte und das Leben, das sie in all den Jahren in sich aufgesogen haben: Gabriele, der für die Schule lernt. Dein Vater, der nach einer seiner Reisen eine Stadt, ein Hotelzimmer oder ein Lokal beschreibt. Du, wie du mir Hemingway vorliest. Weißt du noch, dass du mir immer Hemingway vorgelesen hast? Wie hieß die Kurzgeschichte noch gleich, die dir so gefallen hat? Bist du je wieder in Ivrea gewesen? Bei deinen Freunden?«

»Es ist schon lange her, dass ich das letzte Mal dort war. Ich bin nicht sehr gut darin, Kontakt zu halten. Bist du je wieder in Colle Ferro gewesen?«

Sie bleibt stehen. »Warum fragst du nach Colle Ferro?«

Ich zucke die Achseln. »Keine Ahnung, es ist mir gerade so eingefallen.«

»Ich wüsste nicht mal, wie man dorthin kommt.«

Agata kräht: Die Möwen! Meine Mutter zieht eine Tüte mit Brotresten aus der Tasche und schüttet sie ihr in die Hand. Agata wirft sie zwischen Meer und Sand. Die Vögel kommen näher. Agata fuchtelt mit den Armen und lacht mit dem ganzen Körper.

Elena taucht mit zwei Eisbechern auf. Wir setzen uns auf eine Holzbank am Landungssteg und schlecken unser Eis. Um den Genuss zu erhöhen, schließen wir die Augen, aber bei geschlossenen Augen füllen Brandungsrauschen und Wind den Kopf.

Am Montag stehe ich früh auf und fahre nach Mailand. Ich bin spät dran und kaufe keine Zeitung. Als ich den Firmensitz der Ferroni-Gruppe erreicht habe, in dem sich mein Büro befindet, sagt die Sekretärin, ich solle sofort meine Frau anrufen. Ich nehme ein seltsames Zittern in ihrer Stimme wahr, bekomme Herzrasen, spüre es in den Muskeln, in der Halsschlagader. Ich rufe sie an.

»Elena?«, sage ich.

Sie bricht ins Tränen aus.

»Elena, was ist? Was ist passiert?«

»Sie sind tot. Sie sind alle tot.«

»Wer?«

»Piero, Luigi, Enrica. Alle. Gestern, auf der Tour.«

Ich verlasse das Büro und besorge mir eine Zeitung. Die Nachricht hat Schlagzeilen gemacht. Die Gruppe des Alpenvereins, mit der wir die Tour hätten unternehmen sollen, wurde von einer Lawine verschüttet. Sie waren gerade dabei, auf Skiern den Südhang eines Bergs im Aostatal zu erklimmen, direkt an der Grenze zu Frankreich. Sie wollten auf der anderen Seite abfahren und dann mit dem Bus zu ihren Autos zurückkehren. Luigis Onkel berichtet in einem Interview: »Wir waren schon auf dem Gebirgsgrat. Ich habe eine Art Knall gehört, wie von einem Schuss, mich umgedreht und mitbekommen, wie der Schnee sie mitgerissen hat. Er hat ausgesehen wie ein über die Ufer getretener Fluss.«

Von zehn Personen waren fünf tödlich verunglückt. Dem Journalisten zufolge lagen Pieros und Luigis Leichen noch unter dem Schnee. Ich setze mich in eine Bar, bestelle einen Espresso und lese den Artikel noch einmal – so lange, bis ich meinen Kaffee ausgetrunken habe. Jedes Mal staune ich, dass mein Name nicht da steht.

*

Ich habe Überstunden gemacht und laufe auf der Suche nach einer Trattoria, die noch offen hat, durch die Straßen. Zu Hause habe ich nichts zu essen, außerdem habe ich keine Lust zu kochen. Ich zwänge mich in ein verrauchtes Lokal, auf das eine alte Laterne mit gelbem Schirm hinweist. Dort sehe ich mich nach einem freien Tisch um. Alles ist besetzt, einige Tische allerdings nur von einer Person. Ich setze mich ungern zu Fremden, aber es bleibt mir nichts anderes übrig. Ich mustere die Stammgäste, einer kommt mir bekannt vor. Ich gehe auf ihn zu.

»Gioele!«, sage ich.

Er hebt den müden Blick, erkennt mich und beginnt zu strahlen: »Simone!« Er steht auf, und wir umarmen uns.

»Darf ich mich zu dir setzen? Ich wollte eine Kleinigkeit essen, komme gerade aus dem Büro.«

»Aber natürlich! Wie geht es dir?«, fragt er.

»Wie lange haben wir uns nicht mehr gesehen, Gioele? Warte, ich habe dich angerufen, als Agata geboren wurde, stimmt's?«

»Ja. Und ich habe dir versprochen, dich in Turin zu besuchen und deiner Tochter meine Aufwartung zu machen. Ein Versprechen, das ich nie eingelöst habe. Entschuldige bitte.«

»Was machst du hier in Mailand?«, frage ich.

Gioele senkt den Blick, nimmt ein Stück Brot, das vom Essen übrig geblieben ist. »Ich lebe, zumindest versuche ich das.« Er streckt den Arm aus und drückt meine Hand, genau wie früher. Es ist eine erwachsene, raue, trockene Hand. Ich rufe den Kellner, der mir aufzählt, welche Gerichte noch zu haben sind. Ich bestelle *ravioli al ragù* und ein Glas Wein. »Nein, keinen Nachtisch«, sage ich. »Bringen Sie mir Brot?«

Gioele lässt meine Hand los, damit der junge Mann decken und ich ein Grissino entzweibrechen kann. Gioele erzählt mir, sein Vater habe ihn in einem Forschungslabor untergebracht, aber dort gefalle es ihm nicht, es interessiere ihn nicht. »Ich hab andere Dinge im Kopf.«

»Und zwar?«

Lächelnd sagt er: »Ihn zum Beispiel.« Er deutet auf einen Mann, der gerade hereingekommen ist. Er trägt einen ziemlich auffälligen Mantel, ein graues Jackett und einen gelben Schal. Er kommt auf uns zu und setzt sich. Gioele stellt uns vor. Der Mann ist etwas älter als wir, hat einen grau melierten Bart und einen Kneifer. Gioele bestellt ihm einen Amaro und sagt: »Mario und ich leben seit einem Monat zusammen.« Er seufzt. »Irgendwie muss ich das noch meinen Eltern beibringen. Anschließend kann ich von mir aus auch Fisch verkaufen.«

Der Kellner stellt den Teller mit den Ravioli vor mich hin und den Amaro vor Mario. Dadurch kann ich mich hinter dem Essen verstecken, Augen, Hände und Gedanken für ein paar Minuten beschäftigen. Ich finde die Kraft, ihn zu fragen: »Wo wohnt ihr?«

»In der Nähe vom Bahnhof«, antwortet Mario. »Und was machst du?«

»Ich bin Berater, mache Controlling, Firmenumstrukturierungen. Und du?«

»Das hier.« Er zeigt auf das Glas.

»Amari?«

»Ich produziere, importiere und verkaufe Kräuterlikör, *Mirto*, Wein. Ich habe die Firma von meinem Großvater geerbt und vor fünf Jahren noch zwei Weinkeller aufgemacht, einen in Mailand und einen in Rom.

Keine Ahnung, wie ich darauf komme und warum ich damit rausrücke, aber ich sage: »Weißt du, dass Gioele sich für Klebstoffe begeistert hat, als er noch klein war?«

Gioele richtet sich auf. »Und daran erinnerst du dich noch?«

»Wie sollte ich das jemals vergessen?«

»Du hast dich für Klebstoffe begeistert?«

»Irgendjemand hat mir so einen Baukasten geschenkt, eine Art kleinen Chemiebaukasten. Und mir hat es Spaß gemacht, Klebstoffe zu erfinden. Ich hatte für jeden Zweck einen.«

Ich tunke das Ragù mit der Brotrinde auf: »Das kann ich nur bestätigen.«

»Das hast du mir noch gar nicht erzählt!«, sagt Mario.

»Tja, dafür müssen erst alte Freunde kommen, die in Erinnerungen wühlen.«

Ich zahle meine, aber auch ihre Rechnung und verabschiede mich. Wir versprechen, uns wiederzusehen.

*

Wenn ich unter der Woche in Turin bin, weil ich dort zu tun oder frei habe, hole ich Agata von der Schule ab. Wir gehen gemeinsam hin, Elena und ich, und stellen uns vor dem Schultor in die erste Reihe, vor allen anderen Eltern. Sobald es läutet, stürmen die Kinder heraus und beginnen, Vater oder Mutter in der Menge zu suchen. Agata beugt sich zwischen ihren Klassenkameraden und deren Ranzen vor und sieht uns. Ihr Gesicht rötet sich vor Freude. Sie saust auf uns zu, versucht, uns beide gleichzeitig zu umarmen.

Eines Herbsttages fühlt sich Elena nicht wohl, und ich hole Agata allein ab. Eingepfercht zwischen den anderen Eltern warte ich, bis sich das Tor öffnet. Es läutet. Die Kinder strömen dicht gedrängt ins Freie. Da ist Agata. Ich gebe ihr ein Zeichen. Sie beißt sich wie immer auf die Unterlippe und stellt sich auf die Zehenspitzen. Ich strecke den Arm so hoch ich kann, beuge mich vor, um auf mich aufmerksam zu machen. Sie erkennt mich nicht. »Agata!«, rufe ich. Sie hört mich nicht. Zwischen den Köpfen sehe ich, wie sie immer noch Ausschau hält, während ich weiter herumfuchtle. Dabei stehe ich doch ganz vorne in der Reihe, noch vor allen anderen. Ich schiebe mich zwischen den Kindern hindurch, die mich überholen, und gehe bis zur Treppe.

»Agata«, sage ich. »Hier bin ich!«

Es ist die Lehrerin, eine große strenge Frau, die mich bemerkt. Sie berührt den Kopf meiner Tochter und zeigt auf mich. Ich stehe nur wenige Meter von ihr entfernt. Sie scheint mich immer noch nicht zu sehen, doch dann lächelt sie auf einmal und kommt auf mich zu.

»Wo warst du?«, fragt sie.

»Direkt vor dir, Agata. Da. Wo hast du bloß hingeschaut? Ich habe mir fast den Arm ausgekugelt, so sehr habe ich gewinkt. Alles gut?«

»Warum ist Mama nicht da?«

»Sie ist müde. Vielleicht eine Grippe.«

»Ich muss drei Aufgaben rechnen.«

»Drei Aufgaben?«

»Drei Aufgaben.«

»Dann müssen wir uns gleich nachher an die Arbeit machen. Wie wär's mit einem schnellen Imbiss?«

Sie überlegt und sagt: »Ich hätte gern ein Milchbrötchen.«

»Dann holen wir uns eines. Ich kenne einen Bäcker hinter dem Markt, der macht die besten Milchbrötchen der Welt.«

Elena hütet lange das Bett, keiner weiß, was sie hat. Ich hole Agata immer öfter von der Schule ab, aber jedes Mal habe ich Schwierigkeiten, mich bemerkbar zu machen. Mir ist, als sähe sie durch mich hindurch. Wenn Elena sich wohlfühlt und mitkommt, dann nicht, dann entdeckt Agata uns sofort, wirft sich lachend in unsere Arme, lässt ihren Ranzen auf dem Bürgersteig stehen und rennt einer Klassenkameradin nach. Am Abend erzähle ich ihr eine Geschichte: *Der Herr der Reste.* Am nächsten Morgen frage ich, ob sie ihr gefallen hat.

»Ich kann mich gar nicht mehr daran erinnern.«

Abends erzähle ich sie ihr erneut, so als wäre es das erste Mal. Das ganze Zimmer wird von der Geschichte erfüllt, aber bei ihr bleibt nur ein blasser Widerhall hängen.

Wir gewöhnen uns an, Milchbrötchen vom Bäcker zu holen. Ich erfinde einen Pfiff, den sie wiedererkennen kann: zwei kurze tiefe Pfiffe, dann einen langen hohen und einen langen tiefen. Wir üben ihn zu Hause. Sie schließt die Augen, und ich verstecke mich. Wenn ich verschwunden bin, pfeife ich. Sie sucht und findet mich, gemeinsam rollen wir über den Boden. Wenn Elena dabei ist, funktioniert es. Ist sie nicht dabei, hört Agata den Pfiff nicht. Ich bitte die Lehrerin, darauf zu achten.

»Vielleicht pfeife ich zu leise. Zu Hause ist kein Lärm«, erkläre ich. »Vor der Schule gibt es Geschrei, spielende Kinder, Verkehr.«

»Sie haben Ideen!«, sagt die Lehrerin. »Was, wenn das jeder von mir wollte? Manchmal haben Eltern schon seltsame Vorstellungen.«

*

Zwanzig Jahre lang arbeite ich für die Ferroni-Gruppe: Sie ist ich, und ich bin sie. In zwanzig Jahren strukturiere ich in meiner Funktion als Berater über zweihundert Firmen um. Ich stelle mich mit meiner Aktentasche unterm Arm vor, beobachte, lerne, strukturiere um und gehe wieder. Ich durchdringe die Orte, die ich aufsuche, mit meinen Ideen, greife die Industrietradition meiner Vorgänger auf und verändere ihre DNA. Ich gehe durch die Flure, spreche mit den Angestellten. Ich lerne die Phasen des Ledergerbens, des Vertriebs und des Haltbarmachens von Ricotta kennen, den Prozess der Abfallbeseitigung. Aber sobald ich damit fertig bin, verschwinde ich. Ich verdiene gut, sehr gut sogar. Ich kaufe zwei Häuser: eines am Meer, Agata zuliebe, und eines in den Bergen, für Elena und mich. Ich investiere einen Teil meines Geldes an der Börse. Gewinne ziehen weitere Gewinne nach sich.

Meine Mutter stirbt. Wir begraben sie zwischen meinem Vater und Gabriele. Onkel Marcello liegt zwei Gräber weiter.

Die Wohnung in Genua wird weder verkauft noch vermietet. Ich gehe von Zeit zu Zeit allein hin. Dann lege ich das Ohr an die Wände, setze mich auf den Boden und werfe Gabrieles Lederball gegen die Wand vor mir: aufdopsen lassen, fangen, werfen. Ich laufe durch die Gassen und lande immer wieder bei den Gleisen. Ich klettere über die Mauer aus Ziegelsteinen und Eisenstangen, die gebaut wurde, um die Leute daran zu hindern, sich den Gleisen zu nähern. Ich setze mich und warte, bis Züge vorbeidonnern. Ich berühre die Schienen und rate, wie viele Sekunden noch fehlen, bis der Triebwagen kommt. Hinter den Fenstern sehe ich verschwommen Augen, Bücher, Jacken. Ich rede mit den Leuten über mich und den Krieg, vor allem mit Leuten, die mich nicht kennen. Wenn sie erfahren, dass ich Jude bin, fragen sie, ob ich die Deportationen miterlebt habe, ob meine Eltern im KZ gestorben sind. »Nein«, antworte ich. Sie sehen mich an, als gäbe es nichts mehr zu sagen. Ich suche Colle Ferro auf der Landkarte. Ich bin nie wieder dort gewesen. Nicht dass ich nicht gewollt hätte, ich habe einfach nicht mehr daran gedacht. Schoss es mir doch kurz durch den Kopf, musste ich ihn nur schütteln, um den Gedanken wieder loszuwerden. Manchmal werde ich geistesabwesend. Ich weiß, dass um mich herum eine ganze Welt existiert, doch ich sehe und höre dann nichts mehr, nehme gar nichts mehr wahr. Mein Vater ist gestorben, als es nichts mehr zu tun gab. Er hat uns in Sicherheit gebracht, was blieb, war eine schwärende Wunde. Gabriele hingegen ging in den Tod, als er alles noch vor sich hatte.

In Mailand treffe ich mich abends ausschließlich mit Mario

und Gioele. Wir gehen in eine Trattoria essen, reden über ganz alltägliche Dinge, plaudern, klatschen. Wenn es im Winter richtig kalt wird, trage ich eine Kopfbedeckung, die mir Mario geschenkt hat: eine Schiebermütze aus irischer Wolle. Eines Abends misst er meinen Kopf, während wir auf den Kaffee und den Amaro warten.

»Du hast einen kleinen Kopf«, sagt er, »und schöne Haare.«

»Die Haare habe ich von meinem Vater«, sage ich, nicht ohne hinzuzufügen: »Und auch den Kopf.«

Agata ist anders, ihr Kopf stammt von Elena. Agata wächst zum Mädchen heran, zur jungen Frau. Sie bringt Freunde mit nach Hause, bittet mich, ihr beim Lernen zu helfen. Aber ich lasse mich ablenken, denke in ihrer Gegenwart an Vorträge, die ich vor der Geschäftsleitung halten muss, oder an Börseninvestitionen. Und wenn ich Vorträge vor der Geschäftsleitung halte oder mir über Börsenkurse Gedanken mache, denke ich an Agatas Hausarbeit über die Renaissance, an die Lithographie von Maurits Cornelis Escher, die sie mit dem Bleistift abzeichnen muss, die mit dem Titel *Haus der Treppen*. Ich möchte ihr helfen. Ich habe ihr erzählt, dass ich früher gut zeichnen konnte. Aber wenn ich den Stift in die Hand nehme und die Bleistiftmine das weiße Blatt berührt, betrete ich wie durch ein Wunder dieses Haus und beginne, seine Treppen auf und ab zu gehen.

Sie reißt mir die Zeichnung aus der Hand.

»Entschuldige«, sage ich.

Aber sie hat die Zimmertür bereits zugeknallt. Nach einer Weile kehrt sie zurück und sagt: »Warum bist du nie dort, wo du sein sollst? Du behauptest immer zu tun, was du tun musst, blablabla... Aber das stimmt nicht. Ich rede mit dir, aber du hörst mir nicht zu. Ich bitte dich um Hilfe, und du verlierst dich in Gedanken. Du bist wie ein leckes Rohr, deine Aufmerksamkeit fließt davon, ohne dass du es bemerkst. Vielleicht bemerkst du es ja auch, vielleicht ist es das Leben, das dir entgleitet. Aber du tust nichts, um es aufzuhalten, um dieses Leck zu schließen. Nur gut, dass es Mama gibt, im Gegensatz zu dir ist sie wenigstens für mich da.«

»Ich weiß«, sage ich nur.

*

Im Sommer willigt Elena ein, auf zehn Tage in den Bergen zu verzichten. Ich habe sie gebeten, mich auf zwei Reisen zu begleiten, die ich schon viel zu lange vor mir hergeschoben habe. Eine hat zum Ziel, die *Auberge des deux noms* zu finden. Die andere Colle Ferro, Iole und Maria.

Wir nehmen das Auto. Wir halten in der Camargue, übernachten in einem Bed & Breakfast. Am nächsten Tag kommen wir nach Blanquefort. Die Sonne geht gerade unter, und Vogelschwärme verfolgen uns, streifen den Rathausturm.

Vierzig Jahre sind vergangen. Der Ort hat nichts mehr mit den körnigen Bildern zu tun, die mir durch den Kopf spuken. Wir lassen das Auto in einer Tiefgarage stehen. Ein Junge mit Kopfhörer und Walkman gibt uns einen Parkschein, sagt, dass wir ihn am Ausgang vorzeigen müssen und ihn nicht verlieren dürfen. »Wenn Sie ihn verlieren, müssen Sie für den ganzen Tag zahlen.« Am Ende einer stark befahrenen Straße, hinter der Leuchtreklame eines Kinos, sehe ich den Bahnhof. Es ist der, von dem der Zug abgefahren ist, der uns nach Genua gebracht hat: Die italienischen Stimmen fallen mir wieder ein, die Sitze und Fenster. Wir betreten ihn. Nur die Fassade ist gleich geblieben. Der Rest besteht aus Licht, Glas und löchrigen gelben Plastiksitzen. Wir suchen die *Auberge des deux noms*, aber es gibt sie nicht. Wir fragen bei der Touristeninformation nach.

»Die haben wir nicht auf unserer Liste«, heißt es dort. »Wir wissen auch nicht, ob es sie je gegeben hat.«

»Es hat sie gegeben«, sage ich. »Ich habe dort gewohnt.«

Die junge Frau hinter dem Schalter trägt eine Anstecknadel auf der Brusttasche, darauf steht: *Je parle anglais, italien et espagnol… et français, bien sur.* Auf Italienisch erwidert sie: »Wenn Sie es sagen! Vielleicht wurde sie abgerissen.«

Auch den Wein gibt es nicht mehr. Wir suchen fünf verschiedene Weinkeller auf, keiner kennt ihn. Ich würde gern das Haus wiederfinden, in das wir nach Madame Fleurs Pension gezogen sind. Ich weiß nicht, wie ich das anstellen soll. Wir fahren mit dem Auto über Land, ich schaue mich um, suche nach einem Hinweis, nach einer Kreuzung, nach irgendetwas, das meiner Erinnerung wieder auf die Sprünge hilft. Leider vergeblich.

Nach dem Abendessen rufen wir von einer Telefonzelle aus Agata an. Sie ist mit Freunden am Meer. Es gibt einen Jungen, den sie seit Kurzem kennt, einen Sizilianer. Elena ist fest davon überzeugt, dass sie ein Paar sind. »Wir werden sehen«, sagt sie.

»Was?«, frage ich.

Sie zuckt die Achseln. »Wir werden sehen.«

»Wenn das stimmt, sollte sie es uns sagen.«

»Wenn der Moment gekommen ist, wird sie es schon tun.«

Wir kehren nach Italien zurück, halten in Genua. Am nächsten Tag fahren wir nach Colle Ferro. Der Kirchplatz ist so wie früher, das Postamt neu, die Straße asphaltiert, Putz und Hausmauern haben andere Farben, aber die Gebäude sind gleich geblieben.

Auf dem Friedhof zeige ich Elena, wo Großmutter begraben liegt.

Die Tür des Lebensmittelladens hat einen Vorhang mit Glöckchen, die klingeln, sobald wir ihn betreten. Die Besitzerin schneidet gerade Schinken auf. Sie wendet sich uns mit einem breiten Lächeln zu. »*Buongiorno*«, sagt sie.

»Ich hätte Sie gern etwas gefragt, wenn das möglich ist«, sage ich.

»Hier ist alles möglich.«

Ich erkläre ihr, wer ich bin. Ich erzähle vom Krieg und von dem Haus bei den Steineichen, von Iole und Maria.

»Iole gibt es noch«, sagt sie.

Elena krallt sich an meine Schulter.

»In der Ortschaft?«, frage ich.

Die Ladenbesitzerin lacht: Die Ortschaft gibt es nicht mehr, wissen Sie das nicht? Sie wurde geräumt, für den Stausee.«

»Für welchen Stausee?«

»Für den Staudamm. Wie dem auch sei, Iole finden Sie um diese Zeit auf dem Markt. Gehen Sie die Straße entlang und dann nach rechts. Der Ort ist klein, Sie können sich gar nicht verlaufen.«

»Nein, verlaufen werde ich mich nicht«, sage ich.

Gegenüber von einem Fußballplatz mit Toren, bei denen die Farbe abblättert, direkt vor dem Tal, stützen sich gegenseitig ein Dutzend Marktstände mit Marmeladen, Stoffen, Käse, Haushaltswaren. Iole streicht Honig auf ein Crostino, reicht es einem Kind, das sich bedankt und davonsaust. Ich erkenne sie sofort wieder. Langsam nähere ich mich ihr. Sie schaut auf und sieht mich, merkt, dass ich sie beobachte. Erst lächelt sie mich an wie einen Kunden. Doch dann verändert sich das Lächeln, verfärbt sich langsam, verrät ein Frühlingserwachen bei Schneeschmelze. Die Umarmung verliert sich in der Zeit. Elena steht im Schatten einer Pinie und sieht uns gerührt zu.

*

Iole zeigt uns den Stausee. Wir steigen eine schmale, feuchte Treppe hinauf, die zum Damm führt, und treten bis an den Rand. Das Wasser leckt an den Wäldern, so als hätte der nach unten abfallende Berg den Stausee erst im letzten Moment bemerkt und nicht mehr rechtzeitig bremsen können. Manche Bäume stehen mit ihren Wurzeln und einem Teil des Stamms im Wasser. Das Gras der Wiesen stürzt sich ins Wasser, ohne in Erde oder Sand zu verdorren.

»Er wurde zwischen 1957 und 1962 gebaut. Dadurch hatte der Ort fünf Jahre lang Arbeit, vielleicht auch länger. Aber der See hat die Ortschaft verschlungen. Wir haben eine Entschädigung und ein Haus im Ort zugesprochen bekommen. Die Tiere haben wir verkauft.«

»Ich erkenne die Gegend kaum wieder. Wo standen die Häuser?«, frage ich.

Iole zeigt mit dem Finger aufs Wasser, auf die Stelle, wo der Berg einen Knick macht. »Wenn du eine Handbreit weiter ins Wasser gehst, siehst du sie, fahl wie Ertrunkene. Vor ein paar Jahren habe ich welche auftauchen sehen, als man den Stausee teilweise abgelassen hat, warum, weiß ich nicht mehr. Ich fand den Anblick so furchtbar, dass ich mich abwenden musste. So als hätte man Tote exhumiert.«

Wir bleiben bei ihr zum Abendessen, reden und sehen uns Fotos an. Sie erzählt uns, dass Maria mit ihrem Mann, einem Gymnasiallehrer, nach Rom gezogen ist. Auch sie war verheiratet, aber es hat nicht gepasst. »Wir waren einfach zu verschieden, haben bloß geheiratet, weil man das halt so macht. Eines Tages hat er außerhalb Arbeit gefunden, und ich habe ihn ermutigt fortzugehen. Anfangs hat er mir noch geschrieben, dann hörte ich nichts mehr. Ich weiß nicht mal, ob er überhaupt noch lebt. Keine Kinder. Stattdessen habe ich angefangen, Honig zu produzieren. Weiter oben gehören mir zwölf Bienenstöcke.«

Ich erzähle ihr von meinem Vater, von Gabriele. Sie schlägt die Hände vors Gesicht, und eine dicke Träne rinnt ihr über die

Wange. Elena berichtet von Agata. Wir haben auch ein Foto im Geldbeutel, das wir ihr zeigen können.

»Sie kommt ganz nach deiner Frau«, meint Iole.

»Zum Glück!«, sage ich.

Wir lachen, und bei diesem Lachen, dort in Colle Ferro, fühle ich mich so wohl, als wäre ich nach Jahren des Umherirrens nach Hause zurückgekehrt. Im Dorf gibt es eine Pension, aber Iole will nichts davon wissen und beherbergt uns bei sich.

Die Bettwäsche riecht muffig, die Matratze ist voller Beulen, aber ich schlafe so gut wie schon lange nicht mehr. Am Morgen gibt es warmes Brot mit Honig und einen Spaziergang um den See, der uns Appetit macht. Wir bleiben zum Mittagessen und dann noch einen weiteren Tag, anschließend müssen wir uns zwingen abzureisen: Agata kommt vom Meer zurück.

Iole und ich umarmen uns auf der Schwelle. »Wollten wir nicht heiraten?«, fragt sie.

Ich lache. »Man soll nie nie sagen.« Ich sehe zu Elena hinüber, die beleidigt tut, Iole dann aber auch umarmt, so als würde sie sie schon ewig kennen. Das ist typisch Elena: Ihr genügen zwei, drei Tage, um sich einem Menschen zu öffnen.

Agata hat sich amüsiert, sie schildert uns jede einzelne Stunde ihrer Tage am Meer. Und der Name Vittorio fällt öfter als alle anderen. »Hab ich's dir nicht gesagt?«, meint Elena.

»Was?«

»Hast du ihre Augen gesehen?«

»Ja.«

»Und?«

»Was und?«

»Ist sie verliebt oder nicht?«

*

Es passiert an einem Tag wie jedem anderen, zwei Jahre nach unserem Sommer zwischen Blanquefort und Colle Ferro. Wir sind noch öfter zu Iole gefahren, bestimmt viermal. Einmal, an Weihnachten, kam Agata ebenfalls mit, wenn auch widerwillig. Wäre Elena nicht gewesen, hätte ich sie nie zum Mitkommen bewegen und ihr zeigen können, wo ich meine Kindheit verbracht habe. Wo ich nicht ich sein durfte, wo aus Coifmann Carati wurde. Wir reden immer weniger mit Agata, warum, weiß ich nicht. Ich sehe mich ständig vor ihrer Schule stehen, wild mit dem Arm fuchteln und auf und ab springen, aber sie nimmt mich nicht wahr. »Du hast so was Düsteres an dir«, sagt sie. Und: »Ich sehne mich nach Licht.« Vielleicht hat sie ja recht.

Aber der Tag, an dem Elena stirbt, ist nicht düster. Es ist ein Tag wie jeder andere. Wir sind zu zweit in den Bergen, das Gras ist noch feucht von der Nacht, und die Sonne erklimmt die Gipfel. Ich bin in der Küche, presse eine Zitrone aus. Elena ist kurz Brioches und ofenfrisches Brot kaufen gegangen. Ich sehe, wie sie den Weg hochkommt. Zwischen Holz und Vorhang rahmt das Küchenfenster den mineralischen Rücken der Alpen, einen Tannenwald, Teile der Dorfdächer, die Wegkurve, die zu unserer Wiese führt, und die Wiese mit zwei in Richtung Sonnenuntergang zeigenden Liegestühlen ein. Ich presse die Zitrone aus, schaue auf und sehe, wie sie in den Gartenweg einbiegt. Ich bücke mich, um die ausgepresste Zitrone in den Müll zu werfen, blicke erneut auf und sehe sie auf den Knien, die offene Tüte neben ihr, Brioches und Brot liegen im Gras.

Eine Hand ist eine Wurzel in der Erde. Mit der anderen greift sie sich ans Herz.

Erst kommt die Kälte. Sie breitet sich in Knochen und Muskeln aus, lässt mir das Blut gefrieren. Die Adern transportieren sie an die Hautoberfläche. Dann die Hektik: das Telefon, die erstickte Stimme in der Sprechmuschel, das überwältigende Gefühl von Ohnmacht. Anschließend die Fahrt im Krankenwagen. Der Versuch, den Gesichtern der Ärzte und Krankenschwestern irgendeine Information zu entlocken, der Warteraum, die Formalitäten.

Am Ende ist es wie nach einem Abfahrtslauf: die Hand eines Unbekannten auf der Schulter, ein Glas mit heißem Tee. Und diese unerforschliche Leere. Unausfüllbar, unerwartet. Anrufe bei Agata, bei ihrer alten Mutter, bei einem alten Freund, bei einem Kollegen, damit er allen Bescheid gibt, die sie kannten.

*

Wieso fällt das Leben um mich herum in Stücke?
Um mich herum.
Nicht auf mich.
Um mich herum.

*

Ich muss wieder ins Büro. Ich habe seit über fünf Monaten Sonderurlaub. Agata ist zu Vittorio gezogen. »Ich bekomme Bauchschmerzen, wenn ich die Wohnung betrete«, sagt sie. »Und warum stehst du immer draußen auf dem Balkon?«

Sie hat recht. Ich verbringe viel Zeit auf dem Balkon. Der Balkon gefällt mir. Die Hausdächer, Schornsteine, Antennen gefallen mir. Die Gespinste aus Kabeln. Die Vögel, die mich beobachten, während ich ihre Flugbahn verfolge.

Zwischen den Häusern kann man die Berge sehen. Ich verbringe Stunden damit, sie zu betrachten.

Wenn das Licht stimmt, spiegeln sie sich in den Fenstern einer Bank. »Was gibt es dort oben eigentlich zu sehen?«, fragt Agata. »Meine Mutter ist in den Bergen gestorben, ich möchte nie wieder in die Berge, kann ihren Anblick nicht ertragen. Ich will ans Meer ziehen.« Und dann: »Vittorio und ich überlegen, gemeinsam fortzugehen. Seinem Vater gehört ein Restaurant auf Sizilien, dort gibt es den besten Fisch der ganzen Region. Wir überlegen, es zu übernehmen. Seinem Vater wird es langsam zu viel. Was hältst du davon?«

Manchmal falle ich durch den Balkonboden bis in den dritten Stock, wo sich eine alles bedeckende Kletterpflanze an den Rauten eines Gitters emporrankt. Im Fallen werfe ich nie einen Blick in fremde Wohnungen, in fremde Fenster. So etwas tut man nicht. Ist der Wohnungsbesitzer allerdings auf dem Balkon und arbeitet dort, bin ich machtlos.

»Hast du gehört, was ich sage?«, fragt Agata.

Ich tauche aus meiner Benommenheit auf. »Wie bitte?«

Agata sieht mich verächtlich an, warum, weiß ich nicht. »Unglaublich!«, sagt sie und geht kopfschüttelnd zurück in die Wohnung.

Zwei Monate später bricht sie mit Vittorio nach Sizilien auf. Sie haben einen Transporter, den sie randvoll beladen: Bücher und T-Shirts stecken in jeder Ritze, Kissen und Decken schützen Flaschen und einen kleinen Fernseher. Bevor sie in Richtung Autobahn verschwinden, machen sie bei mir halt, um sich zu verabschieden. Ich komme in Pantoffeln herunter. Draußen auf dem Bürgersteig gebe ich Vittorio die Hand. Er lächelt freundlich, wirkt ein wenig zerzaust – ein netter Junge mit Zukunftsplänen. Bestimmt ist er ein guter Koch. Keine Ahnung, wie ich darauf komme, aber genau das geht mir durch den Kopf. Agata tritt näher und sieht nach rechts und links, so als gelänge es ihr nicht, mein Gesicht zu erfassen. Als sie noch einen Schritt von mir entfernt ist, schaut sie langsam auf. Ihr Blick gleitet von meinem Hals über das Kinn bis hinauf zu den Wangen. »Du musst dich rasieren«, sagt sie.

»Rufst du mich an?«, frage ich.

»Rufst du mich an?«

»Ich weiß nicht«, sage ich.

»Ich weiß es auch nicht.«

»Im Grunde sind wir uns ähnlich«, sage ich.

Agata tut so, als müsste sie einen Ohrring zurechtrücken, aber sie trägt gar keine Ohrringe, hat nie welche gewollt. »Nein. Das sehe ich anders«, entgegnet sie.

Wir schweigen einen Moment, haben dem nichts mehr hinzuzufügen. Es ist Vittorio, der uns rettet. Er macht die Autotür zu und sagt: »Ich will ja nicht drängeln, aber wir müssen los, sonst kommen wir noch in den Stau.«

Agata nickt, macht auf dem Absatz kehrt und geht zu ihm. In diesem Moment dämmert mir, dass ich nicht weiß, wann ich sie wiedersehen, ja ob ich sie wiedersehen werde. Nicht weil es nicht möglich wäre, sich zu besuchen, sondern wegen der tieferen Bedeutung, die jeder diesem Wunsch beimessen würde. Kurz bin ich versucht, ihr nachzulaufen, sie an den Schultern zu packen, sie zu zwingen, sich umzudrehen, sie so fest zu umarmen, dass ich ihre Knochen spüre. In dem Moment, in dem sich Widerstand in mir regt, dreht sie sich um und kommt noch mal zurück. Die Straße ist plötzlich aus Schlamm, sie stößt sich kräftig mit den Füßen ab. Sie nimmt meinen Kopf in beide Hände, küsst mich auf die Stirn und beugt sich vor zu meinem Ohr: »Ich bekomme übrigens ein Kind.«

*

Ich kündige. Die Abfindung der Ferroni-Gruppe ist äußerst großzügig, und wenn ich meine Ersparnisse, die Investitionsgewinne, die vier Häuser, die Wohnung meiner Mutter, die in der Stadt, die am Meer und die in den Bergen, hinzuzähle sowie die Pension, die ich irgendwann erhalten werde, habe ich zweifellos mehr Geld, als ich aufbrauchen kann. Ich verkaufe die Wohnung in Turin, vermiete die anderen beiden. Nicht die in Genua, die bleibt leer, ich überschreibe sie Agata. Ich ziehe für eine Weile dorthin. Mithilfe von Iole finde ich ein abgelegenes Haus außerhalb von Colle Ferro. In der näheren Umgebung gibt es nichts als Wald, einen Bach, einen riesigen Felsblock, der irgendwann dorthin gerollt ist, und zwei selten genutzte Wege, die sich auf Höhe des Felsblocks trennen, weil sie sich nicht zwischen den Feldern und den Gipfeln des Apennins entscheiden können. Vom Balkon im ersten Stock aus sieht man, wo das Wasser meine Vergangenheit versenkt hat.

Zwei Jahre verbringe ich damit, das Haus zu renovieren und spazieren zu gehen. Ich suche nach der Lichtung mit den toten Beinen und glaube schließlich, sie gefunden zu haben. Ich suche nach der Stelle, wo der deutsche Soldat dem Zigarettenangebot nachgegeben und meinen Vater in die schneebedeckten Brombeerbüsche gestoßen hat. Ich entdecke sie hinter dem Werkzeugschuppen einer kleinen Villa. Ich finde zum beschwingten Gang meiner Jugend zurück, als ich noch beim Alpenverein war.

Ich eigne mir Wege und Trampelpfade an, erkunde jede Abzweigung. Zweimal die Woche essen Iole und ich gemeinsam zu Mittag. Das eine Mal gehe ich zu ihr hinunter, das andere Mal kommt sie zu mir herauf. An Weihnachten sehe ich Maria wieder. Sie ist mit ihrem Mann aus Rom gekommen, um die Feiertage in Colle Ferro zu verbringen.

Ich schlafe viel. Nach dem Aufwachen gehe ich nach unten und frühstücke Brot mit Honig oder Käse. Dann gehe ich hinaus und setze mich auf die von mir gezimmerte Bank. An die Hauswand gelehnt, schließe ich die Augen und schlafe wieder ein. Die Vögel wecken mich. Ist schönes Wetter, gehe ich in den Wald zu der Lichtung mit den toten Beinen, breite eine Decke aus, lege mich auf den Rücken und schaue in den Himmel jenseits der Baumwipfel. Die Wolken nehmen Formen und Bedeutungen an. Die Milch bekomme ich direkt von der Kuh nach

Hause geliefert. Vorsichtshalber koche ich sie ab, und während das Feuer den Topf erhitzt, beobachte ich das Brodeln, das Sichbilden von Haut.

Eines Morgens bin ich dort, spüre die Sonne im Gesicht und höre Schritte. Ich öffne die Augen. Es ist ein junges Mädchen.

»Guten Tag«, sagt sie.

Ich schirme das Gesicht mit der Hand ab. »Und wer bist du?«, frage ich.

»Ich heiße Elena. Haben Sie zufällig ein kleines Mädchen gesehen?«

Ich antworte nicht.

»Es ist neun Jahre alt und meine Schwester Irene.«

»Ich habe einen Enkel, und der ist auch neun«, sage ich.

»Vielleicht spielen sie zusammen.«

»Das glaube ich nicht.«

Das Mädchen schaut sich um. Ich rutsche in den Schatten, um sie besser sehen zu können. »Wie heißt dein Enkel?«, fragt sie.

»Zeno.«

»Was für ein komischer Name. Ich kenne keinen, der Zeno heißt. Wieso heißt er so?«

»Keine Ahnung.«

»Warum weißt du das nicht?«

»Weil ich nie Gelegenheit hatte, das zu fragen.«

»Warum nicht?«

Ich antworte nicht.

»Wenn du meine Schwester siehst, richtest du ihr dann bitte aus, dass ich sie suche? Sie ist ungefähr so groß und hat ein altes abgetragenes Kleid an, das unserer Großmutter gehört hat.«

»Wenn ich sie sehe, richte ich es ihr aus.«

An diesem Abend kann ich nicht einschlafen, ich wälze mich hin und her, gehe hinunter, um Wasser zu trinken, und schenke mir einen halben Fingerbreit Salbeilikör ein. Vor dem fast kalten Ofen nehme ich Agatas Briefe und drehe sie hin und her: Es sind neun, in neun Jahren. Ich habe ihr genauso viele geschrieben. Die Entwürfe zu diesen Briefen bewahre ich auf. Ich suche nach der richtigen Position, von der aus ich Zenos Fotos im Mondlicht betrachten kann: Ich habe neun, einen pro Brief.

In Ioles Keller habe ich einen alten Plattenspieler und ein paar Jazz- und Klassikplatten gefunden. Ich lege eine von John Coltrane auf.

Ich greife zu Papier und Stift, wähle die Worte mit Bedacht.

Liebe Agata, ich wüsste gern, warum ihr euren Sohn Zeno genannt habt. Heute hat mich ein nettes Mädchen namens Elena danach gefragt. Wenn ich sie das nächste Mal sehe, würde ich ihr die Frage gerne beantworten.

Ich bringe sechs dicht beschriebene Seiten zustande, lese sie immer wieder durch und schreibe sie noch mal ab. Als ich sie in den Umschlag stecke, ist es fast schon Morgen. Ich gehe wieder ins Bett, ohne den Plattenspieler auszuschalten.

In den nächsten Tagen kommt mich Elena erneut besuchen.

*

Es gibt viele Arten, sich das Leben zu nehmen, aber fast immer haben sie zur Folge, dass am Ende ein Verwandter oder Freund den Leichnam aufhebt oder von einem Seil befreit. Dann ist da noch der Gasgestank, das Problem der Bestattung. All das gefällt mir nicht. Ich möchte niemanden mit so etwas belasten, denn das ist einfach nicht fair. Ich beschließe, dass der See mein Grab sein soll. Ich kaufe zwei Metallketten mit großen, dicken Gliedern. Wenn es so weit ist, besorge ich mir zwei Gewichte zum Einhängen. Ich werde zu dem Haus rudern, das mich und meine Familie beschützt hat, als ich noch ein Kind war, und mich hinabsinken lassen. Dort werde ich für immer in Sicherheit sein, und niemand muss sich um etwas kümmern.

Ich habe keine Eile. In die Ketten graviere ich langsam *Schma Jisrael adonai elohejnu adonai echad* ein. Nicht aus religiösen Gründen, sondern in Gedenken an meinen Vater. Er hat die Tür aufgestoßen, meinen Bruder mit sich fortgerissen, und jetzt bin ich an der Reihe. Aber ich gestehe es mir zu, die Sache langsam angehen zu lassen.

Im Jahr darauf kommt mich Elena wieder besuchen, und in dem darauf auch. Ich sehe sie heranwachsen. Sie verfolgt, wie ich das Gebet in die Kette eingraviere.

Eines Tages fragt sie: »Was machst du da?«

»Nichts.«

»Das ist aber eine anstrengende Art, nichts zu tun.«

»Kinder finden alles im Nichts, Erwachsene dagegen in allem nichts.« Dann drehe ich mich um und zwinkere ihr zu: Leopardi. Aus dem Zibaldone.«

»Und wer bist du?«

»In diesem Fall ein Kind, würde ich sagen.« Ich lache nur selten. Oft, wenn sie da ist. Ich betrete das Haus, hole Milch, Himbeeren, Mürbteigkekse. Wir machen gemeinsam ein Picknick auf der Wiese vor dem Haus. Sie ist aufgeschossen, trägt nur einen einzigen Holzohrring. Auch in ihn ist etwas eingraviert, wenn auch kein Gebet.

»Das sind Stammeszeichen«, sagt sie.

»Von welchem Stamm?«

»Weiß ich doch nicht!«

Sie erzählt mir von der Schule, erklärt mir, warum sie Fechten gewählt hat, während sich alle ihre Freundinnen für Volleyball angemeldet haben. Sie erzählt mir von einem Jungen, der ihr gefällt. Er hat ihr einen Ring geschenkt, der, wie sie anschließend festgestellt hat, aus einer Chipstüte stammt. Deshalb war sie beleidigt und hat nicht mehr mit ihm geredet. Aber der Junge gefällt ihr, und wie! Nach wie vor. Sehr sogar.

»Hast du schon mal *Frühstück bei Tiffany* gesehen?«, frage ich.

»Was ist das?«

»Ein alter Film. Er handelt von zwei Menschen, die sich lieben und beschließen, sich beim teuersten Juwelier von New York einen romantischen Satz in einen Ring gravieren zu lassen, den sie in einer Chipstüte gefunden haben. Den solltest du dir mal ansehen.«

Sie sitzt eine Weile da wie erstarrt, beginnt dann zu strahlen und umarmt mich. Sie verharrt so, und ich spüre ihr Körpergewicht, rieche den Duft ihres Haars, sehe die Farbe ihrer Wangen, das Pulsieren von Leben und Sehnsucht. »Ich stehe tief in deiner Schuld, weißt du das? Für immer.«

Wir verabschieden uns. Ich fege den Hof und ziehe mich ins Hause zurück. Als ich das Abendessen zubereite, bin ich benommen, habe leichten Schüttelfrost. Von dem Schallplattenstapel nehme ich eine von Gershwin und lege sie auf. Ich hebe den Tonarm und setze die Nadel auf, drehe den Ton laut, reiße die Fenster auf. Ich gebe die Zwiebeln zu dem Schmorfleisch und lasse zu, dass die Musik sich im Wald verliert.

*

Meine ursprüngliche Idee bestand darin, die Worte, und zwar eines pro Kettenglied, in sechs aufeinanderfolgende Glieder einzugravieren. Doch dann habe ich festgestellt, dass es zwölf Glieder sind, und beschlossen, das Gebet zweimal in jede Kette einzuritzen. In einem Dorfladen im Tal, der Sportgeräte verkauft, besorge ich mir zwei Langhanteln mit sechs Gewichtscheiben à zwei Kilo. In einer Eisenwarenhandlung erwerbe ich zwei Schlösser. Zu Hause merke ich, dass die Hantelstange nicht durch die Kettenglieder passt. In Rosas Laden finde ich zwei große, breite Karabinerhaken und kaufe sie. Sie erfüllen ihren Zweck.

Iole kommt nach wie vor jeden Mittwoch zum Mittagessen, während ich freitags zu ihr gehe. Eines Frühlingstages haben wir gerade gegessen und sitzen vor unserem Kaffee am Tisch. Wir schweigen. Iole und ich müssen nicht reden, wir können gemeinsam essen, ja uns stundenlang Gesellschaft leisten, ohne ein einziges Wort zu verlieren. An diesem Tag sagt sie auf einmal: »Ich ziehe nach Rom.«

»Gefällt es dir im Dorf nicht mehr?«

»Nein, das hat damit nichts zu tun. Natürlich gefällt es mir hier. Ich bin hier geboren, habe mein ganzes Leben hier verbracht. Aber ich spiele schon länger mit diesem Gedanken. Ich werde nicht jünger, und meine Schwester hat eine riesige Wohnung. Wir könnten uns gegenseitig Gesellschaft leisten. Das Haus hier behalten wir.«

»Wann ziehst du um?«, frage ich.

»In einer Woche. Mein Schwager kommt und holt mich mit dem Transporter ab. Stück für Stück nehmen wir alles mit.«

»Das hättest du mir früher sagen sollen.«

»Und was hätte das gebracht? Aber Ende Juli komme ich wieder, alter Freund. Den August werde ich ganz bestimmt nicht in der Stadt verbringen und jede Menge Lebensmittel herankarren, so wie immer. Ich lasse dich schließlich nicht verhungern!«

»Prima«, sage ich und lächle, denke aber, dass es mich im August nicht mehr geben wird.

6. KAPITEL

Ich könnte, ja würde gern sagen, dass schon Herbst in der Luft lag und der Sommer vorbei war, als ich Colle Ferro verließ. Aber dem war nicht so. Die Sonne brannte vom Himmel, die Arbeitsbienen summten zwischen Blüten und Rinden herum, um den Bienenstock mit Propolis, Pollen und Nektar zu versorgen, und nicht wenige starben dabei an Erschöpfung. Die Erde, die von den Regengüssen im Juli getränkt worden war, verlangte wieder nach Wasser: Das typische Hin und Her zwischen Überfluss und Mangel, das das Leben zwischen Zufriedenheit und Unzufriedenheit fixiert. Der Sommer war in Colle Ferro, ja im ganzen Tal auf seinem Höhepunkt angelangt, als Mama und ich mit Großvaters Hilfe das Auto beluden, um abzureisen.

Papà durfte wieder nach Hause. Er hatte die Transplantation sehr gut überstanden. Auch wenn wir die nächsten Jahre mit der Angst vor einem Rückfall leben mussten, hatten wir den Eindruck – der von den Ärzten geteilt wurde –, dass die erste Schlacht mit Bravour geschlagen worden war. Noch heute lässt er regelmäßig sein Blut untersuchen, und bald nach der Rückkehr nach Capo Galilea brauchte er einen Aderlass, um den durch die Transfusionen entstandenen Eisenüberschuss im Blut zu reduzieren. Doch ansonsten konnten wir unser altes Leben wiederaufnehmen.

In der Woche vor unserer Abreise – Isacco zeigte mir gerade begeistert bestimmte Übungen zur Kräftigung von Bizeps und Brustmuskulatur – fielen mir im Freizeitpark zwei elegante Herren auf, die aussahen, als hätten sie sich verlaufen. Einer der beiden trug einen weißen Hut. Als er uns entdeckte, zupfte er den anderen am Jackett, und beide hoben synchron den Arm, um unsere Aufmerksamkeit zu erregen.

Isacco und ich wechselten einen fragenden Blick. Er fuhr mit seinen Armbeugen fort, und ich ging ihnen entgegen.

»Ist einer von euch Simone Coifmanns Enkel?«

»Ja, ich, wieso?«

»Die Ladenbesitzerin hat uns hierhergeschickt. Könntest du uns zu deinem Großvater bringen?« Der Mann ohne Hut – er hatte eine helle Jacke an und müde Augen – wischte sich mit einem Taschentuch den Schweiß von der Stirn. »Ich war sein Trauzeuge, musst du wissen. Wir haben rein zufällig erfahren, dass er hier lebt. Das hat uns der Kerl gesagt, bei dem wir unseren Käse bestellen.«

»Cesco?«

»Genau der. Bringst du uns zu ihm? Wir haben nicht viel Zeit.«

Ich rief Isacco zu, ich sei gleich wieder da. Der erwiderte, er habe keine Lust mehr und werde jetzt duschen gehen. Ich solle anschließend zu ihm nach Hause kommen, dann könnten wir uns *Das Schweigen der Lämmer* ansehen. »Ich habe mir die DVD gestern am Kiosk gekauft.«

Zu Fuß gingen wir den Weg hoch. Der mit dem weißen Hut trug auch einen seltsamen Kneifer. Er redete viel, deutete erst auf einen Berggipfel und dann auf den Staudamm, der zwischen den Blättern der Steineichen hervorblitzte. Im Gehen pflückte er Heidekraut. Anschließend schnupperte er an seiner Hand, um den Duft einzuatmen. Großvater betrat den Hof.

Er sah uns kommen, ließ die hölzernen Wäscheklammern in den Korb fallen und wartete, bis wir ihn erreicht hatten. An der Falte zwischen seinen Augen und dem nachdenklichen Blick erkannte ich, dass er sich nicht ganz sicher war, wen ich da zu ihm brachte. Aber irgendwas hatte ihn doch erschüttert. Wir waren nur noch wenige Meter von ihm entfernt, als der Groschen fiel: dieses Gesicht, dieser Hut, diese Hände!

»Simone!«, rief der Mann mit der hellen Jacke. »Wie lange haben wir uns nicht mehr gesehen?«

»Keine Ahnung«, sagte Großvater.

»Das ist jetzt bestimmt zwanzig Jahre her«, schaltete sich der Mann mit dem weißen Hut ein. »Wahrscheinlich in irgendeiner Mailänder Trattoria.«

»Du erinnerst dich noch an Mario?«

»Ob ich mich noch an Mario erinnere? Na, hör mal! Sehe ich wirklich so senil aus?«

»Ach Quatsch, du bist super in Form.«

»Mario!«, sagte Großvater und gab ihm die Hand. »Wie schön, dich wiederzusehen. Und wenn ich noch etwas hinzufügen darf…«

»Bitte, nur zu!«

»Wie schön, dass ihr immer noch zusammen seid. Aber kommt doch bitte herein. Wie wär's mit einem Kaffee?«

Isacco lag zwar schon bäuchlings auf dem Parkett und wartete bei genau richtig heruntergelassenen Rollläden mit einer Karaffe eiskalter Zitronenlimonade und drei Tüten Erdnüssen auf mich – und das in Gesellschaft von Hannibal Lecter! Aber ich witterte Enthüllungen und unfreiwillig preisgegebene Geschichten aus Großvaters Leben, sodass mich keine zehn Pferde von hier weggebracht hätten. Außer Luna hätte etwas von mir gewollt, aber Luna war mit ihren Eltern Gott weiß wo, um Schuleinkäufe zu machen – und das schon im August!

»Elena?«, fragte Gioele und nahm einen Stapel Putztücher vom Stuhl, um sich setzen zu können. Mario behielt seinen Hut auf und blieb am Fenster stehen.

Großvater füllte Kaffee und Wasser in die Espressomaschine und setzte sich ebenfalls. »Elena lebt nicht mehr.«

Gioele schlug sich die Hände vor den Mund. »Warum hast du nie etwas gesagt?«

»Dir hätte ich das sagen sollen?«, ereiferte sich Großvater und hustete. »Ich muss es mir selbst noch sagen.«

»Ich bin sprachlos...«

»Das ist kein gutes Zeichen. Aber was ist mit euch? Was hat euch hierher verschlagen?«

»Cesco«, sagte ich und rechtfertigte meine Anwesenheit dadurch, dass ich das gewagteste *tramezzino* in der jüngeren Gastronomiegeschichte zubereitete: Mayonnaise, die in jede Weißbrotpore drang, ein hart gekochtes kaltes Ei, das ich sorgfältig zerkrümelte, und winzige Stückchen gehackte Oliven (es war schließlich nicht meine Schuld, dass die Olivenpaste aus war). Außerdem beabsichtigte ich, Speck in der Pfanne anzubraten.

»Es ist zehn Uhr vormittags!«, sagte Großvater. »Findest du das nicht ein bisschen übertrieben?«

»Ich habe Hunger.«

»Was habt ihr mit Cesco zu tun?«

Mario reichte Großvater seine Tasse. »Das hat mit meinen Weinkellern zu tun, du erinnerst dich? Mit den Weinproben. Außerdem handle ich auch mit Käse. Ich habe Kunden in Mailand, die fallen fast in Ohnmacht, wenn sie diesen Duft riechen. Ach was, ich brauche ihnen nur davon zu erzählen, und schon fallen sie in Ohnmacht! Ich mache das schon mehrere Jahre. Aber wir haben nie darüber gesprochen, wer wo die Käselaibe lagert. Ist das nicht unglaublich? Nicht ein einziges Mal, bis heute. Wir haben uns in Crescella getroffen, über einen neuen in Kräutern gewälzten Pecorino geredet, als – peng! – auf einmal dein Name fiel. Aus heiterem Himmel.«

»Er musste ihn dreimal wiederholen«, warf Gioele ein. »Keine Ahnung, was er sich dabei gedacht hat. Dann sind wir ins Auto gestiegen und hierhergefahren, um dich zu suchen. Wir haben wirklich nur zehn Minuten Zeit. Zum Mittagessen müssen wir in Genua sein, es kommt Wein aus Patagonien, und Mario soll irgendwelche Formulare unterschreiben.«

»Es hat mich gefreut, euch wiederzusehen. Wo wohnt ihr?«

»In Parma. Aber wir pendeln zwischen Rom und Mailand hin und her. Jetzt, wo wir wissen, wo du steckst, entkommst du uns nicht mehr!«

»Solange ich noch da bin«, meinte Großvater.

»Ziehst du um?«

»Nein, das war bloß so dahingesagt.«

Eine Viertelstunde später ging ich mit ihnen und meinem in eine Serviette gewickelten *tramezzino* in Richtung Piazza.

»Warst du wirklich sein Trauzeuge?«, fragte ich Gioele, bevor sich unsere Wege trennten.

»Das ist schon ewig her.« Lächelnd zerzauste er meine Haare. »Damals ist so viel passiert, dass ich mich kaum noch daran erinnern kann.«

»Kommt wieder!«, sagte ich.

»Bist du dann auch da?«

»Nein, deshalb müsst ihr kommen. Er wird wieder allein sein.«

Ich war noch nie gut im Verabschieden. Ich neige dazu, auf der Schwelle stehen zu bleiben, zu trödeln, aus Angst, noch nicht alles gesagt zu haben, den Abschiedsgruß zu wiederholen, um mich anschließend für mein sentimentales Getue in Grund und Boden zu schämen. Da ziehe ich kitschigen Abschiedsszenen brutale Trennungen doch bei Weitem vor: eine Flucht bei Nacht, ein Brief, der unter der Tür durchgeschoben wird, ein kräftiger, männlicher Handschlag, der bedeutet: Gut, ziehen wir die Sache nicht unnötig in die Länge, irgendwann sehen wir uns schon wieder. Um meine Entscheidung gleich darauf wieder zu bereuen, in der Überzeugung, unhöflich gewesen zu sein. Ich bin noch nie gut im Verabschieden gewesen: nicht einmal mit zwölf, nicht einmal gegenüber Gleichaltrigen. Deshalb hatte ich niemandem etwas gesagt, obwohl ich ganz genau wusste, dass ich Ende der Woche abreisen würde – meine Mutter wollte mich am Freitag abholen. Und mit niemandem meine ich Luna und Isacco.

Eines Abends kursierte das Gerücht, im Nachbartal werde ein Fest gefeiert, dessen Feuerwerk weithin zu beobachten sei.

»Vielleicht ist es vom Monticello aus zu sehen«, sagte ich, als ich mich mit Isacco und Luna am Staudamm traf.

»Ein Mitternachtspicknick.«

»Ich weiß nicht, ob meine Eltern das erlauben.«

»Frag sie doch!«, sagte ich.

»Ich kümmere mich ums Essen«, erklärte Isacco.

Luna verdrehte die Augen.

Schließlich bekamen wir alle drei die Erlaubnis, nachdem wir was vom Ende der Schönwettersaison, vom schlechten Juliwetter und von der Notwendigkeit, sich zu erholen, bevor die Schule wieder anfing, erzählt hatten: »Man muss Erfahrungen sammeln, die man bis zum nächsten Sommer nicht mehr machen kann, Kraft tanken.« Und so kam es, dass wir uns zu dritt mit Taschenlampen, Decken und Feldflaschen voller Pfirsichtee vor Großvaters Haus einfanden. Nach einer halben Stunde waren wir auf dem Monticello. Es war das erste Mal, dass ich mit ihnen dorthin ging. Das Handy hatte ich dabei, schaltete es aber nicht ein. Wir legten uns auf den Rücken, verschränkten die Hände hinter dem Kopf und nahmen die Sternbilder in uns auf. Redeten kaum. Eine Harmonie herrschte zwischen uns, die keinen Lärm brauchte, um ein unangenehmes Schweigen zu übertönen, weil das Schweigen kein bisschen unangenehm war. Es bestand aus einem Geflecht kaum wahrnehmbarer Geräusche, das uns umgab – pflanzliches Rauschen, Vogelgesang –, und aus unserer Körperwärme.

»Klar, dass es einem hier gut geht«, sagte Isacco.

Niemand erwiderte etwas darauf. Wir ließen die Worte davonschweben, bis sie sich von selbst auflösten.

Der erste Feuerwerkskörper tauchte das Tal ohne jede Vorankündigung in ein violettes, dann in ein gelbes und schließlich in ein grünes Licht. Während wir im Schneidersitz auf unseren Decken saßen, beobachteten wir, wie das Leuchtpulver seine Bahnen über den Himmel zog, zu Baumwipfeln explodierte, die sich sofort wieder auflösten und gewissermaßen als Vorboten des Herbstes brennendes Konfetti herabregnen ließen. Wir sahen Licht, Explosionen, Rauch. Ich musste an Iole und Großvater denken, an Flugzeuge und Stanniolstreifen – daran, welche Flugzeuge das wohl gewesen waren: B-52s, *Big Ugly Fat Fellows*? Daran, ob ich Luna versprochen hätte, sie zu heiraten. Daran – aber das denke ich heute! –, wie gern ich in diesem Moment bewusst wahrgenommen hätte, welche Samen dieser Sommer in mich gelegt hatte und was noch alles daraus erwachsen würde. Ich hätte es gern gewusst, um es zu genießen, um darüber zu staunen. Aber so funktioniert das nun mal nicht: Das Leben hat keine Untertitel und auch kein *Prequel*: Es besteht ausschließlich aus verschwommenen Momentaufnahmen.

Nach ungefähr zwanzig Minuten verklang das Prasseln der letzten Feuerwerkskörper. Wir blieben noch eine Weile, um die uns umgebende Nacht zu genießen, diese Unabhängigkeit. Und obwohl das der geeignete Moment gewesen wäre, um mich zu verabschieden, brachte ich nicht den Mut dazu auf.

Das tat ich erst am letzten Vormittag.

»Du reist ab?« Isacco machte Augen, die an konzentrische Kreise im Wasser erinnerten. »Und das sagst du so nebenbei?«

Luna hockte verstimmt auf der Kirchenmauer. Von dort aus konnte man den alten Friedhof sehen, wo in einem Winkel meine Urgroßmutter begraben war – Großvater hatte mir die Stelle einmal gezeigt.

»Das hättest du uns vorher sagen sollen. Dann hätten wir was organisieren können...«

»Ich wusste es selbst nicht«, log ich. »Meine Mutter hat mir heute eine SMS geschickt.«

»Wann kommt sie denn?«

»Zum Mittagessen. Wir brechen am Nachmittag auf und fahren die ganze Nacht durch. Dann ist weniger Verkehr.«

»Aber du kommst doch wieder?«, fragte Isacco.

»Im nächsten Sommer vielleicht, warum auch nicht?« Zu versprechen, dass man sich wiedersieht, ist meine Lieblingsmedizin gegen Abschiedsschmerz, selbst wenn die Chancen dafür alles andere als gut stehen. Aber vielleicht glaubte ich diesmal wirklich daran. – »Wirst du auch hier sein, Luna?«

»Ich glaube nicht.«

»Kinder...« Das kam von einem der Alten auf der Bank. »Ist einer von euch so nett und holt meine Grissini bei Rosa ab? Das Wechselgeld dürft ihr behalten.«

Während Luna und ich den Satz noch auf uns wirken ließen, war Isacco längst aufgesprungen.

»Ich möchte die Gelegenheit nutzen, um mich zu verabschieden«, sagte ich. »Ich fahre heute weg.«

»Wohin?«

»Nach Hause.«

»Fängt die Schule wieder an?«

»Nein, das nicht, erst in ein paar Wochen.«

»Hast du gehört?«, sagte der Mann mit Anselmos Hut zu dem mit der Zeitung, der auf seine Grissini wartete und sich immer wieder ungeduldig nach Rosas Laden umsah. »Der Sommer ist vorbei.«

»Warum braucht der so lange?«, fragte der Mann mit der Zeitung, womit er Isacco meinte.

»Hast du gehört, was ich gesagt habe?«

»Ja, ich habe es gehört. An meinem ersten Schultag wollte ich gar nicht erst hingehen. Meine großen Brüder hatten mir erzählt, dass der Lehrer heftige Stockschläge austeilt, deshalb hatte ich Angst davor. Daran kann ich mich noch gut erinnern.«

»Was hat das denn damit zu tun?«

»Was?«

»Was haben die Stockschläge damit zu tun? Ich sagte, der Sommer ist vorbei.«

»Das ist er jedes Jahr irgendwann. Wundert dich das?« Anschließend meinte er an mich gewandt: »Warum kommt dein Freund nicht wieder?«

Ich zuckte die Achseln. »Hört mal«, sagte ich. »Bevor ich mich endgültig verabschiede – darf ich euch was fragen?«

Beide starrten mich an.

»Wie heißt ihr?«

Der mit dem Hut nahm ihn ab, presste ihn an seine Brust und erhob sich schwerfällig. Er gab mir die Hand: »Rodolfo.«

»Es war mir ein Vergnügen, Rodolfo. Bis bald.«

»Da kommt er ja!«, rief der Mann mit der Zeitung. Isacco kam mit der braunen Tüte zurück, aus der Rosas Ölteiggrissini ragten wie Äste aus der Glut.

»Das Wechselgeld darf ich also behalten?«, fragte er und reichte ihm die Tüte.

»Glaubst du etwa, ich lüge?«, sagte der Mann mit der Zeitung.

Rodolfo stand immer noch. »Und er heißt Nico«, sagte er und zeigte mit dem Daumen auf ihn.

»Nicola?«, fragte ich.

»Nein«, sagte der. »Bloß Nico.«

»Nicodemo«, flüsterte mir Rodolfo ins Ohr. »Aber das hat ihm nie gefallen.«

Ich stand bei ihnen, als ich unser Auto kommen sah. Ich winkte, und meine Mutter hielt an.

»Am besten, wir verabschieden uns gleich hier«, sagte ich zu Luna und Isacco.

Er trank gerade einen Fruchtsaft, den er aus dem Laden hatte mitgehen lassen. »Trainier Basketball! Nächsten Sommer möchte ich einen Gegner haben, der mir gewachsen ist.«

»Versprochen.«

Luna, der ganze Fragenkataloge ins Gesicht geschrieben standen, schwieg. Sie umarmte mich wie ein Reifen das Fass, klemmte meine Arme so ein, dass ich ihre Umarmung nicht erwidern konnte. Dann lief sie auf meine Mutter zu, die auf dem Kofferraum saß und sich eine Zigarette angezündet hatte. Sie sagte etwas zu ihr und beugte sich durchs Fenster, um einen Stift und einen Zettel vom Armaturenbrett zu nehmen. Sie lehnte sich an den Wagen und schrieb etwas. Als sie zurückkam, gab sie sowohl mir als auch Isacco einen Zettel mit ihrer Heimatadresse.

Isacco musterte ihn begriffsstutzig. »Wieso bekomme ich auch einen?«

»Ich bin eben mal wieder schneller als du«, sagte sie, drehte sich um und rannte davon.

Zum Mittagessen kam Iole, die unglaubliche Köstlichkeiten dabeihatte. Großvater hatte meine Sachen bereits gepackt: Die Schuhe befanden sich in einer Jutetasche, die Skizzenbücher lagen ordentlich übereinandergestapelt auf dem Sofa, dahinter stand unser Bild.

»Nein!«, sagte ich. »Behalt den Silver Surfer.«

»Nimm du ihn! Hier weiß man nie, was ihm noch zustößt.«

»Wieso, was sollte ihm denn zustoßen?«

»Na ja... vielleicht gibt es eine Überschwemmung... oder einen Erdrutsch. Noch so einen.«

»Ich hoffe nur, du bewahrst ihn nicht im Keller auf!«

Ich nahm *Le déjeuner sur l'herbe* von der Wand, das Großvater wieder zurückgehängt hatte, und hängte den Silver Surfer auf. Das Licht, das weich und genau richtig durch eine breite Wolkenfront drang, fiel durchs Fenster und gab der Leinwand den ihr angemessenen letzten Schliff. Der Kontrast, den das Bild zum übrigen Haus, den Möbeln, Wänden und Stoffen, bildete, verlieh ihm eine gewisse Ähnlichkeit mit Arthur C. Clarkes Monolithen, vor dem die Menschheit mit einer ganz neuen Sicht auf sich selbst wieder aufwacht.

Wir trennten uns, wie wir uns begrüßt hatten: wortlos, mit einem viel zu erwachsenen, kalten Händedruck. Was meine Mutter sagte, wie sie sich von ihm verabschiedete, weiß ich nicht. Sie saß schon neben mir im Auto. Unten lagen der Staudamm sowie der funkelnde See, und als ich mich kurz vor der Kurve umdrehte, standen Großvater und Iole immer noch da. Sie hoben sich vom Haus und von der Landschaft ab wie Fingerabdrücke von Lehm – so wie es Menschen nun mal tun, die mit den Orten verbunden sind, an denen sie leben.

Kehrt man nach einem längeren Zeitraum an einen vertrauten Ort wie die eigene Stadt zurück, nimmt man Veränderungen wahr, die ausschließlich etwas mit dem Betrachter und weniger etwas mit tatsächlichen Veränderungen im Ort zu tun haben. Die Straßen führen nach wie vor zu Kreisverkehr, Rathaus,

Apotheke, Hühnerbraterei, Tabakladen und Strand. Aus manchen sind Einbahnstraßen geworden, aber das ist auch schon alles. Das Gleiche gilt für das eigene Zuhause, für die den Hof säumende Hecke aus stechendem Mäusedorn, für die Elektropumpe zum Blumengießen, für die Vorhänge, das Sofa, den Fernseher, die Fotos an den Wänden, den Schreibtisch, die Stifte in der Kakaodose – alles ist noch genau so, wie man es zurückgelassen hat. Der Hund des Nachbarn macht mit dem gleichen nervigen Kläffen Jagd auf Krähen, und die Eidechsen huschen zwischen den Blumentöpfen auf der Fensterbank umher wie eh und je.

Und doch ist nichts mehr so wie zuvor.

Die Gegenstände, die Möbel, der Asphalt lassen sich nicht mehr auf die früheren Frequenzen einstellen. Alles war von einer abgestorbenen Hautschicht bedeckt, die wir gar nicht bemerkt haben und die die Zeit in unserer Abwesenheit abgeschliffen hat: eine Art Wahrnehmungspeeling.

Mit einem neuen Blick auf mich und meine Umgebung suchte ich im Spiegel nach Veränderungen. War ich vielleicht gewachsen? Kräftiger geworden? Selbstbewusster? Wie gern hätte ich das mithilfe meiner alten Freunde überprüft und herausgefunden, wie ich auf sie wirkte! Aber Salvo und Michele waren nicht da, befanden sich kurz vor einem wichtigen Spiel im Trainingslager des Capo Galilea Football Club. Dort hätte ich eigentlich auch sein sollen, aber dafür war es jetzt zu spät. Das Restaurant brummte. Meine Eltern wurden vom Alltag eingeholt: einkaufen, eindecken, kochen. Meinem Vater ging es sichtlich gut. Er hatte wieder mehr Farbe bekommen, klagte nicht mehr über extreme Erschöpfung und kaufte sich sogar Turnschuhe, um morgens joggen zu gehen.

Eines Sonntagnachmittags – er lag gerade auf dem Sofa und las – sagte ich, ich wolle mit dem Rad zum Caddusu. Er ließ das aufgeschlagene Buch sinken, griff nach dem Glas Heidelbeersaft auf dem Boden, trank daraus und sah mich lange und durchdringend an. Eine Kernbohrung.

»Habe ich irgendwas getan?«

»Nein. Ich bin derjenige, der etwas tun muss: Ich muss mich entschuldigen, und zwar bei dir.«

»Warum? Du hast doch gar nichts gemacht.«

»Du hast das Sakristeifenster nicht eingeworfen. Du warst das nicht, so was hättest du niemals getan, und das hätte ich wissen müssen.«

In meinem Bauch platzte eine Blase, aus der Luft entwich, die bis zu den Schultern aufstieg und meine Rückenmuskeln lockerte.

»Ich habe heute Morgen Don Luciano getroffen, der dir ausrichten lässt, dass du dich mal wieder blicken lassen sollst, warum, weiß ich nicht. Aber wie dem auch sei: Ich habe ihn getroffen, und wir sind stehen geblieben, um ein bisschen zu plaudern. Irgendwann haben wir uns verabschiedet, und da hat er angefangen zu strahlen, so wie er immer strahlt: als würde ein Licht in seinen Augen angeknipst. Er strahlt also und sagt, dass ich dir seine Entschuldigung überbringen soll, denn im August – besser konnte er mir das nicht erklären – sei der Laufbursche vom Celima, der Michele, Salvo und einen *Dritten* beschuldigt hat, zu ihm gekommen, um ihm zu beichten, dass er sich alles bloß ausgedacht habe.« Bei diesen Worten musterte er mich verstohlen.

»Was für ein Scheißkerl!«

»Zeno.«

»Entschuldige.«

»Er hat den Stein geworfen und euch, besser gesagt Michele und Salvo, beschuldigt, um sich für einen Streich zu rächen. Anscheinend machen sie sich über seine schlechten Augen lustig.«

»Alle machen sich über ihn lustig.«

»Du auch?«

»Na ja, manchmal schon.«

Vater wurde leiser. »Glaubst du, er kann was dafür, dass er so schlecht sieht? Oder ist das nicht vielmehr ein Grund, ihm zu helfen?«

»Ja.«

»Was ja?«

»Ich habe einen Fehler gemacht.«

»Genau wie ich. Deshalb entschuldige ich mich bei dir, erwarte aber, dass du das Gleiche tust.«

»Ich soll zum Laufburschen gehen und mich bei ihm entschuldigen?«

»Hast du ein Problem damit?«

»Er hat ...«

»Du wolltest gerade mit dem Rad los. Celima hat geöffnet. Wenn du dort vorbeifährst, wirst du ihn antreffen.«

»Jetzt gleich?«

»Warum nicht?«

»Aber ...«

»Zeno.«

»Aber er hat schließlich ... Er hat gesagt ...«

»Er hat gelogen und wird sich vor Michele und Salvo rechtfertigen müssen, wenn er den Mut dazu hat. Aber auch sie sollten sich bei ihm entschuldigen, so wie du es heute Nachmittag tun wirst.«

Stöhnend suchte ich nach einem Ausweg.

»Einverstanden?«

Ich fuhr mit dem Rad zu Celima und entschuldigte mich beim Laufburschen. Wo ich schon mal in der Nähe war, schaute ich auch bei Don Luciano vorbei, den ich nach meiner Rückkehr nach Capo Galilea noch gar nicht gesehen hatte. Er erteilte mir die zweite Absolution, weil ich die Tat nicht begangen hatte, und versprach, die von uns dreien im Juni geleistete Arbeit im Pfarrhaus zu bezahlen.

»Nach einer ungerechtfertigten Strafe muss es eine Wiedergutmachung geben«, erklärte er.

Das konnte ich nicht verneinen.

Er bat mich auch, an der Prozession zu Ehren der heiligen Rosalia am vierten September teilzunehmen. Das ist ihr Sterbedatum und hat nichts mit dem Fest zu tun, das am vierzehnten Juli in Palermo stattfindet und zu dem mich Opa Melo mitgenommen hat, als ich noch klein war. Dort beginnt die Prozession am Normannenpalast und führt bis ans Meer, sozusagen vom Tod (wegen der Pest) zum Leben. Bei uns in Capo Galilea gab es keinen von Ochsen gezogenen Prunkwagen mit der Heiligenstatue und kein Feuerwerk. Nur einen Menschenring, der von der Kirche über den Hafen und das Rathaus bis zur Blauregen-umrankten Ädikula der Heiligen an der Porta Sant'Agata reicht. Warum die Sant'Agata heißt und nicht Santa Rosalia, weiß ich nicht. »Ich brauche einen jungen Mann wie dich, der die Fahne trägt. Würdest du das tun?«

Schweren Herzens – denn es gibt nichts Langweiligeres als die endlosen Litaneien bei einer Prozession – zwang ich mich zu einem liebenswürdigen Lächeln und willigte ein.

Zwei Tage vor Schulanfang fuhren mein Vater und ich zum Fischen hinaus. Wir standen noch vor Sonnenaufgang auf und bemühten uns, keinen Lärm zu machen: Würmer, Angelruten, Kescher, K-Way. Uns erfüllte eine stille Vorfreude. Wir wechselten kein einziges Wort, bis das Boot im Wasser war. Als er dann im Bug saß und ruderte, gab er mir irgendwann stumm mit Blicken und Kinn zu verstehen, dass ich mich umsehen solle: Capo Galilea war ein einziges Zurückweichen der Berge und die Straßenlaternen die Fackeln eines Kreuzwegs.

Mein Vater stoppte das Boot dreihundert Meter vor der Küste hinter einer Landzunge, genau an derselben Stelle wie damals. Alles lag reglos da. Ich hockte in einer Ecke des Bootes, um die Angelschnur zu präparieren, während er dastand und das Meer betrachtete. Ich nahm einen dicken Wurm aus der Dose. Es bedurfte mehrerer Würfe, bis ich etwas fing, doch dann war es ein anständiger Seebarsch, der in Salzkruste und unter den besonnenen Händen meiner Großmutter hervorragend schmecken würde. Mein Vater hielt wie immer mit dem Wasser Zwiesprache, indem er ruckartig an der Schnur zog. Auf einmal zog sie ihn nach unten, und zwar so sehr, dass er sich mit den Füßen dagegenstemmen musste. Noch so ein Ruck. Ich ging zu ihm, um ihm zu helfen. Wir beugten uns beide vor. Was, zum Teufel, war denn das?

»Hol den Kescher!«

Ich gehorchte, und genau in diesem Moment zog mein Vater mit einem Ruck den Fisch heraus, und ich fing ihn auf. Es war eine über drei Kilo schwere Brasse, ein Riesenexemplar für diese Spezies, aber nichts im Vergleich zu dem, was ich mir vorgestellt hatte: Ich dachte, er kämpfte mit einem Wal.

»Das ist eine Bodybuildingbrasse«, sagte ich.

»Oder aber ich bin so schwach.«

Ich musterte ihn. »Nun, dann kann ich dich ja vielleicht schlagen.«

»Worin?«

»Vielleicht im Armdrücken. Zum ersten Mal.«

»Darauf würde ich mich nicht verlassen.«

»Wollen wir wetten?«

»Ach, komm schon her, jetzt sofort!« Er bückte sich und legte den Arm auf die Bank.

Es kam der Herbst – auch wenn man in Sizilien nicht wirklich von Herbst sprechen kann –, der Schulbeginn und damit auch das Gefühl von Unzulänglichkeit, das die Anforderungen meiner Lehrer in mir hervorriefen. Ich ertrug die Hausaufgaben und das Lernen nur, weil sie mir den Familienfrieden garantierten. In allen Fächern hatte ich nur das Ziel, ein Ausreichend zu schaffen. Ich ertrug die endlosen Vormittage auf der Schulbank, aber nur weil ich in den Pausen auf den Hof durfte – eine große Wiese, die von Antonio Rovigni, einem pensionierten Metzger und ehrenamtlichen Gärtner, gepflegt wurde, und die wir Jungs dreimal am Tag bei unseren wilden Wettrennen umpflügten, um sie am Tag darauf wieder geglättet vorzufinden. Denn dann sah ich Marilena, das Mädchen aus der Schule, das mich am meisten an Luna erinnerte. Deren Adresse hing an meiner Pinnwand über dem Schreibtisch und sollte dort auch fast fünf Jahre hängen bleiben, ohne dass ich je den Mut aufgebracht hätte, ihr zu schreiben. Meine Adresse kannte sie nicht. Als ich eines Tages von der Schulabschlussfahrt nach Madrid zurückkam, hing sie nicht mehr dort, wo sie immer gewesen war, nämlich zwischen einer Postkarte von Dylan Dog mit einem Autogramm von Corrado Roi und einem Mondmotiv von Moebius. Mama behauptete, nichts damit zu tun zu haben. Signora Eliana, die ihr seit einigen Jahren im Haushalt zur Hand ging, sagte, sie habe ebenfalls nichts damit zu tun, und mein Vater natürlich erst recht nicht. Vielleicht waren es ja die Eidechsen gewesen, die zum Fenster hereinkamen, wenn es kalt wurde. Ich fragte auch sie, aber sie waren ziemlich wortkarg.

Ich kehrte noch viermal zu Großvater nach Colle Ferro zurück. Nicht im darauffolgenden Sommer: Meine Eltern hatten beschlossen, eine Reise nur zu dritt zu unternehmen. Und so bestiegen wir ein Flugzeug nach Spanien, wo wir ein Auto mieteten, ausgiebig damit herumfuhren, Granada und die Alhambra, Córdoba und die Mezquita besichtigten, um schließlich über Bilbao und Santiago di Compostela den Heimweg anzutreten. Und auch nicht in dem Sommer danach, den ich in Brighton, England, bei einer Familie verbrachte, um mein miserables Englisch zu verbessern. Dort verliebte ich mich unsterblich in ein portugiesisches Mädchen, weshalb ich meine Eltern im Jahr darauf überredete, in Portugal Urlaub zu machen.

Aber auf dem Rückweg von Lissabon – wir waren mit dem Auto unterwegs – beschlossen wir, in Colle Ferro vorbeizuschauen.

Wir hatten bestimmt ein Dutzend Mal telefoniert, meist an Geburtstagen und natürlich an Weihnachten. Wollte ich ihn sprechen, rief ich bei Rosa im Laden an. Daraufhin ließ sie ihn holen. Nach zwanzig Minuten – exakt die Zeit, die man braucht, um zu Großvaters Haus und wieder zurück zu gehen – wählte ich die Nummer erneut. Manchmal ging Isacco dran. Dann wechselten wir rasch ein paar Worte und tauschten die wichtigsten Neuigkeiten aus.

Isacco hatte im September 1999 eine Fliesenlegerlehre begonnen, die er seinen Verwandten zuliebe auch abschloss. Doch seine eigentliche Leidenschaft galt mittlerweile dem Karate. Er ging in ein Fitnessstudio, und nachdem er irgendeinen bestimmten Gürtel erworben hatte, begann er Kinder zu unterrichten. Nur dass deren Eltern nicht mit seiner Lehrmethode einverstanden waren. Worte wie »Gewaltverzicht« und »bloße Selbstverteidigung« stellten für Isacco reine Theorie dar. Also hatte man ihn rausgeworfen, was er sich allerdings nicht sehr zu Herzen nahm. Er war zum Diakon gegangen und hatte ihn überredet, ihm den Pfarrsaal von Colle Ferro dreimal die Woche für einen Anfängerkurs zur Verfügung zu stellen, der allen Altersgruppen offen stand. Rosa lachte sich halb tot, als sie mir erzählte, dass sechs von acht Schülern über sechzig seien, dass es großen Spaß mache, ihn mit den Alten trainieren zu sehen, und dass die Gemeinde vorhabe, noch mehr Geld für ähnliche Kurse im Tal aufzutreiben, die er ebenfalls leiten solle.

Doch zurück zu Großvater: Unsere Telefongespräche kann man sich vorstellen. Schweigen wie Spinnweben, in denen sich sämtliche Mücken der Camargue hätten verfangen können. Aber ich hatte gelernt, aus diesem Geflecht unausgesprochener Gedanken die Wahrheit herauszufiltern. Ich sprach frei von der Leber weg, so als kniete ich in einem Beichtstuhl. Anschließend wartete ich, bis meine Stimme über die geheimnisvollen Wege der Telekommunikation bis zu ihm vorgedrungen war. Ich stellte mir vor, wie er die Informationen einordnete und interpretierte, überlegte, was er sagen sollte. Wie er sich von meinem Leben nährte. Wie er sich von mir verabschiedete, wohl wissend, dass wir uns nach sechs, sieben Monaten wieder sprechen würden.

Anschließend joggte ich am Strand entlang.

Insgesamt haben wir uns noch viermal gesehen: Das erste Mal wie bereits gesagt auf der Rückfahrt von Portugal. Drei Jahre waren vergangen, seit Vater ins Krankenhaus gekommen war und ich den Sommer in Colle Ferro verbracht hatte. Wir trafen Großvater im Haus an.

Er plante gerade mit Cesco den über zwei Jahre dauernden Reifeprozess eines bestimmten Ziegenkäses, der in Tabak- und Kastanienblätter eingewickelt wird. Als er den Motor hörte, trat er ans Fenster. Er gab meinem Vater die Hand, legte die andere auf meine Schulter und musterte mich forschend von der Seite, suchte den Blick meiner Mutter, woraufhin beide sich mit einem *Ciao* begrüßten, das alles enthielt, was sie mit sich herumtrugen: Vorwürfe, Erinnerungen, Nachsicht.

Meine Mutter und Großvater sprachen nach wie vor nicht

miteinander, und wenn doch, dann nur sehr wenig. Die jeweilige Abwesenheit des anderen war selbstverständlich geworden und hatte sie verstummen lassen. Wir gingen auf eine Tasse Tee ins Haus. In einer Ecke hinter dem Sofa entdeckte ich jede Menge an die Wand gelehnte Leinwände.

»Was ist damit?«

»Ich male immer noch. Nach diesem Bild hier habe ich Feuer gefangen.« Er zeigte auf unseren Silver Surfer über dem Stausee, der anstelle von *Le déjeuner sur l'herbe* an der Wand hing. »Außerdem gebe ich der Tochter des Tabakhändlers Malunterricht.«

Es waren Landschaftsbilder, Häuser, Felsen, Weinberge, auf denen keine Menschenseele zu sehen war.

»Simone«, sagte mein Vater, der gerade auf einem Stück Ziegenkäse und einer Scheibe Schwarzbrot kaute. »Dieser Käse ist großartig! Meinst du, den kann man nach Capo Galilea schicken?«

Großvater nickte. »Ich werde mit Cesco darüber reden.«

»Fantastisch!«, sagte mein Vater begeistert. »Agata, hast du den schon probiert?«

Meine Mutter staubte gerade die Bücher ab, um sich irgendwie zu beschäftigen. »Wenn wir zum Abendessen bleiben, koste ich ihn später.«

»Bleiben wir?«, fragte ich.

»Ich würde mich freuen«, erwiderte Großvater. »Ihr könnt hier übernachten, wenn ihr wollt. Es gibt das Bett im ersten Stock und das Schlafsofa.«

Mein Vater hob den Käse hoch, als wollte er damit anstoßen. »Aber morgen früh fahren wir. Ich will nicht zur Mittagszeit im Stau stehen.«

Am nächsten Tag stand Großvater bei Sonnenaufgang mit uns auf, um uns Frühstück zu machen.

Es sollten drei weitere Jahre vergehen, bevor wir uns wiedersahen. Während mein Leben sich äußerst abwechslungsreich gestaltete, überließ Großvater das seine dem Gott der kleinen Dinge. Ich traf ihn auf der Schwelle seines Hauses an. Alles schien unverändert: die Bilder, die er nach wie vor malte und hinter dem Sofa stapelte, ohne sie aufzuhängen; die Routiniertheit, mit der er sich um Cescos Käse kümmerte. Die Spaziergänge unter den Steineichen bis zum Seeufer. Das Verweilen am Wasser, das Ioles und sein Haus verschlungen hatte.

Auf der Rückfahrt vom Chianti, nach einem Überraschungsbesuch bei Luna, verbrachte ich eine ganze Woche bei ihm und besuchte ihn dann noch zweimal während meines Studiums an der Accademia di Brera. Ich kam an, ohne etwas erklären zu müssen. Wenn er gerade kochte, gab er Fleisch zum Eintopf oder schnitt Kartoffeln für den Salat. Unsere Unterhaltung wurde genau dort fortgesetzt, wo sie das Jahr zuvor geendet hatte.

Das letzte Mal habe ich nicht als solches wahrgenommen. Wie hatte Rosa bei Anselmos Tod noch so schön gesagt? Woher soll man wissen, dass man den Menschen, den man gerade vor sich hat, nie mehr wiedersehen wird?

Ich verabschiedete mich so wie immer.

Drei Monate später kam eines Spätnachmittags Ioles Anruf: Großvater sei tot. Sie habe ihn auf der Bank vorgefunden, den Kopf an den Türrahmen gelehnt, die Pfeife zwischen seinen Füßen am Boden. »Er ist erloschen«, sagte sie. Genau dieses Wort hat sie benutzt: erloschen. Und genau so stelle ich mir seinen Tod vor, vor allem jetzt, nachdem ich das Heft mit seinen Aufzeichnungen gelesen habe.

Nach der Beerdigung beziehungsweise Einäscherung blieben meine Eltern noch eine Nacht. Aber nicht oben im Haus, sondern in einer neuen Pension, einem Agriturismo mit Blick auf die Piazza. Am nächsten Tag reisten sie gleich nach dem Frühstück ab.

Ich bereitete mich gerade auf meine letzte Prüfung vor und beschloss, noch zehn Tage zu bleiben. Ich nahm mein Zimmer von damals in Beschlag und deckte mich bei Rosa ein. Da ich die Kochleidenschaft meines Vaters nicht geerbt habe, sorgte Iole dafür, dass ich nicht verhungerte. Ich lernte den ganzen Tag. Abends rief ich Luna an, denn inzwischen gab es Handyempfang. Wenn ich meinen Kopf frei bekommen wollte, lief ich durchs Haus und machte Ordnung, überlegte, was aufbewahrt werden sollte. Natürlich unser Bild, das mich seitdem täglich begrüßt, wenn ich mein Atelier betrete. Die Hemingway-Kurzgeschichten, die ich schließlich freiwillig in England gelesen hatte. Die riesigen Keramiktassen, aus denen ich in jenem Sommer am Ende des Jahrhunderts beim Frühstück getrunken hatte. Im Keller lagerten noch Käselaibe, doch Cesco wollte sie nicht unbewacht lassen und bald woanders unterbringen.

Eines Abends nach dem Essen öffnete ich eine Schublade in seinem Zimmer und fand ein ganz normales Rechenheft für die Grundschule. Auf seinem Umschlag prangte ein Blumenmotiv. Noch im Stehen begann ich, es im sanften Schein der Nachttischlampe durchzublättern. Großvaters Handschrift war ungleichmäßig und schwer zu entziffern. Als ich begriff, was ich da vor mir hatte, nahm ich das Heft mit nach unten und las weiter. Es war fast schon Tag, als ich meine Lektüre schließlich beendete und es zuklappte.

Ich schlief mit dem Heft in meinen Armen ein. Iole weckte mich gegen Mittag, als sie mir eine Auflaufform mit Lasagne brachte.

Ich suchte nach den Ketten, doch ich konnte sie nirgends finden. Ich nahm das Heft mit, um es am Computer abzuschreiben, entzifferte die Worte Buchstabe für Buchstabe und ließ zu, dass sie sich mit dem Bild von Großvater vollsaugten, das in mir eingebrannt war.

Zwischen den Heftseiten entdeckte ich eine schnell auf Paketpapier gekritzelte Notiz.

Ich gehe die Straße entlang und werde von einem grünen
Auto überholt. Ich trete beiseite, um es vorbeizulassen und
den Staub nicht einatmen zu müssen. Hier kommen nur selten
Autos vorbei. Außer mir wohnt niemand hier oben, es gibt nur
ein paar baufällige Häuser, Wälder und Felder. Als ich um die
Kurve biege, sehe ich, dass das Auto vor meinem Haus steht.
Eine Frau klopft an und tritt ein paar Schritte zurück,
mustert Fenster und Umgang.
Ein Junge sitzt auf der Bank, zu seinen Füßen steht eine
Reisetasche. Er betrachtet den See und das Tal, sieht dann
plötzlich mich an.

Meine Eltern haben beschlossen, das Haus in Colle Ferro zu behalten. Hin und wieder fahre ich zum Lesen und Zeichnen dorthin, sowohl allein als auch mit Luna. Wenn ich dann am späten Nachmittag auf der Bank sitze, sehe ich ihn, sehe Großvater, wie er T-Shirts und Hosen zum Trocknen aufhängt, Pigmente anrührt und seinen Pfeifenkopf mit einem Kaffeelöffel von Verkrustungen reinigt. Sehe, wie er innehält, so als hätte ihn jemand gerufen, und zu der Kurve geht, wo die Wiese langsam abfällt. Er dreht sich um, schaut mich an, geht ein paar Schritte hinunter und ist nie da gewesen.